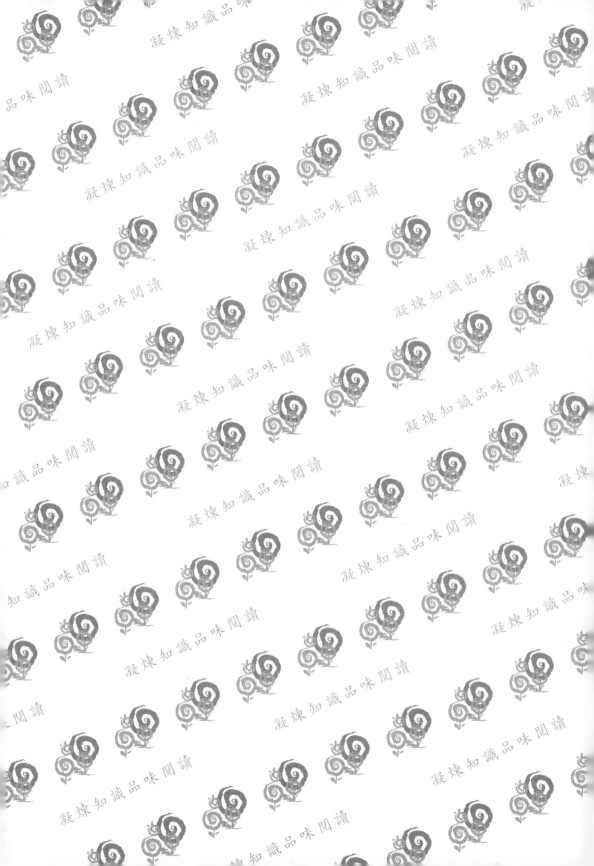

新聞工作的實用邏輯

兩種模型的實務考察

張文強　著

五南圖書出版公司 印行

序

　　在臺灣，新聞似乎是個容易「犯規」的工作。過去，因為政治立場而被吹哨糾正，當下，資本主義創造了一堆新問題。也因此，就我印象所及，學術場域的批評始終沒有斷過，然後換來或可用汗牛充棟形容的豐富論述。

　　十多年來，作為新聞學術場域的一分子，我持續研究新聞工作，也持續關切新聞工作的犯規問題。只是隨著自己研究經驗促成的反思，以及「後」現代式相對主義視野的幫助，逐漸沉澱與醞釀著一組問題：新聞工作為何總是犯規？是因為學術場域的標準太嚴苛嗎？實務工作者是用學術標準做事，還是有自己的遊戲規則？另外，藉由時間不斷向前展延，我在時間跨幅中也感覺到，除了愈來愈被批評，現在的新聞與過去的新聞好像不一樣了，是什麼原因造成的改變？資本主義絕對是關鍵因素，但好像又力有未逮。而我們又該如何描述離教科書標準愈來愈遠的當下新聞工作？

　　在另一個場景，因為實務工作者幫助，醞釀的問題終於落實成書。無論因為研究時的互動、教學時的討論，或日常生活中與實務工作者聊天、吃飯、抬槓，討論學術問題，他們的「請教」、「討論」、「詢問」、「反問」到「不是你說的那樣啦！」，讓我愈來愈去嚴肅思考：實務場域其實有著自己的遊戲規則，只是因為我習慣了新聞學術專業理論，以致看不到它們。而這些遊戲規則又是什麼？瞭解它們，是否有助學術場域與實務場域對話？我在想，於「後」現代脈絡中，瞭解它們，換個角度理解「犯規」問題，是應該做的事。

大概五年前，幾位熟識老記者，直接促成這本書的動工。細節省略不談，由於愈來愈壞的環境，他們有著人事已非、是否離開新聞場域的猶豫。而相對冷酷地，透過他們描述的過去，以及對現在新聞工作方式的感慨，我一方面更有把握於實務場域有著自己的遊戲規則，另一方面發現如果分兩階段來看，改變不只與高度資本化有關，這兩階段新聞場域樣貌，分別對應著過去與當下的社會本質脈絡。在這種學術式的想法中，一位老記者提醒我：過去值得記錄，再久就沒了、就被忘了。也因此，開始了這本書的旅程。

　　簡單就結果來說，我提出「農耕模型」與「做電視」，分別描述過去的報紙新聞工作與當下的有線電視新聞工作。不過這裡也簡單交待幾件事情，以利讀者閱讀本書。首先，我以報紙與有線電視，作為過去與現在新聞場域的代表媒體，而非不分類別地總論所有媒體的轉變。這種選擇主要涉及以下理由。過去改造年代，報業高度發展，持續引領新聞專業改造，報紙新聞也實質作為當時新聞工作的典型定義，教科書、新聞教育與學術場域談論的新聞，大致是以報紙為基礎的概念與作法。改造年代之後，如同美國CNN（Cable News Network）重大改變了新聞定義，引起不少學術討論，對應社會整體發展，臺灣有線電視的出現與成熟，也悄悄、但劇烈改變了以往報業定義的新聞，「影像」、「即時」、「展演」等特徵，更對應「後」現代的典型樣貌，然後在複雜因果關係運作下，回頭影響了報紙新聞作法。因此，在網路新聞尚未成熟下，我以有線電視新聞作為當下典型新聞工作，試圖透過過去與現在兩種典型的比對，可以集中火力進行厚描。

　　其次，本書主張影響新聞實務工作樣貌的原因是複雜的，媒體結構與社會結構具有互動關係，另外，結構問題重要，但行動者也在其中扮演一定角色。而「農耕模型」與「做電視」便是媒體結構、社會結構與行動者交纏互動下的產物，當然，媒體結構仍是觀察兩階段改變的主要關鍵。至於社會結構方面，我充分同意資本主義扮演的決定性力量，而且在高度資本化的當下臺灣，資本主義幽靈不只影響新聞場域，更進入到各個場域，學術教育體系便是如此。不過我也同時認為，不自覺將新聞場域各種犯規行為都導向資本主義這項因素，是有學術化約風險的。事實上，與過去相較，當下社會出現許多新特徵，例如：液態、虛擬，都與新聞場域轉變有關，也關聯於「農耕模型」與「做電視」。而這部分於接下來的章節將會有詳細的解釋。

書寫是種小旅行、自我探索，但寫書這種「長書寫」，則是大探險，文字不斷逼迫自己思考、修改、再思考、再修改。正式寫這本書，接近兩年。這兩年每天都在做這件事，與文字奮戰。愈是寫，愈是回頭修改，只是我也愈來愈瞭解，每段旅行終究要有個句點，才能開始下段旅程。因此，也就停筆於此。

　　我要謝謝本書訪問的資深記者與年輕記者們。感謝你們願意花很長時間接受訪問，也為我無法再更為細緻處理各位提供的意見感到抱歉。謝謝林之鼎神父的鼓勵，希望這是本有靈魂的書。謝謝詹慶齡總監的支持，幫忙校稿，並提供寶貴意見，當然，也感謝因為她才組合出「準」田野觀察的部分。謝謝每位直接、間接提供我意見的新聞工作者。

　　我喜歡Zygmunt Bauman的液態概念，但有趣的是，這個強調輕盈、流動的概念，是思考的結果，而思考是有重量、需要時間凝結與沉澱的。我喜歡Franz Kafka帶有孤獨的影像，這種影像在高度資本化的社會中，有著一種靈魂感。我期待，在「後」現代脈絡中，這是有重量的書；在高度資本化社會中，是本帶有靈魂的書。

張文強
2015年7月1日

目錄 Contents

第 1 章 ▶▶▶

三十年來的新聞工作

　　想要精準抓到時代轉換的時間點並不容易，但大致來說，1980年代應該是可接受的開端，臺灣改造年代的開端。之後十多年，臺灣社會逐漸脫離長期威權政治控制，各個場域像是競相大興土木，都在嘗試建立新秩序。其中，新聞學術場域便利用新聞專業作為藍圖，重建新聞工作，並且清楚完整表達了這種企圖。相互應和地，在報紙領軍下，新聞實務工作者也在挑戰威權政治的同時，試驗各種新聞工作方式，找尋屬於實務工作的新秩序。當時，新聞專業巧妙嫁接實務場域、學術場域，以及社會三方面的期待，形成蓄勢待發之勢。不過這也促成實務場域進入持續被批判檢視的狀態，並延續至今。

　　然而改造年代之後，大致2000年迄今，臺灣新聞工作像是又經歷一次重大轉折，進入標準的商業年代。從學術角度來看，資本主義讓新聞工作亂象層出不窮，而且愈是批評檢視，愈是感到無力。1980與1990年代想要建立專業的企圖，彷彿黃粱一夢。夢醒讓人失望困頓，但在失望困頓中，接連無力感也引發一種轉念：既然事實如此，如果暫時放下慣用的新聞專業批判角度，我們該如何看待這種轉變？該如何理解這兩段期間的新聞工作樣貌？

不可否認地，從過去到現在，實務工作方式的確有問題，有需要批評檢視之處，學術場域更應該具有理性批判的勇氣與理想性。只是配合實務工作愈來愈有自己主張的事實，「後」現代的「後」這個前綴詞（註一），像是略帶激進地提醒學術場域一組有關話語權的問題。我們依據的新聞學與新聞專業論述，實務場域為何要遵守？實務場域對於新聞工作的看法，需要與我們相同嗎？我們習慣利用這套標準研究、觀察與批判媒體，但我們瞭解我們的研究對象嗎？三十年來，實務工作者是如何在現實泥塵中前進？學術場域專注研究新聞學，建構新聞專業論述，但我們的新聞學妥善描述了新聞工作嗎？實務工作者又是如何描述自己的工作？

在這裡，這一連串問題並非想為實務工作翻案、否定新聞專業論述，因為如此做，只會讓學術場域本末倒置的失去立場，成為應和、記錄與複寫的工作。但不諱言地，我也的確想利用這些激進式提問，回頭詰問學術場域習慣的新聞專業論述，透過自我詰問，換個方式重新理解我們一直以來研究與批判的對象。畢竟，實務工作者終究是直接面對寫實困境的一群人，他們對於新聞工作的看法、實際遭遇的情境，是另一種版本的論述。而透過這種方式所進行的研究批判，也許更貼近實務場域，在當下更能創造學術與實務場域對話的可能性。事實上，這種方式也許並不新奇，即便沒有言明立場，Tuchman（1978）便也透過社會學視野，細膩勾勒了美國實務場域的新聞製作過程。

也就是說，對學術場域而言，三十年黃粱一夢是事實，但在本書中，我不想重複這個感慨，而是想去探討一個大家似曾相識、卻又沒有太認真處理過的問題。或者說，我試圖繞過新聞學術專業話語權，換個方式解析這場夢：過去與現在實務工作者，特別是過去報社記者與現在有線電視新聞工作者，在屬於各自的年代，是面對怎樣的社會情境？是如何想像新聞？如何從事自己的新聞工作？資深新聞工作者又是如何回應這段交錯而過的大時代？我企圖描述實務版的新聞工作，但還是會回到學術場域位置，提出屬於本書的分析與批判。

🌸 第一節　學術場域的正統想像

　　我從學術場域的話語權展開提問，因此，臺灣學術場域如何描述「新聞是什麼？」、「記者應該如何工作？」是需要先行處理的問題。這些問題透露著學術場域如何想像新聞工作，更是過去三十年批評檢視實務工作的基礎。

　　如果不拘泥於操作型定義式的答案，要回答這兩個問題並不困難。除了新近、新奇，新聞也與事實、中立客觀、社會公器聯想在一起，記者工作則需要查證、平衡、遵守新聞倫理。在沒有懸念間，我們也應該大致同意，這些簡潔回答，連同背後完整的新聞專業論述，主要源自美國百年來的新聞專業發展脈絡。因此，扼要論述美國新聞專業概念，大致可對照出1980年代以後，臺灣學術場域對於新聞工作的正統想像。

一、新聞學的兩條正統軸線

　　書寫美國新聞專業的方式有很多種，但「民主與社會公器」是條重要、古典的軸線。早在十七、十八世紀，西方君主政體實施的印花稅、出版特許制，以及當時出版品相對應所採取的抗拒作為（Emery, Emery & Roberts, 1996; Siebert, 1952），便動態標示出媒體與自由間的原始連結，出版自由與言論自由是需要爭取的基本人權。隨後，美國經歷政黨屬性報紙，敢於表達政治意見的時代，再到二十世紀的成熟民主社會，出版自由與言論自由獲得保障，並開始發展出屬於現代的意義：強調獨立運作，監督政府與權勢的新聞自由。

　　直至今日，儘管有著失望、困境與討論爭議，在美國，新聞還是與民主緊密連結，新聞媒體則被認為具有社會公器本質，需要為民主與公眾服務（Adam & Clark, 2006; Craft & Davis, 2013; Gans, 2010）。而新聞自由的存在目的，便在於幫助新聞媒體完成社會公器角色，理性報導該報導的公共議題，不受外力限制。類似精神在歐洲社會大致展現於公共場域概

念中。簡單來說，新聞媒體應該作為開放、不被商業或政府力量控制的場域，在其中，民眾可以理性討論公共事務，最後形塑出民意。

相較於「民主與社會公器」從抽象的理念層次論述新聞專業，Schudson（1978; 2001）則藉由分析美國新聞實務工作的歷史演進，說明「事實與（客觀）」如何成為美國新聞工作的另一條軸線。順著Schudson的關鍵論述，新聞出現在客觀報導事實之前，也先於新聞專業。1830年代便士報僱用專人到法院、警局等地方找新聞，報導日常生活事件，是促成新聞出現的關鍵，只不過便士報新聞在意的是如何說好故事，並不重視或堅持事實，更沒有客觀報導的概念。直到1880年代與1890年代，對應科學與文學寫實主義精神的盛行，以及對黃色新聞的反省，才開始確立起新聞應該報導事實的概念，這時期《紐約時報》便強調報導事實，後來成為新聞專業典範（彭家發，1994）。只是即便如此，這段期間，事實多半還是包裹在寫作文采中，同時故事取向的報紙並未因此式微，例如赫斯特報系依舊還是主流。這段期間亦正是美國新聞史上著名的黃色新聞時期（Emery, Emery, & Roberts, 1996）。

隨時間進入1920年代，回應當時社會不再相信素樸的經驗主義，不再純真地相信看到的就是事實，加上興起的公關事業與各式宣傳活動，都讓記者感受到事實是複雜、主觀、甚至是可以操作的。因此，繼新聞應該報導事實後，客觀報導被發展出來，企圖藉此平衡各種外在因素對報導事實的干擾。之後，隨著新聞專業完整建立起合法性，報導事實成為新聞工作的不動核心，並且連帶著「客觀」一起組成美國式新聞專業的正統。

當然，有關這項正統的理解，不能遺漏客觀性原則後來引發的各種質疑與爭議（Calcutt & Hammond, 2011; Dennis & Merrill, 1991; Glasser, 1986; Schiller, 1981）。透過質疑與爭議，學者知道客觀不容易做到、可能是種意識型態，過度強調客觀會讓新聞工作失去監督權勢、追求真相的責任與勇氣，但大致來說，客觀仍是新聞教育的重點，至少是新手、純淨新聞的基本準則。客觀不再顯得那麼霸氣、理所當然，像是改用修正後的姿態繼續居於新聞專業正統軸線之上。它依舊是學術場域常用的字眼，另

外，無論有沒有做到，實務工作者也大致知道新聞應該中立、客觀，至少在面對外界批評時會想到這組名詞。因此，相較於「事實與客觀」這種簡單用法，將客觀加上括號變成「事實與（客觀）」，或許是更準確表達這項正統的方式，透過加上括號，凸顯它是經過修正後的概念，需要注意相關爭議。對應「後」現代脈絡，加上括號的客觀，也提醒著客觀概念愈來愈艱難的處境。

「民主與社會公器」與「事實與（客觀）」論述了美國新聞專業，被寫入新聞學教科書中，連同側重技術層面的採訪寫作教科書，完整構成一套包含專業理念與技術作法的專業論述，替學術場域定義了新聞是什麼、記者該如何工作。寫入教科書，意味新聞專業成為成熟論述，正式宣告新聞專業的正統位置。當下，我們可以輕易從各式學術研究、學術書寫、學術批判中，看到事實、客觀、公共這組新聞專業概念，甚至也可以從一般民眾、公民團體、網友的嘲諷不滿中，看到這套新聞專業論述滲出學術場域，進入日常生活的痕跡。再或者對學術工作來說，美國新聞史更被建構成一段新聞專業的奮鬥史。各種新聞報導型態的轉變、爭取新聞自由的案例、典範報人與報業，以及新聞倫理與自律規範，串起美國新聞史的主軸，而黃色新聞則是歷史上的逾矩行為。新聞專業是正統，一切顯得理所當然。

二、從技術到專業

成為經典與正統有其重要意義，只是正統的光芒卻巧妙遮掩了新聞是逐漸「變成」專業的事實。現今許多理所當然的新聞專業概念，最初並非為專業而生，例如，新聞學教科書中記載數百年前爭取出版自由的過程（Emery, Emery, & Roberts, 1996），或許更適合被解釋成爭取基本自由、人權的行為。事實概念則是對應當時美國社會的寫實主義脈絡，部分記者採用科學家與寫實文學家態度，建立起注重觀察、側重事實的新式報導手法（Schudson, 1978）。如果我們接受客觀概念的誕生帶有濃厚商業色彩，與便士報興起有關，或是由美聯社催生出來的策略，以兼顧不同顧客

口味（彭家發，1994），那麼，客觀也不是爲專業設計的東西，而是一種商業考量、技術作爲。

在歷史脈絡中，新聞更像技術工作，甚至現在亦是如此。只是隨時間慢慢推展，結合不同因素，現代新聞專業的基本樣貌才逐步被發展出來。這段過程部分類似物種演化的自然轉變，新聞實務場域跟隨社會、科技環境轉變，於不同時間點，演化出新觀念與新作法，然後有些存活下來，有些自然消失。這段過程也涉及實務場域自我反思的成果，因爲在某個時間點，特定作法過分誇張，例如黃色新聞、不實報導產生的誹謗問題，以致在社會壓力與實務工作者自省下，發展出更爲節制、符合社會期待的報導手法。另外，漫長過程亦涉及十九世紀後半起，記者先是成爲一種正式行業，後來更想成爲專業，贏取社會地位的企圖。持續實務磨練與自省，讓這些所謂的專業工作方式變得更加細緻。例如工會、新聞自律組織與媒體本身，便因應不同階段社會條件，發展出精緻的新聞倫理、新聞公約與新聞採訪手冊（Wilkins & Brennen, 2004），作爲專業新聞工作的指引與參考標準。

當然，除了實務場域自己的演化轉變，二十世紀初，美國大學新聞科系出現，具有增加新聞工作者能力與改變實務工作形象的企圖，也是新聞工作專業化的重要關鍵（Medsger, 2005; Weaver & Wilhoit, 1986）。大學位階鞏固了當時正逐漸成形的專業概念，然後接下來數十年，新聞科系畢業生進入實務場域，回過頭影響實務工作，帶入專業概念。同時，學術場域持續精緻化新聞專業各個概念，更實際產生許多研究、理論、相關書籍，甚至到最後，在資本主義高度發展的社會脈絡中，學術場域反而成爲擧其大纛者，對專業的堅持甚過肇始的實務場域。新聞專業幾乎變成一種學術工作的想望與主張。

回溯這段過程、提出上述詮釋，並不在質疑新聞專業的存在必要性，只是想藉此提醒，雖然新聞專業的發展過程不至於是歷史的偶然，但新聞專業卻也並非天生就是正統。它是在歷史脈絡中努力展開的結果，從純粹技術工作邁向專業性格，值得我們重視與珍惜。然而也因如此，同樣歷史

新聞工作的實用邏輯：兩種模型的實務考察

過程也意味著，新聞學或新聞專業論述描述的新聞，只是新聞工作的一種版本而已。過度依賴這項版本，可能會侷限我們理解新聞工作的方向。

❋ 第二節　走自己路的實務場域

臺灣學術場域複製了美國新聞專業。1980、1990年代更以此為基礎，在社會浪潮、實務場域的集體熱情下，從事了一場新聞改造計畫。只是三十年來，資本主義取得上風的事實，宣告新聞改造計畫的失敗，也宣告了學術與實務場域走向各自道路。一路顛簸中，新聞專業成為學術場域的正統，卻與實務工作愈行愈遠。

一、懷念的1980、1990年代

事實上，臺灣新聞教育與美國有著深厚淵源（羅文輝，1989），1955年政大新聞系在臺復校、王洪鈞（1955）出版之《新聞採訪學》，便可以看到美國新聞概念的痕跡。美式新聞觀念，如5W1H、導言寫作、據實報導、公正客觀，雖然隨時間逐漸擴展開來，但不可否認地，直到解嚴前後，主流媒體報導對於政治禁忌議題的噤聲、對於黨外政治運動的遣詞用字，或選舉新聞給予執政黨大量報導時間與篇幅，都直指臺灣媒體並不遵守平衡、客觀等原則。因此，在新聞改造年代，這些問題成為學術研究主題、社會批判的對象，以及部分實務工作者持續奮戰的目標。或者，媒體與政治威權間的侍從關係，更是學術場域關心的問題（林麗雲，2000）。

1980年代末，政治解嚴，報禁解除。社會轉變替當時以報業為核心的新聞場域帶來欣欣向榮之勢。一方面，這種正向、光明氛圍，以及實際改造作為，即時回應了當時社會期待媒體改革的呼聲。二方面，實務工作者對於黨國體系的長久不滿，或期待臺灣社會開放進步的想望，得以具體轉換成新聞工作應該獨立自主、改革社會、爭取正義的主張，他們像是獲

得專業啓蒙，認為新聞應該成為專業。這些來自實務工作者本身累積的能量，實際促使新聞實務場域內的改革，1995年，臺灣新聞記者協會成立，是重要印證。三方面，在這時間點，臺灣學術場域也明確表達出對於新聞專業的認同，並期待依此改造新聞媒體。事實、客觀、社會責任等概念，相關原則與操作方式，清楚寫入臺灣新聞教科書的各個章節（石麗東，1991；彭家發，1992），同時亦成為大量學術研究的主題，以及進行媒體觀察批判的依據，理論上，也是新聞教育念茲在茲的重點。

當時，雖然看不清未來，社會大眾與實務工作者也不見得完全理解新聞專業，但配合社會對於學者與學術工作的尊重，以及來自實務場域內的具體實踐，學者與實務工作者像是聯手推動了一波新聞改造運動。學術場域提出許多有關新聞工作的批評建議，實務場域整體來說也還算買單，至少在老闆賺錢情況下，相對給予新聞工作者較大的空間。或者，許多關鍵時刻，如1994年自立報系因經營權轉移引發編輯室公約的討論（涂建豐，1996），學者更是參與其中，用具體方式試圖建立新聞專業。學術場域與實務場域似乎說得上話，並非彼此封閉的場域。

1980、1990年代的社會氛圍很難用文字形容，也許當時的新浪潮電影更能凸顯這種氛圍，或需要置身政治新聞總占據報紙頭版，各種社會運動在報紙上、在記者間引發許多爭論的景緻中，才能親身感受出來。簡單來說，那是社會規範對個人還具有約束力、相對尊重專業、強調社會需要進步的時代。儘管學界後來對於如何理解臺灣現代性特徵，有著討論、對話與自省（黃金麟與汪宏倫，2010；黃崇憲，2010；顧忠華，2006），但在當時，從政治威權解放出來的臺灣學術與實務場域，似乎沉浸在現代性想像之中，企圖從事新聞改造計畫，讓新聞工作從原先傳統、經驗導向、技術導向與政治控制模式，轉變成專業模式，然後再透過專業新聞媒體促成社會進步。這種改造計畫創造了臺灣新聞工作轉向專業的基礎，也影響當時年輕人對新聞的想法，當然，在比較之下，更可看出當下「後」現代性格的新聞工作特色。

二、實務場域與學術場域的分道揚鑣

在西方社會，新聞對應著現代性（Hartley, 1996）。「客觀報導事實」反映著傳統現代性思維（劉平君，2010；Miller, 2012）；認為新聞工作有權監督政府，記者是專業，而非企業僱員的說法，也反映1960年代美國社會的現代性高度發展狀態（Hallin, 1992）。新聞是西方現代性計畫的一部分，被期待需要幫忙社會進步。只是除了對應現代性外，在現實、世俗層次，新聞更實際對應著資本主義，資本主義比現代性更為寫實地帶領著新聞實務工作發展。美國便士報時代，報紙便是商品。典範報業與典範新聞工作者的出現，則像是在資本主義中，奮力展開的成果。

在臺灣，1980年代政治解放，不只創造出一段嚮往專業的時代，欣欣向榮的媒體景緻背後，便同時暗藏新聞媒體被徹底帶到資本主義情境的危機。眾所周知地，報禁解除後大量出現的新報社，1990年代起大量成立的二十四小時新聞台，就逐漸受經濟景氣不佳，相互瓜分廣告市場，後來更因網路媒體興起等因素影響，不是結束營業，便是順著資本主義宿命，愈來愈偏向商業邏輯。然後，出現廣被批評、已不太需要贅述的置入性行銷（林照真，2005；陳炳宏，2005；劉蕙苓，2005；羅文輝、劉蕙苓，2006），媒體老闆強行干預新聞工作等問題。

這種轉變除了代表專業已然失勢，還具有另一項深層意義，即，實務與學術場域的關係出現重要變化。1980年代，實務與學術場域像是從各自方向，不約而同地開上了兩條看似平行的道路，雖是不同道路，雙方也用各自方法開車，但多少可以看到對方，可以標定彼此，需要時，實務可以透過學術那邊修正自己的位置。只是大致於2000年後，實務工作順著地景起伏，離開了原先平行位置，愈來愈有主張地用自己速度與方式，在自己道路上開車。學術場域則只能看著對方遠離，繼續前行，彼此分道揚鑣。

事實上，我瞭解1980、1990年代，媒體也未完全依照新聞專業做事，有著屬於自己的實用邏輯，只是近年來，實務工作的確更為赤裸地展

現一種權威崩解、「後」現代式的自信。他們沒有對學術場域的話語權公開叫陣，或也不需要叫陣，就是默默將新聞專業擱置一旁，開在自己的道路上，用自己方式做新聞、管理媒體。面對這種情形，學術場域則像是因為挫折於批評的無用與無力，或自身亦陷入相同的資本主義困境，所以也失去了改造年代系統性影響新聞工作的積極意圖，同樣用自己的方式在自己道路上開車。

當然，在當下這個沒有權威的年代，實務場域有權用自己方式前進，只是卻可能因此需要付出變成封閉圈子的代價。相對地，學術場域也有權選擇開車方式，進行單純學術研究，或反過來明知徒勞無功，仍繼繼以新聞專業作為批評檢視的標準，但在與實務場域缺乏交集的狀況下，這兩種作法卻往往也讓學術場域成為象牙塔。如果說，「後」現代與話語權問題凸顯的是多元與民主，那麼封閉圈子與象牙塔都有著近親繁殖的風險。特別對學術場域而言，倘若就是用習慣方式看事情，過分自信於自己的理論，缺乏對於實務工作的理解，那麼極有可能產生的結果是，儘管學術場域產製了大量自我定義的論述，卻失去了與實務場域進行溝通對話的可能性，更不用提改變的可能。也因此，這幾年分道揚鑣的狀況，像是提醒著臺灣新聞場域過去三十年的關鍵轉折，與轉折前後的實務工作樣貌，除了具有學術專業角度的詮釋版本外，還有著實務版本的說法。而這種版本也正是本書企圖理解與記錄的對象。

❀ 第三節 社會本質的改變與新聞場域的改變

除了理解實務版本的看法，我主張，臺灣新聞場域的轉變，還需要放在社會改變脈絡中進行觀察才可能完整。過去三十年，臺灣社會發生許多本質改變，從改造年代到商業年代的過程不只是更為資本化而已，更涉及「後」現代社會的轉向。這些「後」現代式的改變雖然隱晦，不引人注意，卻根本對應著臺灣新聞實務場域內的許多變化細節，妥善處理它們，

才可能有效回應新聞是與社會相互形塑後的文化產物這個命題。

　　不過在此主要論述立場下，需要特別說明一項新聞實務場域的明顯變化，即，報紙式微，與有線電視新聞台的飽和發展。這項轉折直接影響了新聞實務版圖的消長，更明白對應我所關切的新聞定義、新聞工作方式的轉變。而本書論述與書寫重點也將依此進行轉換，先論述改造年代的報紙新聞，再轉變成商業年代的有線電視新聞。

一、交錯而過的年代：從現代到「後」現代

　　十九世紀後半、二十世紀初出現的新聞專業，對應著西方現代性社會，以及西方現代性所具有的理性、公共、進步特質（Dodd, 1999）。新聞的現代性性格清楚反映在教科書、新聞學術研究，也部分落實於過去新聞實務工作之中。只是隨著西方社會學提出後現代、現代性後期或第二現代性（Beck, 1986／汪浩譯，2003；Giddens, 1984），社會本質的變化宣告了傳統現代性的崩解，在交錯而過間，新聞與新聞工作方式也出現了關鍵變化。

　　如果順著傳統、現代性、後現代的西方社會發展歷程，大膽解釋臺灣景況，1980年代政治民主化、社會權威崩解，創造出一個朝現代性移動的階段。只是這階段似乎顯得短暫，尚未來得及建立完整現代性，便順著高度發展的資本主義、全球化與西方「後」現代脈絡，趕忙滑動到具有「後」現代本質的社會。快速變遷的臺灣像是進入時空擠壓狀態，現代性遭到傳統與「後」現代兩端壓縮。所以臺灣新聞場域一方面具有傳統特徵，如到現在爲止，即便有管理制度，但封建式的人治管理方式仍是主流，老闆決定了新聞部門主要人事的任用。另一方面則具有「後」現代性格，例如客觀不受到重視，新聞成爲混種文類，具有展演、可拋棄的特性。只是無論如何，新聞專業最需要的現代性成分，卻因爲傳統與「後」現代擠壓而退出了新聞場域的中央位置，或根本未培養完整。

　　對新聞工作來說，這段轉變具有深層意義。它透露臺灣媒體近年的變化不能只歸因於資本主義，事實上，消費、液態、個人化（Bauman,

2003, 2007）這些較不受新聞學者注意的特徵，也是解釋三十年來臺灣新聞場域轉變的重要關鍵。舉例來說，當下臺灣新聞缺乏公共性、不太討論公共議題，通常會被學者與實務工作者歸咎於收視率因素。這種解釋有其正當性，只是如果換個角度，由於「公共」如同「新聞」一般，同樣屬於現代性概念，而且「公共」的理想性質可能更爲濃厚，因此在當代社會失去現代性後，「公共」顯得水土不服便屬理所當然的事。

　　基本上，公共相對於私人生活而存在，涉及公民間的相互承諾與連結，共同關心與參與社會集體層面的事務，藉此讓社會、國家更進步。這種理想概念出現在許多社會學教科書中，也一度看似對應於1980、1990年代臺灣社會。無論當時基於何種緣由，社會大眾關心政治改革、環保運動、勞工運動，臺灣媒體也在此脈絡下大量報導公共事務，政治新聞經常是頭版，政治記者有著重要地位。只是無法否認的是，即便在西方社會，公共性的理想也不容易維持，Sennett（1974 / 萬毓澤譯，2007）便論述著公共人的消失，隨著現代社會發展，民眾對於打探政治人物私生活的興趣，逐漸高過於政策討論。Habermas（1987）則主張個人與國家間已非保持公民關係，而是消費者關係，以前發生在公民間的辯論，現在被化約成爲政黨間的政治辯論或政治修辭，目的是爲了選票。晚近生活世界已被政治經濟系統的邏輯殖民，被科層化、商品化，加上資本家操弄，都促成公共場域與理性溝通瀕臨崩潰邊緣。倘若再進一步來看，在「後」現代脈絡中，以消費爲重心（Bauman, 2007）、在意私人生活的個人，對公共議題失去根本的興趣並不奇怪。或者需要花時間去理解的政策新聞，亦不符合液態社會強調的輕巧流動特質。也因此，臺灣過了風起雲湧的改造年代之後，當下無論是在報紙或在電視，政治新聞與政策新聞並不討好，如果有，往往也是內幕式、花絮式的報導，帶領觀眾打探公眾人物的私人生活，而非瞭解政策本身。更乾脆的是，乾脆充滿吃喝玩樂、民生消費、演藝娛樂新聞。

　　再一次地，這類型主題的新聞，的確可以用收視率、老闆唯利是圖加以解釋，但這種解釋角度也漏看與化約了許多細節。「後」現代不只是高

度資本化這項特徵而已，或者說，諸多「後」的特徵與資本主義高度發展間有著複雜、深淺不一、難以釐清的因果結構關係，單純從資本主義角度進行解釋有著過度化約風險。例如現在年輕記者失去對政策議題興趣的原因，可能是因爲他們不得不向主管要求低頭，但也可能是因爲他們成長於「後」的年代，本來就沒有那麼多社會運動，有的是媒體上的政治明星；沒有那麼多需要深入瞭解的公共、政治改革問題，有的是更多與自己有關的消費美學問題；沒有那麼多厚重的理論書籍，有的是娛樂性質與網路遊戲的影像邏輯。

　　也就是說，三十年來新聞場域的轉折，不只是新聞場域內的問題，也不單是資本主義促成的結果，在我們熟悉發行量與收視率這組解釋之餘，我主張，改從社會本質改變角度看問題，有助於將傳統研究視野轉移出來，可以更全面、更細緻地描述過去與當下新聞工作的實務樣貌，透過結構與行動者的社會學關照，瞭解實務工作者面臨的社會情境，以及他們在其中所扮演的行動者角色。

二、本書章節脈絡

　　三十年不算是短時間，有許多值得記錄的事，也值得書寫成一段有關新聞改造計畫的新聞史。不過基於研究興趣，本書並非在歷時性書寫這段歷史，而是想利用社會學式角度，書寫轉折前後兩階段的新聞工作的實務樣貌。就研究論述策略來說，本書將以報紙與有線電視作爲兩時期的代表媒體，分別論述各自實用邏輯，以及如何形塑出兩時期的新聞概念。大致分爲以下章節。

　　接續本章，第二章將整體說明在「後」現代脈絡中，學術式新聞專業的失靈，與實務場域的封閉化傾向，並且說明本書研究論述立場與策略。這部分涉及個人過去對於新聞學與學術工作本身的思考，以及對於實務工作封閉傾向的看法。第三章與第四章是相關章節，聚焦在報社這個改造年代最關鍵媒體。第三章，透過報社資深記者視野，我提出「農耕」模型作爲分析與理解架構，論述1980與1990年代新聞工作特徵。對應當時相對

傳統、具有黏著特質的社會，資深記者們如同農夫長期在自己路線上耕作，搭配同樣需要時間經營的新聞工作方式，累積出自己的專業名聲、榮光。第四章則處理2000年代後半，社會本質轉變、報社經營環境改變，在新舊時代交錯而過之中，肩負生計壓力與既有價值觀的資深報社記者，如何面對這段轉折過程。

第五、六、七章是相關聯章節，但焦點轉移至更具時代代表性的有線電視新聞。第五章先論述隨臺灣社會「後」現代化，農耕模型消失後，媒體組織內部與路線經營的關鍵性改變，以及逐漸展現的零碎化工作特質。第六章順著零碎化、公共消失兩條軸線，論述新聞本質與新聞工作方式的改變，如何成為可拋棄式新聞。第七章則對比客觀、事實、社會公器幾乎從電視新聞中消失的事實，以「做電視」概念，論述當下電視新聞的另一項特徵：展演新聞的出現。可拋棄與展演兩項特徵，具體宣告電視新聞回應「後」現代特質，從一種屬於新聞的文類，轉變成一種屬於電視的文類。第八章，為本書結論。

在接續開展本書論述前，幾項事情需要說明。第一，本書強調將新聞場域放在社會改變脈絡進行觀察，並非代表本書站在社會決定論式的立場。事實上，媒體作為當代社會關鍵工具的事實，便明白說明媒體與社會間具有一種難以言明、互為因果的關係。倘若加上行動者角色具有能動性，不應在研究分析過程中被省略，我主張，社會環境、媒體環境與行動者透過一種複雜交纏關係，共同促成許多實務現象，如後面章節會提及的「用Line會稿」、「展演新聞」，而這種複雜交纏關係也實際組成本書重要論述立場。

第二，本書分別以報紙與有線電視新聞，作為過去與現在新聞場域的代表媒體，而非不分類別地綜合論述所有媒體新聞的轉變。這種選擇主要涉及兩項考量，首先，改造年代，報業保持高度發展狀態，持續引領新聞專業改造，報紙新聞也實質作為當時新聞工作的典型定義。改造年代之後，報業式微，大量出現的有線電視新聞台不只逐漸成熟，站穩腳步，更實質改變了以往由報紙定義的新聞工作方式。其次，報紙新聞是現代新聞

工作的典型樣態，對應改造年代的社會特徵，相對地，排除尚未成熟、建制化的網路新聞，有線電視新聞「影像」、「即時」、「展演」、「可拋棄性」等特徵，則更爲典型地對應「後」現代社會特質。而且在複雜因果結構的影響安排下，影像等諸多特徵，亦程度不一地反映在「後」現代社會中的報紙新聞、網路新聞之上。因此，回應新聞是與社會相互形塑後的文化產物這個命題，本書選擇各自聚焦於報紙與有線電視新聞，勾勒過去與現在新聞工作的樣貌，企圖達成更爲細緻厚描的目的，並藉由聚焦兩種典型新聞的比對分析，觀察媒體與社會本質轉變間的關係，不致因爲需要分析所有媒體而顯得散亂失焦。

　　第三，本書將過去三十年新聞工作區分成兩階段，也在許多地方將記者區分成老記者與年輕記者，但想提醒的是，這些區分總非截然二分的。例如在當下，公共性並未徹底消失，也有在意公共議題的年輕記者。在過去，許多新聞也與公共無關，部分記者流動性很高，同樣具有類似Bauman（2003）論及的液態特性。在現象解釋與書寫時，這些區分具有其必要性，但二分終究冒著簡化危險。我們需要理解當下許多特徵過去便存在，只不過不是那時候的主流，而以往許多特徵當下也依然存在，只是不再居於明顯、重要位置，或改用其他形式出現。

　　第四，本書藉由西方社會學「後」現代概念作爲對比基礎，我也不迴避地認爲，跟隨美國式全球化與高度資本化的強勢發展，臺灣當下具有「後」現代社會特徵。不過這並不代表我假設臺灣社會是走傳統、現代、「後」現代這條標準西方進程，或認同這條歷史進程。特別就學術工作來說，我還是提醒自己看到屬於臺灣社會本質變化脈絡，而非只是複製「後」現代相關理論。因此，我嘗試由在地性提問開始，透過貼近實務工作場域方式，論述臺灣新聞場域的過去與現在，然後最終再回到學術位置，提出屬於本書的分析與批判。

　　最後，我嘗試進行一次社會學式觀察與書寫，雖然野心可能過大，但希望這種嘗試可以在「後」的年代中，用新方式重新開啓、或恢復實務與學術兩個場域對話的景緻。畢竟，這才是一種多元的展現。

註

註一：西方社會對於當代歷史進程的討論本身也有爭議，當下應該被稱為第二現代性、現代性後期，屬於現代性延伸的時期，或是根本處在一個叫做後現代的全新階段，不同學者有著不同說法。但，西方社會學者大致都同意當下社會某些特徵，與傳統現代性具有顯著差異，例如：全球化、消費、液態、影像虛擬。不過由於歷史進程並非本書關注焦點，因此我對於當下究竟是現代性後期或後現代這個問題，將不再多加著墨討論，但在遭遇行文論述需要時，我將策略性地把「後」括號起來，將臺灣社會大致標定為兩個具有不同特徵的階段：1980與1990的改造年代，以及當下這個「後」現代時期。

02

第 2 章 ▶▶▶

新聞學與新聞工作的困境

　　三十年來，臺灣新聞場域的改變，爲學術場域創造了難得研究機緣，學者像是占據一個奇妙位置，可從這個大型社會實驗室取得許多研究主題，以及批判檢視的素材。在這種就學術論學術的冷酷說法中，我也是得利者。近十多年來執行的研究，幫忙我串連起研究觀察的時間縱軸，持續觀察新聞實務工作的改變，最後促成本書的完成。

　　只不過除此之外，這段不算太短的研究經驗，也幫忙我體會與發現到三項重要的後設原則：傳統新聞理論的觀看侷限、實務場域的封閉困境，以及研究作爲一種逆向工程的困難度。這三項相互連結的發現，不只屬於長期研究觀察新聞工作的部分結果，也被具體落實於本書書寫過程，構成整體論述立場。基於這種雙重關係，本章將先行論述三項原則，一方面直接呈現此部分研究結果，另一方面則企圖藉此幫忙讀者掌握本書論述角度，以利後續閱讀與批判。

　　本章分三節，前兩節分別論述新聞學對實務工作的意義究竟爲何，以及當實務工作成爲封閉場域，對新聞工作產生何種影響。第一個問題是我對於自己作爲新聞學研究者角色的基本提問，實際促成本書嘗試跳脫新聞學話語權，重新描述過去與當下實務工作的企圖。第二個問題是長期觀察實務

場域後的一種結論與擔憂，在「後」現代的脈絡下，這部分觀察將再回過頭整體回應學術研究存在意義的問題。第三節涉及我對於研究工作本身的反省，並簡要說明本書論述策略。

🌀 第一節　新聞學的失靈

在新聞是應用學科的前提下，這幾年愈來愈凸顯一個問題的重要性：新聞學、新聞教育，與新聞相關研究，究竟有什麼用？這個問題可以存而不論，但卻是重新理解新聞工作的關鍵。

如果就當下進行分析，這是組因為環境劇變所導致的問題。許多學者便熱烈討論改變中的新聞工作、新聞工作的未來（Franklin, 2012; Lowrey & Gade, 2011; Phillips & Witschge, 2012; Zelizer, 2009），並且成就了大量學術論述。其中，高度商業化與數位科技是兩股主要環境改變趨勢。只是如果仔細來看，這些論述卻也回頭指向學術場域內的兩個問題。首先，我們可以發現，面對高度商業化的實務場域，雖然部分學者持續提出各種批評、質疑與建議，但不可諱言地，整個學術場域也於同時間面對同樣高度商業化的困境，同樣得面對著新聞教育必須有用，不能與實務工作脫節的現實壓力。然後，順著「有沒有用」軸線，學術場域開始關切起數位敘事、大數據等議題。這些想讓新聞學更合時宜，學生更具環境適應力的企圖，正面更新了新聞學，前瞻性地從事了研究與進行課程改革，只是在正面與前瞻之間，「新聞」似乎被化約或被引導成「資訊」處理工作，然後默默減弱了新聞學與新聞教育原有的專業想像成分。

其次，另一項與本書更為密切相關的問題是，在當下這個時間點，我們的確需要關切環境劇變，更需要關切該如何相對應調整新聞學與新聞教育，以免它們變得沒用，但於此同時，我們也需要體認到「新聞學沒有用」、「有沒有用？」、「究竟有什麼用？」這組問題早已存在，只不過很少被學術場域嚴肅討論。事實上，過去十多年，無論是在正式訪談或私

人聊天聚會場合；無論是針對單一個案或籠統的新聞學，實務工作者質疑新聞學沒用的話語從未停歇，只是相關話語可能不夠大聲、在檯面下而未被注意。或者，部分受訪資深記者不是傳播科系畢業、沒讀過新聞學書籍，卻能順利完成每日工作，甚至跑出大獨家、做出深度調查報導等事實，也像是用反諷方式質疑了新聞學的「有用性」、「有什麼用」。

而對應長期觀察實務場域的研究經驗，我主張，無論過去如何，現在是需要從實務場域角度反觀「新聞學究竟有什麼意義」的時候。一直以來，我們習慣就新聞學論新聞學，就新聞學論新聞工作，這種方式有其必要，在改造年代，更具重要的指引與規訓意義，只是進入「後」現代脈絡後，我們也需要嘗試傾聽實務場域的觀點，去瞭解新聞學對他們的意義是什麼，如此才可能處理與實務場域間的關係，也才可能建立起對話的可能性。因此延續話語權問題，本章將以「有沒有用」這個問題爲基礎，分別向前與往後延伸出另外兩組問題。第一組是如果從實務工作角度回看新聞學，在臺灣，新聞學對實務工作的意義究竟是什麼？這個對應單一行業的應用學科，眞的懂這個行業嗎？第二組問題是，就在新聞學不再有用，實務工作者自信走自己路的同時，無意間形成的封閉場域，對新聞工作產生何種影響？

一、新聞學與它的規訓企圖

想要討論新聞學的意義，新聞學是否懂新聞實務工作、是否對應新聞實務工作，一種方式是透過新聞學教科書進行觀察。而與美國密蘇里大學新聞學院有關的《當代新聞採訪與寫作》（News reporting & writing），從1980到2013年發行至第十一版，應該是具有代表性的新聞學教科書。其中，1992年第四版於臺灣有譯本發行（Brooks, etc., 1992 / 李利國與黃淑敏譯，1996）。

「……『新聞』的定義還是有跡可尋的，而新聞的最基本、也是永遠不改變的原則，就是『正確性』與『公正性』。」（pp.7-8）

「在二十世紀將要結束時，影響美國新聞界的眾多因素中，仍有兩項傳統是不應磨滅的；第一是職業道德，職業道德督促每位記者報導準確及公正的新聞。第二是客觀性，客觀二字很容易解釋，但卻很難做到，以上這兩個傳統標準是記者們與編輯們一直在努力的目標。」（pp.13-14）

上面兩段文字引自《當代新聞採訪與寫作》第四版中譯本第一章。沒有太多爭議，它們清楚說明了正確、公正、客觀性原則在新聞學中的中心位置。這些原則同樣出現在2011年第十版（Brooks, Kennedy, Moen & Ranly, 2011），只是回應新科技與公民新聞脈絡，第十版還強調了新聞在民主社會中的傳統角色。除此之外，作者們也注意到讀者需求在新聞工作中所扮演的角色，第四版（Brooks, etc., 1992／李利國與黃淑敏譯，1996：9）便清楚書寫著「讀者想要知道更多訊息，範圍從愛滋病、教育危機、外國的政經現況到老年人的性生活問題，過去報社扮演的『指導』功能，現在必須擴充且包含生活中的各種資訊。」

在正確、公正、客觀作為前提下，《當代新聞採訪與寫作》清楚記載著新聞工作的各種作法，例如5W1H的倒寶塔結構；採訪前如何進行事前準備；要懂得哪些採訪技巧；如何處理與消息來源的關係；如何蒐集與查證消息；如何處理公關新聞。另外，如同其他採訪寫作教科書，《當代新聞採訪與寫作》也用不同章節具體描述該如何將上述技巧應用到災禍新聞、犯罪新聞與法庭新聞、專題報導、經濟與消費新聞、體育新聞之中。

這本以採訪寫作為重點的新聞教科書，雖然側重於技術層面，但與大部分新聞學者一樣，同樣選擇了正確、公正、客觀作為基本原則。而且更重要的是，技術作法對應著原則立場，這些原則不只出現於該書第一章與之後的新聞倫理章節，更實際穿插於各個章節中，整體鋪陳出美國式新聞專業的價值觀與意識型態。為了追求正確、公正、社會公器，新聞學論述的是一種需要花時間才能完成的專業，各種訪問、查證、引述、寫作等技術都在確保達成專業目標，而非只為幫忙記者寫出一則新聞而已。甚至，「新聞需要滿足讀者需求」這項構成商業邏輯的核心要件，新聞學亦把它

設定在資訊面功能,而非當下實務場域普遍認知的娛樂面、打發時間等。以上種種狀況說明著《當代新聞採訪與寫作》不單是一本技術手冊,事實上,在描寫該如何採訪寫作的字裡行間,它更反覆、默默地定義怎麼做才是好新聞、好記者,藉此規訓出標準的新聞工作者。

當然,包含其他更為理論的新聞學書籍、新聞學相關研究在內,整體而言,它們都不應被單純視為中立的技術論述,或者,新聞學除了可以是種技術論述,更是道德式論述,揭示什麼是對的、好的,什麼又是錯的、不好的,它們具有應然面的意義,同時展現出Foucalt式(1980)的論述與權力關係,具有規訓意義(紀慧君,2002)。也就是說,新聞學教導新聞應該怎麼做的成分,可能不小於描述新聞是什麼的功能。新聞學者透過書寫這套論述,傳遞了自己支持的意識型態,於專業所構築的善意父權下,默默展現規訓力量,定義了什麼是好新聞、好記者,將不符合標準的工作方式,歸類成異類、不專業,是應該避免的東西。

新聞學具有應然面、規訓的意義,只是想要充分發揮這種規訓權力,還需要實務工作者配合,因為規訓權力的施展往往不是單方面說了就算。而當下、臺灣新聞實務工作現狀似乎便有力地說明規訓權力的瓦解與無力,更直接的說法是,如果新聞學具有規訓權力,當下新聞媒體就不至於被視為亂源、公害(林元輝,2006),引起那麼多批評。另外,因為新聞學的規訓本質,企圖將專業想法部署到實務工作中,因此,就在傳播學者批判特定社會階級總是霸占媒體話語權的同時,我們似乎也應該回頭思考類似問題:一直以來,我們是否過度想像了新聞工作的專業樣貌,然後在不知不覺中透過新聞學占據了話語權,排除其他人想像新聞的可能性。解放定義新聞話語權,有助於我們重新觀看實務工作。

二、不對應實務工作的新聞學

新聞學可以有著規訓企圖,但不聽從新聞學規訓是否就代表實務工作有問題,是件值得重新思考的事情。

一直以來,無論是早期被認為政治力量涉入,新聞工作不夠獨立自

主、不夠客觀平衡，或者後來認爲媒體感官主義、具有小報化傾向（王泰俐，2015；牛隆光、林靖芬，2006；蘇蘅，2002），置入行銷讓新聞不再報導事實，臺灣新聞實務場域似乎總是處在犯規狀態。這種持續犯規狀態剛好落實了規訓脈絡：因爲不遵守標準，所以有問題，需要被批評。犯規反向凸顯了新聞專業作爲裁判標準的事實，更重要地，也因爲學術場域已經依照專業標準進行批評檢視，所以也就不會再去細究是否還有其他標準存在的可能性，實務工作可不可以、有沒有屬於自己的邏輯。畢竟，我們很難會在認眞投入一場遊戲的同時，反過來質疑遊戲規則，更不太會去細想是否存在另一套遊戲規則。

　　然而透過以往研究的長期觀察，我發現實務場域其實有著屬於自己的工作邏輯，對應社會本質改變，過去三十年大致呈現出兩種樣態。扣除爭議性大的政治干預，大致來說，1980與1990年代，較接近專業想像的樣貌，之後，則離開很遠。兩種樣態與各自細部的工作邏輯，將在本書後面章節完整描述，不過爲了行文論述需要，這裡先簡單以當下電視新聞爲例。

　　長久以來，我們習慣將電視新聞當成新聞，期待他們符合正確、客觀等原則，只是訪問許多電視新聞工作者後，我卻愈來愈清楚地意識到一個重要事實：電視新聞其實更像是在「做電視」，而非「做新聞」。因此不同於新聞學教科書描述，對當下電視新聞來說，觀眾才是最重要的原則，相對地，正確、公正等古典原則則不再重要，甚至被許多新聞工作者遺忘。而且，所謂的觀眾需求也不再是《當代新聞採訪與寫作》描述的愛滋病、教育危機這種仍帶有嚴肅成分的訊息，而是大致被簡化成收視率的讀者想像。不管內容、形式如何，就是要想辦法大量提供讀者想要的東西，然後搭配快速、方便、好看的方式完成吸引人的新聞。

　　再以「引述」這項基本工作爲例，《當代新聞採訪與寫作》（Brooks, etc., 1992／李利國與黃淑敏譯，1996）第五章〈引語與消息來源〉，主張它是一種在正確、公正基礎上，讓讀者讀起來津津有味的技術，所以引述需要確認核實；除非確定受訪對象要表達的意思，否則不要

引述；部分或不完整的引述最好不使用；傾聽對方措詞、獨特表達方式，設法表達這些特色，以鮮活呈現人物個性（Brooks, etc., 1992／李利國與黃淑敏譯，1996）。到目前爲止，這些引述原則對新聞學者而言都還適用、沒有大錯。而將採訪對象的某段指控、自我辯護，或對事件的說明解釋剪進新聞播出帶，則是電視新聞進行引述的一種實際作法，也因此理論上，引述內容同樣需要經過確認核實、確定採訪對象語意等動作。

只是在「做電視」脈絡中，電視記者同樣習慣於「引述」採訪對象話語，但背後卻有著不同的處理邏輯。從訪談發現，當下電視新聞是一種敘事工作，記者之所以剪進某位受訪對象的某段發言畫面，通常是因爲它們符合記者原先就設定好的敘事邏輯、對事件的假設，以及電視臺的立場；因爲剪入這段話語與畫面，會讓整則新聞更爲活潑生動；或者根本是因爲長官指定要某段訪談。並且因爲是「做電視」而不是「做新聞」，所以只要符合上述需求，記者很少會針對採訪對象的話語進行確認核實的動作；經常捨棄某些符合平衡報導原則，卻不符合預設敘事邏輯的訪談片段；更經常因爲斷章取義，甚至故意誇張、曲解其意，讓受訪對象直跳腳。不過，不可否認地，這些方式的確讓當下電視新聞敘事節奏比較緊湊、有趣，也可以更快速地完成工作。

「做電視」而非「做新聞」，說明電視記者雖然在做引述、查證，也實際因爲引述與查證不周而招致批評，但他們之所以被批評的原因，並不在於實務工作者沒有達成專業標準，或離標準有多遠，而是實務工作自有一套做電視的邏輯，讓他們用不同於新聞學想像的標準處理手邊的新聞。因此，如果我們想像某位臺灣主流電視記者正在撰寫一本實務版採寫教科書，這本教科書與《當代新聞採訪與寫作》也許有著類似章節結構，都包含訪問、查證、引述、寫作等技術，但卻會有著大不相同的方向與內容。極可能出現的狀況是，實務版教科書中沒有太多關於正確、公正、社會公器的描述，取而代之的是觀眾、好看、收視率，而各種採寫技術也相對應出現差異，諸如引述相關技術便呈現前面的描述狀況。

三、從應然面意義到幾乎沒有意義

　　「做電視」與其他更多例子，共同提醒當下學者一項重要事實：新聞學的問題可能不在於過度理想化，而是在於雙方雖然看似有著共通語彙，但實務場域卻實則是用另一套邏輯做事。這個事實促使我們需要進一步去問新聞學對實務工作究竟具有何種意義？

　　這麼問，並不代表我認為新聞學應該遷就實務發展，相反地，我主張新聞學有其重要的規訓意義，理想更是學術工作需要堅持的靈魂，只是在新聞學具有應用科學本質的前提下，這終究是無法迴避的問題。而在臺灣，這問題可以分兩階段進行討論。

　　在臺灣1980年代嘗試尋找新秩序過程中，因為新聞學被用來當作新聞改造的藍本，所以對於支持改造的實務工作者來說，新聞學的意義自然落在他所提供的道德與理想指引，以及可供改造參考的應然面規則。例如從1994年因自立晚報易主引發的新聞室公約運動（涂建豐，1996；蘇正平，1996），隨後成立的臺灣新聞記者協會（楊汝椿，1996），便可以清楚看到新聞學者與實務工作者的合作對話，以及內部新聞自主等概念在當時扮演的重要角色。改造凸顯了新聞學原本就具有的應然面意義，至於它究竟懂不懂、符不符合實務運作現狀，在改造當時，也就不是那麼重要的事。另外，在學術權威尚有影響力的改造年代，新聞學透過新聞教育也發揮一定的規訓功能。比對受訪者可以發現，特別是對那些新聞科系畢業，而且一路以專業自持的資深受訪者來說，他們對於置入行銷的厭惡、關於什麼是好新聞與好記者的看法，便透過與其他記者的反差，論證著新聞學的若干規訓作用。當然也有不少新聞科系畢業生未接受規訓，或在現實壓力中逐漸擺脫之前規訓的效果。

　　只不過這種應然面功能似乎沒有維持太久，就明顯消失於改造計畫失敗之後。自此，失去應然面指引功能，又不對應於實務工作的新聞學，幾乎是以沒意義的形式存在於實務場域。愈是晚近，我愈是感受這種轉變，訝異於當下實務工作者們對新聞學論述的認知與態度。絕大部分年輕記者

對於新聞學的認知極為簡單，很少主動提及「客觀」、「事實」、「公共」，針對具體個案進行討論時，也未清楚意識到自己缺乏查證、平衡作為，甚至會在研究過程中認真地反問「那可以告訴我該如何做平衡報導嗎？」。就資深記者來說，新聞科系畢業者平均有著比較多認識，但在現實壓力下，無論理解程度高低、是否新聞科系畢業，新聞學應然面意義快速消解是不爭的事實。至於電視主管，則無論瞭不瞭解新聞學，他們或直接或間接地承認新聞調度是依收視率進行，或只有在國家通訊傳播委員會約談時，才會想到新聞學的內容。

再或者，實務場域更是直接在實作中悄悄、殘酷地拒絕了新聞學。例如置入行銷與每分鐘收視率這兩個議題，儘管學術場域討論地沸沸揚揚，實務工作者有時被邀請參與對話，甚至在國家通訊傳播委員會介入下也做出某些調整，但沸沸揚揚之後，新聞還是有著置入成分，每分鐘收視率繼續存在，只是改用更細緻、檯面下方式進行。另外，相較於這兩個被大量討論的議題，其他更多沒有直接裁罰或換照威脅的新聞學批評，如新聞戲劇化、斷章取義、缺乏平衡報導，實務場域幾乎沒有回應，沒有改變，甚至有愈來愈誇張的情形。

因此，如果就實務論實務來看，排除罰款或換照問題的威脅，其實實務場域平日就是默默用自己方式做新聞，而新聞學或學術批評也於同時間真正成為教室中、教科書裡的理論，不必公開挑戰，也不需在意。在這種狀況下，新聞學像是徹底退回到學術場域，變成學術場域內自我定義的論述遊戲，學者持續進行學術討論，持續提出批評檢視，卻幾乎不具有影響實務工作的可能，也與實務工作的差距愈來愈遠。新聞學在當下臺灣新聞實務場域內幾乎不再具有意義，雖然這麼說有點奇怪與殘忍，但卻可能寫實描述了臺灣新聞場域內的事實。

❋ 第二節　封閉的實務場域

　　新聞學成為自我定義的論述，暗暗挑動學術場域的合法性危機，不過另一方面配合著「後」現代脈絡，它也透露著實務場域愈形封閉化的傾向。當然，實務場域可以不管這個問題，就是用自己方式做新聞，可是如果我們同意新聞媒體是現代社會用來監督當權者的一種制度化安排，特別是當下臺灣新聞媒體也以監督當權者角色自居時，新聞媒體本身便無法迴避被監督的問題，需要具有開放系統所需要的透明度。也因此，封閉化不只是實務場域內的問題，而是一個帶有道德成分、必須處理的問題。

一、封閉化的傾向

　　事實上，改造的1980、1990年代，臺灣新聞實務場域就有著封閉傾向，或者，要成為開放場域本身就是不容易的事。不過整體而言，民主化浪潮、社會對於學者的傳統尊重，以及單純、尚未高度資本化的學術場域，這些複雜原因在當時創造了一種微妙、也許可用溫良恭讓形容的互動氛圍，稍微緩解了封閉傾向。當時學院舉辦的學術研討會，會邀請報社主管參與對話討論，回應學者寫的文章；針對線上新聞工作者舉辦實務工作研習營，討論諸如全民健保等熱門新聞議題。相對地，大型媒體則會邀請學者幫忙上課，進行職業訓練，倘若加上同學朋友關係組合出的私下互動，我們大致會發現，雖然當時新聞場域也有封閉化傾向，但這些方式保持了雙方對話機會，以及實務場域的微弱透明度。

　　然而隨後臺灣社會的高度資本化，同時影響了實務與學術場域，讓雙方失去這些原來就不多的連結。我們可以從很多細節觀察實務場域封閉的傾向。例如理論上，因應國家通訊傳播委員會要求，各新聞台設立的倫理委員會，便是一種持續引入外部意見、維持透明度的制度性安排，而制度性安排意味倫理委員會需要定期召開，並且需要確實回應相關建議。只不過如同國外媒體公評人制度不易發揮功能，有著幫媒體扮演公關角色的擔

憂（Dorroh, 2005; Ettema & Glasser, 1987; Meyer, 2000），在臺灣，倫理委員會似乎也是一種「盡在不言中」的形式機制。如同一位受訪高層主管表示，多半就是大家來開開會，討論一下而已。另一位主管則表示他所屬媒體近來沒有犯下大錯，所以開會好像也不知要談什麼。再對照各家新聞台於網路上公開的開會紀錄，至少到現在為止，倫理委員會功能有限，例如一窩蜂式報導始終沒有停止，新聞還是疏於查證、也還是誇張表演。另外，前面提及的置入性行銷與收視率兩個議題，在國家通訊傳播委員會介入、學術場域大力批判下，各家新聞台所展現「上有對策，下有政策」的權變作為，也明白透露實務場域難以被外在改變的韌性。

如果直接進入具體個案的討論情境，實務工作者的話語也緩緩陳述著自己的封閉傾向。我瞭解實務場域必須做出現實考量，也部分同意受訪者們提出的眾多論點，例如新聞不該死守傳統新聞定義，娛樂也可以是新聞該處理的議題；頻道很多、不想看的觀眾可以選擇看同時段別家的新聞；該段新聞收視率很高，代表臺灣觀眾很關心這新聞，而新聞就應該播報觀眾關心的議題。只不過就在他們自信論述自己理由，對外界批評感到委屈、抱怨國家通訊傳播委員會的同時，我也在受訪者的話語間看到一種論述的力量。在「後」現代脈絡中，論述可以透過選擇、重組事實，展現一種有利自己的合理說詞。很多時候，複雜說詞往往就是策略性放大有利論點的結果，因此顯得單面向、以偏概全、過度推論，有時更顯強詞奪理。

當然，我的觀點、學者說法不一定都對，國家通訊傳播委員會也可能誤解某些事情，但在追問下去就可能打壞氣氛的臨界點上，配合更多的平日觀察，我也的確感受到這些說詞背後代表的封閉傾向，甚至因為「後」現代幫襯，這些說詞回過頭強化了封閉傾向的韌性。實務工作者堅持自己慣用作法，很少有所質疑，或者熟識研究對象偶爾也承認他們就是用常規做新聞，沒有想過其他可能性。他們多少知道外界對新聞工作的批評，但回到老問題，只要不被罰錢，還是用當下這種方式做新聞。

還有更多細節可以說明當下實務場域封閉化傾向，不過無論如何，封閉場域對新聞工作產生兩個層面的影響。首先，如果把媒體當成一般產

業，缺乏外在刺激的封閉場域，將導致組織學習與創新的僵化（Leonard-Barton, 1995; Nonaka & Takeuchi, 1995）。理論上，競爭是個複雜概念，可以導致創新等正向結果，但麻煩的是，臺灣新聞媒體對於競爭似乎抱持一種恐怖平衡式的簡單想像，就是擔心與對手不一樣而落後，然後再實際隨著主管與新聞工作者在各家新聞台間轉換工作，共同促成媒體間相互複製抄襲工作方式的現象。因此一旦某電視臺採用大螢幕牆、主播站播的播報方式，別家電視也會跟著效法。某段期間內，大家都流行用實驗方式製作生活新聞，認為這樣的新聞生動好看。或者編輯臺、主管辦公室、副控室、攝影棚內的監看設備，更把各家新聞工作者綁在一起，看到別人有什麼，自己就要有；別家先播出了某則新聞，馬上忖度要不要調整自家新聞播出順序。當場域外部意見進不來，內部又不斷複製彼此作法的同時，新聞題材、內容、工作方式趨於同質化，並不奇怪。

這種狀況描述了媒體產業競爭力困境，影響的或許只是新聞媒體本身，然而如果我們認為媒體不只是商品，還是需要公共性，具有第四權角色，那麼封閉傾向將導致另一層次的嚴肅影響。

二、缺乏現代性的困境

理論上，雖然美國新聞學教科書較少使用現代性這名詞，但客觀概念便充分反映著現代性精神，第四權與公共場域概念則說明新聞媒體在現代性社會中的現代性角色：設法讓權力運作具有透明度，並且扮演平衡拉力，避免社會主流階級集權濫權。只是想要稱職扮演這種機制，新聞工作本身也需要透明與平衡的拉力，以免為私利而濫權。1947年美國新聞自由委員會（Commission on Freedom of the Press, 1947），提出「自由而負責的新聞事業」，或隨後四種報業理論中的「社會責任論」（Siebert, Peterson, & Schramm, 1956），就大致陳述了這種關係。我們需要媒體發揮第四權功能，但新聞媒體本身需要對社會負責，而非假自由之名，只看到利潤，反過來成為權力結構的一部分。

社會被新聞媒體拉著，新聞媒體又被其他機制拉著。在這種邏輯中，

新聞工作的實用邏輯：兩種模型的實務考察

新聞學與新聞專業論述便試圖扮演拉住新聞媒體的重要角色，它所設下的好新聞標準，不只有規訓功能，理論上也將實務工作放在一個可以被公開檢視的狀態。當遊戲有著規則、規則也被觀眾知道，觀眾才不至於因為不清楚規則，而看不懂遊戲在做什麼，不知道玩家做了什麼手腳。當然，在西方現代性社會中，還安排其他制度化的拉力機制。如西歐與北歐社會早已設立的新聞評議會（李瞻，1982；Levy, 1967），理論上便是企圖監督單一新聞媒體任意使用自己力量的機制，美國新聞評議會的出現亦是如此，避免商業化媒體出現違反新聞專業的表現。而制度化或機構化也正是西方現代性社會的特徵。

　　然而回到臺灣脈絡，缺乏西方社會經歷一段長期啟蒙運動與現代化過程的事實，讓臺灣社會出現一種弔詭景緻：我們似乎夠「後」現代，也有許多地方依然傳統，但卻缺了現代性，缺乏對於制度的尊重。因此，經歷改造年代後的媒體，雖有制度，但還是依循封建人治本質運作，而且有意思的是，這種傳統特徵出乎意料地融合於「後」現代，配合許多新聞工作者本身也習慣如此，整體構成一種不在意標準與制度、甚至對標準與制度反感的狀態。在其中，新聞工作者的確取得看似不被制度規則綁死的空間，可是同樣狀態也使得老闆與主管擁有更為充分貫徹個人權力意志的空間。在許多裁員、空降人事、職務調動的人事案例中，儘管檯面說法冠冕堂皇，實際上卻不尊重制度，甚至不顧人情法則，就是依老闆與主管喜好做出調整。另外，新聞處理亦是因人而易，例如某位長官特別喜歡某位記者用誇張方式入鏡、用誇張方式過音，另位長官則嗤之以鼻。或者，有些長官不說明理由地要求記者用特定政治角度修改新聞，即便記者回報現場狀況並非如此，還是堅持非修不可。這些因人決定新聞的狀況，不被新聞專業允許，是需要極力避免的事，不過卻在訪談中反覆被陳述出來，也反覆發生在實務場域中。

　　在現代性精神沒有充分進入臺灣社會的狀況下，想用機構化方式拉住新聞媒體的企圖像是緣木求魚，如前所述，主事者只需要找到理由說詞，幾乎都可迴避掉外界的監看與壓力。因此，一方面臺灣社會像是進入一種

論述的社會：問題不在於發生了什麼，而在於能不能找到好理由，大家都有論述的權力，卻缺乏自我反詰。這部分在後面章節會再進行說明。另一方面，因爲缺乏現代性洗禮，各種制度化機制展現的是刻意安排後的假透明度。例如在威權體制下，中華民國新聞評議會便有著官督民辦的問題（林照眞，1999），之後，臺灣媒體觀察教育基金會等媒體監督機制，似乎也未有實質影響力，而媒體內部的倫理委員會，往往也只是標示「我們有照規定成立啦！」這種形式功能。也因此，在缺乏透明度與外部拉力機制狀態下，老闆權力可以隨時貫穿組織，影響人事與新聞走向，弔詭成爲不直接屬於編輯室，卻可以直接影響編輯室的至高外力。

　　這裡並不是要苛責臺灣新聞媒體的封閉傾向，因爲臺灣社會本身就不見太多拉力，封閉傾向像是臺灣社會整體特徵，發生在許多場域。但回到老問題，如果我們認爲新聞工作還是具有一定使命，不能完全視爲商品，那麼，封閉傾向便不只是實務場域內的事。或者即便用上「後」現代式相對主義作爲立場，也難解除有關責任與道德的宿命。相對地，在制度化拉力機制失靈，學術場域與實務場域又只維持禮貌式互動之際，學術場域除了繼續堅持批評檢視外，另一項能做的事情是，設法嘗試理解實務運作邏輯，分析他們的話語，藉此儘量產生對話的可能性，否則兩條平行線是沒有互動的可能。當然，在這過程中，學術場域也需要展現非封閉性場域的特質，也願意自我反詰。

❋ 第三節　研究作爲一種逆向工程

　　過去十多年的研究經驗，讓我充分思考自己作爲新聞學研究者的角色問題，部分反思結果已呈現於前兩節中，部分則關聯著研究方法層次的思考：作爲實務經驗不如研究對象的研究者，該如何貼近、並且有效度地重建實務場域的工作邏輯？面對社會現象的模糊本質，研究者該如何利用大量、卻不完整的經驗資料進行必要的論述建構？

在社會現象需要詮釋與建構的研究立場（Geertz, 1983 / 楊德睿譯，2002；Schwandt, 2000）下，這組問題更增添了困難度，而因應這組問題，我提出研究作為逆向工程的說法，而本書便可視為逆向工程完成的作品論述。

一、逆向工程與詮釋

倘若將研究工作簡化成處理經驗資料的問題，並且將經驗資料比喻成散落在廣袤土地上的千年古城遺址，有些就在眼前，有的需要時間探索位置，有些已徹底消失，有些則根本不屬於古城市。整體來說，我主張面對這些大量、也有所殘缺的資料，研究不應只是整理與歸類的工作，而是去執行一項逆向工程計畫。研究者需要藉由眼前的傾倒牆垣、巷弄遺址，逆向描繪出古城市原先的地圖，然後以此為基礎進一步推測城市規劃者們的意圖與設計邏輯，以及當時所對應的社會結構。當然，在此過程中，研究者需要不斷自我反詰，避免就是一路帶著自己的理論進行分析，以致最後只是還原出自己想要看到的東西。

換個說法，這是一種細緻蒐集與爬梳經驗資料，建立在研究者不斷反思、自我反詰之上的論述建構過程。而且由於社會學式研究對象並非物理現象或被動客體，而是由一群行動者集體構成或促成的社會行動、社會現象與社會議題，所以，逆向還原工程不只是從遺址廢墟中描繪出地圖而已，更重要的是設法還原規劃者們的集體意圖與設計邏輯，以及地圖對應了何種社會結構、具有什麼樣的社會意義。對社會學式研究而言，具體地圖與看不見的設計意圖、邏輯與社會結構，是不可分割、需要同時處理的東西。城市是人的創造物，但重要的是去理解創造這城市的社會結構、行動者們的集體意圖與邏輯。也因此，本書想要逆向勾勒兩張地圖，描繪過去與現在新聞實務場域的集體規則，並且試圖釐析出這些集體規則背後的邏輯，以及與各種結構因素間的相互關係。最後，則期待透過理解這些東西，讓本書足以進行「批判」工作，藉此扮演與實務場域對話的現代性機制。

（一）研究者與詮釋

在研究方法層次，逆向工程這個隱喻關聯著兩種狀況。首先，地圖是抽象、省去細節的。因此逆向工程愈是成功，也愈可能因為抓到了個案間的共相，而失去每個個案原先具有的獨特細節，就讀者來說，閱讀地圖與理論時，掌握的也是共相，很難看到個案間的差異。其次，更複雜、也更麻煩的狀況是，有時候，地圖可能看起來與現實狀況相互對應，但骨架相似，並不保證抓到了研究對象原先的邏輯與意圖，而這裡便涉及許多方法論教科書討論的建構或詮釋問題（Denzin & Lincoln, 2000）。

因為研究者多少帶著自己理論進入研究場域，很難放空進行觀察，相對地，經驗資料也不是不證自明的，需要被詮釋，這兩種狀況共同造就出不同研究者觀察相同遺址，卻逆向還原出不同地圖、提出不同詮釋的可能性。另外，由於受訪者也是具有能動性與論述能力的人，因此除了研究者會進行詮釋，事實上受訪者也在詮釋自己行為。當研究者是在詮釋研究對象對於自己行為的詮釋，這種繞口令式說法凸顯出研究者無可避免地需要關切效度層面問題，大量依賴受訪者回答的深度訪談研究更是需要如此。同時，它再一次地凸顯了話語權問題：為何研究者的詮釋就是對的。

舉例來看，我在長期研究中便觀察到，雖然老記者認為自己做的是專業，也具體提及平衡、查證、社會責任，理論上，研究者可以藉此宣稱一張「專業」的地圖，可是如果仔細比對其他證據，老記者的這些回答卻也存在著不同詮釋可能性，本書在反覆分析後，便提出相對應的農耕模型。第三章將會詳細說明農耕模型，不過這裡想要藉此簡單說明的是，如果研究者忽略自己本身在進行詮釋，而且經常是利用自己習慣的理論進行詮釋，研究工作很容易進入一種詮釋循環。研究者就只是利用手邊經驗資料，將心中已有的地圖具象化而已，在詮釋循環中看不到其他可能性，更無法理解實務工作者究竟在想什麼、用什麼邏輯工作著。或者如前所述，因為逆向工程不只是要描繪出巷弄街道的地圖，還需要探討行動者的邏輯、意圖或社會結構因素，藉以解釋古城市為何如此樣貌、實務工作者為

何用這些規則工作。當我們缺乏這部分思考，也沒有意識到詮釋具有不同可能性，我們很容易在詮釋循環中，因為看到廢墟中布滿看似專業的痕跡，而不再細究實務工作真正的邏輯、意圖，以及對應的社會結構。最終，我們的研究與批判將只是重複論述新聞專業理論的說法，看到我們想看的東西。

這種情形對應著實證主義遭受挑戰後，方法論對於真實的各項討論，例如，真實是在那裡等著被發現，或是被詮釋出來的（Blaikie, 1993; Hughes, 1990; Slife & Williams, 1996）。我的立場是，社會學式研究不太可能鏡射般地再現真實，逆向工程的比喻便意味著研究者應該面對、承認與小心處理詮釋的本質，包含本書在內，研究是一種詮釋，一種建構。不過這種主張並不表示所有詮釋具有同等品質，沒有好壞之分，因為如果進入這種極端相對主義狀態，學術研究便沒有存在價值。或者反過來就現實來看，學術場域對於哪些研究有問題、哪些很傑出，也大致還是有個標準。詮釋的重要性在於提醒社會學式研究，特別是所謂的質化研究更需要關注研究論述的品質，這是研究者應具備的能力與責任，實際相關作法見於方法論相關書籍，這裡不多贅述。

另外，對應逆向工程概念，簡單說明的是，要研究者不帶任何理論與假設並不太可能，但自覺於自己帶著怎樣理論進行研究觀察，則是必要的事情。避免不自覺發生詮釋循環的關鍵之一，便在於研究者描繪地圖之際，同時關切行動者實際的邏輯、意圖、價值觀等，而不是不自覺地利用自己的邏輯、意圖、價值觀加以替代，以致研究成為將既有理論具象化的工作而已，藉此，也才能部分解決話語權問題。另一種避免詮釋循環的方式是保持懷疑主義式的自覺。這種方式看似容易，但卻違反一般人性，不容易做到，需要刻意提醒與訓練自己。研究者在研究過程中需要隨時保持一種自我反詰的後設作為，隨時停下來反問自己對於經驗資料的詮釋是否適切？是否還有其他可能詮釋方式？對自己當下看法進行自我辯證，不要太快結論。隨時檢視自己的理論是否有隨經驗資料做出修正、精緻化，甚至被否定的跡象，如果理論一直保持不變，最終繪出的地圖與原先理想相

第二章 新聞學與新聞工作的困境

差不多，或許正意味著發生過度使用理論詮釋經驗資料的情形。另外，多重方法的經驗資料蒐集策略、各種經驗資料間的比對、經驗資料與既有理論間的比對，特別是留意特殊個案與反向個案的解釋（Seale, 1999），亦是重要方式。避免依靠單一形式資料造成詮釋時的系統性偏差，也透過多樣、甚至具有悖反關係的經驗資料，促成更多自我反詰的機會。

（二）研究對象與詮釋

關注行動者、關注實務場域話語權，並不意味研究工作需要反過來順著受訪者話語前進。事實上，將訪談研究視為單純的問答工作，不假思索地相信、甚至直接引用受訪者回答的作法，具有極大風險，而風險展現在三個層次。

第一個層次涉及受訪者「想不想說」、「能不能說」、「說不說得出來」這幾個問題。透過以往幾波訪談研究經驗，我發現，面對某些敏感問題，受訪者可能並不想於第一時間，尤其是在顯得快速問答的研究訪談場合，向初次見面的研究者揭露自己想法。人情義理、職場倫理與生計考量，則可能產生「能不能說」的猶豫。另外，「說不出來」也是常態，「會做、不會說」描述著實務工作知識的實作、默識或常識本質（Glasser & Ettema, 1989; Lave, 1993; Sternber, Wagner, & Okagaki, 1993）。受訪者能夠熟練工作，但面對「如何做的？」、「為何這樣做？」等提問，往往只能零零落落地回答。如同常人缺乏後設與抽象思考的習慣，面對「新聞是什麼？」、「好新聞的要素是什麼？」這類看似簡單、卻抽象的問題，部分受訪者經常需要停頓一會才能做出簡單說明，甚至經追問後仍沒想法，有些受訪者更是坦承表示以前從沒想過這些問題。

第二個層次，在沒有極端到認為每次訪談結果都是獨一無二、沒有通則化可能性的立場上，隨著訪談研究經驗的累積，我愈加主張，研究訪談是由研究者與受訪者合作組成的獨特互動情境，其中，研究者如何建構自己的提問角色、提問方式，會影響訪談結果，相對地，訪談過程中，受訪者也會選擇適當用語，用合乎規範的方式進行回答（Rapley, 2001），不

會與日常生活完全一樣。

換個說法，研究者與受訪者遭遇時會組出一個「前臺」，就受訪者而言，研究者不只是提問，更是坐在受訪者面前的觀眾，以致他們多少需要帶著展演成分進行回答，程度不一地維持或整飭自己形象。而面對經常審視、批評他們的新聞學者，受訪實務工作者大致有著兩類展演反應。一是想在新聞學者面前展現出好記者的樣子，二是設法為某些新聞工作方式進行解釋或辯解。不過如同一位資深實務工作者私下表示，他們也不是故意要騙人，之所以如此，一部分原因關乎面子與個性問題，所以有人特別會隱惡揚善地展演自己，有人則特別會硬做解釋，不想退讓，但有許多人也相對誠實，說話直接。另一部分原因則是因為長期在灰色地帶操作久了，他們潛意識地相信自己做的事情沒有問題。

然而無論如何，主張受訪者帶著展演成分，選擇合適方式進行回答，並不表示需要因此否定深度訪談的合法性，放棄這種方法。相對地，我主張，當展演是日常生活成分（Goffman, 1959），在訪談以外的場合也會發生；當受訪者的回答是他們對訪談問題進行詮釋的結果，然後研究者再去詮釋這些詮釋，那麼，研究者需要的便不是設法杜絕訪談中的展演，或根本放棄訪談法，而是研究時盡力保持後設警覺，然後設法透過訪談以外資料的比對分析，看到更多後臺狀況。藉此，一方面找出刻意欺騙成分，排除欺騙資料，另一方面當某類展演反覆、普遍發生時，則可能意味著這類展演具有深層意義，需要我們進行更多理解與詮釋。展演是日常生活一部分，本身也是研究工作要探討的一部分，我們很難完全排除展演成分，但警覺有助經驗資料的詮釋。

第三個層次的風險是，受訪者陳述了他所做的事情，卻也同時間認為新聞就是表面這樣，沒什麼好分析的。或者在他們做出部分解釋的同時，過分自信於自己觀點，認為象牙塔中的學者不瞭解實際狀況。

基本上，我同意受訪者有權利堅持自己的聲稱，而停留於現象面描述、缺乏結構面思考，與過度相信自己解釋，這些行為也都符合人性，學術研究亦可能如此。不過我也主張，如果研究者就只是跟隨受訪者停留在

現象面，整理、簡單分類與引述他們的話語，學術研究將會失去大量意義。如同俗民誌研究提醒許多日常行為不只是表面樣態，背後經常隱藏深層規則（Garfinkel, 1967）；或者說，如果我們同意許多社會行動背後具有結構性解釋，需要社會學的想像進行構連（Mills, 1959），社會現象需要進行厚描，並非只是客觀呈現整理後的經驗資料，那麼，回到逆向工程的比喻，研究者便有責任透過訪談追問、個案間比對，個案與文獻理論比對，嘗試建構出行動者的深層邏輯，探究深層的結構性因素。研究不應該只是重述研究對象觀點與話語，而需要將經驗資料概念化，提出更為深層、結構性的理論論述。

二、研究與論述策略

　　民國89到96年，我針對新聞工作進行四波研究（註一）。這四波研究一方面完成了各自任務，另一方面也在計畫之外，串連起一個可以進行歷時性觀察的研究機緣，我逐漸感受到臺灣社會與媒體發生重要變化，以及新聞學失去意義的困境。這種體會具體形成了本書的提問，然後於民國99到100年，以及民國102到103年，再執行了兩波新研究，輔以長期研究觀察，嘗試在交錯而過的年代，分別描述過去報紙與當下有線電視新聞實務場域的樣貌。

　　不過隨著具體問題的逐漸形成、想要理解實務場域觀點的企圖，以及有關研究方法的實際反思，我也開始意識到研究與論述策略的問題。理論上，人類學式的參與觀察方式是最好選擇，既可做到長期觀察，也可盡力貼近局內人觀點，但，許多現實因素妨礙了參與觀察的可能性。

　　在這種狀況下，我大致進行了兩項調整，第一，兩波研究仍以深度訪談為主要策略，但細部調整了深度訪談原則，這部分後面再進行說明。第二，特別是在第二波研究過程中，為更貼近實務場域，我大膽採取了折衷策略，設法強化了田野觀察的密度。這段期間，我盡力將自己放在有線電視新聞的「準」田野情境，盡力透過各種方式進行「準」田野式觀察。例如，對特定重大新聞個案與平日新聞表現實際進行觀察分析；新聞製播原

新聞工作的實用邏輯：兩種模型的實務考察

則等資料的蒐集掌握；觀察熟識新聞工作者們的工作狀況，以及與他們針對特定新聞個案、特定新聞手法進行討論，或小型訪談。

　　整體來說，與正式參與觀察相比，「準」田野情境經常無法做到高密度的觀察，但這種折衷策略仍具有相當效果。一方面，「準」田野幫忙維繫起有關有線電視新聞場域的敏感度，更能理解局內人的想法與作法；二方面藉此形成某些值得探索的細部問題，幫忙調整了深度訪談問題，或直接以小型訪談方式取得實務工作者對這些問題的觀點；三方面在深度訪談做主軸之下，這些來自「準」田野的資料共同投入論述建構過程，透過經驗資料與經驗資料之間，經驗資料與理論文獻間的比對分析，並配合前述懷疑主義式的自我反詰原則，持續對本書論述主題發動反思詰問，逐步修改、精緻化上階段所發展的理論論述。最後，儘管這種折衷策略不符合研究方法的精準分類，但它們的確幫忙本書更為細緻地勾勒出當下電視新聞所具有的「做電視」、「展演」等各項特徵。而藉由過去與當下工作方式的反覆比對，這部分觀察結果也回過頭幫助進一步釐清改造年代農耕模型的意義。

　　回到深度訪談方法部分。為了深入回答問題，第一波研究聚焦於改造年代的報紙新聞工作。解嚴前後報業的興盛、大量報社記者人力、報社記者對公共議題的投入與影響力、社會對於幾家大報社的尊重，以及有線電視新聞台、網路媒體均不發達的事實，都說明著報紙新聞在改造年代所具有的主流位置。而此波研究共進行十八位資深記者的一對一深度訪談。十七位報社記者，一位廣播記者。八位受訪時仍為記者，十位則因資遣等原因離職。另，除一位三十歲轉業，民國83年入行，其餘入行時間至少落於民國80年之前。

　　第二波有關「當下」新聞工作的研究則落於有線電視新聞台，主要涉及兩項原因。首先，在報業式微，網路新聞仍需解決許多問題的狀況下，臺灣社會對於有線電視新聞經常性的批判與揶揄，弔詭論證了它在日常生活中的重要位置。而且大量有線電視新聞台更是臺灣社會重要特徵。其次，有線電視新聞雖然被稱為新聞，但它們卻默默顛覆了新聞學的實質

內涵，展現許多無法用傳統觀點解釋的特徵。而且相較於報紙，強調影像與速度的有線電視新聞，更明白對應或促成了當下社會的新特徵。例如它讓政治人物面對重要議題時，無法如同以往可以經過深思熟慮後再發表意見，而需要快速滿足媒體提問，促成當下政治決策的簡薄特性（Cushion & Lewis, 2010）。因此，第二波研究，共訪談十三位電視記者，以及九位電視臺中高階主管（一位訪談時離職），另外，包含三位年輕報社記者作為比對。

　　就深度訪談執行策略而言，回應前述研究與論述立場，本書採用的深度訪談並非只是進行開放式問答而已，而是一種結合個案方式的深度訪談。除了透過文獻理論與初步思考結果，逐步架構起訪談問題外，我將每位受訪者視為一個具有詮釋與能動性的個案，每次訪談前會設法蒐集受訪者相關資料，例如新聞工作資歷、過去作品，再依掌握資訊調整每次訪談大綱，訪談時則保持充分彈性以細部調整問題。而個案資料也屬於「準」田野資料一部分，並作為比對分析訪談內容的基礎。第二波研究除瞭解受訪者個案資料外，更於事前觀看他們所製作的新聞播出帶，並挑選部分作為個案，請受訪者說明具體作法、新聞判斷等。藉此，降低單就抽象問題進行言語解釋時的抽象感，也作為實際比對其他訪談內容、掌握訪談時展演狀況的基礎。針對主管的訪問，則挑選適當案例，具體瞭解新聞判斷與編輯臺決策作為。

　　另外，回應前面有關受訪者詮釋的討論，所有訪談偏向以積極式訪問方式進行（Holstein & Gubrium, 1997），偏離實證主義式的訪談概念。我將深度訪談視為一種瞭解對方想法的蒐集資料方式，試圖透過以下訪談技巧：對話、追問、讓受訪者多說話、適時重複提問，以及每次訪談尾段保留一段互動討論時間，讓受訪者有機會充分建構自己論述，也釐清受訪者想法。因此，除了一個案例因受訪者公務繁忙外，其他受訪者每次訪談至少三小時，多數個案為四至五小時，亦有達六小時以上，事後也與部分受訪者保持程度不一的後續聯絡。最後，透過以往執行多次深度訪談的研究經驗，我充分瞭解想要能夠深度、精緻化地進行理論建構，需要受訪者願

意提供深度自述、深度自我揭露。可是有關實務工作的研究，總會包含不少敏感議題，造成受訪者有著該如何論述、揭露多少的猶豫，例如對其他人與事的私人評論、編輯臺處理爭議新聞事件的手法、高階主管資遣記者的方式、同業間競合關係等等，特別是資深記者部分更直接涉及個人生涯遭遇，深層情感面的揭露。因此，儘管明白寫出相關個案或直接引述部分話語，會讓本書更有可看性，也更方便於論述書寫，但取捨之後，我認為在實務工作者提供資訊成就本書的同時，研究工作也有義務避免造成他們困擾，所以為徹底迴避被指認的機會，遵守訪談時承諾，本書將儘量不採取直接引述方式進行書寫。

　　最後需要說明兩件事情。首先，不可否認，對於研究我逐漸偏向「後」的脈絡，主張理論是不斷反思下的論述建構。但無論如何，我也主張作為研究論述，便無法逃避研究品質問題，需要嚴肅面對它們。其次，在「後」現代脈絡中，當研究成為一種論述，也直接意味學術場域需要重新處理「學術工作意義何在？」、「研究有何存在價值？」這些合法性問題。

　　簡單來說，在過去，傳統現代性維繫著大論述的合法性，加上學者與學術工作具有傳統的道德優位，讓以往諸如四個報業理論等新聞專業論述，具有重要規範性意義，也成就了政治經濟學等批判理論重建新聞場域的理想。只是「後」現代脈絡中，一方面，學術場域內部便有人利用「後」持續發動攻勢，持續顛覆學術研究的權威、指導位置，否定大論述的可能。另一方面，受「後」的影響，在實務場域，實務工作也不再尊重學術優位，認為學術研究不懂實務工作，不知民間疾苦，學術工作的批判並不合理。

　　面對這種狀況，我主張，合法性問題是現今學術場域需要面對的功課，它需要更長時間進行更細緻思考，重新找尋或加以重建。不過無論如何，對本書來說，我仍相信規範性理論與批判理論的重要性，他們的存在、持續的批判，維繫了實務工作不致成為封閉場域的可能性，只是在「後」的脈絡中，學術場域也同樣需要避免封閉傾向，才能透過學術工作

產生的實質對話效果。也因此，我期待本書有著Bauman式不慍不火的風格，不慍不火、卻層次分明地分析結構性問題。不慍不火、但卻犀利地提出批判看法。然後在不慍不火間，達成與實務工作對話的目的。

註一：這四波研究分別為：

民國89年，〈新聞媒介組織內部權力來源、運作方式對新聞工作之影響：一個有關中國式權力關係的本土探討〉（計畫編號NSC89-2412-H-030-016）。

民國91年，〈新聞媒介組織內的工作常規與新聞工作：一個從知識與組織角度的重新探討〉（計畫編號NSC 91-2412-H-030-006）。

民國93年，〈新聞工作者自我看待方式與工作策略的互動：一個有關自我超越與建立個人工作風格的研究〉（計畫編號NSC 93-2412-H-030-002）。

民國95年，〈黃金年代的消失：新聞工作者自我認同與工作意義的轉變〉。

第 3 章 ▶▶▶

農耕模型

　　在新聞改造年代，專業，散發極度誘惑力。當時不只是學術場域，實務場域也追求專業，以專業自詡，而且現在大致回溯起來，專業或許也適合描述當時新聞工作。

　　只是隨著愈是長期研究觀察，我愈是發現對學術與實務場域來說，專業具有不同意義。實務工作者自述的專業，是一種經驗累積的專業，並不同於學術式專業。也因此，對應於實務式專業，我提出農耕模型，作爲描述改造年代的整體架構。當時，報社記者是在報社給予的耕地上，利用長期累積的人脈與專業知識，耕耘出獨家新聞等成果，再逐步建立起屬於自己的專業榮光與自我認同。農耕模型是一種基於實用目的、依循實用邏輯，憑藉工作經驗累積的過程，更妥善地對應了實務工作者自述的專業特徵。

　　相較於學術專業模型（以下簡稱專業模型）的理想性，農耕模型具有強烈的俗世性格，明白對應著改造時代的社會特質。一方面它需要充分挨著當時社會特徵，特別是「黏著」特質加以理解，失去這重要環節，農耕模型將失去大部分意義。另一方面，因爲它對應改造年代社會特質，所以跟隨臺灣進入「後」現代脈絡，農耕模型也逐漸消失，造成資深記者需要從農地出走，進入流離狀態的現實。不過簡單提

醒的是，因爲改造年代的社會特質也大致對應著專業模型特徵，加上新聞教育的影響力、學術與實務場域彼此互動等因素，所以造成兩種模型共同使用某些概念與術語，以及容易被誤認的相似外貌。

接下來兩章開始描述農耕模型。本章將先澄清學術式專業與實務式專業的差異，然後描述農耕模型的基本樣貌，最後則回到改造年代社會特徵，說明「黏著」如何促成農耕模型。而第四章則論述農耕模型的消失，以及資深記者從耕地出走後的主體性狀態。

第一節　屬於學術場域的新聞專業模型

一、從技藝到專業模型

新聞是不是專業，始終是個可以引發討論的議題（Bromley, 1997; Dennis & Merrill, 1991; Tumber & Prentoulis, 2005; Splichal & Sparks, 1994）。二十世紀初，美國剛開始新聞教育、提出新聞是專業的年代，新聞其實普遍被視爲一種透過實作經驗累積的技藝工作，而這種技藝本質也正是質疑新聞作爲專業的關鍵原因（Schudson, 1978）。不過隨著新聞教育與相關研究持續發展，技藝與專業間的氣勢也出現消長。McLeod與Hawley（1964）發展出測量新聞專業的量表，以及其他探索專業記者特質的研究（Johnstone, Slawski, & Bowman, 1976; Weaver & Wilhoit, 1991; Willnat, Weaver, & Choi, 2013），便也透露學術場域接受新聞作爲專業的命題。羅文輝（1996）藉由Wilensky（1964）等有關專業定義的研究，整合出專業應具備的四個特質：專業知識、專業自主、專業組織與倫理規範，並且在新聞工作具備部分專業特質，不少新聞工作者擁有相當專業性的狀況下，借用Barber（1963，轉引自羅文輝，1996）的說法，主張新聞是一種「逐漸形成的專業」。另外，羅文輝（1998）也建構新聞專業性量表，包含專業知識、專業自主、專業承諾與專業責任四個構面。

新聞工作的實用邏輯：兩種模型的實務考察

也就是說，雖然沒有執照、專業自主經常受到干預，亦沒有強大的專業組織，但至少對新聞學者而言，新聞不應該只是技藝工作。時至今日，新聞學建立起的專業模型也代表學術場域的正統想像。第一章描述「事實與（客觀）」和「民主與社會公器」兩項主軸，以及《當代新聞採訪與寫作》（Brooks, etc., 1992／李利國與黃淑敏譯，1996）偏向操作層面的論述，便說明著新聞的專業模型樣貌。Kovach與Rosenstiel（2001: 12-13）在新聞應該提供公民所需資訊的前提下，條列以下九項要素也是另一種理解專業模型的方式：

1. 新聞工作的首要責任是真實。
2. 新聞工作首要忠誠的對象是公民。
3. 新聞工作的精髓在於查證的訓練。
4. 新聞工作者必須維持與報導對象間的獨立性。
5. 新聞工作必須作為權力的獨立監看者。
6. 新聞工作必須提供公眾評論與協調的場域。
7. 新聞工作必須讓重要的東西變得有趣與產生關聯性。
8. 新聞工作必須保持新聞的全面性與均衡性。
9. 新聞工作者必須對個人良心道德負責。

在臺灣，受西方新聞影響甚深的狀況下，臺灣新聞學術場域也接受或複製了專業模型，改造年代便有許多關於新聞是否作為專業，以及專業有哪些構面的研究論述（楊秀娟，1989；錢玉芬，1998；羅文輝，1998），期待可以以此為藍圖改造新聞工作。只是就在專業模型顯得理所當然之際，它一邊牽起學者的集體想像，一邊也固定了學者的視角。如同人們習慣利用手邊尺規丈量事物、比對差距，然後因為汲汲於盯著尺規進行比對，而忘記停下來思考是否還有其他更好的丈量工具。當學術場域習慣專業模型的同時，似乎也因為忙著進行丈量差異，而忽略了是否還有其他角度或理論適合用來分析自己所批評的現象。以往許多新聞產製研究（Shoemaker & Reese, 1991）發現新聞專業難以完整實踐的結果，似乎就在暗示專業模型有其限制。新聞專業難在實務場域實踐，可能是因為實務

工作者不努力，但也可能是因為專業模型具有本質上的困境，並不適合描述實務場域。

二、專業模型的困境

十多年來，總有記者在訪談時、在日常聊天過程中表明自己並非新聞系出身，不懂學術世界講的新聞專業，甚至認為在跑新聞過程中，新聞倫理根本是虛構、沒有幾分意義的東西。面對這種不定期、但反覆出現的話語，最初幾年我以為是受訪者謙虛，或訪談時的刻意展演，想藉此否定經常批評他們的新聞學者，不過隨著之後研究特別留意這問題，再配合日常互動的觀察，我開始發現三種狀況。首先，特別是資深記者，他們確實並非一無所知，多年工作經驗讓他們知曉新聞專業常用的某些大概念，例如中立、事實，但嚴格來說，許多記者真的不知道新聞專業是什麼，他們說不出來，或只停留在中立、客觀這幾個大概念，便很難再進一步描述。

其次，他們對大概念的簡單理解可能是以偏概全的，反而弄擰了原意。舉例來說，在一次平日聊天互動中，一位熟識的新聞工作者提及高層表示媒體不應該總是找政府麻煩，有好的地方也應該報導，但她認為這種說法不太對，因為媒體就是要監督政府。簡單來看，「監督政府」的確符合新聞專業的定義，只是當我們的討論持續進行，包含她自己都發現，她所謂的「監督政府」是片面的、不完整的。即便是監督政府，也需要查證、事實、平衡。

類似地，當下流行的找碴式、踢爆式新聞，其實也不是新聞學指涉遵循事實原則，針對公共弊案或公共議題進行的嚴謹調查報導。這些以民生議題、監督政府、維護公平正義為題的新聞，可能有著調查報導的影子，卻差距甚多，像是廉價、取巧的報導方式。在觀眾好像喜愛、長官也參與其中的狀況下，記者就是拿著網路抱怨或朋友提供的線索，在兩、三小時內快速、放大檢視地做成一則新聞，缺乏查證、平衡報導，最後以「政府單位有待改進」、「政府單位需要再加把勁」為結論。而且就許多實例來說，這些新聞所指涉或指控的問題究竟是不是事實、有沒有那麼嚴重，經

常是存在爭議的，甚至事後也證明是捕風捉影，冤枉了當事人與相關部會。更或者這些新聞是在「監督政府」政治正確下，從事的一種收視考量作為，就是想辦法找東西來批評。

第三，受訪者提及客觀、中立這些大概念，但他們於訪談其他段落對自己工作方式的敘述，卻反過來顯示他們違反這些大概念。例如受訪者會讓尚未充分查證的消息見報，只是為了逼當事人出來受訪；願意配合報社推銷報紙，轉介編業合作案給報社，或願意配合編業合作新聞；為了養消息來源，甚至只為人情緣故，而壓下某些新聞，幫忙放消息。對記者來說，這些作為涉及工作時的取捨，他們也有各自理由進行充分解釋，但這些作為也反過來論證學術場域可能高估了新聞學的影響力。

這些普遍發生在受訪對象身上的狀況，進一步說明了第二章有關新聞學不懂實務場域的討論，實務場域並未接受新聞專業安排。不過儘管如此，更令人好奇的事實是，改造年代的記者還是可以跑出新聞，甚至有大獨家，寫出深入的調查新聞報導。這項事實透露著兩個重要問題。一是，這些人是怎麼跑出新聞、處理新聞的？二是，他們工作方式不同於專業模型，但為何又能做出大致符合專業模型的好新聞？藉由前面討論，第一問題較易處理，資深記者雖然不依賴新聞學，但也非隨機處理新聞，而是透過一套逐步累積的「實用邏輯」處理新聞。第二個問題是第二、三節要討論的內容：農耕模型。在描述農耕模型以前，這裡先處理實用邏輯，因為實用邏輯影響我們如何理解農耕模型。

三、實務場域的實用邏輯

對實務工作者來說，從事新聞工作的理由可以是複雜的，可能為了改革社會、揭發不公不義，但不必諱言地，在各種論述話語下，總包含謀生或其他利己成分，而且這些成分可能還不少，關鍵性地主導了新聞工作。因此，與學者們在旁觀位置進行論述的情境不同，新聞是寫實的工作，而非應然的工作，在維護自身的主軸上，還必須考慮老闆、採訪對象等各種因素複雜交錯的關係。這種狀況對比出新聞學知識的理論與理想特性，例

第三章 農耕模型

如Kovach與Rosenstiel（2001）論述的內容便像是一種沒有考慮情境、只是透過文字語言掌握的原則。新聞學知識是理想，也很重要，但在現實中，實務工作者很難依靠他們解決問題，或倘若完全依此行事，新聞工作將很難進行。

當新聞學與其提供的專業邏輯不夠寫實，或者實務工作者也不甚瞭解、不在意這些邏輯，整體來說，對應於實作知識相關研究的研究結果（Lave, 1993; Scribner, 1986; Sternberg, Wagner, & Okagaki, 1993），實務工作者是依靠實作知識所形成的實用邏輯，有系統地完成每天工作。實用邏輯對應的是實用目的，這種實用目的可能包含理想成分，但卻很少是百分之百理想的。另外，實用邏輯強調解決問題、隨情境權變，而且是透過實務經驗累積的，然後促成資深記者口中的專業。一位擅長調查報導的資深記者可以作為例子。

（一）有關的查證例子

這位資深記者長時間從事調查報導，幾次在不同場合，他用不同方式論述自己的「三角交叉檢視法」，以及如何做好調查報導的理論。在一次聊天促成的研究訪談中，這位資深記者如同以往，生動描述手邊正進行的調查報導，捨棄了哪些內容，做了哪些取捨，然後明快回答了我的問題，表示就自己近二十年處理的新聞類型來說，查證、確認事實是最重要的事。基本上，這個回答符合所有新聞教科書的耳提面命，對應著新聞專業邏輯，只不過當我追問「查證為何如此重要？」、「為何要花如此多時間查證」等問題時，這位資深記者的回答則變得不太「標準」：這麼做是為了讓自己「立於不敗之地」。他表示，學校雖然有教查證與平衡，但一方面學校教得很簡單，很理論，二方面對他來說，之所以查證與平衡是種自保策略，是為了不至於招致禍患，不致被告，或者被告了也沒事。在我進一步與這位資深記者討論當下爆料新聞時，他表示，爆料與立委指控之類的新聞，一定要找到當事人查證；新聞涉及的敏感人事物一定要問清楚；即便心中預設對方混蛋，也要去問，而之所以這麼做的原因是，我罵了

你，但也讓你說話了，也就立於不敗之地。再或者，這位資深記者還有其他自保策略，對應著「立於不敗之地」，他會壓著某些關鍵資料先不寫，倘若對方提告時，再寫第二波新聞警示對方自己掌握更多證據；刻意分開訪問彼此具有關聯性的幾位當事人，避免他人在場所產生的影響，也可交叉檢視比對說法；為瞭解某事證反覆奔波，細讀、比對很多判決書；寫好的調查報導會先請律師完整閱讀，事先瞭解有哪些地方可能會被告；在寫作上下手，筆會轉個彎，或者他更實際發展出類似學術引註式的新聞寫作方式。

「立於不敗之地」實際對應一種做新聞不想被告、告了也不想出事的實用目的，而自保策略則是這位資深記者經由無數次實戰洗禮所發展出的實用邏輯。雖然實用目的與實用邏輯看似不夠光明正大，有些取巧，但卻透露出一種新聞學者很難感同身受的實用重要性。也就是說，以這位資深記者為例，學校教的是大概念，具有一定影響力，但真正主導新聞工作的卻是實用目的與實用邏輯。兩者讓他不完全依賴新聞學與其專業邏輯，逐步成為一位好社會記者，努力經營路線，盡力查證，採訪當事人，找到獨家新聞。然後在他自述最近幾年的頓悟，轉向做調查報導之際，做到「寧鳴而死、不默而生」。

當然，不只這位資深記者，類似自保策略也出現在其他訪談中，或者其他受訪者也依賴實用邏輯跑新聞，而且細部來看，還有基於其他實用目的而出現的各種實用邏輯。例如為了人際目的，受訪者們會寫些人情稿、壓下某些新聞；為了不想傷害人，負面消息不會寫到底，會為對方保留一些餘地，甚至在盡記者職責發了稿後，告知對方，讓他們有時間補救；為了時效、搶獨家，對於某些沒有殺傷力的新聞，不等到所有證據到齊便發稿，如果真有問題發生，事後再用不同方式擺平對方；為了不想找麻煩，而不去觸碰那些喜歡告人的新聞當事人，但對一般市民則不會手下留情，或者為了避免官司，而放棄某些他想說的、與正義有關的事實。

（二）有關實用邏輯的幾點提醒

在實務場域，實用邏輯主導了實務工作，然後因爲場域內的彼此複製學習，使得許多實用邏輯具有集體性，不單是個人層次東西。只不過一方面因爲新聞專業邏輯高調地存在，所以讓人忽略實用邏輯默默存在、無聲主導實務工作的事實。另一方面，特別是成長於過去的資深記者，受到當時社會本質影響，相對有顧忌、怕事，相對愛惜羽毛，在意自己名聲，所以會比較小心謹愼、在意查證平衡；或者因爲有著時代熱血，想要改造社會，想要教育社會大眾，所以讓他們想做政治記者，比現在記者關心公共議題，認爲新聞應該改造社會，監督政府。也因此，即便他們對新聞學沒有很深理解，也沒依靠專業邏輯工作，但他們最終呈現的新聞產物並沒有完全平行於新聞專業模型的想像。如果不細究受訪者對工作方式的理由解釋，例如爲了忠誠、人情道義、甚至只是爲擊敗競爭者而養新聞，他們所寫的新聞也頗爲符合新聞專業的現代性樣貌。

這種微妙狀態提醒著，雖然專業模型在過去定義了新聞工作，但實務場域應該還是存在著其他描述模型。而透過長期研究觀察，與借助資深記者的描述，我發現，農耕模型更適合用來描述改造年代以報業爲主的新聞工作樣貌。不過進入農耕模型之前，簡單說明幾件事情。首先，呼應實作知識特性，即便前述那位受訪者平日就在思考調查報導的實務理論，但他能說出來的，終究還是比他會做的少，實用邏輯的精髓要在實作間展示出來，文字很難完整表達，或者成爲文字後往往也就少了原先精髓。二方面，不同於專業邏輯的絕對性格，實用邏輯是相對的，因此實務工作者雖然心中會有標準，但除非踩到個人禁忌，否則遭遇困難時，他們會不斷進行調整，很少堅持到底，而每次調整也回過頭挹注到原有實用邏輯中，成就愈來愈精細的專業農夫。三方面，也更大膽來說，我從許多訪談與聊天情境中發現，面對來自新聞專業的嚴厲批判，實務工作者除了有「不去做」、「做不到」、「離標準還有多遠」的問題，還包含「聽不太懂」的問題。在實務工作者不瞭解學術式專業，而實用邏輯又已具有強大韌性，

足以應付每天忙碌工作的狀況下，諸如前述「監督政府」的例子，便說明他們就是依著實用邏輯進行思考與行事，然後在似懂非懂之間，承受外界批評、感到委屈。因此我們似乎需要承認，在某個程度上，實務工作者可能聽不太懂學術場域批評的事實，同樣地，「學者不懂實務工作」這樣的話語，也說明著學術場域聽不懂實務工作的可能性。

最後，還是回到新聞是專業這個問題。改造年代，實務工作者主張新聞是專業的原因，雖不至於如同某些批判專業的研究（Larson, 1977）所述，是想藉此獲得篩選新成員的權力，以壟斷行業，但專業的確可以幫忙獲取權威，追求更高社會地位。與此相呼應地，受訪者想像的專業也是一種追求名譽、榮光的工作，他們之所以長期耕耘涉及自我要求的成分，也涉及想要得到同業、長官、採訪對象讚賞，以及社會大眾尊重的動機，最終成就自己的專業名聲與社會地位。實務式專業對應實用目的，也包含利己成分，但這些利己動機並不減損對他們的應有尊敬，實務工作者親自在塵世中打滾，能夠做到持續堅持已是不容易的事。

❋ 第二節　農耕時代：新聞作為一種農耕活動

過去，或許更適合用農耕模型進行描述。在農耕時代，記者以各自新聞路線為耕地，長期經營人脈、路線知識、採訪策略，然後藉此為自己取得耕耘成果，例如獨家新聞、專業名聲等。農耕模型巧妙對應改造年代的社會本質，在威權控制爭議中，成就了一段至少讓部分人懷念的美好時光。不過需要提醒的是，本書以農耕模型描述過去，但事實上，過去也有許多便宜行事或早早轉行的記者，農耕模型便不適合描述他們的工作狀態。或者即便當下農耕模型消失，但仍有持續投入，努力耕耘的年輕記者。另外，在農耕情境，身為雇員的他們，也還是有著異化問題，受結構控制，並非全然自主的行動者。他們也同樣有著新聞倫理層面的問題，並非完美的新聞工作者。

一、耕耘自己的路線

　　新聞工作大致發生在兩個空間情境之中：採訪路線與組織內部。採訪路線是新聞發生的地方，由記者與採訪對象組成的場域，組織則是新聞產製的地方，由記者、同事與長官構成的場域。理論上，組織對於記者的影響與約束愈少，記者愈能自主工作，採訪路線也愈能成爲記者工作重心。在充滿改造氣圍的1980與1990年代，無論報老闆是否侍從於執政者，是否在政治層面進行管控，報社記者不必天天回報社，許多記者也願意把心思放在路線上的事實，便爲臺灣新聞場域創造了一段記者在各自路線上耕耘的時代，而這也正是接下來描述農耕模型的基礎。

（一）路線作爲一種耕地

　　一直以來，媒體組織是影響新聞產製的重要因素（Ettema, Whitney, & Wackman, 1987; Hanitzsch, etc., 2010; Shoemaker & Reese, 1991），持續吸引學術場域關注。在臺灣，特別是這幾年，也有探討老闆與商業邏輯如何在媒體組織內部影響新聞產製的研究（吳佩玲，2006；詹慶齡，2011）。組織的確影響記者工作，不過除此之外，在實務工作中，採訪路線是記者工作的另一個重要場域，只是以往似乎較不關心這個場域。

　　路線之於記者往往有著兩層關係。最基本層次，路線是新聞事件的實際發生地。類似Tuchman（1978）與Fishman（1980）研究結果，媒體不可能放任記者街頭閒逛，隨機找新聞，爲確保每天都能有效找到足量新聞，不致開天窗，報社與電視臺會進行路線安排。就報社來說，無論以往或現在，記者個人分派到的路線明確，理論上也需要巡線與顧線。就電視臺而言，路線通常較廣，而且時至今日，電視臺記者被指派去做非自己路線新聞是常有的事。但無論如何，記者依舊被認爲需要知道自己路線上發生了何事，不能事情發生後還渾然不知。

　　在第二個層次，記者與路線間對應著一種理論上的長期經營關係。記者不只被動報導路線上的事，並且需要在自己地盤上長期經營，累積更多

人脈與路線知識，以掌握更多獨家，寫出更好的新聞。這種關係在過去報社記者身上特別明顯，只是因為在過去，記者經營路線被認為理所當然，所以才沒有被注意到，或者直到以當下新聞工作作為比對，才容易看出實際差異。另外，這種長期經營關係是組合出農耕模型的關鍵，讓路線之於許多老記者，不只是單純的新聞發生地，更像個人地盤。

不過，無論是長期經營關係或農耕模型，並非記者個人就能決定，在資本主義的僱用關係中，報社是重要結構性因素，甚至是先決條件。報社給予記者路線，記者才有自己地盤，也才有長期經營的機會，而過去臺灣媒體的封建特性（張文強，2009）便創造了這樣的機會。改造年代，資深記者如同從領主手中取得耕地的農夫，只要不違反報社重要政策、不犯大錯，一方面，報社願意讓記者待在相同路線的管理慣例，意味未來數年、甚至十多年，記者可以擁有手中耕地，不會被隨意收回。另一方面，儘管有著侍從報業的疑慮（林麗雲，2000），但封建特性理論上也讓記者多數時間可以掌握自己耕作方式，以及要成為怎樣的農夫，然後混合工作倫理、想要升遷、回報領主、效忠領主這些動機，願意投入時間在自己路線上，不獨漏新聞，跑出好新聞。

這種外在結構條件讓資深記者與路線間得以保持一種長期關係，整體來看，除了入行頭幾年可能因跳槽、興趣等因素做出較大路線或報社轉換。或者依循先在地方組再調至政治等組的潛規則，在經歷生涯前期不穩定後，受訪資深記者幾乎就趨於穩定，在類似路線上待到離職或訪談當下。如果有調動的話，往往是路線內的調整，或因為路線經營很好，被別的報社挖角，但挖角之後還是待在類似路線，就只是換了張名片而已。反過來看，也由於記者穩定待在同一路線，反而讓特別想跑某條路線的記者苦於找不到機會換線。因此，特別是兩大報展現了一種穩定的路線狀態，受訪資深記者在自己耕地上不願意離開，持續耕耘十多年。

（二）保護耕地與經營耕地

路線成為耕地對應著兩種作為：保護耕地不被侵犯，以及藉由實際經

營耕地取得收成。

首先，在過去，資深記者展現一種保護耕地的企圖，耕地是自己的地盤，不允許別人任意侵入。對他們來說，在報社內部，同事間雖然會相互支援，某些時候也會合作大型新聞專題，但踩線是明白忌諱。記者彼此間往往都有著不踩別人地盤的默契、討厭會踩線的同事，幫同事代班時，也會注意到不要反客為主，不要跑得比主線記者還勤。反過來，他們不喜歡別人碰自己路線的新聞，抱怨別人代班時，得罪重要採訪對象，誤傷自己的地盤。他們不想因為同事踩線而少了一條新聞，並且在主管面前失去面子，影響自己利益。

另外，保護耕地也讓資深記者會小心對待同業，以維護經營成果。如同Tuchman（1978）研究結果，臺灣記者同業也會分享一些不重要、或只是比別人早拿到幾分鐘的新聞線索，藉此滿足同業間做人情的實用目的，但除此之外，特別是資深記者，會十分保護自己跑出來的新聞，避免減損自己耕耘成果的分量。因此他們在問大消息時，會偷偷躲到一邊打電話；將關鍵採訪對象設法帶離現場，不讓別人找到，或者他們也討厭自己與採訪對象聊天套消息時，同業湊在旁邊聽。同業間保持競爭關係，設法維護自己耕耘成果，不讓別人分享，而這種關係也促成一種良性循環，常聽到的是，當對方跑出獨家新聞時，自己一定會想辦法回敬一則。大家彼此競爭，為了不想輸，而努力跑新聞。只不過隨著農耕模型的消失，這種同事、同業間的關係也幾乎瓦解，對於踩線不再那麼敏感，同業間更不再相互提防，反而成為好朋友，每天會用當下流行的Line分享資訊。後面章節會繼續討論這種轉變，屆時透過比對，應該更能看到農耕模型的意義與合法性。

其次，既為農耕，除了保護耕地外，記者也必須下田耕作，積極經營耕地，藉由時間慢慢累積出收穫。受訪資深記者以往便有著農夫巡田般的經驗，採訪單位集中的路線，如部會記者，每天大致會在特定時間抵達部會記者室，然後依循類似流程打電話、查閱單位新聞稿，時間一到就去逛辦公室，找某些官員科員聊天，參加記者會、約訪、寫稿、發稿。採訪單

位分散各處的路線，如社會記者，也大致有著自己的巡線模式，去幾個重要警察局坐坐，較次要單位則輪流走走轉轉，打電話給熟識所長、警員，在彼此默契中取得辦案進度，或某些剛發生的社會案件，以應付每天新聞所需，然後躲到自己喜愛的地方發稿，發完稿後，再回到警局派出所喝茶聊天，與其他採訪對象應酬吃飯、喝酒。

這種巡線過程顯得繁瑣，也如他們所言，很多時候就只是聊聊，根本不期待當下會問出新聞。當我從效率觀點詢問這種作法是否浪費時間時，受訪者的回答頗為類似，並不認為這是問題。夾雜著習慣成自然的原因，他們表示當記者「不就是這樣！」、「這就是你的工作呀！」。他們認為記者工作本來就需要勤跑與長期經營，而不是在事件發生才到現場找人問，更何況有時聊天也會聊出大新聞，大家熟識後，要查證、問消息都方便許多。也因此，在以往報社允許記者長期耕作，記者也願意長期耕作的狀態下，臺灣報業結構性地對應於農耕模型，資深記者運用對應農耕模型的實用邏輯，發展巡線、固守地盤、經營人脈、累積專業知識等各種策略。他們願意花時間耕作，然後享受農耕帶來的好處。

（三）耕地、耕作與不耕作

不可否認地，並非所有人都一樣勤勞、單純地經營耕地。在農耕中，記者可以選擇用多少心力進行耕作，有人選擇做個努力的農夫，也有怠惰記者就是用公關稿、甚至更投機方式處理新聞。記者也可能基於不同目的而做農夫，有人就是出於做好自己工作的本心，有人則帶有更多利己與功利成分，藉工作之便為自己取得額外利益、藉由累積社會資本進而轉行。這種看似複雜狀況涉及三項理解農耕模型的要素。

首先，農耕模型需要用平均數的概念進行理解。農耕模型是透過逆向工程建構出的概念，我瞭解，僅靠資深記者對於過去新聞工作的回溯，可能出現將農耕模型正向化的傾向，不過透過研究過程中，持續的懷疑主義式後設反詰，以及多重方法的資料蒐集與比對策略，我對於農耕模型具有信心。提出農耕模型的目的並非用來對照個人行為，而是一種整體描述過

去新聞工作的企圖：相較於當下，過去新聞工作具有長期耕作的特質。這是一種平均特質或模式，大部分記者都在耕作，但有多種耕作可能，許多實務工作者就是安分持續耕作著；有些疏於耕作，只是討生活；有些則像在精耕，所以會於沒有大新聞的深夜，與朋友吃完飯後，還是不放心地回採訪單位看看。有人帶著改造社會理想入行，有人則做了記者因緣際會入了行，便不再離開。有些記者努力耕作，但耕作目的是為了經營出名聲轉到其他行業。如同農夫也有很多類型，我們不需要把所有記者想像成相同樣子。

其次，論述書寫都有主軸，當本書以農耕模型書寫第三、四章，也無可避免地會排除某些東西。例如改造年代仍延續的侍從報業脈絡、政治干預，當時有的諸如收受禮物等新聞倫理問題（羅文輝與張璉文，1997），再或者老記者亦有屬於那個時代的惡形惡狀。我充分瞭解這些東西存在，不自覺地排除它們可能創造一個美好農耕時代的想像，只是我也的確需要依本書論述主軸進行取捨，這點請讀者體諒。在「後」現代書寫精神下，本書不想宣稱、也不可能無所不包，因此，我除了盡全力在主軸上進行精緻與有效度的論述外，也試圖在不同地方提醒本書主軸，以及其他需要注意的論述限制，讓讀者大致可以掌握本書論述範圍所及與不及之處。這麼做，雖然可能仍不完美，不過卻是作為研究者與「後」現代式書寫精神的責任。

第三，農耕幾乎是與勞工模型同步建構出來的概念，透過勞工模型更可以凸顯出農耕模型的意義與適切性。而連同前兩項要素來看，農耕模型需要類似「完形」的理解方式，在黏著特性下，對應著農耕式實用目的與各種實用邏輯，若將特定細節拆開來看，會失去其意義。例如在過去，農夫下田般地走走轉轉，一個人找採訪對象泡茶、請吃飯、必要時幫忙處理日常瑣事，組合成一套實用邏輯，實際扣連著養線、跑獨家新聞等實用目的。在當時社會的黏著特質下，記者與採訪對象彼此願意維持長期關係，以利養兵千日用在一時，當然，報社也願意讓記者黏著在路線上。這些因素與環節相互連動，共同整合出農耕模型，也共同促成農耕模型於當下的

消失。所以當現今報社在意即時成果，而非需要時間經營的獨家新聞，上述這套實用邏輯跟著改變，然後牽動當下農耕模型消失是必然的事。類似地，當老記者擔心年輕記者只待在記者室打電話問新聞、用即時通訊軟體跑新聞，亦是如此，這不只是意味泡茶、請吃飯這類行為大幅減少，更從實用邏輯的改變細節中宣告農耕消失。也因此，反過來看，當下有些記者雖然也可能會找里長聊天泡茶，但當他缺乏黏著性與長期耕耘意識，只是為了順利找到新聞交差而已，這種泡茶與老記者的泡茶便有著形似意不似的本質差異，不適合從農耕模型加以解釋。或者以前記者會單獨逛特定立委辦公室，而現今報社記者也會逛立委辦公室，可是當他們是一群記者一起去時，逛辦公室這個動作的意義也不同於過去的農耕意義。因為一起去，很難培養出私人交情，更不可能問到獨家新聞，集體逛辦公室比過去更像例行公事，並且包含記者間相互合作，確保大多數時間沒有人偷跑出獨家新聞的的可能性。

二、耕耘出來的專業

改造年代，在相對沒有失去耕地的壓力下，記者持續耕耘自己路線，只是相對於專業模型的純粹或理想目的，農耕終究有著實用目的。然而無論實用目的為何，都需要耕作成果支持才能繼續下去，而人脈與專業知識便是耕作出來的兩種主要初步成果，這些東西將被轉化成獨家新聞、深度報導，發揮其交易價值，經由再進一步累積，促成農夫的專業名聲、榮光，建立自我認同。

（一）耕地上的人脈與專業知識

人脈是跑新聞的關鍵，記者取得重大獨家新聞，關鍵時刻進行新聞查證的重要能力。Tuchman（1978）就觀察到記者能掌握更多消息來源、能採訪到重量級人物是新聞專業的表現，而採訪路線的設置一方面造成記者依賴路線上官方消息來源寫新聞的麻煩（Lacy & Matustik, 1983; Gandy, 1982），另一方面則讓記者可以集中時間專心認識自己路線上的大小人

物，人脈成為記者的資產。雖然長期經營的人脈可能造成記者與消息來源間的共生關係（Chibnall, 1975; Davison, 1975; Wolsfeld, 1984），但卻也是農耕模型最基本的一種耕耘成果。

沒有意外地，本書受訪資深記者強調經營人脈的重要，在驕傲自信中，信手捻來地透露自己與消息來源間互動的技巧、小故事，描述如何建立人脈的過程。他們習慣親自出席記者會，遵循見面三分情的原則，在新聞現場認識更多人，或察言觀色地套話；透過充分掌握新聞事件來龍去脈與路線知識，讓消息來源不會認為與他說話很累，甚至故意在聊天過程中說些對方不知道的東西，讓消息來源反過來對記者產生興趣，也依賴記者；有事沒事到固定警察局、里長家喝茶，與特定科員、小主管閒聊，久了就熟了，再久之後，甚至也就從科長一路升官成為次長；過年過節、對方失意時打電話問候。基本上這些作法是資深受訪者的工作常態。或者，他們也具體陳述自己如何連續幾天早起，想辦法巧遇喜愛晨跑的官員，然後建立起最初關係；如何透過幾次新聞攻防表現，以專業取得原先具有敵意的採訪對象信任；如何整天泡在警察局，吃飯泡茶，久了連樣子都像警察，被嫌犯誤認。這些老記者普遍都有、也可以說更多的經驗，幫忙他們累積大量人脈，更解決了新聞工作的時間困境。

新聞是種時間工作，不過就在記者追求時效的同時，卻也不自覺面對一個由時間架構起的內在困境。記者雖然被認為在外工作自由，但現實生活中，盡責的記者卻需要依照採訪對象的時間表作息，大致跟著採訪對象移動。例如跟著立法院行程安排自己行程；在下午休息時間，跟著消息來源們到中庭聊天抽煙，問新聞，建立關係。因此，當記者依賴官方消息來源跑新聞時，不只是讓有經驗的官員可以影響記者資訊採集過程，將選擇新聞的權力讓給官方（Sigal, 1973）。理論上，如果採訪單位或採訪對象堅壁清野地遵循自己時間架構運作，私人時間不與記者互動，而記者也恪守事實原則不會亂發新聞，那麼採訪對象便可能在不知不覺中約束了記者的採訪機會。

雖然，這種描述聽來有些極端，記者不可能這麼乖，採訪對象通常也

不會這麼決絕，但這種狀況並非不可能發生。資深記者以往便有只能在公務時間與場合採訪特定官員的經驗，這幾年，在採訪對象不信任記者、不願與記者打交道的狀況下，許多採訪對象不自覺採用了類似策略。當下，無論是政府官員與民間企業老闆，與記者的私下互動變少，年輕記者更是難以直接找到高位階的採訪對象。明顯趨勢是大部分官員與企業老闆開始只在上班時間、官方場合與記者打交道，甚至在上班時間也透過公關人員擋記者。這麼做造成大量記者圍堵官員的情形，更有著風險，找不到人問的記者可能會因此亂寫。

不過，相對於新進記者因此被限制，只能跟著採訪對象行程安排走，人脈往往成為資深記者的重要工具，幫忙突破時間架構的空隙。在官方瞭解放話的優勢，並將放話當成一種私下溝通管道時（Sigal, 1973），有交情、也可信任的資深記者便成為重要資源。相對地，擁有這些人脈的資深記者也因此可以繞過記者會等場合，以及其他記者同樣會出現的官方上班時間，取得別人沒有的新聞。或者透過人脈，資深記者更可以在半夜、在關鍵時刻，硬是可以讓下班的官員出來說話，向他們查證消息，取得獨家祕辛。

人脈有助突破採訪對象架構起的時間限制，以及其他企圖影響新聞工作的作為，只是要做到這種程度，記者需要進入Gans（1979）描述的共舞關係，雙方相互帶舞，也相互利用，記者得在許多層面進行妥協，以維持長期關係。因此，受訪資深記者們幾乎都有忍住手邊負面消息不發稿的小故事，或者在某些只有少數人才掌握重要消息的路線，容易出現一位受訪者描述「被消息來源豢養的記者」，由消息來源選擇要發什麼新聞、要怎麼發、發多少、要發給誰，記者失去自主性。基本上，壓新聞的作法違反新聞專業邏輯，因為具有新聞價值的事實，記者便應該拋棄人情包袱寫出來，相對地，倘若記者失去獨立性，也失去監督的可能。不過在本書強調的實用邏輯中，這些作法卻有著清楚且實用的目的。當採訪對象已然變成朋友，或純粹出於拿人手軟，某些新聞的處理自然應該手下留情；關鍵時刻出手，幫忙朋友一把，否則便失去人情義理。或者，藉由這些作法至

少可以確保自己有新聞，積極地，也可透過施惠給採訪對象，養出日後更大獨家新聞。

然而無論如何，要突破採訪對象架構起的時間障礙，代表記者需要長時間經營互動，取得採訪對象信任後，才有機會繞過前臺，直接在私人生活中互動，而這也是資深記者將信任視為建立關係重要依據的原因。因此過去報社將路線長時間交給記者的作法，積極創造了一個結構性助因，讓記者至少不必因為擔心隨時會被調線，而不想去累積人脈，也可以在不依賴專業模型的狀況下，透過經營人脈寫出好新聞，跑出大獨家，耕耘出自己的專業地位。

當然，在耕地上，記者不只是耕耘出人脈，也會耕耘出專業知識，包含靠經驗累積來解決問題的實用邏輯。做得愈久，愈是認真的記者，愈容易成為該路線的專家，這部分不難理解，也就不再贅述。然而無論是人脈或專業知識，真正重要的是，這些耕耘成果像是農產品原料，需要實際投入新聞工作、經過加工後才有更高的價值。具體來看，它們幫忙資深記者產製出獨家新聞、深度報導，有觀點的新聞評論，然後一方面直接回報報社領主，以繼續擁有這塊耕地。另一方面透過時間的再累積，進一步蒸餾出更細緻的產品，也就是自己的名聲、榮光與自我認同。例如有些受訪者驕傲自己經過十年耕耘，成為航空新聞專家、弊案新聞專家，成為同業諮詢或注意的權威對象。有人則自信於自己累積出的獨特觀點與文筆，成為新聞評論的好手，讓立法委員拿來作為質詢稿，讓部會官員總是關切他寫了什麼，並以此作為政策參考。相較於當下，名聲讓資深記者成為有品牌的農夫，成就了耕地上的榮光，也為他們取得作為記者的自我認同。

（二）耕地上的榮光：成為有品牌的農夫

對社會大眾來說，農夫，經常是不被認識的一群人，只是辛勤長期耕作以換取成果。不過理論上，他們是可以被認識的，而「被認識」這項關鍵特徵，為農耕生活帶來許多化學變化，其中之一是配合辛勤工作成果，創造出耕地上的榮光。

在過去，記者是農夫，待遇不錯，但相對於一般農夫，記者也是有名字的工作，新聞署名制度替記者創造出被別人認識的基本機會（林富美，2006）。如同文化勞動者的名字會與作品一起現身，然後成就個人名聲，也成為個人勞動價值的指標（Ryan, 1991），雖然署名不代表記者因此擁有廣大知名度，或者署名對應的也可能是壞名聲，但在農耕模型中，如果記者願意長期耕耘，署名的獨家新聞、深度報導，理論上會讓記者像是有著生產履歷、經營出自己品牌的葡萄酒農，成為有名字的專業工作者。這段成為專業，同時被人認識的過程，將記者送入某種被觀看的舞臺位置，在不同觀眾圍繞下，創造出耕地上的名聲與榮光，然後回過頭促成持續耕作的動力。

記者因為名字而處在被觀看的舞臺，只是比一般舞臺複雜些，記者的舞臺微妙面對著兩層觀眾。首先，雖然彼此缺乏互動，幾乎互不認識，但署名促成記者站上舞臺，讀者作為觀眾的可能性。原則上，讀者可以藉由署名新聞報導建立起對某位記者的認知與信任，不過在現實世界，讀者似乎很少主動進行如此連結。特別是對報社記者，由於沒有實際露臉，名字也只是文章的前幾個字，經常就是看過去而已，沒有太多印象。因此弔詭地，讀者直接閱讀新聞，卻往往不是過去記者最在意的舞臺觀眾。訪談與田野經驗也發現，在過去相對不那麼重視收視率、讀者群的狀況下，讀者往往只是老記者心中的一種想像，處於前臺的外圍。他們知道有讀者在看自己的新聞，但不知道是誰，或就只是用自己認識的幾個人作為代表與想像依據。甚至時至今日，報紙讀者與電視觀眾也是抽象的、有距離的，市場調查中的人口統計變項，或收視率呈現的數字。

相對於讀者，在更靠近舞臺的核心，老闆與長官、採訪對象、同業與同事，共同組合出前臺的內層觀眾。這些人與記者有著直接與實際互動，更容易產生觀看效果，新聞也經常是寫給這群人看。老闆僱用記者，長官管理記者，因此記者需要透過自己的新聞，演齣好戲讓老闆與長官滿意，以持續保有耕地或取得升遷；採訪對象是平日互動與取得關鍵消息的對象，因此需要透過新聞表現取得他們的尊敬與信任，維持長久關係；同業

與同事則有著各自舞臺，在各自路線表演的同時，也成爲彼此的觀眾，緊盯對方表現，並且競爭同一群採訪對象、老闆與主管的青睞。

不同於一般讀者，記者可以直接、親身接觸這些內層觀眾，更複雜的是，老闆與主管，同事與同業更同時兼具後臺成員身分，對後臺運作規則瞭然於胸。在這種狀況下，記者可能藉由文字修辭騙過讀者，遮掩自己未到場採訪、查證不完整的事實，但類似作法卻難以騙過主管、同事與同業，記者在他們面前需要接受嚴格評估，擔心自己把戲被拆穿。這些因素使得舞臺內層觀眾的規模雖小，卻對舞臺上的記者產生更爲強大的觀看力量。也因此，受訪者會主動運用具體案例與更多時間描述自己如何贏得老闆與主管肯定，放心讓他在外面用自己方式跑新聞；資淺時因爲老記者、大報記者誇獎得到成就感，成熟後則會設法在同業間建立權威；用獨家新聞壓過對方，讓自己的新聞成爲同業參考對象，或反過來因爲某記者常常跑出好新聞而將他視爲競爭假想敵。另外，記者也在意如何取得採訪對象的信服，特別是用專業擺平那些不友善的採訪對象，讓採訪對象們願意與自己打交道，重視自己所寫的新聞，作爲決策參考依據，甚至轉而向記者進行專業諮詢。資深記者自信說著相關小故事，但談論讀者的時間卻不長，而且多半是被動回答，也沒有太多實際例子可以輔助說明。

在受訪者陳述中，讀者的確是觀眾，偶爾聽到讀者讚賞，記者也會感到愉快，但大多數時候，新聞是寫給同業這些內層觀眾或內行人看的東西。長期耕作的目的不只是爲了回報老闆，更涉及想在內層觀眾面前展現自己名字的企圖，產生屬於自己的專業名聲與榮光。內層觀眾像是未被言明的眞正前臺，讀者似乎是其次的。或者，部分受訪者表示自己是到近期，因爲報社要求寫讀者要看的東西；直接點名自己新聞寫太長、主題不有趣，用字太生硬，才眞正留意寫新聞時要注意讀者。不然以往總是寫自己心中的專業新聞，然後出現一位受訪者細膩觀察到的老記者困境：新聞愈寫愈專門，但看懂的人也愈來愈少。許多受訪者期待自己的新聞是寫給專家看的，期待與專家對話，但讀者中卻沒有太多專家，因此他們的新聞愈來愈沒有大眾市場，更加成爲寫給同業、採訪對象看的東西。

在過去，這種狀況或許沒有大問題，記者寫什麼讀者就看什麼，讀者也較能接受艱澀、長篇的文章，甚至愈專門的文章愈被記者視為專家的表現，讓自己名字得以在內層觀眾面前連結著榮光。只是在商業化的當下，這種狀況卻顯得過時、曲高和寡，讓務實的總編輯與長官認為這些新聞不是字數太長，就是內容太生硬，不會有讀者想看。

（三）專業榮光與自我要求

在被熟人觀看的前臺安排下，長期耕耘除了回應維持生計、效忠老闆等利己動機外，也進一步蒸餾出名聲、榮光與自我認同等。消極地，藉此不讓自己名字丟臉，在前臺具有基本尊嚴。積極地，促成更高的自我要求，創造更高品質的新聞專業，持續維持耕地上的榮光。

因此，在耕作過程中，資深記者同樣有著工作瓶頸、遭遇異化與常規化問題，也會放鬆懈怠，隨時間不再那麼勤赴新聞現場，但整體來說，他們對各自路線的經營還是持續的。久而久之，就在專業本身便是控制機制的狀況下（Barker, 1993; Deetz, 1998; Doolin, 2002; Soloski, 1989），有個人名字的專業創造出更為嚴密的規訓力道。資深記者不只是為了作為專業農夫而努力，部分人更是因為名字而創造出為自己跑新聞、寫新聞的狀態，想要藉由傑出表現、更高的自我要求，向老闆與長官證明自己的價值，爭取更大的空間；告訴同業與同事，自己很專業，是佼佼者；在採訪對象心中建立起專業地位，是該路線第一把交椅。至少，不要在這些內層觀眾面前，丟了面子、壞了名聲。訪談中便出現不少例子說明這種情形，例如受訪者會不分上下班地照顧自己路線，總是想搶第一時間、第一位抵達突發新聞現場；在意自己是否能夠持續寫出正確、有觀點的特稿，讓官員跳腳、但卻也服氣；在對手跑出大獨家之後，不是去跟進，而是設法補一則同分量獨家回敬對方；故意在新聞中賣弄知識，告訴採訪對象與競爭對手，自己才是該路線的第一把交椅。對這些受訪者來說，謀生、維持穩定生活是基本實用目的，不過不想輸給同業、想要自我實踐，或想藉此作為轉換工作的跳板，是更為支撐他們持續努力耕作，得到專業地位與榮光

的原因。

　　這裡並不想美化農耕時代與資深記者，我清楚明白歷史悄悄且自然地
遮掩了過去許多記者主動退出新聞場域的事實，以往也有很糟糕、很不認
真的記者，部分留下來的記者也意興闌珊，不再那麼努力。不過我想說明
的是，相較於當下的勞工模式，這種始於被觀看，習慣在前臺享有尊嚴與
榮光的心情，對應著農耕模型累積的實務式專業，也串連起受訪者作為專
業的存在價值，成為他們口中的「大記者」，受各方敬重，或是畏懼。同
時，這亦解釋了為何部分記者會在耕地上投入非常多，甚至採用某種自虐
式的精耕策略。專業認同，加上自視為菁英，讓他們進行更多的自我規訓
（Alvesson & Robertson, 2006; Kärreman & Alvesson, 2004），主動做出超
過報社要求，超過記者平均工作水準的事情。如連續上班發稿不休假、下
班或休假時還是不放心地到線上逛逛、出國休假遇到當地重大災難，第一
時間就跑到現場、用自己年假出國拜訪重要採訪對象。這些作為讓工作成
為生活的一部分，影響家庭生活，但卻也是資深記者為自己感到驕傲的原
因。

　　從行動者角色來看，尊嚴是專業工作不可或缺的基本要素，榮光則
像是個人努力創造出來的額外收穫，兩者都是記者透過長時間累積所蒸餾
出來的東西。然後，在習慣享有尊嚴與榮光之後，回過頭形成對於自身的
專業想像，以及某些別人看來可能不必要的堅持。例如即便在感受資遣壓
力，甚至實際被資遣後，因為想到名嘴的負面評價，認為名譽比較重要，
而寧可少個轉型機會。即便上節目，也堅持只談自己專長的東西，以免晚
節不保，被內層觀眾嘲笑，失去基本尊嚴。只是隨著進入勞工模式，受訪
者在訪談中有關尊嚴與失去尊嚴的眾多描述，透露出在當下這個艱苦年
代，被觀看制約成性的他們，雖然可以策略性地將榮光暫放一旁，但卻始
終有著尊嚴、放不下身段的困擾。而這種處境也清楚說明，尊嚴不是由行
動者單獨決定，更受報社等外在結構性因素影響。

※ 第三節 黏著的心態

報社給予空間、記者願意持續工作，是促成農耕模型的主要因素，不過想要完整解釋農耕模型的出現，還需要將它置放在過去社會脈絡中進行觀看。而過去社會的黏著特性是重要關鍵，黏著發展出長期的可能性，因為長期，農耕才會出現，也才具有意義。黏著讓記者成為農夫。

一、未被言明的「時間」假設

新聞需要長期經營並非新觀念，只不過它像是默識或習慣，一直未被講明。Gans（1979）以「共舞」生動形容記者與消息來源時，便預設著記者與消息來源之間是一種延續關係，雙方不能撕破臉，記者需要長期經營才能得到好新聞。採訪寫作教課書（方怡文與周慶祥，1999；Evensen, 1995; Garrison, 1992; Lanson & Fought, 1999）雖也未明說，但書中記載的各種採寫技巧與不同路線新聞處理方式，都需要豐富專業知識作為基礎，需要時間磨練累積。如果記者總是於新聞事件發生後，再向新聞當事人詢問新聞資訊，這種工具性關係不需共舞，亦不需要長期累積人脈與專業知識。他們是記者，但不太可能成為傳統想像的好記者或專業記者。

調查報導便是長期經營的典型例子。普立茲獎得主對自己工作的描述（俞旭、黃煜與黃盈盈主編，2008），或本書幾位擅長做調查報導的受訪者，都說明「花時間」、「堅持」、「鍥而不捨」的重要性。實際閱讀調查報導相關作品，從每份作品展現的豐富證據資料與採訪人數，以及往往是以月、年為單位的時間跨幅，也可以發現新聞是需要長時間經營、耐心等候的工作。或者平日工作中普遍出現的查證任務，亦是如此，在新聞需要寫事實的傳統條件下，查證需要時間，也要耐心等待，才能不出錯。經營人脈、累積路線知識更需要時間，無法一蹴可幾。

也就是說，在新聞被視為時間工作，總被認為需要搶快、搶時間之外，時間在新聞工作上其實具有另外兩種與「快」相反的意義：新聞是長

時間累積能力的工作，也是需要等待、堅持與耐心的工作。農耕模型便清楚對應著這兩種時間意義，只是深入來看，更正確的說法是，過去社會的黏著特徵結構性地促成新聞場域的農耕模型，對應長期累積與等待堅持兩種意義。也因如此，當臺灣社會出現本質性轉變，黏著特徵消失，當下新聞場域便不再具有農耕模型特色，許多新聞工作者也失去長期耕耘的意願。

二、黏著的社會結構與黏著的行動者

過去記者願意長期從事新聞工作是有原因的，不過從社會學式角度來看，把這種願意單純視為個人選擇似乎有些天真，因為行動者是鑲嵌在社會結構中，看似自由的選擇通常也是行動者與結構互動的結果。在這種脈絡下，資深記者願意長期從事新聞工作，在路線上長期耕耘，大致對應著兩種當時的社會特徵。

首先，涉及臺灣社會解嚴前後的改造氛圍。雖然如前所述，資深記者並非因為堅決信仰學術式專業而致力於新聞工作，但成長於威權控制、經歷改造年代的資深記者，對於「記者工作的意義是什麼」這類問題的回答，幾乎也都包含改造社會、為民喉舌、維護正義、監督政府或幫助社會進步。相較於年輕記者很少於第一時間提及這些因素，偏向因個人理由從事新聞工作，「幫助社會進步」這些年長者看來理所當然的答案，其實敘述著上個世代的時代價值觀，實際對應著解嚴前後臺灣社會重視公共、進步的特性，新舊世代新聞工作者對新聞的工作態度、價值並不相同（林富美，2006）。多位受訪者便直接提及大學時期對於黨外議題、政治或社會運動的關心，其中一位更表示跑新聞的前幾年，記者工作就好像是一個人在做社會運動，他寫揭弊新聞，企圖解構當時黨國體制，挑戰威權，推動民主化。只是在這種狀況下，他也承認當時寫的某些新聞有著證據力問題，有時會為了突破某些黨政軍的禁忌區域而採用釣魚策略，把一些聽來的東西寫成新聞，藉此逼當事人出來說話或澄清某件事情。這類實用邏輯雖然違反新聞專業的設定，但也在大大小小錯誤中，實際幫忙寫出揭弊新

聞。無論如何，對抗威權、關心公共議題這些特質，如同當時記者的重要印記，被許多資深記者記憶著（臺灣大學新聞研究所主編，2008），也經常出現在本書深度訪談中。

因此，在過去，「幫助社會進步」這些回答，將許多資深記者與當時同樣重視政治、公共議題的新聞工作串接起來。即便改造年代也未盡理想，新聞媒體仍受到政治控制，但相對於其他職業，記者工作的確可以第一線觀察社會改變，提供更多參與公共議題的機會。加上新聞工作新鮮刺激、不需朝九晚五，記者、新聞工作與社會氛圍三者間像是彼此調對了頻率。最後更因為當時報社給予記者不錯的薪水，以及社會對新聞工作的尊重，各種主客觀因素都讓資深記者可以持續從工作中取得成就感、尊嚴，在入行後願意黏著於新聞工作之上，直到近年來環境發生重大變化。

其次，過去社會所具有的黏著特性，是進一步促成長期從事新聞工作的關鍵因素。具體而言，除了認同社會需要改革進步外，這些成長於過去，訪談中會用「老人」、「老派」、「老頭」自稱的受訪者，身上也存在著老一輩的刻苦性格與工作倫理、願意對所屬報社與老闆忠誠，也願意進入長期穩定的工作關係之中，從工作中尋找認同。這些因素對應著傳統社會的黏著特性，讓資深記者願意黏著於工作之上，不會經常更換工作，而中年以後，因為需要養家，或單純因為久了而不想動，讓他們更不會想要離開耕地。呼應本書將新聞工作置放在社會脈絡進行觀察的主張，黏著特性用抽象方式論述著過去與當下臺灣社會的本質性改變。

社會本質改變是社會學者關注的問題，無論是第二現代性、現代性後期、後現代都在企圖回答這個問題。其中，Bauman（2000）透過固態與液態的對比，說明了當下西方社會的液態現代性特徵。他主張過去西方社會對應的是固態與厚重。福特主義式工廠的大型廠房、重型機械設備、大規模穩定勞動力，單調、常規化卻秩序井然的生產線模式，以及對應需要穩定勞動力的終身僱用制，便充分展現了固態特質。福特主義是過去西方社會的重要思維與實踐，也充分說明固態現代性精神。過去社會穩定、堅固但很難移動，在固態現代性中，累積是重要的，數量、厚重、穩定是美德。

然而相對於固態，當下社會反過來是液態、輕盈、多變的，靈活移動、速度、沒有包袱則成為美德。為了增加流動性，企業關切的是如何因應環境快速變化，短期約聘式的人力規劃，取代了長期僱用的習慣。而液態特質也反應在人際關係、消費活動等層面，例如男女之間愛情因此顯得來去快速，不只是愛得容易，分得也沒有負擔。愛情不再如同過去重視承諾，企圖結髮一輩子（Bauman, 2003／何定照，高瑟濡譯，2007）。

　　雖然，Bauman論述重點是當下西方社會的液態特徵，不過我主張，臺灣社會在全球化，以及同樣高度資本主義化的引導下，當下也類似西方社會展現了液態特性。只是相較於Bauman較少論述的固態，本書嘗試利用黏著這個概念解釋臺灣過去社會特徵。我認為，特別是放在時間脈絡來看，即便在過去，社會也都在移動，只不過它是一種極為緩慢、走走停停，甚至停留時間遠大於行走時間的移動過程。這種移動方式讓行動者不自覺地習慣於緩慢節奏，習慣黏著在看似不動的當下，或者當他們想要起身加速行動前，以往社會所具有的各種外在壓力，會瞬間從不被看見的位置，轉換成明顯、實質拉力，讓他們在關鍵時刻經常還是黏著於當下，不敢妄動。過去社會像是透過一條頻寬很窄的網路線，下載一部很長的電影，雖然下載過程持續進行，但從單一時間點來看，卻幾乎都處在停格狀態，而且停格很久。停格是常態，下載者也習慣這種常態，習慣等待。不過一旦沒了頻寬問題，除去外在限制，一切便顯得順暢往前。而當下社會便像是順暢往前的社會，在習慣順暢往前的經驗中，停格反而成為大問題，等待也成為需要除去的事物，它只會讓人不耐煩。也因此，過去，黏著是種習慣，是美德，現在，順暢往前才是王道。

三、擅於等待的人

　　農耕模型展現了黏著特徵。過去社會的黏著特性，讓成長於那時代的資深記者展現一種習慣黏著於新聞個案、黏著於自己路線、黏著於新聞工作的心態。他們習慣在路線上耕耘，願意為手邊工作等待，然後回過頭加深了作為專業記者的主體性與認同。因此，我在訪談中反覆聽到許多實際

例子，受訪資深記者如何黏在某個新聞事件上不放手，直到追出獨家新聞與完成調查報導；纏著某位關鍵人物，用不同技巧讓他們不再提防自己，或因誠意感動對方，願意接受訪問；每天一早到相同地方與警衛去磨，最終從他身上取得重要採訪資料；鍥而不捨地蒐集資料，直到最後一塊拼圖出現，寫出大弊案新聞。透過比對現今年輕記者直來直往的跑新聞方式，以及所犯錯誤，例如不認識路線上重要採訪對象，弄錯官員名字與頭銜，我們更可以看到「纏」與「磨」，這些字所對應的黏著特性，資深記者願意黏著在一個新聞個案上，直到跑出自己滿意的新聞，而年輕記者並不具有黏著性格。

除了願意黏著於手邊個案，資深記者也黏著於自己路線、黏著於新聞工作上，而這種黏著更顯長期漫漫。他們經常描述自己因為何種機緣進入新聞工作，如何在放棄出國留學後，就沒有離開、或不捨得離開新聞工作，一做近二十年，慢慢感受做記者的意義；如何從擔心漏新聞、各種經濟燈號都不懂的菜鳥記者做起，經歷不同新聞個案挫折，慢慢學會做一位記者，終於熬出專業口碑；如何渡過長官不友善、不信任，以及他們給予的各種挑戰磨練，慢慢贏得報社信任，累積身為記者的驕傲；在分配到冷衙門路線時，如何想辦法冷灶熱開，然後跑出放在要聞版的新聞，讓長官刮目相看。

這些「慢慢」敘說著一種時間的流動與積累。受訪者們一做便是近二十年，慢慢累積了地位與名聲，過程中，他們與年輕記者一樣，有著類似工作挫折與委曲，遇過邀功搶功的同事，遇過很差的主管氣到想要辭職，或也有其他媒體挖角。只是他們並沒有很快、很瀟灑地做決定，而是經常想起家庭生計因素、不想年邁雙親擔心自己換工作、不想被批評跑去做八卦記者，然後說服自己堅持一下再看看、必須回報老闆與主管知遇之情、擔心離開不一定會很好。再或者，近二十年間就是習慣不動，認為可以、也應該做到退休。這些理由讓受訪者繼續待在那裡，然後於多年之後接受訪談時，夾雜懷舊情緒，淡然地描述談論自己經歷的各樣磨練，以及經營路線多年後所得到的成就。這些經常需要我適時打斷以免過長的描

述，透露出某種從年輕做到白頭的認命與堅持。如同一位受訪者事後表示，沒想到自己二十年記者生涯，不到五小時就說完了，而人一生的故事，可以說多久？

相對於年輕世代保持液態、流動、追求無負擔的關係，因為不同因素辭職、轉換工作，順暢地往前移動。資深記者，至少是本書受訪者，就像是隨時間自然、緩慢移動，或長期處在影像停格狀態，穩定不動。他們像是一群擅長等待的人，讓時間幫他們耕耘累積出成果，感受身為記者的認同與驕傲。或者，他們也會換工作，但更換前會猶豫很久，不像年輕世代義無反顧。大部分時間，他們停格在自己土地上，沒有一個工作換過一個工作，黏性讓他們不會持續移動與流浪。

當然，過去社會的黏著特性同樣影響著媒體老闆、主管，塑造出一種允許黏著的工作環境，給予記者相對自主空間，不會事事都管。待遇相對穩定，甚至優渥，具有一定社會地位，這些現實因素讓原本就擅長停留的資深記者，更有理由黏著在自己工作之上，投入時間經營自己的工作，不怕莫名被趕出耕地，徒勞無功。另外不可否認地，資深記者願意黏著在一地的原因經常是混雜的，包含著策略性目的，例如做久了更有機會升為主管，做出名聲有更多跳槽到其他行業的機會，這些策略性目的強化了黏著的意願，但在時間中也成為黏著的一種成分。黏著不是沒有理由的，總可能包含著實用或策略性成分。

無論如何，在農耕模式中，受訪資深記者一方面如同前述，累積了自己想要的生涯發展、專業名聲，然後因為這些成果讓他們更不願意離開自己耕耘的土地。另一方面，受訪者也從自己某則新聞贏得同儕肯定、幫助了某群弱勢者、促成某條法案的通過，逐漸知道自己身為記者的意義，更加確認自己角色，累積出身為記者的角色認同與驕傲。最後，長期耕作的過程讓受訪者習慣獨立工作、獨立判斷的相對自主狀態。而這些已建立的工作方式，已形成的自我認同，以及獨立工作的習慣，成為反覆蝕刻在他們身上的過去，在日後出走過程中影響著他們。不過再一次地，過去也還是有早早便離職的記者，黏著心態是農耕時代的美德，但不是人人都具有。

第 4 章 ▶▶▶

農耕模型的消失：資深記者的主體困境

　　觀察這些年臺灣社會與新聞媒體，改變，是個不太需要爭論的事實，直接促成了農耕時代的消失，剩下懷舊意義。相較於研究者與讀者所處的旁觀位置，改變對資深記者來說是極為寫實與矛盾的事情，他們親身工作於農耕時代，也親自經歷農耕時代的消失。在生存壓力下，無論選擇離職或留下，都需要從自己熟悉的過去出走，遭遇主體問題。資深記者從過去出走的經驗是大時代一部分，出走過程中的遭遇與調適，更隱含著行動者如何回應結構改變的企圖，具有值得記錄的社會學意涵，也是新聞學術場域應該關心的問題。

　　本章便在記錄這段過程，第一節先說明從農耕到勞工模型的轉變，第二節討論改變過程中專業主體的退場。第三節與第四節具體論述從耕地出走後，資深記者遭遇的主體困境：如何成為不穩定的主體，以及如何進入一種鄉愁狀態，在勞工時代懷念著自己的過去。第五節則描述身處這種情境，資深記者如何透過認同工作設法處理主體性問題。

　　不過在正式進入以前，這裡先說明「記錄」這件事情。

紀錄作為學術實踐

　　過去十多年，我在長期觀察中感受到改變的事實，改變所展現的不可逆氣勢，將資深記者放在過時、不得不跟著改

變的位置，得設法處理工作技術更新、價值觀與自我認同調適，以及生涯發展等各種問題。面對一連串問題，有些資深記者轉型成功，有些因機緣與人格特質關係並沒有感到困擾，但就大部分人來說，無論是以轉行、被資遣、續留新聞業作爲途中轉折，大致都經歷「過去」消失所帶來的困擾。「過去」像是複寫在身上、無法輕易捨棄的包袱，構成了資深記者在訪談中、生活中的許許多多感嘆。

這些感嘆累積出一幅世代消失，資深記者隨時間凋零的意象。在凋零意象下，上個世代的新聞觀念、工作方式逐漸成爲廢墟，資深記者的遭遇則沒有受到太多重視。當然，時代需要更替，老兵可以凋零。可是如果新聞工作是記錄社會的工作，資深記者更見證、參與了臺灣關鍵時代的變革，那麼在當下，記錄新聞工作的過去，以及這些走過關鍵時代的新聞工作者，本身便是有意義的事。這些平凡、持續在線上跑新聞的資深記者，雖然不具有典範般的崇高位置、不具有高知名度，也不是高階主管，但他們持續、長期且默默在第一線從事新聞工作，親身經歷臺灣社會與媒體轉變，本身便是歷史的一部分。資深記者的生活或許不是那麼精彩與傑出，同樣有著功利成分或令人詬病的倫理問題，但這些不完美卻也用平凡、寫實的方式詮釋著新聞工作的意義。他們的過去與從過去出走的歷程，更接近新聞場域的眞實狀態，更能代表消失的過去，是另一種平凡，但寫實版本的歷史。

因此，我嘗試記錄這群平凡資深記者所代表的過去，以及他們面對改變時的心理歷程，將「紀錄」視爲本書的一項價值與目的。我主張，在學術場域感慨當下媒體環境難以改變的同時，除了繼續努力提出改革呼籲與策略外，也許學術工作的實踐性可以部分改落在爲過去留下紀錄之上。這種實踐的力道雖然可能微小，但透過記錄，至少可以讓過去新聞工作方式，以及隱身在歷史之中的老兵，不會不留痕跡地自動凋零。在我們熱烈歡迎新世紀到來之際，「紀錄」保留了過去工作方式、新聞觀念與記者的自我認同，讓它們有被年輕新聞工作者看到的機會，不致在時間流動中，眞正成爲歷史廢墟。當資深記者因爲生存問題無法反抗，必須妥協成爲場

域內無聲的行動者，「紀錄」是給予他們的歷史紀念與位置。最後，「紀錄」也是我長期以新聞場域作爲研究對象之後，對所有受訪資深新聞工作者的謝意與敬意。

「紀錄」過去與資深記者的出走歷程，是一種研究的微型實踐，回應學術工作應該與實務工作有所扣連的說法。不過這種「紀錄」不是一般的記事，而是包含分析、詮釋，以及盡力追求效度的學術式紀錄。另外，說明三項論述原則，應該可以幫助讀者閱讀本章。

首先，理解資深記者出走過程時，情緒是不可忽略的軸線。資深記者親身經歷時代轉換，對於各種問題的回應總是帶著人性，有著複雜情緒轉折。我瞭解這種人性與情緒是常態，更是出走過程中的一個重要構面，然而由於研究者終究是在事後、旁觀的位置上進行研究，沒有實際承受當事人的情緒煎熬，加上學術書寫本身的抽離、中立、理性特性，因此本書雖然努力嘗試呈現情緒構面，但還是難以展現資深記者的實際情緒強度與細緻度。有關這點，小說與文學書寫應該更適合達成任務。

其次，概念化、歸納分析等學術研究方法，幫忙本書建構了資深記者出走過程的共相，但也無形中犧牲了每個個案的獨特性。我瞭解，學術研究的長處也是它應該被注意的地方，由於學術研究終究難以如同文學作品，可以專注於細膩呈現特定主角的遭遇，也因此需要提醒的是，就在本書努力呈現理論共相的同時，對受訪對象而言，每段過去與出走旅程都是屬於他們自己的，切身、獨有、特殊，具有個人意義，每個個案都有其獨特的生命軌跡。

最後，相對於包含我在內的其他旁觀者，資深記者是當事人，他們實際生存的場域一方面遠比旁觀者的觀察、想像與描述來得複雜，不是道德與應然面的單純場域。另一方面，在整體生存條件嚴苛，沒有太多選擇、甚至只能被迫應對的狀態下，現實會讓資深記者的很多選擇帶有無奈、墮落與灰色成分。因此，本書描述的資深記者，或許會被認爲不夠堅持，本章也可能帶有被動、灰色的基調，但無論如何，我主張在生存層次，行動者的作爲總有著旁觀者無法體會的複雜度，不自覺地從應然面進行解釋會

有過度簡化的風險，也不甚公平。另外，本章也不只是想要消極呈現灰色基調而已，相反地，如前所述，我企圖在灰暗或沉潛的年代，透過記錄作為學術工作的微型實踐，保留過去的某些事物，讓他們在新世代有被記得的可能性，透過記得，在未來產生實踐的可能。

在新時代儼然成形，特別是新科技帶來無限想像的年代，向前看很重要，不過就在我們熱切關心新增事物的同時，也同樣應該留意什麼東西消失了。過去不只是歷史，出走與流離旅程也不僅是個人故事或感傷的文學書寫，他們共同指向結構與能動性這個社會學的古典問題，集體描述在大時代中，新聞工作過去有著何種異於當下的場域結構，資深記者又是如何回應結構改變這股強大力量，帶著過去調適自己，選擇自己要做怎樣的人。這些年輕新聞工作者沒有的經驗，聽起來八股，卻是重要歷史。在真正多元的「後」現代情境中，他們值得書寫成新世代的備忘錄，而非放任他們消失或被拋棄。當新樹立的權威取代舊的權威，被新權威統治的場域還是只有一種聲音。

第一節　從農耕模型到勞工模型

臺灣新聞場域發生改變，是不太需要爭論的事實，已有過許多討論（王維菁、林麗雲與羅世宏，2012；卓越新聞獎基金會主編，2008；林麗雲，2009），不過改變的原因卻是複雜，可以換個方式討論的。我主張，臺灣新聞場域改變，以及對應發生的農耕模型消失，需要放在社會本質改變脈絡，以及結構與行動者的交纏關係中進行討論才會完整。不過基於論述連貫性，這裡將先順著資深報社記者視野，論述他們在改變過程中所遭遇的問題，至於改變原因留待第五章討論，然後再以此作為之後兩章基礎，接續討論當下新聞工作樣態。

改變，對資深記者與年輕記者的意義並不相同，對資深記者來說，這幾年臺灣媒體改變帶來許多直接、寫實壓力。媒體結束營業與人力精

新聞工作的實用邏輯：兩種模型的實務考察

074

簡，意味著失業、工作條件下降（徐榮華、羅文輝，2009；劉昌德，2009），更實際促成資深新聞工作者面對是否轉行，何去何從的壓力。而新媒體時代來臨也讓資深記者持續處在「調適或被淘汰」的狀態。他們不僅需要調整工作技術，例如增加影像能力、數位敘事能力，更得在農耕模型消失之後，調適長久以來的工作觀念，並且更為深層地處理自己是誰，該如何自處的問題。

一、被取回的耕地

在過去，臺灣報社的組織善意，是農耕模型運作的基礎，不過隨著經營困難，報社收縮原先善意，改變了對記者的工作要求，然後結構性促成新聞工作方式調整。新聞開始成為集體農場或工廠生產線的工作，記者則成為勞工。

（一）工作要求的改變

受訪資深記者充分感受工作要求的改變。他們幾乎不約而同地描述以往報社重視的是獨家新聞、深入報導與有觀點的新聞評論，並且如第三章勾勒的農耕模型，會使用自己方式與節奏跑新聞，也願意長期經營人脈關係與累積路線知識。一位司法線記者便表示，看判決書是很花費時間、但平常就應該要做的功課，判決書出來就要找時間看，否則隨各審判決的陸續出現，就愈沒時間看。在過去，報社給予工作空間，也會刊登這類新聞的情況下，他便透過持續看判決書掌握許多跑司法新聞的知識與竅門，另外，他更長年累積了大量專業知識與人脈，寫出不少檢討司法制度與司法人事的新聞。

只是好景不常，現今報社根本性地改變了工作要求，要求變多，方向也有所改變。當下報社在意的是讀者想看什麼，因此爆料、八卦式的司法新聞比例增加，喜歡開庭時的刺激情節場景，至於起訴或判決部分只要帶到基本事實即可。在這種狀況下，司法記者開始瞭解以往分析司法判決理由、批判司法制度的新聞失去空間。當下要做的就是簡單問問、上網查

查、參考一下判決內容，便能符合報社要求。

除此之外，資深記者也描述當下報社的其他工作要求，例如提高與確保每日新聞發稿量、增加每位記者的路線範圍、製作影音新聞、導入績效管理的KPI值等等，當然還包括已引發許多討論的業配新聞。這些以效率與利潤為基礎的工作要求，直接影響新聞蒐集方式與記者的新聞表現。當司法新聞變成抄抄判決書即可，只重視辛辣情節；黨政新聞過度重視即時性、人物式新聞，不再需要分析政策的特稿，那麼，靠時間累積的人脈與專業知識便不再重要，過去工作方式則顯得老派、不合用。工作要求改變也宣告了農耕時代的結束。

（二）不得不面對的困境

整體來說，雖然受訪資深記者普遍懷念與偏愛以往工作方式，過去，農耕模型也的確幫忙報社產製出許多獨家、具深度、符合專業標準的新聞，但就報社而言，允許記者用自己方式長期經營，終究有著生產效率，以及無法有效管理的問題。另外，在不景氣促使報社看重效率與成本的當下，資深記者更代表著高人事成本、習慣用過去方式跑新聞的一群人。因此即便過去工作方式具有優點，報社還是透過前述工作要求改變，試圖節省成本，並產製出大眾偏好的新聞。同時，類似其他產業透過不同管理作為監看與規訓員工（Jackson & Carter, 1998; McKinlay, 2002; Townley, 1994），無論有意或無意，藉由這些工作要求改變，報社也重整了與記者的關係，促成勞工模型的出現，更有效率地利用自己員工，確保他們的產品符合組織要求。

然而這些有利於報社的改變，卻經常成為資深記者的矛盾困擾。訪談中，受訪者一方面表示理解、甚至體諒這些改變，因為報社關門對大家都不好。也有人表示個人本來就應隨時代調整工作方式，改變是必要的。二方面他們也瞭解新工作要求對應著新工作方式，新工作方式又是造成當下新聞廣受社會批評的主因，他們普遍知道、擔心與批評這種因果關係，卻也在新舊更迭中猶豫是否該跟隨改變，改變之後又該如何面對社會給予的

負面批評。三方面,當報社重視的是新聞量、好看、不要漏新聞,受訪資深記者開始瞭解老記者不再是寶,報社不需要分析判決理由、批判司法制度的深入報導,也就不再需要珍視能寫出這些新聞的記者。更麻煩的是,相較於年輕記者,薪水讓他們成爲公司負擔,有著被資遣的可能。因此在矛盾之中,身爲已逾中年、有現實生活壓力的資深記者,不得不實際承受改變帶來的現實困境。他們雖然不一定如同某位受訪者的描述,在兩大報進行人事調整資遣的時代,許多四十多歲記者因爲慌了而去集體算命占卜,但受訪資深記者的確普遍有著自己是否保得住工作、該繼續或離開這份工作的徬徨焦慮。

二、勞工模型的浮現

對照實際新聞表現來看,受訪者在訪談中描述的改變,並非個別或隨機事件,而是一種集體、趨勢的變化,大多數受訪者都認知到以往習慣的新聞處理方式不再流行,亦程度不一地回應了報社重整關係的企圖。只是也因如此,他們面臨一種該留下或該離開的選擇。

(一)中央規劃、記者執行

從行動者角度來看,資深記者面對改變雖然有著掙扎,但或多或少都有設法調整工作方式的經驗,試著配合報社愈來愈多的要求。例如注意自己每天發稿量、每篇新聞字數寫少一點;知道社會新聞式的司法新聞要多寫,司法制度的新聞則不要多寫,寫了長官也不會要。

受訪者設法調整工作方式的各種作爲,加上無論是基於抱怨、無奈,形容自己是勞工或螺絲釘,以及工作自主性如何被削減的話語,共同描述著勞工模型的浮現,報社愈來愈像工廠,愈來愈符合生產線比喻(Bantz, McCorkle, & Baade, 1980)。資深記者不再有充裕時間思考問題、做訪談、長期經營自己的路線,也不太可能再過著養士般的浪漫生活,一天只發一則稿,甚至不發稿,就等著關鍵時刻出手,寫出驚人的獨家內幕或深入獨到的新聞評論,讓老闆滿意、同事佩服、同業緊張。

受訪者對於當下與過去的比對描述，像是告訴我們，農耕雖然並非理想的學術專業模型，但卻是生涯中的一段美好歷史插曲。只是隨著老闆收回善意、管理主義盛行，新聞工作還是好景不常般地回到資本主義與工廠制度設定的標準勞工關係。記者就是依照組織設定目標與方式從事每天工作，歸還了之前因封建特性而取得的耕地，以及作為農夫的自主空間，從農耕模型進入勞工模型。

基本上，勞工模型不難理解，實際對應著工作要求改變、工作量增加、工作自主空間縮減等事實，不過除此之外，勞工模型更細緻展現一種中央規劃、記者執行的普遍企圖。雖就現狀來看，當下報社相關作法不及電視臺成熟與細緻，資深記者也還是具有一定工作空間，然而「中央規劃、記者執行」也的確像整體漸強的趨勢，顯露於臺灣報業。套用受訪者話語，以前是記者在外面採訪，買回什麼材料，編輯臺就這些材料做菜，但現在變成編輯臺點菜，記者在外面只是找到材料，帶回家而已。至少，當下報社已經打破平日讓記者在外跑新聞，少有聯絡與指示的默契。

受訪者對於過去與當下工作方式的描述，對比出這股漸強趨勢。以往報社也會規劃新聞，但多半只在總統大選等重大新聞事件才會採用，平日，記者通常就是在外跑新聞，每天一通電話報稿，讓編輯臺掌握大致有何新聞，長官甚少打電話找記者，因此記者得到偷懶機會。可是時至今日，編輯臺指示愈來愈多，接到長官電話頻率增加，而且開始會就新聞個案進行建議或指示，例如從某個角度寫新聞、採訪某位受訪者、其他報紙上有什麼東西要追。新聞開始成為工廠，中央整體規劃，記者分頭執行，共同完成每天新聞產製工作。當然，這種情形在年輕記者身上更為明顯。

中央規劃新聞的趨勢受蘋果日報與有線電視臺工作常規影響，也和記者年輕化有關，因為年輕記者經驗不足、主管不放心，所以給予更多新聞指示。不過無論如何，就在這種方式被批評削減了記者工作自主的同時，它也更為貼近刻板印象中的組織與雇員關係。因此整合來看，雖然當下報社仍給予老記者較多尊重，直接指令較少，或者即便過去，記者亦不是百分百自主的自耕農，還是得回應報社要求，但當下報社工作要求增加、要

求方向改變，以及將要求延伸到平日新聞個案處理，都共同指向無論記者是否願意，報社方面已放棄過去的農耕模型。而呼應受訪者形容自己是勞工與螺絲釘，在報社生產線規劃下，不同路線記者的工作方式開始收斂靠攏，大家開始用類似方式在不同路線產製新聞，新聞成為產品，而非農夫的耕耘收穫。

（二）留下或出走：資深記者的選擇題

在勞工模型中，報社記者雖仍有各自路線，但路線之於記者的意義出現改變。路線不再是耕地，而是工廠生產線的一個分工環節，記者需要的就是在自己分配到的區塊上，聽從指示、準時交稿，儘量不漏新聞而已。這種轉變是劇烈的，許多資深記者因此面對一種複雜矛盾情緒：路線還是在那，但卻不再是自己耕地，記者還是記者，但工作方式有著極大的差異。面對這種不熟悉、甚至不喜愛的當下，資深記者面對留下或離開的抉擇。理論上，轉行是種果決作為，但轉行也代表得徹底放棄過去耕耘結果，對已步入中年的資深記者而言，家庭生計更讓轉行具有極高風險，成為艱難的決定。

無論最後選擇為何，這種離不開，卻又得跟隨改變前進的狀態，發生於許多記者身上，在過去已成廢墟的當下，經歷一場發生於內心的離鄉出走。我發現，為了生存，資深記者並非無法使用新方式工作，事實上，受訪資深記者在過去便也寫過社會新聞式的司法新聞，主動牽成報社賺錢的機會，近來也懂得策略性寫些讀者愛看的政治花邊新聞、大量發稿滿足報社對於稿量字數要求、老闆交代的事特別留心去做。也就是說，要他們改變工作方式似乎並不困難，真正困難的是一種面對改變時的人性困境，已消失的過去像是反作用力或包袱，讓資深記者感慨、猶豫或自我質疑，至少需要時間學會拋棄。

例如親自到新聞事件現場、有事沒事都到自己路線逛逛，是受訪者提及做記者的基本要件、工作方式，也是對應農耕模型的工作價值觀與美德，記者透過持續自我要求，回報報社給予的相對空間。但跟隨改變，當

資深記者看到電話採訪、修改公關稿發新聞的方式不再被非難；看到記者間早先利用MSN會稿（唐德蓉，2012；陳弘志，2008），然後進步到使用Line的群組跑新聞，甚至連他們自己也都開始使用這些方式的同時，資深記者感慨著過去美好時代不再。幾位同意自己老派、古典的受訪者更清楚凸顯著，過去工作方式、價值觀與美德，在改變過程中產生的矛盾拉扯。

　　顯現在外的是，他們知道需要改變，卻很難爽快一次到位。一位受訪者便察覺到包含自己在內，老記者愛抱怨，聚在一起時更是如此，對當下很多事情、甚至自己都看不順眼。這些不爽快與不順眼透露某種不情願、手不對心，他們或主動或被動地嘗試新工作方式，但心裡卻還是習慣過去，不自覺以過去作為衡量當下工作與當下自己的標準。接受新工作方式隱含了否定以往替自己創造功績、榮光與認同的東西，以及否定過去自己，造成不知道自己現在還是不是記者的兩難。

　　也就是說，在過去成為廢墟的過程中，資深記者面對著留下與離開的選擇，只是無論何種選擇都將進入從過去出走的離鄉狀態。選擇繼續做記者的人，在場域內繼續面對改變，但過去種種像是無法放下包袱，順著時間延伸至當下，讓他們在出走過程中面對更多摸索，以及自己是誰、該怎麼做的矛盾。選擇離開者在離開前也都經歷上述矛盾經驗，離開後雖然少了在場域內的煎熬，卻程度不一地想著記者工作，需要處理殘存在身上的記者感覺與認同。因為自己的過去，資深記者的離鄉出走過程多半不太平順，帶有流離成分。在這段並不輕盈的漫長旅程中，資深記者得處理過去的自己，以及自己的過去，前者對應一種與主體有關的困境，後者則涉及鄉愁情緒帶來的問題。

✳ 第二節　農夫身分的消失

　　如果從農耕到勞工模型的轉換被視為一種結構問題，那麼，資深記者

進入離鄉出走過程，便整體透露著行動者面對結構改變時的猶豫與困境。耕地消失不但把記者推往生產線或徹底推離新聞工作，也將許多人從單純、穩定的專業主體位置推出，進入一種混搭拼湊、不穩定的主體狀況。如同被放逐之人會帶著家鄉種種，在出走過程中面對自己是誰、存在價值等問題（Cornejo, 2008），在改朝換代過程中，資深記者雖不致像商朝遺老，不食周粟，但為了生存，他們也在質疑、抗拒中經歷這些有關主體的問題。

一、實務式專業主體的退場

學術場域透過專業模型定義了新聞工作，對記者的專業身分也有穩定共識。Weaver與Wilhoit（1986）便論述了三種角色身分：資訊散布（information dissemination）、解釋與調查（interpretative / investigative），以及對立（adversary）。這三種角色認知被運用在許多研究當中，藉此瞭解記者如何認知自己，以及與工作滿意度、不同工作方式等變項的關聯性。羅文輝（Lo, 1998）也利用三種角色認知分析臺灣新聞工作者。

（一）實務式專業主體

在新聞改造年代，報社默許、甚至鼓勵專業的狀況下，記者持續追求專業認同的努力，巧妙且穩定地將他們放在自身想像的專業主體位置上。之後，儘管難以切割出具體時間點，專業主體的想像大致延伸至2000年代中期以前。在我當時進行的研究訪談中，部分受訪對象雖然開始憂慮起未來，可是多數人仍視自己為專業工作者，自信地談論新聞工作。

不過如同記者指涉的專業是實務式專業，而非學術式專業，實務式專業主體也不是以學術訓練或新聞專業論述作為支撐基礎，而是在實際弄髒手腳的實務工作中慢慢建立起來。透過累積豐富的解決問題能力，以及讓人稱讚的獨家新聞、新聞評論等具體作品，在老闆、主管等內層觀眾面前為自己贏得尊嚴、榮光，然後告訴自己是專家、是專業。許多受訪者便

描述著，他們是透過哪些事情逐漸被老闆長官認為是人才、逐漸被採訪對象稱許認可、逐漸認識更多大牌記者，被其他同業敬重，逐漸學會政治記者、財經記者的樣子，最後才有信心認為自己是專業工作者，有著權威、別人難以取代的地位。而在成為專業的過程中，農耕模型提供了良好的結構條件，資深記者有機會耕耘、累積。

實務式專業主體適切解釋了許多受訪者表示自己不懂新聞專業，卻又自認是專業的矛盾說法。同時，也因為是實務式專業主體，所以資深記者對於自身的專業想像帶有許多彈性，不像學術式專業主體那般理想與純粹，黑白分明地認為違反甚麼標準就不是專業。因此，資深記者不會因為自視專業工作者而背負動輒違反標準教條的壓力；即便有時行為逾越某些分際、相互矛盾，也不致產生嚴重罪惡感與自我認同矛盾衝突。

（二）身分的反差

這種專業主體的想像並未持續很久，幾波報社裁員資遣、記者平均薪資與勞動條件下降、八卦爆料新聞興起，以及社會對於新聞業不斷的負面評價，直接摧毀了記者作為專業的基本尊嚴。這波受訪報社資深記者清楚展現一種無力感，並且懷舊般地敘說著以往光榮事蹟與代表作。他們描述過去如何在採訪過程中展示該行業最新知識，讓採訪對象知道他是專業，願意與他說話、記得他；如何堅持以事實為基礎，連續批判某位部會官員，最終贏得被批評官員的理解與尊重；如何在有著戰火的國家，如朋友般訪談重要退休官員，並讓國際媒體記者投以特殊眼光；自己的新聞如何被網友轉載，被大學老師使用，被採訪部會的公務員剪下並予以肯定。

這些對於自己代表作與光榮事蹟的侃侃而談，夾雜在抱怨、失望、挫折的話語中，反過來論證了專業主體退場的事實。報社工作要求改變，不只是否定學術式專業，讓學者感到不滿與憂心，更實際破壞了憑藉實務工作所累積的實務式專業主體。進入勞工模型後，記者過去引以為傲的知識與實用邏輯，明顯失去重要性，失去藉此持續創造專業感的機會。更麻煩的是，當下各種引發社會爭議的工作方式，更是嚴重侵蝕好不容易累積出

來的基本尊嚴與榮光。

社會批評是新聞工作失去專業尊嚴的原因之一，資深記者便對各種批評了然於胸，不喜歡記者等同狗仔的說法；對於外界總認為記者是在找人麻煩、造假、物化女性的說法感到無奈；敏感於現在與人交換名片後，對方帶有奇怪或輕蔑眼神說「是喔！你是記者喔！」。對比過去跑新聞時一般民眾給予基本尊重，甚至備受禮遇，資深記者感受著極大反差。或者連同年輕記者，記者在社會運動現場遭遇民眾的冷言冷語、生活中朋友同學對於記者工作的質疑，都讓他們於當下同樣面對類似從事髒工作者（dirty work）的尊嚴困境（Davis, 1984; Hughes, 1962; Meara, 1974）。幾位受訪者便明確表示現在不太會告訴別人自己是記者。

不過除了社會批評帶來的影響，事實上，對應著舞臺概念，老闆與長官這組舞臺內層觀眾，在尊嚴消失這件事情上扮演更為關鍵的角色。

二、尊嚴的消失

（一）報社作為關鍵因素

部分資深記者會用「大記者」描述過去記者的社會地位，並且作為對自己的期許。不過大記者不只是社會大眾與採訪對象給予記者的肯定，仔細來看，大記者更關聯於報社組織內部的結構性支持。

過去農耕時代，老闆給予不錯薪水福利，以及經營耕地的空間，便間接促成記者大致具有因經濟基礎而產生的社會地位，並且可以藉由耕耘成果經營自己的名聲，實際贏得採訪對象尊重的機會。因此，資深記者雖然並未擁有雄厚金錢資本，或也有人利用記者與報社名義在外面狐假虎威，但配合傳統社會對於文人與知識分子的敬重，我們不難發現在過去，許多認真資深記者就像是透過Bourdieu論述的文化資本與社會資本（Bonnewitz, 1998／孫智綺譯，2002），成就了自己的社會地位，大致可以與一般官員平起平坐，至少做到不卑不亢，成為大記者。

除此之外，作為被報社僱用的人、報社組織內的一員，老闆與主管如

何對待記者，是記者取得尊嚴與失去尊嚴的直接因素。受訪者於訪談當下帶有懷舊色彩的描述，便清楚透露老闆與主管平日給予的實質尊重，是促成過去記者可以作為、或自認是大記者的關鍵。事實上，雖然受訪者不見得注意到其間關聯性，更會抱怨自己的老闆與主管，但，不只是本書訪談對象，許多資深記者回顧過去老闆時，除了提及中國時報與聯合報兩大報老闆的國民黨中常委身分，也會多少描述以往老闆們對於自己的禮遇。老闆雖然恩威並施，但無論是家父長式地整體照顧記者，或特別照顧自認為有潛力的記者；無論是老闆給予很大工作空間，或不吝嗇金錢報酬，至少本書訪談的資深記者多半都感受與感念老闆給予的尊重。這種狀況對應著華人老闆的家長式領導風格，家父長式老闆會進行威權領導，關鍵時刻展現至上權威，也會特別偏愛忠誠度高的員工，但好的家父長式老闆也會保持善意仁慈，為屬下留面子，或具有以身作則、不占員工便宜等德行，然後藉此取得員工認同，以及感恩圖報（Redding, 1990；鄭伯壎、周麗芳與樊景立，2000）。

在社會習慣稱呼過去是文人辦報的同時，一位資深記者便形容老闆們是在「養士」，給予記者相當的禮遇。老闆在養士，相對應地，主管也給予記者很大空間，許多受訪者們都敘說著以往長官幾乎不太修改自己新聞稿的狀況，更有長官若要更動新聞稿，會先知會自己，甚至總編輯親自詢問這樣改行不行的故事。因此整體來說，儘管活在當下很難體會當下的美好，但經過時間沉澱，包含懷舊的美化，受訪資深記者們普遍理解到自己過去在報社內部享有超過標準的尊重。甚至在累積專業名聲，習慣享受尊重之後，因為自信懂得更多，而敢大小聲地與主管爭論新聞處理方式，認為主管不在新聞現場，沒跑過自己的路線，所以不應亂改他寫的字句或調動段落先後順序。類似互動經驗，並非個案，而是反覆出現在不同資深記者的訪談過程中，只是有些記者會兇悍地堅持，有些則相對可以溝通。

這種對於自己文稿與觀點完整性的堅持，反映知識分子或專業工作者的心態，也透露不同於一般勞工，資深記者具有自信與驕傲。大記者不只是外人給予的尊稱，很多時候，大記者的意義更是對內的。作為記者，他

們應該在報社內部被尊重，特別是主管應該尊重他們，不應官大學問大，用對待勞工的方式指揮他們。一位受訪者便生動有趣地形容這是段被養壞的過程，以往老闆與主管對待記者的方式，製造出他們這種驕傲、有文人酸氣，藐視權威的記者。開會時坐沒坐相，直來直往說話，平日不聽主管意見，總認為長官專業能力不行，喜歡與他們抬槓，偶爾唱唱反調。養士們會尊重老闆，想要回報他，但面對主管，卻有著自己的驕傲，認為雙方應該有著類似地位，想不卑不亢面對主管，在報社內部做一位大記者。

然後這些在報社內得到尊重與驕傲的記者，在報社外更是充滿自信，或也實際因為記者身分，讓採訪對象畏懼他們三分。許多記者對於自己與採訪對象互動方式的描述，顯示他們重視人脈經營、強調人脈經營時的「做人」成分，卻同樣強調面對採訪對象時的不卑不亢。他們會策略性妥協，但也會在某些自認是關鍵的時刻，因為認為採訪對象不禮貌、不尊重，而不向採訪對象低頭。還有幾位記者則描述自己與採訪對象發生爭議時的實際經驗，報社在得到記者保證寫的新聞是事實後，採取的不介入態度，讓他們得以繼續追新聞。而這種報社默許的氛圍是記者有力的後援，於採訪對象面前更抬得起頭來，有著自信與驕傲。再加上個性因素，有些記者更像是帶著驕傲描述自己曾如何與特定採訪對象「對著幹」的經驗，對方愈想壓新聞、愈凶悍，也愈激起用新聞「對著幹」的情緒，在兼顧平衡等原則下，就是去寫自己掌握的事實，讓採訪對象厭惡地牙癢癢，卻也無可奈何。

這類不被特定採訪對象歡迎，卻能持續跑出好新聞的例子，成為大記者的印記，標示某些記者可以不畏權勢地跑新聞、寫新聞，有著專業的尊嚴與榮光。當然，這並不表示老闆與主管永遠相挺，在複雜因素下，記者也可能因為踩到地雷而被調線，或者不可否認地，資深記者的自信與驕傲往往也讓他們帶著傲氣，造成在熟識採訪對象間是好記者、好朋友，但在不熟識者面前，顯得主觀霸道、頤指氣使的矛盾現象。

（二）失去舞臺與失去觀眾的尊重

農耕時代提供了記者作為大記者的客觀條件，在其中，資深記者似乎一度忘了自己的勞工身分，就是自信且習慣地用自己方式跑新聞，用實際表現回應老闆與長官的觀看、器重與賞識，持續做大記者。然而好景不常，幾年之間，老闆與主管這組前臺內層觀眾大幅改變了對待記者的態度與方式，成為記者工作失去尊嚴的關鍵因素。

在報業營運出現困境下，資深記者充分體會當下不再是文人辦報，新老闆是以商人身分經營報紙，沒有調薪、遇缺不補、工作量增加、各種福利接連取消，甚至有著被資遣的危機。記者工作喪失尊嚴與報社有很大關係，受訪者便廣泛談論著，以前兩大報是大學畢業生的理想公司，薪水直追部會次長，但現在薪水就兩萬五千元，還要跑業務、做影音新聞，這種條件要怎麼期待記者可以感受到尊嚴，又如何期待他們像以前一樣努力工作。資深記者充分感受新舊老闆的反差，描述新老闆如何不尊重新聞、不尊重記者，甚至直指他們瞧不起記者、瞧不起新聞工作，把記者當勞工，讓記者根本失去作為專業的尊嚴與榮光。老闆對記者態度的改變，也影響許多主管對待記者的方式，就是指揮他們完成工作。記者感受不到尊嚴，在老闆與主管面前不再是大記者，甚至因為年資反過來成為燙手山芋。幾位離職受訪者對於自己被要求離職的過程，更是感受失望、難過與缺乏尊嚴，認為老闆與主管的粗糙處理手法一點都不尊重記者。

受訪者在訪談中不斷提及老闆與主管遠甚於讀者與新聞專業，以及抱怨老闆與主管遠甚於抱怨媒體環境墮落的事實，訴說著報社與專業主體消失的關係。剛開始時，我對這種狀況感到不解，因為理論上，他們應該抱怨媒體環境不再專業，以及社會大眾對他們的各項批評。然而隨著研究進行我開始發現，社會批評並非不重要，確實為受訪者帶來不舒服的感覺，而受訪者也會感慨新聞不再專業，媒體環境亂象叢生。只是社會批評終究是抽象的、可以選擇充耳不聞，但相對地，對記者而言，老闆與主管卻是非常具體、難以迴避的互動對象，在工作情境與人際情境都扮演重要角

新聞工作的實用邏輯：兩種模型的實務考察

色。或者即便單就一般人的人際互動需求來看，記者都很難不理會經常見面的老闆與主管。如同一位受訪者在討論此問題時的回答，有關媒體環境墮落的抱怨是說給新聞系老師們聽的，事實上，每天真正困擾、影響他們的是老闆與主管。當然，倘若再加上效忠、想要升遷、長官部屬關係等因素，老闆與主管這組內層觀眾的影響將更為綿密。

因此，老闆與主管態度改變，配合勞工模型，直接衝擊記者的專業主體認同。記者從原先的養士、知識分子，或有名字的專業工作者，變成被指揮的一群人，就是勞工而已。在勞工模型中，記者只是生產線的一員，可以被替換，因此薪資福利依照市場法則，並盡可能壓低。同時，記者也不再需要自主空間，因為長官直接修改新聞稿文字、更動導言順序、直接交待要採訪什麼，是生產分工的常態。只不過對經歷農耕模型的資深記者來說，這些勞工模型的常態作為卻是大問題，他們感受不被尊重，也直接指出某些作法不尊重人。在問都不問就修改新聞稿的作為中，記者失去原先享有的尊重與尊嚴，在組織內部不再是大記者，破壞了記者的專業主體位置。

然後衝擊從報社內部向外擴大，受訪者表示，當自己新聞稿被編輯臺長官逕行修改，以致與原意有所出入，甚至違反基本路線知識時，這種修改便不只是內部缺乏尊重的問題，更會負面影響自己與採訪對象間的關係。他們需要在狀況發生後，設法向採訪對象、甚至同業做出解釋，不想讓採訪對象與同業以為是因為自己無知才導致如此低級失誤，因而失去面子與基本專業尊嚴，以及採訪對象的信任。同時報社不再青睞深度、觀點，只求有、不獨漏就好的工作要求，也讓記者發現英雄無用武之地，每天就僅是在做年輕記者同樣在做的事。誰跑新聞、是否資深、是否有名字不再重要，當下，不只是新聞成為每天生產再被拋棄的資訊，記者也同樣變成可拋棄、可替換的人。他們不需要名字，只是被集體統稱為記者，甚至被稱為狗仔的一群人。

在勞工模型中，記者失去專業舞臺，也失去了觀眾的尊重。資深記者無法再透過擲地有聲的文章，繼續贏得採訪對象尊敬，而報社給予的某

些指令，更直接讓這些強調不卑不亢，甚至「對著幹」的記者，失去與採訪對象平起平坐的尊嚴。再加上讀者與社會大眾的批評，資深記者同時失去內層與外圍觀眾的尊敬。大記者不復存在，名字嚴重貶值，他們雖然仍舊站在舞臺上，卻不被正面觀看，或根本不再具有被觀看的價值，就只是負責寫新聞、生產線上的沒有名字的勞工而已。形式站在前臺的他們，不再擁有尊嚴與榮光，只剩下代表作與光榮事蹟留下的掌聲回憶。一位受訪資深記者描述了這段過程，報社不尊重老記者、沒有資深記者制、年輕記者跑新聞時缺乏倫理，種種狀況讓五十多歲與二十多歲記者一起跑新聞的畫面，顯得淒涼也可悲。再或者如同另一位自願離職受訪者的「要臉」比喻，如果堅持要臉，只能選擇離開。只是在生活壓力下，更多的人無法爽快離開，得進一步面對認同問題。

✳ 第三節　不穩定的混搭拼湊主體

　　在勞工模型取代農耕模型的脈絡下，過去知識失去效用，以及尊嚴消失直接動搖了記者的專業主體位置，讓習慣農耕的資深記者不只需要調整工作方式，還得深層處理自己是誰這個有關自我認同的主體性問題。不過我們也不排除有些記者未曾遭遇這種問題。

　　認同問題是深層、寫實、嚴峻的，是具有類似經歷者的共同經驗。Ulin（2002）研究法國葡萄酒農便發現，老酒農視耕作葡萄園為藝匠工作，新的科學耕作方式不只代表工作方式改變，更會造成價值改變與自我認同調整，涉及自己是否還是傳統葡萄酒農的問題。醫生等專業在面對商業化或管理主義壓力時，也需要發展不同策略處理自己的認同問題，以利調適或說服自己（Doolin, 2002）。相同地，隨著臺灣報社收回耕地，記者被迫出走，資深記者同樣也經歷類似的自我認同調整過程。對當事人來說，這種主體性問題經常帶有折磨意味，至少是在劇烈改變暫告一段落的這幾年，尚未完全消失的舊認同與舊主體，反過來拉扯著新認同與新主體

新聞工作的實用邏輯：兩種模型的實務考察

088

的建立過程，讓資深記者處在一種混搭拼湊與跨界狀態。

一、「我是誰？」

（一）文人、知識分子與專業主體

在臺灣，有關新聞工作者的討論，難以省略文人、知識分子辦報的傳統。這項傳統或可與史官記事、御史諫諍或士人清議進行構連（王洪鈞，1998；杜維運，1998；閻沁衡，1998；馬驥伸，1998；賴光臨，1998），或可回溯至清末民初梁啓超等人辦報，儒家士大夫轉型現代知識分子的階段。文人、儒家是理解中國記者的一項關鍵（Lee, 2005）。李金銓（2008）便認爲文人論政是民國報刊的特徵，文人論政延續以天下爲己任，以言論報國的傳統，代表現代知識分子積極參與社會的精神。而順著抗戰、遷臺歷史，文人辦報傳統因此帶有更多民族主義式的救國救民色彩。

文人辦報精神延伸至臺灣新聞工作場域。在侍從報業的爭論下，儘管有著政治立場爭議，或者也曾因競爭採取了社會新聞路線（王天濱，2003），但《聯合報》王惕吾與《中國時報》余紀忠，大致還是在爭議中被當作文人辦報的延續。爭議中，兩位老闆所展現家父長、帶有養士精神的管理風格，的確有異於當下商業報紙與管理主義。不過除了關注老闆文人辦報之外，三件事情也同時需要關注，首先，隨著臺灣社會的西方化過程，「知識分子」逐漸取代傳統「文人」，成爲社會習慣使用的名詞。當然，兩個名詞有著細部差異，但在日常生活語言使用的模糊脈絡中，受訪者似乎並未多做區分，混著使用兩個名詞，藉此凸顯一種有異於一般人、帶有自信與驕傲感的主體位置。其次，於老闆之外，文人與知識分子傳統延續在爲數更多的記者身上。特別是從當下回頭進行觀看，「文人辦報」像是一個時代，而促成這時代的不只是老闆，還包含新聞場域內爲數更多的記者。或者，在老闆文人角色有所爭議之際，學術場域與部分資深記者對於「文人辦報」的懷念，其實有許多部分是落在當時臺灣報業整體

保有的文人與知識分子情懷。記者是維繫傳統報人精神的關鍵。

最後，對本書更為重要的是，在臺灣新聞場域進行專業改造的年代，文人、知識分子的角色並沒有瞬間被專業角色取代，或產生嚴重衝突。雖然理論上，中立客觀專業意理（Johnstone, Slawski, & Bowman, 1976）牴觸傳統文人與知識分子參與社會、改造社會的角色期待，但有意思的是，牴觸中立客觀意理的同時，傳統角色期待卻也在鼓吹意理中找到出路，然後因為實務式專業的彈性，文人與知識分子巧妙融合於實務式專業主體，共同對應著民主、公共、正義社會的追求。因此，在民主化、需要新秩序的社會景況中，成長於戒嚴年代的資深記者除了寫一般純淨新聞外，亦企圖在政治權力場域之外的位置，透過言論發揮影響力，改變社會。他們會用曲筆方式表達某種政治意見，等待政治更為開放後，則透過新聞表達國會改選、司法改革、消費者運動的想法。本書受訪者便喜歡書寫評論特稿，用長篇文章表達自己的政策觀點；樂見自己的國會改革、兩岸政策觀點被政府採納，或成為之後政策推行依據；後來因為報社要求縮減新聞稿字數，而感到無法暢所欲言，骨鯁在喉，認為失去做記者的意義。他們喜歡社會視其為知識分子，有人也明白談論自己是知識分子，想在報社內部維持大記者精神，利用藐視權威、文人酸氣展現某種不受控制的自主性格。

不過再一次地，在理解這種專業主體時，我們還是要注意實用目的的成分，否則將過度美化這時期記者的憂國憂民樣貌。的確，改造年代的記者具有關心社會的傳統精神，但無可避免地也摻雜了某些無以名狀、難以釐清的實用目的。例如，想藉由自己新聞表達自己支持的政治立場與價值觀；想展現自己是有觀點、有影響力的大記者，而有些資深記者後來也實際離開新聞場域，投身政治等領域。無論如何，實務場域本來就是混雜的、實用的。當下如此，過去亦是如此，只不過實用目的各自有所不同。另外，即便包含實用成分，我們也不適合迅速將他們歸類至違反專業的行列之中。

（二）組織與自我不安全感

在記者認同專業、報社允許專業的狀況下，實務式專業讓雙方得利，並且合力將記者維持在一種相對穩定的主體狀態，以專業記者認同自居。然而，認同並非總是單一與恆定的，總包含依情境採取不同策略作為的可能性（Anderson, 2000; Gergen, 1991; Tracy & Trethewey, 2005），特別在實務場域更是如此，因此資深記者雖然自視為專業，但卻非時時刻刻保持圓滿、不動狀態。例如面對老闆時的養士角色、面對主管時的部屬角色、與特定採訪對象間的朋友角色，都可能讓他們暫時偏離專業認同，策略性地處理手邊新聞，產生認同上的矛盾衝擊。

整體來說，這些角色衝突在實務場域內經常發生，需要大量灰色地帶作為緩衝，避免直接衝擊專業認同。因此如果實務工作者是以學術式專業認同自居，這種對錯分明的認同，只會不斷將他們送入一種主體不安全狀態，經常感受自我認同的矛盾掙扎。不過所幸的是，資深記者認同的是實務式專業，這種專業的彈性特質巧妙地創造了足夠的灰色地帶，讓他們不致動輒陷入違反專業、違反自我認同的風險中。或者說，在實務場域，實務式專業的彈性讓專業認同像是一個軸心，受訪者可以依情境暫時轉換身分，不會因為需要持續學術式專業的完美、純粹狀態，而產生自我失序或混亂。最後再搭配農耕時代的客觀環境，整體造就了資深記者的穩定專業主體位置。

只是如前所述，資深記者以往穩定的主體位置，主要是建立在個人自我認同與組織期待相互配合之上，因此，當現今報社收回耕地，不再承諾專業，各種工作要求甚至反其道而行時，劇烈改變讓帶有彈性的實務式專業認同也被破壞，進入不安全狀態。組織研究便論述著這種狀況，研究發現一旦員工失去與組織間相互配合的協調狀態，會從而產生緊張與自我不安全感（Alvesson & Willmott, 2002）。或者處在組織本身造就的工作不穩定狀態、受薪工作者想要追求成功自我的企圖，也會促成自我不安全感的產生，而組織內部的不對稱權力關係，更強化這種情形（Collinson,

2003）。不安全感讓自我認同變成問題，需要實際啓動若干認同工作處理主體性問題。

也因此，我在長期研究觀察過程中發現，無論是用諒解、理解或抱怨方式表達出來，受訪資深記者對於報社改變的大量描述，以及懷念過去、質疑當下、對未來充滿不確定性的論述，都透露出他們感受到自己所抱持的專業認同不再對應於報社期待，兩者處在一種不協調、緊張狀態。面對這種狀態，雖然有些記者轉換成功，自我不安全感獲得解決，但對於並未跟上報社改變的人來說，自我不安全感則實際促成「我是誰？」、「現在的自己還是不是記者？」、「是否要放棄做記者？」這類思考的反覆浮現。受訪者不再如同過去那麼理所當然地做記者，開始程度不一地有著認同困擾。

二、專業認同鬆動後的幾種可能

專業認同鬆動、被破壞之後，勞工成爲記者描述自我的普遍選擇。而包含著接下來討論的業務員與雇員，這些概念初步回應了「我是誰？」這組認同問題。

（一）勞工、業務員或雇員

一位受訪者有關政治記者從西裝革履到穿牛仔褲跑新聞的描述，微妙透露著新聞從志業變成職業，專業認同鬆動成爲「就是一個勞工」的轉變。過去，政治記者們自視爲專業記者，穿西裝跑新聞是對自己專業身分的驕傲與自重，不過以這位受訪者爲例，他雖然表示還是想做專業記者，但經歷報社各種轉變，當下，已把自己定位在勞工，頂多是藍領中的白領，因此每天隨便穿穿即可，不再有穿西裝跑新聞的必要。新聞多半就只是一份工作，只不過自己還堅持依事實寫新聞等基本底線，有時盡力做做而已。

另外，業配新聞也是破壞專業認同軸心的重要原因，它不只影響新聞倫理、新聞工作方式，也無形間牽引著自我認同。雖然部分受訪者明白

表示自己沒有感受業配新聞壓力，或者在實用目的與邏輯下，至少就我觀察，受訪者對業配新聞的反彈並不如學術圈想像來得大。有人表示厭惡，有人則程度不一地配合，甚至主動牽成業配新聞。不過大多數人的確展現業配新聞造成拿人手軟的擔憂，特別對於做過業配新聞的人來說，大致透露一種業配新聞所帶入的業務員角色。一位強調自己受新聞專業教育、在所有受訪者中屬於很不喜歡業配新聞的資深記者，便表示面對以往報社要求幫忙年鑑拉廣告的要求，自己雖然會做，但遞表格給企業主時，總感覺怪怪的，感覺自己原始跑新聞的熱血不一樣了，不知道自己是來跑新聞，還是做廣告業務員。與其他有類似經驗的記者一樣，他們失望、挫折也窘困於業務員角色，想堅持專業認同，卻力不從心。

　　相對於利用勞工與業務員這兩種經常可見方式回應「我是誰」問題，在以效率與管理為基準的狀況下，勞工模型與相對應的雇員認同則用更為深層、隱性與本質性方式，回應資深記者的生存價值，以及專業認同鬆動後的主體問題。類似面對醫院開始商業化，需要修正專業認同的醫生（Doolin, 2002; Kitchener, 2002），我發現受訪者也愈來愈清楚當下報社要的是記者聽話、接受指揮、可以量產新聞，而非自主跑新聞的記者。從他們最初有所抗拒，到逐步配合發稿量、新聞寫短一點，逐漸習慣編輯臺命令，大量談話內容透露受訪者除了覺悟到已無法再於認同問題上與報社同步，更實際擔心若不配合報社要求，會讓自己失去工作。各種因素讓他們有著遠高於過去的不安全感，因為還需要工作，所以不自覺地將自己調整到雇員認同，說服自己就是「被請的員工」而已。一位自認有著記者性格，自由、正義感、敢言，曾屢發重要獨家新聞，也曾數週不發稿，強調專業自主工作的受訪者，在向我分析為何他相對安全、不太會被裁員的同時，也清楚表達新老闆商人性格與量化管理為他帶來的危機感，以及自己由此而來的妥協。例如對於置入性行銷這些事情，只要沒有牽涉到自己，他會選擇鴕鳥起來，不再如同過去，為別人出頭，向高階主管直言這麼做不好。或者他現在也實際會去做某些以前不在乎、不想做的事，如開始注意發稿量、寫以前覺得沒有意義的一般新聞。當然，即便告訴自己不要多

說話，他有時還是會忍不住說兩句。

雖然因為個性不同，受訪資深記者有著不同妥協程度、妥協理由與妥協策略，但整體來看，如同前位受訪者不再那麼直言敢言，開始配合報社，不再長時間不發稿，各種妥協顯示他們為了各自生計的理由而逐步收斂，在來回嘗試之間，不自覺地讓自己更像雇員，學著配合報社要求，至少不要再個性十足，難以控制，成為老闆討厭的人。同時間，也因為就只是為老闆工作而已，因此「被請的員工」對應的另一面是，許多受訪者或主動或被動地承認自己不再成天泡在採訪路線；不再趕第一時間搶到新聞現場；開始較為正常上下班，將時間重新分給自己與家庭，甚至利用以前人脈偷懶起來，做到每日發稿，不讓報社說話即可，而且以他們的經驗，可以發很多稿。這部分改變像是專業認同鬆動後的調節機制，因為是「被人請的」，所以正常上下班是正常、應得、也是應該的行為，然後反諷地指向受訪者成為雇員的事實。受訪者雖未明說、或未察覺，但雇員認同悄悄成為認同一部分。

最後，無論是帶有自嘲意味的勞工與業務員，或深層的雇員認同，都像資深記者面對專業主體退場與自我不安全感，所嘗試啟動的認同工作。這些自我描述與自我認同轉換可能顯得初階，但至少幫忙他們在語言論述層次做出調整，設法穩定住「我是誰」的問題。在改變不了環境，一時間也改變不了自己的狀況下，說話，像是這些老記者還能掌握的少數權力，透過嘲諷自己、抱怨老闆、貶低主管、驕傲於過去榮光與代表作，配合上沒有太多用處的小堅持，透過說話論述減緩自我感受到的壓力。「論述」成為維繫自我、合法化自我角色的策略工具（Callero, 2003; Sherman, 2005; Thomas & Linstead, 2002; Trethewey, 1997）。榮光消失後，資深記者像是藉由自己創造出來的論述，暫時維持住自我感覺，在自己論述中慢慢調整自己，慢慢妥協。

（二）專業、雇員身分的交錯混搭

專業認同在報社內部失去合法性後，勞工、業務員與雇員等角色具有

理論上承接相關位置的潛力，也實際發生若干作用，但這些承接似乎都無法再為受訪者創造出穩定的主體位置。分析原因，一種可能的解釋是因為經歷時間仍不夠長，以致還未穩定下來。但如果借用剪接後製作為比喻，另一種也許更準確的說法是認同改變像是「溶入」、「溶出」的時間漸進過程，而非一刀連接兩個場景。實務式專業主體雖然失去合法性，卻仍複寫在資深記者身上，殘留在認同轉換過程中。「殘留」透露著，如果我們想要完整論述臺灣資深記者主體狀態，就還需放進時間的思維。我們除了類似以往組織研究提出結構面、橫斷式的解釋，以當下為基準，觀察行動者如何改變、採用何種策略外，當認同改變是「溶入」與「溶出」的過程，主體與認同改變便不只是當下的問題，而是包含著「過去」的問題，過去的認同讓當下的認同變得困難。

受訪資深記者雖然使用勞工與業務員描述自己，也程度不一地做出調適，但是由於專業認同仍複寫在身上，因此認同勞工與業務員，往往也意味著失去專業尊嚴與榮光。這種曾經滄海難為水的狀況，讓兩種角色像是跟隨環境變化，被動、策略性做出的調整，而非主動認同結果。所以，即便調整較佳的受訪者也未完全放棄專業認同，仍感受以前未曾有過的自我不安全感。相反地，對新進記者來說，由於並沒有經過農耕時代累積專業主體的經驗，或者專業只是前輩講述的故事，在勞工模型成長的他們，有的是抱怨工作量多，卻沒有太多新舊認同的矛盾衝突。

另外，成為雇員雖然可以較有效地幫忙受訪者處理自我不安全感問題，縮短自己與報社期待的差距，但同樣有所困擾的是，雇員是僅在報社內部運作的角色，藉此標示自己與老闆、長官的關係，然後配搭出符合雇員的行為準則。它不像新聞專業可發展成全面性自我認同，帶來尊嚴與榮光，並且願意在工作與生活中都以專業身分自居。為了生存，受訪者會在報社內不自覺以雇員為中心重建主體位置，但連同勞工、業務員這些角色素材，他們一邊改變工作方式，一邊設法維持幾分過去跑新聞方式的事實，不斷透露著舊有專業認同的持續影響力，他們無法把自己全然當成打工仔。也就是說，相較過去可以較為純粹地利用專業認同作為軸心，受訪

者現今大致只能透過新舊角色素材，幫忙自己在報社內部混搭拼湊出主體位置。也因此，他們並沒有發展出如同過去的全面性認同，可在面對採訪對象、朋友陌生人時自信地使用。

（三）「後」現代的混搭本質

當下社會特質讓混搭的主體變得更為複雜。事實上，受訪者過去以專業認同為軸心建構的主體位置，也巧妙混搭了文人與知識分子角色，有受訪者便明白使用文人或知識分子談論自己應扮演的角色。只是過去的混搭顯得融合與穩定，這一方面是源自文人與知識分子是由來已久的華人傳統，本身同樣具有高社會位階、同樣屬於菁英思維，可與專業認同相互呼應。另一方面則是因為文人、知識分子與專業工作者，都像是符合農耕模型特徵的角色概念，對應長期黏著的心態。以往相對傳統、變動較小的社會脈絡，讓人有機會長期視自己為文人、知識分子，被人尊敬，類似地，專業認同也在同樣社會脈絡中培養，許多資深記者不見得希望大紅大紫，沒想走進仕途，卻普遍耕耘甚久，想被尊敬，也普遍關心公共議題，嘗試讓社會變得更好。因此，1980與1990年代記者以專業認同為主軸，混搭著延續下來的文人與知識分子傳統，共同形成穩定的主體位置。

專業認同、文人與知識分子的平衡融合，像是從另一個時代對比出當下主體位置的不穩定、混搭性格。不可否認地，新聞場域改變是促成當下不穩定、混搭主體的重要原因，只是單從新聞場域角度進行解讀，將會忽略社會本質造成的影響。事實上，混搭本身便是「後」現代社會、液態社會與消費社會的重要特徵。當變動成為常態、社會充滿多樣甚至矛盾的自我認同建構素材，個人自我認同變得多樣、拼貼與混雜（Gergen, 1991; Gubrium & Holstein, 1994）也是理所當然的事，或者認為認同可以保持單一與恆定本身便是有問題的假設。不過除了「後」現代認同本來就顯得拼貼與混搭外，資深記者失去以「職業」作為認同來源的事實，是另一項促成不穩定主體的原因。整體來說，資深記者成長於Bauman描述的工作社會（1998），他們相信工作倫理，也以職業作為自己的主要認同來源。

環境尚未變壞前，他們便自然地以記者身分與朋友聚會，與小孩的老師們互動，環境變壞後，許多受訪者雖然在日常生活中不再自然表明身分，卻也還是在訪談中告訴我，他還是記者，想要做記者，也只會做記者。甚至被資遣的受訪者還是維持每天看報習慣，之所以跑去寫部落格、幫雜誌寫東西，也涉及想藉由繼續寫作、繼續發表觀點，維持記者身分，告訴自己，自己還是記者。

　　類似大多數傳統社會的人，資深記者習慣以自己的職業形成自我認同，而且記者這職業是專業，讓他們有著尊嚴與榮光。因此，新聞變成「只是一份工作」的影響是巨大的，「記者」瞬間被抽掉專業成分，他們雖然還是被稱為「記者」，但此「記者」已非原先形塑自己認同的「專業記者」。甚至當記者職業出現負面意義，如狗仔、或其他帶有辱罵成分的稱呼，促成記者這職業徹底失去作為自我認同的意義，甚至根本想要擺脫它。在這種狀況下，「雇員」雖然適時填補了空間，但由於它終究不是一種職業，所以儘管雇員角色可以解決報社內部的部分認同問題，但習慣以職業作為認同依據的資深記者，還是無法以雇員建構起新的、普遍性的自我認同。

　　對照成長於消費社會的年輕記者，更能看到問題所在。年輕記者雖然也在做記者，同樣瞭解記者的負面意涵，有時亦會因為某些批評挑釁而不高興，但他們似乎沒有承受資深記者那麼大的困擾。年輕世代習慣透過消費找尋認同，而不是職業（Bauman, 1998），因此作為記者本身往往只是謀生手段，不太涉及自我認同問題。在這種狀況下，他們不太加班、下班就是下班；如果不滿意現狀，換個老闆或根本轉行，做別人、別的行業雇員也行，不會因為轉換職業而需要重新建立新的自我認同，也不需要承受太多認同轉換時的困擾。相較之下，資深記者卻很難如此瀟灑，他們雖然已身處於相同消費社會，理論上也可以轉而透過消費取得所需的自我認同，但是對這些早已習慣上個世代的人來說，這種轉換是更劇烈、不容易的，需要更長時間調適。

　　總結來說，以上種種討論意味著耕地被回收後，資深記者雖然可以就

地轉換成佃農或勞工，繼續在同家報社，做同樣名為記者的工作，但卻實際需要面對許多自我不安全感。受訪資深記者表面上談論著尊嚴與榮光的逝去，深層對應的是自我認同失去依據的事實。在這種情境中，想要維持穩定自我認同是困難的，甚至就只是想要習慣混搭拼貼的自我也不容易，而且當他們愈想取得認同一致性，愈想維持以往專業認同，也愈容易促成更多不安全感。因此，受訪者當下像是在報社內部蝸居於雇員位置上，暫時混搭出一種不穩定主體位置，至於這位置最終是否趨於穩定，需要更長時間觀察。或者更可能的情形是，受訪者就停留於這種狀態，等待即將到來的退休。而這種狀態或許也說明了他們在訪談中為何時而強調自己就是工作賺錢，不會抱怨，又時而感慨工作沒有成就感，批評當下新聞工作方式；時而說明自己不怪報社與大環境，又感嘆自己空有武藝，沒有舞臺。

第四節　出走與鄉愁

　　農耕結束，專業主體退場之際，形成資深記者的第一種主體狀態：不穩定與混搭的主體。這種主體狀態有效描述了資深記者的遭遇，也大致與以往認同改變相關研究相互呼應，不過，時間要素凸顯了資深記者的第二種主體狀態：鄉愁主體。對資深記者來說，在時間慢慢溶入、溶出脈絡中，「過去」以隱默、但強大的方式介入認同問題，他們不只需要處理個人與報社間的矛盾衝突，還得處理過去自己與現在自己的緊張對峙。

　　大膽來說，因為耕地消失，許多資深記者進入一種離鄉出走的流離狀態。在流離中，流離者失去了以往可以作為參照點的一切，開始程度不一地哀悼過去，感到空虛、孤獨（Cornejo, 2008; Rollemberg, 2007），認同與主體成為必須處理的問題。然後再因為想回鄉、卻回不了的事實，進一步讓「過去」成為難以捨去的鄉愁，困住資深記者，進入鄉愁主體狀態。

　　正式論述鄉愁主體前需要說明的是，面對農耕模型消失，有些資深記者看準時機主動退場，他們較像自願的移民者，具有較多能動性。另外，

即便是流離者，也可能成功發展出新身分、新認同（Cornejo, 2008），再者，流離也可以帶有某些正面經驗，例如創造出新文化（Kalra, Kaur, & Hutnyk, 2005／陳以新譯，2008）。但無論如何，流離相關文獻普遍描述著流離者的主體困擾與鄉愁經驗，在本書中，流離這詞也許用得大膽，顯得哀傷，但倘若貼近實務場域觀察，流離或出走的確是許多受訪者們的經驗，用不同方式經歷主體困境，承受著鄉愁。

一、鄉愁主體

面對農耕時代消失，一種帶有流離成分的出走概念，用更為整體、情感的方式串接起臺灣資深記者這幾年的遭遇。

（一）從過去出走

報業市場萎縮是美國與全球式的困境，實際引發裁員、勞動條件下降等問題（戴伊筠，2010；Beam, Weaver, & Brownlee, 2009; Meyer, 2004），臺灣報社大致在2000年後，也逐漸因為利潤、競爭等原因，開始更為清楚地導入管理主義，改變了原先的農耕模型。最初，部分記者感受到微妙變化，但似乎仍保持一定自信，不過幾家報社先後關門、幾波資遣裁員，讓資深記者實際感受到美好年代消失的事實，然後大致有著三種選擇：留下、主動離開與被資遣。

整體來說，資遣裁員容易引發關注，對資深記者也造成重大現實壓力，他們擔心工作不滿二十年無法取得退休金，更擔心中年失業找不到工作。而實際遭受資遣對待的記者則承受更多情緒，他們在訪談中敘述著「終於輪到我」的心情、在找工作過程中感受人情冷暖，一位記者更經歷電視劇般的情節，為了不讓家人擔心，前半年還是照常出門，不是到以往的記者室待著，便是在臺北附近走走。這些可以說得更多、讓人感受情緒的回憶，說明時代轉換過程的現實，以及被資遣者的寫實遭遇。不過相對於此，時代轉換中還有另一種較不被關注、卻更為深層的問題困擾著大部分資深記者。

包含主動離職與被資遣者在離開報社前的日子，資深記者們幾乎都因為勞工模型而生活在一個熟悉的陌生世界，一方面陷入前述自我認同與組織期待不相同的不安全感中。另一方面，對大部分資深記者而言，農耕時代結束宣告了他們熟悉過去的消失，開始經歷從耕地出走、從過去出走的過程，過去與當下的極大反差，促使受訪者進入一種可能需要文學書寫才能表達的鄉愁主體狀態。選擇留下、也被報社留下的資深記者，在尚未找到新存在價值、認同與主體位置之前，持續在場域內出走流離，感受鄉愁經驗。就主動離開與被資遣的人來說，先是在離開前經歷這種場域內的出走流離，離開後，也並未瞬間解脫，而是轉到場域外感受鄉愁。

也就是說，「從過去出走」並非是指離職這個動作，而是一種從農耕轉換到勞工過程中，發生於個人內心的心理出走。資深記者雖然不是因為政治或身體迫害而出走、被放逐異鄉，但也經歷自己過去被廢棄、被迫離開的遭遇。如同流離經驗會迫使流離者思考自己與家鄉的關係，鬆動自我認同的穩定性，出現異質、混雜的主體（Braziel & Mannur, 2003; Kalra, Kaur, & Hutnyk, 2005／陳以新譯，2008）；如同流離者總帶著鄉愁進入出走之路，在客居地有著如何加入新文化、如何調適生活型態，以及自我認同等問題，實際上，耕地消失後的資深記者，也重新思考起自己與新聞工作的關係，出現前述混搭主體。然後，他們自己的過去再進一步促成鄉愁主體的出現，更爲增加主體不穩定性，與處理主體問題時的困難度。這種出走描述著行動者如何回應結構改變的企圖，以及如何因爲難以拋棄過去，而產生過去自己與當下自己間的緊張對峙。它所形成的鄉愁主體雖然更難用學術文字書寫，卻也淡淡、關鍵地陳述出許多臺灣資深記者的重要情感經歷。當然再一次地，我們不能否認有些資深記者未曾遭遇鄉愁問題。

（二）不輕盈的鄉愁

訪談中，受訪資深記者描述對於過去日子、老闆與主管文人風格的懷念；談論自己如何在寬鬆管理下耕耘出好新聞；表達了許多關於新聞工作

物換星移轉變的感慨。在我十分感謝受訪者願意提供比原訂更多時間，從中午坐到天黑，描述自己想法的同時，我也從受訪資深記者的各種描述、感慨與情緒，包含一位受訪者的哽咽，或清楚或間接地感受到一種鄉愁情緒。他們需要從過去出走，但整段過程並不雲淡風清。這種出走並非從甲地移動到乙地的旅行，因為旅行多半是輕盈的，而且因為還要回家，所以不會有鄉愁。這種出走也不像自願性移民，可以功成返鄉，或有返鄉的機會，相對地，大多數資深記者擁有的是類似流離者或被放逐者的經驗：想要回家，卻因為各種原因回不去（Pavel, 1998），或者，家鄉根本早已不在那裡。因此，大部分受訪者的實際出走過程並不輕盈，「過去」是包袱般的鄉愁。

　　許多受訪者都經歷做記者以後，才開始喜愛新聞工作的歷程，一邊用身體記錄了農耕時代的工作方式、價值觀與自我認同，另一邊慢慢培養出老農夫對於土地的情感與認同。然後如同魚難察覺水的存在，這種價值觀、情感與認同在過去顯得理所當然，直到受訪者開始經歷從過去出走的事實，才有些荒謬地藉由失去與後悔，反過來凸顯過去種種的美好。受訪者將新聞描述成「最愛」、「新聞就是我的人生」、「親密愛人」，便傳達出這種情感。情感是好事，催動他們持續耕作，只是改朝換代之際，情感卻經常創造包袱。

　　相對於液態情感關係描述的輕鬆追求、輕鬆分手式情感（Bauman, 2003／何定照，高瑟濡譯，2007），具有傳統黏著特性的資深記者，終究難以如同液態愛情般輕鬆分手。一位受訪者便表示自己沒有帶著崇高理想，也不是從小就想著做記者，但卻像相親結婚一樣，結了婚以後才知道相知相惜，做了記者以後，才愛上這工作，直到離職之後還是如此。資深記者普遍是長情的，他們長期黏著於新聞工作，但長情也讓分手顯得不輕盈，不夠灑脫，難以迅速愛上別人。

　　Ebaugh（1984）針對修女還俗過程進行研究便發現，還俗不是瞬間的轉變，在修女重新回到世俗社會過程中，原本修女角色會影響還俗過程中的認同與生活調適。同樣地，資深記者從耕地出走，過去種種也拉扯著

他們。這種拉扯涉及不同現實考量，例如資深記者畢竟已入中年，也在路線上耕耘多時，多年累積的人脈、路線知識與專業名聲，讓他們不敢、也不捨得輕易放棄。因此有些受訪者多次考慮離職，但總下不了決心。另外，拉扯也來自黏著特質與恐懼情緒，當老農夫對土地有了情感，離開土地不是意味成為逃兵，便是成為流亡者。因此與帶著興奮情緒去旅行不同，資深記者是帶著過去熟悉的自我、新聞觀念與工作方式，走向出走之路，而這些東西也創造他們的鄉愁。

鄉愁反應在資深記者對於過去報社、記者角色、自己光榮事蹟的侃侃而談與懷舊情緒中，藉由這些重新討論過去、發現過去，肯定自己過去的作為，設法保存過去的認同（Rollemberg, 2007）。鄉愁也反應在他們還是用過去作為標準，衡量當下新聞工作之上，例如認為當下老闆不養士，記者失去堅持；認為當下新聞太簡單、不夠專業、沒有營養。鄉愁是對過去的憑弔，鄉愁中，過去是回憶，更成為包袱。只是有些機緣比較好的人，還是可以相對穩當地做著記者工作，或者某些離職者在新工作還算不錯的狀況下，進入一種較為單純的鄉愁、保持優雅的漂泊，藉由較好的機緣將自己拉離新聞工作，藉由當下自己不是記者的身分，阻絕各種批評譏諷的侵擾，然後將專業認同與身段凝固在記憶中，偶爾品嚐鄉愁，冷冷看著新聞工作的改變。

不過，大部分人很難如此優雅，對於更多機緣較差的受訪者來說，主管不尊重、可能會被替換的壓力，或離職後一直找不到合適工作，讓他們進入艱難的流離之路，一方面想著過去的美好，另一方面有著「我是誰？」、「接下來該怎麼做才好？」的自我質疑。

二、鄉愁的困境

家鄉是離家者心之所在，也是認同所在。對於移民來說，當他們跨越邊境之後，家鄉便開始成為邊境對面的鄉愁，原本與家鄉連結的認同，則得開始隨著離鄉後的各種經歷持續重組、變形。邊境成為一種矛盾經驗，既分隔、也構連了移民的過去與現在（Sarup, 1994），邊境那邊是家鄉、

是鄉愁，邊境這邊是現址、是當下。然而就流離者來說，現狀更爲殘酷，想要返家，但邊境卻清楚阻擋了他們，卡在進場與退場之間。鄉愁成爲流離者不得不的回憶，而且愈去看它，鄉愁愈多。鄉愁主體也因此像是帶有悲劇成分，能做的似乎就只是靜待時間自然流動慢慢抹去困境。

（一）望鄉與連結

卡在進場與退場間、過去與當下間的困境，在離職者設法重建身分過程中看得特別明顯。離職，代表資深記者失去記者身分，遭遇拿不出名片，無法向別人介紹自己的麻煩。拿不出名片的動作是一種人際關係困境，更實際對應著重新找回自己名字與身分的過程。一位受訪者便描述自己如何因爲被資遣而失去身分，成爲「沒有名字」、「沒有身分」的人，然後再如何從承接政府的口述歷史專案開始，透過一個個兼職工作，一步步找回自己的身分。

理論上，經歷殘酷資遣過程後，拋棄自己的過去、重新建立新身分是方便與合理的作法，然而順著鄉愁主體的討論，不難看出這種說法過分瀟灑，想要與自己的過去切割並不容易。相較於自願移民者可以返鄉，流離者有著更嚴重的鄉愁主體困境，他們是暫居客地，隨時準備起身離開，因此一方面與客居地保持距離，想在情況允許下便動身返家（Cornejo, 2008），另一方面則又在回不去的現實中，持續感受鄉愁，直到開始在客居地感受到歸屬，才有在「這裡」做出下一步計畫的可能性。

農耕模型消失後，雖然處境沒有眞正的流離者那麼嚴重、淒涼，但資深記者卻也有著類似經歷。訪談結果與日常互動就不斷指出，的確有人切割還算順利，可是更多被資遣者即便對於老闆與主管有怨懟、對新聞環境失望，卻還是得在記者基調上調整身分。有人便因爲放不下大記者身段與身分，以致離職後不願違背自己意願去做某些工作，寧可讓自己處在半失業狀態。透過幫公家機關寫文章、幫小媒體寫專欄，一方面藉此告訴自己還是記者，另一方面則藉此心懷有天還可以回到過去、重回做專業記者的想像。另外，許多已經找到新工作的記者，也念著記者工作的美好，程度

不一地等待著重做記者的機會。只是無奈隨著時間自然流逝，以及商業化展現的不可逆態勢，資深記者愈來愈知道不可能，然後因此卡在進場與不進場之間。

相對地，留下的記者雖然還是記者，卻同樣得面對從農耕式記者到雇員式記者的轉換，這種沒有離開新聞工作，過去與耕地依舊消失的事實，是另外一種形式的折磨。他們在訪談中談論著過去，描述自己還是想要擁抱古典，想做古典記者；還是想要站在監督立場，想要寫政策新聞，只是在改朝換代中，他們也逐漸知道無法回到過去，但也難以離開當下。因此，許多人承認自己開始變懶，有著無力感，不知為何而戰，就是度日子，把工作做完，交差了事；有人跑去唸書、做別的事情，藉此填補失去的意義，設法等到退休；有人則想維持心中最後一些堅持與尊嚴，因而成為長官心中難搞的記者，或愛碎碎唸、愛抱怨的老人。這些人還是記者，卻卡在兩種記者身分之間，知道需要轉換，也的確改變了工作方式，但卻因為想著過去、因為鄉愁，而卡在進場與不進場之間。許多人充分感受無力感，不是只剩下單純、最後的堅持，便是失去存在價值，不知為何而戰。

鄉愁不只出現在回憶中，離鄉者也需要透過看報紙等生活小事，設法與故鄉做連結（Rollemberg, 2007）。特別對於某些離職者，他們徹底離開家鄉，但有人會藉由寫部落格發表看法、承接口述歷史專案、幫小媒體寫評論、在新聞系兼課，透過這些小地方設法與故鄉進行連結，維持自己作為記者的想像與對新聞的熱度，想等到機會一來，便起身重新回故鄉，不會因為生疏而失去機會。

相對於沒有包袱的旅行，鄉愁促成的鄉愁主體，意味資深記者在當下成為一種在場的缺席者，微妙保持在進場與不進場；既在裡面、也在外面的跨界狀態。他們知道要改變、也可以改，但就是不願意完全跟主流走，像是在鄉愁中自我放逐。農耕時代，雖然環境同樣有著問題，資深記者也非百分之百的自耕農，亦有諸多抱怨，但他們的身體與靈魂像是同時進場，在相同時空中持續耕耘。然而到了當下，資深記者們的身體出現在

此時此地，可是靈魂卻未完整進場。他們還是記者，同樣以記者身分出現在新場景，不過卻有著老靈魂，與同時在場的年輕記者有所不同。呼應「後」現代特性，這些資深記者成為在場的缺席者，工作方式是拼湊而成，認同也是拼湊而成，需要為自己當下的作為找到藉口。

（二）愈想愈多的鄉愁

過去，記者彷彿占據一個好位置，擁有充分、甚至超過標準的自尊、榮光與驕傲，只是現實轉變帶來極大反差。資深記者或像是文學所描述的沒落貴族，有著複雜的內心困境，或如同那些在新國家放棄原先專業身分的女性移民，因為改做社會地位較低的工作，得面對身分地位調適問題，必須重新概念化自己已有的認同，甚至因為找不到好工作，被迫暫時作為家庭主婦，而恐懼於家庭主婦將成為自己餘生的認同（Liversage, 2009）。資深記者當下遭遇的也不只是如何適應新身分的問題，更包含該如何去習慣自己從貴族變成平民的事實，該如何處理過去光輝歲月。一位算是成功轉做官員機要的受訪者便承認，記者做久了很容易誤以為自己是官員，離職後經常會有放不下身段的調適困難，因此他建議其他資深記者放下身段，以適應新工作。

無論如何，對留下的人來說，失去過去同樣是殘酷的。他們屬於過去光輝歲月，以往的耕地還在那裡，但卻像被別人竊占，不得不在圈內漂泊。當下，他們的身分混雜著「他者」，而且是以往不喜歡的「他者」，被迫包含著勞工、狗仔、工商記者的成分。留下的資深記者不只有著不穩定與混搭的主體，藉由前面西裝與牛仔褲的比喻，反差也創造出鄉愁主體的另一個困境：西裝反諷著當下，也高掛在那裡，愈去看它愈感鄉愁。或者，實際穿在身上的牛仔褲也不時反過來提醒過去的光輝歲月。

離職記者也有類似狀況。對應老一輩將工作視為美德的傳統價值觀，他們一方面得處理因為失業而失去存在價值，以及認為別人會因此對自己產生負面評價的壓力，另一方面還需要妥善處理生活中愈想愈多的鄉愁。有受訪者描述報社裁員前就感到窩囊，裁員時也不想求饒，只是沒想到

這麼久找不到工作，成為沒有身分的人。被資遣後，他們還是設法維持與過去的連結，還是習慣看報，只不過有時候愈看，愈懷念自己的記者生活。例如看到某些糟糕的起訴案件或政策作為，卻沒有記者深入批判，他們會感到很嘔，想著如果自己還是記者，一定會寫篇特稿痛罵檢調或相關部會。

過去報社的尊重，以及記者的黏著特徵，造就了過去大記者時代。農耕時代，黏性雖然是美德，但也造就他們後來留戀過去、進入當下鄉愁主體的漂泊困境。他們知道難再堅守專業主體位置、知道自己可以改變，或也實際在慢慢跟著改變，但就是不願意就這麼跟著主流走。所以留下的人帶著淡淡自我放逐意味，在特定時刻轉換成對於報社、大環境的傷感與抱怨。離開的人則想著記者工作，只是機緣較好的人可以優雅漂泊，把過去當成紀念與懷念價值的鄉愁，標示自己曾經擁有的位置。機緣不好、得處理現實的人，則親身感受鄉愁的殘酷與現實，而且愈去想它，鄉愁也愈提醒著那個想回卻回不去的位置，然後只能等待時間撫平這種差距。許多資深記者像是有著濃淡不一的悲劇成分，在出走之路上，找尋自己的新位置，處理自己的認同問題。

❊ 第五節　啓動認同工作

從結構與能動性角度來看，改造年代，報社與記者間似乎取得一種難得的同步關係，報社願意給予長期耕耘機會，資深記者也願意黏著於報社與自己路線，這種安排部分消解了政治控制可能帶來的不滿與壓力，也促成實務式專業主體的出現。只不過隨報社發動各種改變，資深記者失去穩定的專業主體位置，反過來，混搭拼湊的主體與鄉愁的主體，說明資深記者像是困在那裡、不知該怎麼動，需要某些方式以紓解主體性困境。

一、抗拒工作到認同工作

臺灣報社工作要求改變，經常被解讀成權力控制的爭議，然後引發

記者該如何抵抗的討論，而近年來便有相當研究討論這個問題（王毓莉，2014；吳佩玲，2006）。只是就在Foucault權力觀點發揮影響力，讓我們看到報社內部權力流動細膩痕跡，以及游擊式抵抗策略的同時，我也隨著自己研究經驗愈來愈發現，想要看到記者在報社內的游擊抵抗作爲並不困難，困難的是，我們該如何適當定義這些作爲的意義。在預期記者反抗是維護新聞自主的前提下，我們是否因爲不自覺地順從權力角度進行觀察，以致高估了組織內部的權力流動意象？游擊作爲真的都是爲了對抗權力而產生？或有其他更適合的解釋可能？

就權力運作來說，有效、實質的抵抗需要對應兩項基本假設。首先，結構力量不能強大到某個程度，其次，行動者要有抵抗的意願，當結構力量過分強大，行動者失去意願，抵抗將可能失去實質意義。整體來說，我過去研究便曾觀察到游擊式抵抗的活躍痕跡，只是隨著之後報社劇烈變化，我發現來自報社的結構性控制力量，似乎已大到讓抵抗失去實質意義（張文強，2009）。當報社就是不愛政策新聞，即便寫了報社就是不用；當報社就是直接告訴記者要訪問誰、要往哪個方向寫，如果沒有做到，編輯臺會直接動手改稿件，甚至連特稿亦是如此，這時，雖然受訪者還是保有某些游擊式抵抗作爲，但這些作爲對維護工作自主似乎並不具有太大意義。「我發我的稿，用不用是你的事」等無奈說法，便說明資深記者不再期待實質改變什麼，這麼做就只是給自己看而已，告訴自己沒有照單全收，還是有一點點記者的堅持。

在大部分人都感受生存壓力狀況下，我主張受訪者描述的游擊式抵抗作爲需要重新賦予意義。在過去，游擊式抵抗作爲，連同敢與主管大小聲，甚或直接抗爭，標示著過去年代的專業理想性格。不過隨著醞釀出實務式專業的農耕模型消失，當生存成爲行動的主要考量時，工作自主、專業自主與實務式專業主體，都悄悄變成奢侈品，而要不要抵抗、該如何抵抗則變成次要或無效問題。取而代之，需要優先處理的是前兩節提及的主體性問題。資深記者得設法啓動認同工作，盡力協調過去自己與現在自己，以及自己與報社間的差異，盡力減少自我認同的矛盾衝突，才不至於

看什麼都不順眼，不知道自己是誰，有著討厭自己的猶豫。

也因此，他們雖然依舊使用若干游擊式抵抗作爲，例如輕描淡寫地應付長官交待的新聞角度，但實際對照他們多半時間處在妥協狀態，懂得做好老闆交辦事項、努力發即時新聞、儘量做到全組發稿量第一，這些事實反過來殘忍地說明，資深記者雖然仍有抗拒作爲，但抗拒的重點已不再是維護工作自主，抵抗對象也不再是主管與老闆。這些以前被定義成抵抗的作爲，當下轉變成爲一種在生存無奈下，卑微、私下向自己宣告自己還有一點記者堅持，是別人爛、不是我爛的認同修補工作。資深記者巧妙挪用這些小小的、明知沒有什麼用處的「抵抗」，宣示自己還是記者，不是接受命令的文字勞工或雇員；宣告自己還是有所原則，沒有徹底墮落；宣示不想與長官吵架，但自己還是有能動性。宣示自己的存在。

換個說法，在這樣的過程中，資深記者抵抗的對象其實是自己，特別是現在的自己。當下，認同工作取代自主性問題成爲他們的生活重點，資深記者透過抵抗現在的自己作爲一種修補認同的工作，在不得不變成勞工的現實下，微弱維持一些些過去作爲記者的樣子。

二、認同工作的策略

大部分資深記者在時間溶入與溶出過程中，很難讓自己瞬間變成聽從主管驅策的佃農或勞工。他們還黏著於過去，所以需要透過認同工作，維護或修補不穩定的主體狀態，而前述的「抵抗」作爲就具有認同工作的功能，此外，鄉愁則是另一種較不被注意的消極策略。

在組織發生大幅改變後，被迫改變的員工便經常懷念著過去黃金歲月，並且嘗試藉由將懷舊鄉愁放到生活事物中，帶引出本體的安全感（Strangleman, 1999）。或者在從自傲到自憐，愉悅到悲傷的複雜情緒中，懷舊鄉愁也讓「當下」暫時成爲可以容忍的事物，無論當下狀況有多壞，就是利用過去的一些東西，證明自己的價值（Gabriel, 1993）。同樣地，資深記者也藉由鄉愁主體，回應無法挑戰的結構改變，淡化自己的無力感，藉由過去榮光與代表作，至少告訴自己曾經是專業。

當然，需要注意的是，流離會對比出家鄉的正統性，鄉愁懷舊則會理想化過去的黃金年代，將過去視爲有秩序、合理的，這種狀況讓資深記者隨著鄉愁主體沉浸於過去，很難大步向前建立新認同。另外，流離也總是包含異質、複雜的可能性。不同的離鄉軌跡，會成爲相同族群流離者判斷彼此身分的依據，相同族群流離者也會用不同方式建立自己屬於某個族群的認同與權威（Arnone, 2008; Yeh, 2007），對於家的感覺，也可能因爲離鄉前的經驗有所不同，而造成認同上的差異（Trew, 2010）。

（一）以「切割」作爲策略

　　除「抗拒」與「鄉愁」之外，資深記者採用的認同工作大致還有三種形式，而「切割」是其中重要關鍵。首先，主動離職雖然看似單純，卻也是一種極端的認同工作。這些資深記者不認同報社改變，想要維護好不容易建立的專業認同，因此藉由與當下切割，將身體直接拉離舞臺，不參與遊戲，不去面對報社與報社的要求，以不是記者的身分，維護過去辛苦建立的專業認同，以及尊嚴與榮光。當然，這種切割需要不錯的機緣，才能在沒有生存壓力下，進行優雅的漂泊。如一位離職受訪者表示，報社不好好經營是老闆的事，但記者就應該堅持知識分子的專業，他看不慣所以離開，不跟他們一起玩。在他於訪談時經常描述專業重要性，主張堅持是珍貴、必要的話語中，這位擁有不錯新工作的記者，像是退到場域外冷眼旁觀，透過與新聞工作的切割，保護內心的專業主體。或者，也只有這種切割，才能完整保有自己的過去與專業認同。

　　不過對更多沒有這麼好機緣的記者而言，經常只能試著透過前述雇員認同進行切割，把自己的工作從生活中切割出來。休假時不再去顧線或跑新聞、不再半夜爬起來記下剛想到的新聞角度，甚至也學會偷懶，就是用以前累積的人脈跑新聞。他們像是利用這種方式進行切割，告訴自己當下不再是做記者工作，就只是一份工作而已，藉此維護自己過去努力建立的專業主體。

　　第二種認同工作展現在平日任務細節中，透過切割以表明問題並不

出在自己。例如在處理置入性行銷問題時，有的記者承認自己會去做，但也明白主張如果做置入性行銷是有問題的事，也是報社的問題，不是記者的問題；如果丟臉也是丟報社的臉，而非記者的臉，記者領報社薪水，去做也無可厚非。有的記者則在推不掉時，堅持不掛自己名字，改掛「本報訊」，甚至掛主管的名字。有的記者則表示為業配進行採訪時，他會明確告訴採訪對象是有人叫他來做這次採訪，當下做的不是一般新聞訪問。整體來說，儘管這些作為無法發揮太大作用，甚至可能只是一種用來說服自己的語言策略：是報社要我做的，自己並沒有拿到好處，所以我還是我自己。但無論如何，在受訪者知道難以再自命清高不做置入性行銷、不寫八卦新聞的狀況下，這些作為啟動了認同工作，幫忙他們減少壓力，透過切割維護已不穩定的專業認同，至少告訴自己是情非得已才做違反自己想法的事情。

（二）在邊緣位置維繫認同

　　第三種認同工作則是與報社保持一種邊緣關係、放逐感，藉此區隔自己與其他記者，提醒自己是專業記者。整體來說，即便以往報社算是尊重實務式新聞專業，但報社終究是科層組織，總會形成以老闆與主管為中心的主流脈絡，同時就現實論現實，期望晉身管理階級、坐上編採會議位置，則是不少記者的企圖，而這種企圖也促成了記者不太挑戰主流，甚至會迎合老闆與主管的現狀。只不過就在研究訪談與平日互動過程中，我發現，有些受訪者在報社工作近二十年，卻還是保持在主流的邊緣。他們不想因為做官而被綁在報社，或者就是與長官處不好，甚至瞧不起報社長官。

　　這些資深記者知道自己身處權力核心之外，有人瞭解自己帶有邊緣味道的性格，形容自己是「孤鳥」、「怪咖」。有人專門經營別人不碰的冷門單位，愈鑽愈深，愈寫愈冷的主題。有人用自己的方式經營海內外學者關係，總是認為長官不理解該路線新聞。有人則是將成就感放在大獨家新聞，以致平日根本忽略例行新聞的發稿。這幾位「孤鳥」、「怪咖」整體

展現一種異常堅持的圖像，無論是驕傲或自信，他們有著各自的怪異，一路堅持去做自己該做的事。

在過去農耕的養士脈絡中，這些人雖然處在主流邊緣，但他們的堅持並未帶來太大問題。他們雖然怪異，但因為經營得很專門、可以跑出大新聞、可以查到關鍵消息，報社在某些新聞競爭的關鍵時刻，非用到他們不可，所以平日也容忍他們依照自己步調工作。只不過進入高度資本化社會後，行動者要維持和諧、統一的人格本來就不容易，離開原來團體，且沒有做好調適的人，更容易發現自己處在邊緣位置，促成邊緣人格（Stonequist, 1961）。因此，當農耕模型消失，主流的勞工模型與商業法則便讓這些資深記者感受自己的怪異，格格不入的感覺更為嚴重。邊緣位置為他們帶來更多壓力，以及主體性問題。相較於其他記者，他們有更多外人不解的堅持，例如認為報社喜歡的東西寫起來不踏實、連自己都不相信，所以不改其志，堅持要寫有批判、深度、冷門的東西。再或者，如同一位受訪者所說，「明知總編輯是錯的，要我去打恭作揖，我寧可不要。」

因此，看著同事已成為主管、有人跳槽到其他行業，轉做名嘴，這些在過去便不積極往主流與權力中心移動的受訪者，在新時代來臨時，更進入不了中心，然後像是有著堅持的年長者，繼續將自己放在邊緣位置，愈發成就了孤獨的形象。不過一體兩面地，就在邊緣、堅持或頑固促成食古不化樣貌的同時，實際上，他們也藉此與主管、其他記者進行切割，凸顯自己與主流不同，並未同流合污。也就是說，邊緣、堅持或頑固帶來現實困境，但在改朝換代之後，無論是有意或無意，這些特質也同時間維護起他們的專業主體位置，扮演認同工作的策略性功能。因此面對自己當下遭遇，有人會告訴自己以前屈原亦是如此，處在主流的邊緣；有人則回憶自己有機會坐上圓桌成為主流，是自己放棄機會，不想做違背想法的事。他們告訴自己保持邊緣位置並沒有不妥，並相信這是種生命格調的選擇。

然而，無論是坐不進入圓桌的騎士，或投江的屈原，這些將自己保持在邊緣位置的受訪者，像是於自我放逐中，用一種自虐、悲劇方式將自

己與其他人切割開來。堅持，造成他們與主管間的緊張關係，對自己、新聞工作現狀與其他記者的不滿，更造成失業的困境。但弔詭地，自虐似乎也讓他們在疼痛中有著存在感，知道自己還是記者，是抗拒外界漂染的，他們沒有因此墮落。在自虐的存在感中，告訴自己「大環境很糟，但我相信自己不糟」、「我不是那樣的人、同業也知道我不是」。當然，自虐程度因人而異，而且通常只是一種心理的過不去，與當下自己做的事情過不去。有人將它轉換成自暴自棄的語言埋怨，有人則是轉換成游擊式作為，例如明知報社不會用，每天還是發十多則新聞；明知也許自己脾氣大了些，但就是不想與主管示好。當然，有人懷著鄉愁，卻沒有自虐。

　　邊緣位置讓他們孤獨，但也脆弱地維護過去的主體位置。不過作為人，在自我放逐間，還是需要一些支撐點、邊緣的同伴，讓自己不是完全孤單。如同移民與流離者會設法把自己與過去綁在一起，設法找到同樣遭遇的人，彼此維護原來的認同（Sarup, 1994），受訪者也會在放逐中找尋同伴相互取暖，然後成就了年輕記者或他們自己口中喜歡抱怨的「老記者們」。或者，設法在前臺觀眾身上尋找所剩不多的尊嚴，支撐自己的邊緣位置。因此，他們喜歡陳述路線上官員的肯定「只有你的新聞是事實」、保留採訪對象傳來的肯定簡訊。再或者，在工作中找尋其他零星的小快樂，例如偶爾帶領路線上年輕記者共同發動某些議題、修理某個政策，有時乾脆擱置記者身分，跨界幫忙熟識採訪對象設計政策機制。

　　在時代轉換中，鄉愁可以是單純回憶，也可以是悲劇。鄉愁是人性，也涉及命運，每個人生活都背負著不同重量的現實包袱。對於這些具有黏性的資深記者來說，過去往往是不能承受之重，緊緊跟隨他們，然後做出年輕世代難以理解的選擇，造成生活中自虐或悲劇成分，造成屬於他們的困境。而時間自然流動法則更是讓受訪資深記者慢慢挨著時間，一步挨著一步地經歷自己出走的旅程，無法逕行省略、快轉或跳接生活中不美好、不情願的片段。他們可以用不同方式陳述自己鄉愁與出走之路，但文字終究無法描述出每人出走過程中的認命成分。

　　最後，基於學術研究，我盡力記錄了資深記者的出走、流離與鄉愁，

盡力進行了整理、分析與詮釋。但這些需要更多文學書寫才能表達的個人生命經驗，因爲是人性，是命運，所以這裡並沒有想下定論的企圖。更準確的說法是，我盡力呈現我的觀察與詮釋，卻沒有下定論的權力。不過無論如何，就這章節來說，特別需要表達我對受訪者的感謝。

05

第 5 章 ▶▶▶

改變的發生

就實務論實務，農耕時代結束，對應著改變的必然發生，新工作方式來臨。只是就專業來說，改變帶來的新工作方式有著許多問題，八卦化、通俗化、置入行銷更是直接指向「墮落」、「向下沉淪」的圖像。面對這種讓人失望的改變，學術場域提出許多論述，描述、解釋與批判「墮落」，相對地，實務工作者雖然沒有否認相關事實，但卻有著不同解釋。最常見的是，他們會利用不同新聞事件收視率的起伏作爲例證，說明是觀眾愛看某類新聞引發墮落，而非自己願意這麼做。

這幾年，我在研究訪談中就經常聽到類似聲音，日常生活中，新聞學者身分也讓我成爲記者朋友們的抱怨對象。而隨著各次經驗累積，我從抱怨與爭論中感受到幾件事，首先，它明白意味當下社會的話語權開放狀態。其次，抱怨與爭論是實務工作者的宣洩，藉此達成類似心理治療的功能。不過更重要的是，實務與學術場域雖然有不同看法，但在抱怨爭議中，雙方卻不自覺地聯手簡化了對於當下新聞工作的理解。事實上，除了經常談論與爭議的八卦化、通俗化、置入行銷，當下新聞工作還具有其他重要特徵。這些特徵並非橫空而出，而是深層對應改造年代後的社會轉變，分析它

們，可以瞭解現今新聞工作的實用邏輯，以及記者對於新聞工作的想像。因此在「墮落」已持續一段時間，爭論也暫時難有共識之際，我主張在這裡向前再跨一步，更重要的提問是：當下新聞工作究竟具有怎樣的特徵？我們該如何理解當下新聞工作出現如此的樣貌？

本書嘗試將這組提問放在社會脈絡變遷中進行討論，超越以往就新聞論新聞的論述習慣，並且主張這組提問微妙地涉及社會結構、媒體結構與行動者的交纏互動關係，不自覺側重某一層面都可能影響論述方向與結果。因此，儘管交錯論述的方式可能讓行文書寫顯得不夠層次分明，但接下來三章仍將盡力克服這個問題，努力呈現改變過後的新聞工作樣貌。

相對於改造年代以報紙新聞為主軸，具有黏性、強調報導事實的新聞工作方式，本書主張，「後」現代脈絡以有線電視為代表的新聞工作，大致有著兩條論述軸線。一是「零碎化」與「公共消失」合力造成的可拋棄式新聞，二是事實失去優位後，新聞工作展現的敘事與展演特徵。而對應著這兩種特徵，在接續章節安排上，本章將先從社會結構、媒體結構與行動者的動態交纏關係，說明農耕模型如何對應社會變遷而消失，隨後討論農耕消失後，當下新聞工作出現的零碎化特徵。第六章聚焦於有線電視新聞，描述「公共的消失」這項特徵，然後再連同「零碎化」一起說明可拋棄式新聞的意義。第七章則論述新聞文類失去「事實」特徵後，如何成為一種展演的敘事。不過簡單說明的是，接續三章將聚焦有線電視新聞進行分析討論，但身處相同社會情境，兩條論述軸線特徵，也大致以不同程度、形式展現在傳統報紙與新興網路新聞之中。

🌀 第一節　社會與新聞場域的改變

夾雜著懷舊可能帶有的美化效果，1980與1990年代，臺灣社會充滿改造的生機與樂觀。改造帶來衝撞，但微妙的是，與現今「後」現代脈絡相比較，當時的臺灣社會運作，包含新聞場域運作卻也算是穩定、具有黏

性。當然,這是相對的說法,傳統社會更爲穩定,或反過來看,改造年代的穩定也是源自傳統社會本質與規則的延續。只是改造年代之後,這種穩定沒有持續下去,臺灣社會發生本質改變,然後連帶影響了新聞場域。其中,傳統父權與人情法則的消失,雖然看似無關於新聞工作、也不被以往傳播研究關切,但卻是促成農耕模型退場、新聞工作方式發生改變的重要原因。

一、社會的改變

相對於西方社會在漫長歷史過程中逐步發展出現代性,臺灣改造年代嘗試的現代性,以及與之相關的公共場域則是一種複製與移植的企圖(李丁讚,2004;黃崇憲,2010),只不過即便複製與移植,也需要足夠過渡時間才可能竟其全功。因此,在瀰漫現代性企圖的改造年代,傳統社會的家父長與人情法則並未被瞬間替換,仍大致維繫著各場域秩序。新聞場域便是如此,配合外在客觀經濟條件,促成前兩章論述的農耕時代。

(一)資本主義與「後」現代特徵

然而改造結果讓人失望。從西方現代性定義來看,臺灣社會並未完成屬於自己的現代性計畫,或者說,臺灣社會像是未等現代性發育完全,便跟隨全球化的強勢力道,包含對美國的依賴,直接進入高度資本化的「後」現代脈絡。資本主義成爲童話中的吹笛手,不自覺、整體地驅策著臺灣社會,以往具有各自使命的媒體、醫療、藝文、教育等場域,都逐漸接受市場邏輯統治,淡忘原本擁有的運作邏輯、倫理與規範等。

資本主義是許多當代社會問題所在,但持平來說,它也可以帶來制度化、創新、差異化等正面能量,不盡然全是壞事。只是就結果而言,未完整建立現代性的臺灣社會,也未挪用完整版的資本主義,老闆因勢利導地採用了資本主義追求利潤的「型」,卻未掌握細節與基本精神。這種情形發生於許多產業,也造成許多產業的共同困境。新聞場域便缺乏現代性制度、缺乏尊重制度的精神,以及缺乏創新投資企圖。也因爲這些「缺

乏」，媒體採用的是一種廉價版、拼裝的資本主義，他們看重競爭，亦實際引進一些管理作為，但相關管理作為卻往往只與降低成本有關，至於其他地方仍是以人治為主，並未真正制度化。

類似美國部分地方電視臺因為新聞節目成本較低，而增加每天新聞節目播出時數，但要花錢的調查性報導卻相對減少（Higgins-Dobney & Sussman, 2013）。臺灣有線電視亦是如此，甚至更為惡化，例如容易維持帶狀製播的談話性節目不曾減少，卻愈來愈不見真正的深度報導與調查報導。或者，基於成本考量，相同新聞在各節整點新聞中反覆播出，隔一段時間後，再將類似新聞打包在一起，冠上新名稱，由一位主播串場成一個看似全新的新聞節目。

資本主義是許多社會問題的根源，更遑論廉價版資本主義為臺灣社會帶來的各式困境。我們的確需要擔憂與批判資本主義對新聞造成的影響，可是由於社會總會變遷、資本主義也在演化，而變遷與演化總是複雜的，因此在擔憂與批判之餘，我們也得充分體會當下被稱為高度發展的資本主義，與數十、百年前的資本主義已有不同，對應的社會特徵亦不相同。高度資本化構成「後」現代社會的核心，但並不應該被視為唯一特徵。事實上，就西方社會經驗來看，高度資本化連同新科技等其他變項，像是用極為複雜的因果結構與路徑，共同演變出「後」現代的許多特徵。例如：液態、消費、虛擬。這些實際引發西方社會學者討論的特徵，應該被視為具有相對自主性的概念，倘若只看到資本主義的身影，單獨從資本主義角度解釋，可能過度化繁為簡，進入某種資本主義決定論的立場。

（二）人際關係的工具化與液態化

Bauman（2003, 2007）提供了一種理解「後」現代特徵的模式，他細緻論述了以高度資本化作為核心，消費如何取代工作成為社會重要主軸，消費關係又如何滲入不同場域，促成液態現代性或液態社會的出現。第三章描述過液態基本概念，它影響企業與勞工間的關係，更劇烈改變傳統社會的人際互動本質，而這兩層面的改變，極為有助於觀察臺灣社會與新聞

場域穩定運作方式瓦解的原因。

對於強調人情法則的傳統臺灣社會來說，除去親人之間的情感關係，以及與店員、司機等短暫互動時的工具性關係，人情法則清楚對應一種經常發生於鄰居、同學、同事之間的混和性關係（黃光國，2005a）。人情、關係、做面子這組名詞，便經常被認為是華人社會人際核心概念（楊中芳，2001；張志學與楊中芳，2001；黃光國，2005b），黃懿慧與林穎萱（2004）也藉此分析了公關工作。不過如果這裡策略性繞過社會交換論的細部爭論，Blau（1964）對於經濟交換與社會交換的區分，說明了混合性關係所具有的社會交換意涵。經濟交換是一次性、立即取得酬償的關係，雙方有著各自權利與義務規定，交換商品則有明確市場價格。但在社會交換中，交換物品的價值是由交換者各自主觀認定，因此會發生看似不對等，卻仍進行交換的情形。同時，在通過彼此試探，產生信任與承諾後，雙方建立起的關係將具有穩定性，不再依賴每次交換所取得的立即酬償，來決定接下來的關係形式。

在這種狀態下，儘管人情法則經常象徵傳統與落伍，華人關係取向可能造成關係宿命觀、關係決定論（楊國樞，2005），但人情、混合關係卻也的確組合出傳統社會人際連帶的穩定性。傳統社會的同事、同學、朋友等混合性關係，像是建立在往未來延展的時間軸之上，彼此基於信任、義氣或承諾，或只是基於日後好相見這個簡單原因，而不希望因為此次斤斤計較而失去未來關係，甚至撕破臉。再或者因為預期未來需要對方幫忙，可能得到其他回報，而願意投資於當下，延宕自己當下應得的酬償。也因此，在避免撕破臉，彼此做關係、做面子之間，傳統社會維持了一種黏著且長期的人際關係。而受訪資深記者對於自己與消息來源間的關係描述，也反映這些特色，在你幫我、我幫你之間，超越採訪時的工具關係。

然而隨著社會變遷，當液態、市場法則、工具性關係，取代傳統社會的黏著、人情法則與混和性關係，人際關係便開始出現本質變化。推到極端，人際交換開始看重公平性、立即取得酬償，交易雙方不再因為預期或顧忌未來仍有互動，而延宕自己的報酬。許多在過去屬於長期、混合的交

換關係，現今斷裂成數次、彼此獨立的工具關係，每次交換都像是進行新的交換。進一步，消費、工具性邏輯更促成人際關係液態化，開始追求沒有羈絆與包袱、可以輕易拆解、可以買賣交易的關係。以愛情為例，天長地久不再是戀人的雋永箴言，重要的是享受當下感情，在不想要時，可以沒有太多痛苦地拋棄。在液態的流動型態中，永恆、延宕需求、彼此間的黏著穩定，不再是人際關係的美德。相對地，構成傳統社會穩定運作秩序的人情法則，以及由此而生的黏著、長期關係，也因為無法輕易割捨，直接交易買賣，反過來成為行動者的包袱。

　　當然，工具化與液態化不見得會以這麼極端的形式出現，程度總因人而異，而當下社會也仍然存在情感性關係，還是會出現雋永愛情，但不可否認地，相較於傳統社會，當下，工具化與液態化是種明確傾向。順著Bauman（2000）的觀察，臺灣社會也實際出現臨時工、自由工作者取代長期僱用制；年輕世代戀愛次數增加，具有快速從情傷中復原的能力；消費者不再將商品使用到壞，而是跟隨流行拋棄手邊商品。對應這種真實脈絡，新聞場域也發生重大本質改變，報社內部與路線上均開始失去原先的穩定與黏性，以往黏著於媒體、黏著於路線、黏著於採訪對象的習慣，不再是當代新聞場域的美德，對應而生的正是流動、可拋棄這類特質。

二、新聞場域的改變

（一）黏性消失後的媒體組織

　　儘管老闆會透過不同方式影響新聞決策（Chomsky, 1999, 2006），在臺灣侍從報業脈絡中，老闆更是關鍵權威，決定報社立場，但家父長與人情法則這些維繫傳統社會運作秩序的規則，卻也微妙、穩定地維繫著以往報社的運作秩序。

　　我們可以發現，改造年代的報業，傳統家父長領導形成某種管理默契，一方面報老闆有著終極權威，關鍵時刻權力可能無限擴張，另一方面，平日卻也算是尊重專業、文人，放手讓信任的家臣做事，不太會管到

基層員工。另外，他們整體關照員工，給予較佳的薪水與福利，甚至照顧到記者私下生活。大致來說，對應傳統華人家父長式領導會透過恩威並施的方式，取得員工感恩圖報與效忠（鄭伯壎、黃敏萍，2005），傳統報老闆也瞭解要做一位好家父長，就需盡到照顧員工的責任與義務，相對地，記者則會給予好家父長實質回報，努力經營路線，跑出獨家，寫出有觀點的新聞。

當然，我們絕對不能漏看家父長制對新聞工作自主的威脅，不過我們也很難否認事情總有不同觀看角度，如果改從新聞實務脈絡進行觀察，善意家父長管理的確也為記者創造了平日處理新聞的空間，絕大部分受訪資深記者便表示以往工作自由，並未感受到老闆干預。提到傳統兩大報老闆時，更是帶著感念情緒，感謝提攜之恩、給予不錯的薪資待遇，讓自己感覺被尊重，是專業記者，或認為兩位老闆是文人辦報的楷模。

除了家父長領導，相類似地，在改造年代的報社，傳統社會盛行的人情法則，雖然會造成管理上的不公平，有著紅人與冷宮之分，但平日也為記者保留適當情面，不致事事公事公辦，相對不會輕易資遣員工，維持了組織的穩定性。再或者，電視臺高階主管可能來自空降，有著政治、父權與官僚色彩，可是在老電視記者回憶中，同樣因為家父長與人情法則，加上官派性質，所以高階主管只要確保不出大錯，記者瞭解政治立場潛規則，不踩紅線，平日便也不太管事，沒有太多干涉與交辦事項。

就像一般人習慣自己所屬時代的各種事物，傳統老闆也熟悉、平日亦遵循與自己相同時代的傳統規則。雖然不符新聞專業理想，在關鍵時刻顯得不可靠，但傳統規則像是將傳統老闆放在傳統軌道上，具有一定節制與導引作用。然後當老闆如此，各階主管遵循類似法則，基層記者便也可以放心持續耕作，累積專業名聲，效忠報社。環環相扣，形成一種外人難以理解的微妙穩定均勢，記者也可以放心黏著於自己耕地，長期經營路線。農耕模型的精髓之一便在於它所展現環環相扣下的穩定均勢，另外，這種環環相扣也解釋了以往學術場域的一個疑問：為何在過去，許多記者認為自己具有專業自主空間？（林淳華，1996）也就是說，家父長與人情法

則雖然不完美，但在老闆與主管的收放藝術之間，實際形成了記者平日工作的自由度。所以我們可以看到老闆關鍵時刻出手，引發記者群起反彈的例子，平日卻又與記者相安無事，記者甚至可以偷懶。

然而專業改造失敗之後，對應臺灣社會的整體變遷，兩項改變直接造成新聞場域更向老闆偏斜，並且帶來躁動感。首先，當新一代老闆不再自視為報人，而是企業家，便也解除了以往人情法則與善意家父長對於老闆的封印。因此相較於過去，新老闆普遍不再那麼關心員工的生活與福利、升遷與未來發展，當下就是用工具性關係與雇員相處，少了以往家父長的善意照顧。另外，無論是因為不懂媒體或其他原因，新老闆明顯展現「我是老闆」的氣勢，就是用管理自己其他產業的經驗，不避諱地表達自己的意志與想法，憑個人好惡調動員工、決定媒體政治立場與新聞政策、發表對單一新聞的看法，或只是因為朋友電話建議而要求編輯臺減少某則新聞報導量。在長期研究觀察過程中，愈是晚近，愈是聽聞類似例子，資深記者直接感受自己變成雇員的處境，更因為老闆命令，或主管揣摩上意而進行的各種作為感到不安躁動。

其次，臺灣媒體雖已建立某些管理制度，但因為缺乏現代性精神支撐，建立的往往是老闆偏好的管理作為，而且人治意味十足。明顯可見的是，編輯室公約之類制度不曾真正落實，或以人力資源管理來看，教科書上需要做的事，例如人力需求預測與規劃、激勵訓練員工、幫忙員工發展未來生涯（Dessler, 2012），往往付之闕如。相對地，當下管理工作只是選擇性關切如何精簡、有效運用人力；如何建立複雜績效評估標準，納入影音新聞、即時新聞等；低薪僱用年輕記者，卻很少給予相對應的教育訓練作為，而是任其離職流動。

少了家父長式的員工照顧、沒有令人信服的制度化管理機制、只看到薪資結構成本與工作績效問題，這些狀況嚴重造成勞動條件的下降，更從結構面摧毀了農耕模型所需要的黏著性。然後整體配合勞工模型來看，當下記者就是勞動市場上的勞工商品，是可以替換、拋棄的，記者離職不是大問題，只需到勞動市場上，透過經濟交易便可以買到補位人力。在如此

新聞工作的實用邏輯：兩種模型的實務考察

狀況下，如同社會發生的轉變，記者與媒體間的關係本質也開始工具化、液態化，不再具有以往的長期效忠關係。而這種關係本質更清楚反映在年輕記者身上，面對工具性、不強調長期僱用的媒體情境，年輕記者也沒有長期投入新聞工作、長期在同一家媒體工作的打算，雙方共同進入不去承諾的關係形式。最後，配合記者也不耕耘耕地，因工具化與液態化而失去黏性的媒體組織，根本失去產製農耕模型新聞的可能，取代的是下節將討論的零碎化特質。

（二）黏性消失後的採訪路線

工具化與液態化也同樣發生在採訪路線之上。在臺灣，傳統人情法則充分演繹著Gans（1979）的共舞精神，成為長期經營耕地的關鍵。只是隨著同樣的社會與媒體結構改變，當下，共舞關係與路線耕地幾乎都已消失。

就結構面來說，農耕模型建立在合理耕作基礎之上：耕地大小要合理。沒有耕地便沒有農耕的可能性，但耕地範圍過大，記者也將力不從心，被迫放任某些地方荒蕪。在過去，報社僱用記者較多，每位記者分配到的採訪單位較少，便維持可以合理耕作的耕地範圍。只要願意，記者能夠每天巡線，認識採訪對象，採用精耕方式經營路線。然而這種景況並未持續下來，回應媒體結構改變，在降低人力成本邏輯下，由於負責路線範圍增加，記者只好以減少巡線密度作為回應，甚至當路線範圍超出單一記者所能投入的時間總量，路線也徹底失去經營的可能性。有線電視新聞台記者便清楚遭遇這種困境，身兼多條路線的他們，能做的往往就是追逐事件跑新聞，很難經營人脈與路線，更不用提獨家新聞。

除了媒體提供的結構性支援，人情法則是另一項維持農耕的重要因素，當然也是農耕崩盤的重要因素。資深記者知道與採訪對象太過熟識會影響新聞判斷，也實際發生過相關案例，但無論如何，在農耕模型中，人情法則是相當有用的實用邏輯。交朋友是過去新聞工作的重要環節，電視或報紙記者都深知箇中滋味，甚至享受朋友很多的感覺，報紙記者更因為

新聞產製方式帶來的優勢，普遍與採訪對象有著更細緻的互動。他們透過交朋友，與路線上的採訪對象保持一種混合關係，也因為是朋友、因為預期未來仍有互動，所以反應了華人社會中朋友相互幫忙，保持關係和諧，不會撕破臉，相互做面子的特質（楊國樞，2005；黃光國，2005b）。採訪對象會於深夜接熟識記者打來的查證電話、偷偷給予內幕消息，洩露主管行蹤，甚至讓他們翻閱公文，相對地，採訪對象出紕漏時，記者也會手下留情將新聞寫得軟一點，壓住某些新聞不發，有時則會在其主管面前美言幾句。

只是同樣對應社會的人際關係本質轉變，記者與採訪對象間也逐漸工具化、液態化。當長官與老記者抱怨年輕記者不顧線、不經營人脈，年輕記者也不避諱承認這些事實，認為生活品質比較重要，下班放假就應該休息，提早訪問完後就離開現場，可以偷閒；當記者大部分工作時間就是依長官指示，快速找到適合受訪的人，快速想辦法讓受訪者開口說一兩句話、配合拍攝，然後快速結束互動，趕回電視臺做新聞。這種工作習慣，以及個案式、來去匆忙的跑新聞方式，讓記者無論是在新聞現場或下班之後，都難有機會與採訪對象建立關係。或者，記者也根本沒有必要與當下正在採訪的警察、餐廳老闆、司機建立關係，甚至與媒體聯絡人亦是如此，只要打電話他會接，會幫忙安排採訪事宜即可。認識更多的人、經營人脈需要挪用自己時間，報社也沒獎勵，並不划算。

在如此狀況下，工具性關係，或再稍微熟識一點的工具性關係，便足以應付當下工作，以往混合性關係所需要的人情法則顯得無用武之地。也因此，記者與採訪對象就是相敬如賓的互動，「你不弄我，我也不弄你」；不認識該認識的部會官員、到新聞現場不認識新聞當事人是誰，以致張冠李戴。長官抱怨記者不顧線，總提報不出新聞線索，記者相對認為找新聞是苦差事的情形，更是發生在每天編輯室內的事情，成為常態。當然，記者與採訪對象也不再共舞。

（三）共舞的消失

　　Gans（1979）的共舞比喻，是傳播研究經典概念。過去，習慣人情法則的臺灣資深記者的確如此，他們與採訪對象間進退收放的小故事，便精彩描述共舞的事實。共舞概念的成功，持續構成之後學術場域的分析依據，只是如同農耕模型最終消失，這幾年，記者與採訪對象的實際互動方式也共同宣告共舞消失。

　　共舞，並不如想像中容易，它建立在比工具性關係更深的關係上，程度不一地接近混合性關係。當記者與消息來源就是採取店員與顧客般的方式互動，強調公平法則，銀貨兩訖後便不相往來（黃光國，2005b），雙方並不可能形成共舞關係。共舞，需要記者與採訪對象相互看對眼，至少一方有意願主動邀舞，透過多次互動培養信任，幾次下來才可能共舞起來，而且愈舞愈好。因此，我們可以發現，即便資深記者也不會與所有消息來源跳舞，或者有時跳久了，變成朋友，進入Giber與Johnson（1961）的同化關係，反而成為麻煩。但無論如何，在農耕模型中，資深記者就是靠著一次次互動，一次次新聞表現，衍生出信任，逐步將一次次的工具性關係，轉化成長期的混合性關係。

　　共舞在進退收放之間進行，需要以人情法則作為基礎，才不致發生總由一方帶舞，交易不平衡的狀況。只是相對於以往記者對於共舞的需求，這幾年，共舞的瓦解則是清楚、但未被注意到的實務問題，它涉及記者與採訪對象兩端改變。現今媒體喜歡爆料新聞，嘲諷、找麻煩、斷章取義的做新聞方式，是促成採訪對象改變，進入工具性關係的重要開端。不管是怕說錯話被大做文章，或單純厭惡記者，許多消息來源就是不想與記者打交道，躲著、防著記者。資深受訪者對此便有深刻感受，表示以前在路線上，可以靠著時間贏得消息來源尊敬，相互幫忙，可是現在媒體不講事實、不公平的報導，部分記者透過亂寫逼當事人出來澄清的作法，讓採訪對象根本不信任記者，瞧不起記者。轉做公關機要的離職資深記者，更是因此感慨萬千。

爲因應不友善的新聞媒體，當下官方單位與大企業開始透過發言人與公關，作爲接觸記者時的緩衝機制。姑且不論是否達成預期效果，當公關是基於職務與記者互動，並且從組織立場安排採訪相關事宜，採訪路線上的關係本質也進一步工具化，無論是公關或眞正的消息來源，記者想要與他們共舞更爲困難。不過，公關造成的轉變需要被更細緻的加以詮釋。

　　就傳統新聞學說法而言，公關是在進行資訊津貼與控制（Gandy, 1982），經常被視爲新聞工作的敵人，因此普遍設立公關與發言人的事實，將影響專業自主與專業品質。基本上，這種說法同時具有理論與事實基礎，有些時候，受訪者的確不喜歡公關，指控他們妨礙採訪，只不過社會現象總是複雜矛盾的，如果我們分析受訪者提及的例子可以發現，公關大小眼、沒幫忙採訪、自己被漏新聞、在私人場合阻擋採訪，這些讓記者不高興的原因，很多時候只是公關疏忽或基於職責未能協助採訪的結果，與干涉新聞專業自主並無太大關係。有時候當實際導火線是因爲記者追八卦消息而逾越某些界限時，批評公關妨礙採訪更是不合理。再或者配合有些記者的實際反應來看，例如在現場嗆回去、向對方長官告狀、設法在新聞中修理對方，我們更不難發現這種不高興是源自工作立場對立的結果，類似一般人自認被冒犯後經常會有的情緒反應，成爲私人恩怨。只是有些記者會以採訪受干擾爲名，認爲公關不尊重記者工作，爲自己行爲合理化。當然，有些公關也會報復，找機會反擊。

　　不過複雜、矛盾，也有意思的是，去除前述私人恩怨，事實上，大部分時間，記者也習慣與公關打交道，並不認爲要他們聯絡官員出來受訪、張羅採訪細項有何不妥。就現狀論現狀，公關帶來極大好處，可以避免記者獨漏新聞，更能有效幫忙記者完成編輯臺交付任務。也因此，就在它成爲當下實用邏輯一部分的同時，愈完備的公關制度愈是將記者阻絕在部會與企業之外，失去直接接觸路線上大大小小消息來源的機會，也愈是與採訪對象間感到生分，促成更爲明顯的工具性關係。以部會爲例，當下電視記者與重要官員間便少有互動，有的往往是經過安排，或被記者「堵」到的互動。至於一般科處室長的互動也少，或者他們也防著記者，不願意與

記者說話。

　　這種靠公關跑新聞的方式，可被視為對應勞工模型與採訪單位安排而演化出來的結果，大多時候雙方相敬如賓，彼此成為通訊軟體中的朋友。但這種比點頭之交深一點點，建立在各自職責之上的「朋友」，以及平日相安無事，有事時則冤冤相報的事實，意味記者與公關間的關係脆弱，多半就止於公事上的工具性關係。如同一位轉任公家單位發言人的受訪者所言，以前跑新聞會與大小官員混，官員多少也願意與記者說話聊天。可是現在記者則是要到資訊、拍到畫面就離開，有時斷章取義，不實報導，讓公關頭痛、被長官罵，因此現在官員與公關就是提防記者，恭敬小心對待記者，缺乏信任，只希望每次新聞互動中彼此相安無事。

　　所以我在訪談與平日觀察中明顯發現，迥異於資深記者經常愈說愈多，年輕記者有關採訪對象的描述則極為簡單，更少聽到相互周旋糾纏的故事。現在記者的朋友往往是同線記者，採訪對象真的就只是採訪對象而已。「你不要戳我，戳我，我就與你長官說」之類話語，以及記者自己不認識部會官員，卻責怪部會宣傳不力這類小故事，更是明白凸顯當下記者與採訪對象間的工具關係，雙方就是依新聞個案互動，強調公平法則，不再共舞。為對方做面子、做人情，並不太需要，也沒有什麼好處，花時間做這些事情是浪費自己休閒時間。

　　不過需要說明的是，以往關鍵時刻，資深記者與採訪對象間也會不留情面，而「惡形惡狀」則像是權力帶來的毛病，資深記者也不遑多讓。只是整體而言，由於農耕模型需要人脈，傳統人情法則也具有普遍影響力，因此資深記者一方面可能頤指氣使，另一方面則會經營路線上的人脈，甚至就是基於人情義理、與人為善等傳統個性，而與路線大小消息來源建立起良好關係。或者，資深記者也會修理採訪對象，但考慮日後還要相見，所以他們也自有一套關係修補機制，在修理之後總有辦法圓回來。相較之下，雖然報社記者理論上會比電視記者好，有些記者也相對顧線，與特定公關、採訪對象保持不錯關係，但年輕記者與採訪對象像是平均保持在工具關係之上，而「惡形惡狀」、「冤冤相報」正是工具關係的具體或極端

展現。

　　最後，許多年輕記者大方地承認這種工具關係，他們「聽說」老記者跑新聞方式與自己很不一樣，會顧線，人脈很廣，但自己就是與採訪對象不熟。加上本來就沒打算長久做記者，以及記者權力帶來的驕傲，讓原本工具性關係更為雪上加霜。當然，工具性關係也有好處，記者不致成為一位資深記者口中「被豢養的記者」，就是跟著採訪對象餵給的消息做新聞，幫忙做代言人或打手。不過無論如何，工具性關係對應一種不黏著的關係，彼此在乎的是可以隨時中止關係，不必擔心對方報復。然後因為報社改變、記者改變、消息來源改變，彼此都不再黏著，促成共舞的消失。農耕模型新聞產製方式徹底被摧毀，出現新的新聞工作型態。

三、媒體結構、社會結構與行動者的動態交纏

（一）「動態交纏」與「結構決定」

　　社會現象的結構性解釋具有重要社會學意涵，但結構與行動者這組古典社會學議題提醒著，完整論述還需要考量行動者角色，因為過度的結構性解釋，將進入客觀主義式視野，忽略行動者意志可能產生的影響（Bourdieu, 1990）。這項提醒加上從自己長期研究所累積的經驗，我試圖主張，就社會學「做理論」來說，聚焦於結構面是必要動作，也是社會學意義所在，只不過於此同時，我們似乎也需要注意是否因此進入一種「結構決定」脈絡，不自覺地省略了行動者角色，然後影響研究者對社會現象的詮釋，以及實踐策略的擬定。

　　特別是在分析類似新聞場域變遷等較實務、較入世的現象時，「結構決定」的偏向影響可能更明顯。當然，這絕不是要放棄細緻分析結構的意圖。Mills論述的社會學想像（1959）是精彩、更是必要的，某些社會現象也的確可能「結構決定」成分甚高，特別需要聚焦於結構性因素。只是我在這裡確實也想提醒或主張，如果社會現象多少都帶有實務、入世成分，各式行動者用各自方式參與其中，那麼「動態交纏」或許能適度平衡

「結構決定」式視野，至少可以作為某種有關研究立場的提醒。

　　前面論述的農耕模型，便回應「動態交纏」分析立場，它是傳統社會本質、傳統媒體結構、傳統老闆、傳統中高階主管，與傳統新聞工作者之間複雜搭配的結果。結構，扮演重要關鍵，但記者也並非以毫無影響力的形式存在，他們的黏著特性，或願意黏著也是促成農耕模型的因素。另外，在結構控制下，作為行動者的記者還是可能有空間選擇用何種方式、何種程度投入耕作。因此以往便非全部記者都會選擇作為農夫，有人便缺乏黏著特徵，經常換工作，也有人反過來利用長期僱用關係取巧偷懶，在外享受做記者的好處。他們受結構影響，卻不是所有人都被綁死在結構之中。

（二）透過動態交纏，重新解釋新聞工作的「墮落」

　　結構與行動者間的動態交纏，也為這幾年被定調為「墮落」的新聞場域，提供一種更為整體的理解。大膽來看，檢視學術場域為此所提出的各種批判論述，我們似乎不難發現其間帶有的「結構決定」成分，至少以資本主義與媒體老闆作為論述主軸是種明確主流。

　　基本上，這幾年來，無論是透過理論思考，或與實務工作者持續互動經驗，我充分理解便宜的勞動條件、不重視調查報導、各種搏取閱報率與收視率的新聞報導方式，都與資本主義相連結，資本主義是結構因素中的結構因素，創造出新聞場域的結構性困境。只不過於同時間，我也似乎感受到過度「結構決定」可能的風險，「墮落」的確存在，但其原因可能並非如此簡單、如此理所當然。一方面如前所述，「墮落」不是新聞場域自己的問題，也是社會本質改變的問題，「後」現代雖然以高度資本化作為推動因素，但將「後」現代社會特徵化約成高度資本化，是失之簡約的作法。另一方面，資本主義的強大解釋力，像是創造了一個解釋「墮落」的腳本，因為不自覺依腳本思考，而產生簡化風險，或失之偏頗。

　　簡單來說，在腳本的隱藏邏輯中，資本主義結構，以及結構代表人：媒體老闆，需要為「墮落」負責，是墮落故事中的兩個壞人，相對地，最

基層的記者因為是雇員、結構決定下的被害者，身不由己，所以也就在論述過程中隱身起來。不可否認，資本主義與老闆是「墮落」主因，責無旁貸，而資本主義的韌性與老闆的強烈意志，也總是透過不同個案，一次次凸顯著結構難以被撼動的巨大感，讓「墮落」腳本的角色安排也愈來愈像真的。只是如果我們同意，在戲劇中，配角也有屬於自己的戲份，合力構成一齣戲，那麼不自覺忽略場域內其他行動者扮演的角色，也將不自覺進入「結構決定」式的解釋偏差。

在這種狀況下，我提出的「動態交纏」，並不是要為資本主義解套，更不想陷入學術爭議之中，而是想要做出一種提醒，學術研究必須聚焦，但得適時將行動者放入一起進行觀察。舉例來說，無論媒體老闆是否真的不懂新聞專業、財大氣粗，他們直接促成勞工模型、工具化與液態化管理方式，更在人事、新聞處理上展現了個人意志，要求老闆扛起責任並不苛刻。然而如果暫時跳脫腳本安排，觀察幾個案例似乎可以發現，在新老闆買下電視臺之際，當舊有主管們輕忽臺灣老闆慣用的人治遊戲規則，還是想用以往養成的新聞人自信與常規作事，自信、甚至懶散地不去瞭解新老闆企圖、建立關係，或反過來就是只想揣摩上意，這兩種結果將讓他們逐漸失去「教育」新老闆的可能性。最後的差別只在於，隨著新老闆養成自己對新聞的看法與管理習慣，會將不熟視、沒有關係的舊主管換成自己人，更加深遂行意志的順暢度，更加認為自己是對的，也愈來愈鞏固勞工模型、液態的合法性。屆時，即便老闆可以教育，也為時已晚。不過，還是要提醒，主管有生存壓力，新聞人的自信也不是壞事，或者他們也的確可能碰到霸道老闆，說了等於沒說，但如果忽略主管角色，就是將問題直指老闆，似乎也不妥當，解釋也不甚完整。

另外，類似主管之於新聞室「墮落」、資深記者之於農耕模型的角色，年輕記者，當然也包含資深記者，也在當下「墮落」工作方式形成過程中扮演一定角色。先簡單來說，在以液態、勞工模型為主流的新聞場域中，用農耕標準評估年輕記者並不公平，但這也不表示年輕記者就是被動接受結構安排、是液態與勞工模型的「受害者」。在最近一波研究中，我

曾發生一項困惑：爲什麼有些受訪電視記者明白表示習慣、甚至喜歡長官交待任務的勞工模型？理論上，記者不應如此。

而經由不同經驗資料比對，我逐漸發現這種困惑一方面源自於學術式專業的想像，因爲我們假設記者期待專業，所以認爲他們應該不喜歡勞工模型。另一方面，不同資料卻也將部分原因指向年輕記者，成長於液態社會的他們，本身便像是與液態化、勞工模型對了味，所以造成這種情形。年輕記者會抱怨長官一直打電話、傳訊息很煩，會抱怨有些指令「很瞎」，不過同時間也弔詭地如他們所述，主管指派跑什麼新聞、要從哪個角度做新聞，並不是壞事。因爲如此一來，他們可以不用擔心找不到新聞線索、不用花腦筋去想新聞角度，只要把新聞做完就可以下班放鬆。然後一直做到某天，對新聞工作、長官感到厭煩，再用不同理由辭職去遊學，轉做其他工作。對他們來說，勞工模型沒有違反新聞專業的問題，有的只是主管會不會很煩、很「機車」。他們本身是液態、沒黏性的，所以勞工模型自然比農耕模型與他們更對味。

受訪者許多描述與眞實案例也補充說明著這種特徵。年輕記者與工作間保持一種不黏關係，工作不是生活全部，生活品質才是王道。與新聞系學生一樣，沒想很多就進入新聞工作，就只是想試試，或就是把新聞工作看成一種經驗，想著做兩年就轉業，至於要轉做什麼，許多人也說不準。或者再配合長官對年輕記者某些匪夷所思表現的觀察，愈是隨著研究進行，我愈是難以想像年輕記者進入農耕模型的樣子。強調長期投入、長期耕耘才有收獲的農耕模型，將綁死他們，不符合年輕記者喜愛沒有包袱、可以隨時輕盈離開的心態。

總結來說，我主張社會現象是複雜模糊的，結構是關鍵因素，但行動者也程度不一、形式不一地扮演某種角色。也因此，我接下來將在社會結構、媒體結構與行動者動態交纏的立場上，展開對於當下電視新聞工作的兩條軸線分析。不過再次提醒，如同討論農耕模型的目的，並非想要否定當下場域，同樣地，關切行動者扮演角色，也並非責備新聞工作者，爲結構脫罪。這麼做是反映我對如何做研究的長期反思結果，以及在時間軸線

中，更全面描述與分析新聞工作樣貌的企圖。接下來，本章後面兩節就先順著農耕與黏著特徵的消失，論述新聞工作如何零碎化這項重要改變。

🌀 第二節　零碎化的文化

　　速度，被認為是當代社會重要特徵（黃厚銘，2009；Tomlinson, 2007 ／趙偉妏譯，2011），它對應著資本主義與科技的高度發展，西方如此，臺灣社會亦是如此。我們希望更快上網速度、更快旅行移動方式、更快網路交易、更快聯絡到對方，最好是即時的，沒有耽擱。在著迷新科技的臺灣社會，無論是否真有需要，速度散發著魔力，成為許多事物的標準要件，愈快愈好。不過就在速度普遍架構起當代「即時性」文化意象，並且成為社會學重要概念的同時，我主張，「零碎化」是另一條觀察速度文化的重點。它或許不如即時性顯眼，還需要更多細膩論述，但卻像是正浮現中的概念，發生在本書討論的新聞工作之中，也反映於現今臺灣社會。

　　如果先回到原點，扼要檢視新聞工作與速度的關係，應該不難發現，傳統教科書雖然並未大量使用速度這個字詞，但「新」、「即時性」已明白透露著速度所扮演的重要價值（Nguyen, 2012; Phillips, 2012）。新聞工作運用科技的歷史，也實際說明了速度始終是新聞工作的重要軸線。印刷技術、電報科技改進了新聞產製的速度，新傳播科技，諸如行動電話、網路技術，進一步幫忙新聞工作瞬間加速，接近某個臨界點，而電視現場連線報導則更是將速度推到極限，進入Tomlinson（2007／趙偉妏譯，2011）描述的「即時性」脈絡。理論上，強調事實的新聞，需要寫在事件發生時間之後，有些事情雖可預先規劃，但仍應以最終事實為依據，因此新聞報導能與新聞事件同步已是最高境界。只是「即時」、「同步」好說、卻不好做，需要投入許多資源、改變工作心態，更涉及新聞專業維護的問題。追求速度的結果往往是促成新聞同質化、缺乏深度、犧牲正確性（Juntunen, 2010; Phillips, 2012），而速度與查證之間的對立關係，更是

新聞工作的實用邏輯：兩種模型的實務考察

老記者熟知的困境。

　　無論如何，在追求速度的邏輯中，特別是透過有線電視新聞台進行觀察，新聞一方面呼應著社會對於速度的需求，試圖加快速度產製新聞給讀者，另一方面不管是否真有需要，這些大量、強調即時的新聞，也反過來催著社會加快速度，促成社會大眾像是不斷急迫趕路，認為新就是好、習慣性更新資訊，活在速度的美德之中。也因此，對新聞工作來說，追求愈來愈快的速度是新聞產業特性（Cushion, 2010; Rosenberg & Feldman, 2008），電視新聞現場連線則是「即時」、「同步」的標準樣本，而報社電子報近年來強調的即時新聞，也努力複製著對於速度、即時的渴望。甚至更大膽的說法，當下新聞場域對於極致速度的追求，像是一種說不清的情緒，瀰漫在編輯臺與主管間。只因為想搶先幾分鐘發出消息，而對記者與編輯大發雷霆，或付出錯字、誤植傷亡人數、缺乏查證而出錯的代價。

　　直覺地，對新聞工作而言，速度這概念不難理解。速度意味著搶快，做到即時報導，而這也的確是當下新聞場域執著的目標。不過藉由與之前農耕模型的比對，以及長期研究觀察的結果，我主張在新聞的速度文化中，新聞工作的零碎化，是另一項更為深層、也更需要理解的文化意涵。這種「零碎化」存在兩種理解方式，首先，它可以獨自作為當下新聞工作的特徵，被理解成因為新聞工作追求速度所造成的重要文化樣態，另外，它也可以連同「公共的消失」這項特徵，共同形成「可拋棄式新聞」的出現，這部分下一章會進一步討論。

一、從完整到零碎

　　過去，新聞工作雖然追求速度，即時性也是重要的新聞價值，但由於產製技術的先天限制，以及以往社會相對穩定與具有黏性，因此很長一段時間，新聞場域像是習慣且滿意於以「天」為單位的產製速度。這種對於時間相對不敏感的特徵，在報紙新聞產製上尤為典型，更暗助著農耕模型的穩定發展。

嚴格來說，完整一天並不算長，真正可用的時間也不到一天，電視記者更會將一個整天區分成兩個半天，分上午與下午完成不同工作。但在這裡，完整一天除了意指以往記者擁有更長時間跑新聞，可以與採訪對象聊天喝茶，慢慢經營耕地，完整一天的另一個重點在於「完整」。「完整」隱喻著以往記者大致可以掌握自己工作時間，只要願意，可以專注流暢的跑新聞，不必擔心會被打斷，隨時被叫去做別的事情。「完整」帶著語藝彈性，描述以往新聞工作的特徵，它與黏著之間所具有的親近性，對照當下液態與零碎之間的親近性，共同比對出兩個世代的差異。前面有關農耕模型的書寫，也適合從「完整」角度重新理解。

記者需要「完整」。有完整時間，才有機會去查證、追新聞、深入思考新聞事件意義，也才能與採訪對象搏感情，超越工具性關係。我們可以發現，在農耕模型安排下，記者擁有大小合理、完整的耕地，加上主管不太干涉記者，因此除了截稿前的兵荒馬亂，以往記者大多數時候的工作節奏是慢的，擁有「完整」的機會。以天爲單位，地方記者可以決定自己行程，騎著小摩拖車在自己負責的鄉鎮市拜訪該拜訪的人與單位，部會記者則能夠在部會辦公室間串門子，找機會偷偷把人拉到一旁，躲起來打電話做獨家訪問。或者，有時候他們會花好幾個一天去追新聞、完成調查報導，用更長時間養獨家新聞，然後在黏性脈絡中，慢慢累積自己的名聲與榮光。當然，這並非指速度不重要，只是在過去臺灣社會與新聞場域，速度並沒有成爲關鍵概念。

這些符合Tuchman（1978）、Fishman（1980）觀察場景，說明著農耕時代的「完整」，記者擁有完整的耕地，也有完整的時間，長期耕耘出好產品。然而現今狀況已有所改變，在速度與勞工模式共同作用下，「完整」成爲奢侈的事情，新聞工作進入一種因爲多工運作而導致相互切割的零碎狀態。以報社愈來愈重視的即時新聞爲例，發即時新聞不只是造成記者工作量增加這個表面問題，它更強行插入、中斷已計劃好的工作流程，如果再配合上其他臨時得知的指示，原先顯得完整、流暢的新聞工作開始零碎化。而零碎化情形在有線電視上尤其明顯。對有線電視新聞台主管來

說，如何兼顧最快、最新，有效調配不足人力做出大量、符合各台調性，而且觀眾愛看的新聞，是每天都得頭痛一次的考驗。主管們多少記得自己以前跑新聞時所能掌握的自主空間，但在現今主管位置上，他們也充分瞭解當下倘若採用以往方式做新聞，需付出諸多風險。例如記者找不到新聞線索、抓不到新聞重點，路線相關知識不足，認錯採訪對象，當然還包含做出來的新聞不好看。在現今已難追溯確切開端的情形下，這些相當現實的問題整體對應著前面有關勞工模型的討論，有線電視新聞台逐漸發生兩個改變，促成完整一天的破碎，新聞工作開始零碎化。

二、不再完整的路線

首先，是記者人力安排方式的改變。基本上，為了有效調度捉襟見肘的人力，當下電視主管經常需要以「組」為單位彈性運用記者，這種調度方式創造記者得去跑不是自己路線新聞的機會。

以生活中心為例，中心主管每天任務之一是將編輯臺決定好的新聞，分派給中心內各個記者去執行，理論上，這個任務不難，每位記者應該就是去跑自己找到的新聞，或至少是分配到自己路線的新聞。只不過這種理論上的可能性，經常被各種現實變數打亂，例如因為某位記者提報的新聞線索被編輯臺否決，或當天根本沒找到任何新聞線索；因為長官從別處得到某些線索，得找到記者執行出來；因為重大新聞配稿過多，主線記者沒有時間去做；基於對主線記者不信任，不敢把新聞給他，或者有時就只是因為某位記者剛好比較空閒，所以把臨時決定的新聞交給他。在人力不夠，又有這麼多變數的狀況下，有線電視新聞台主管能做的往往就是儘量依照理論原則分配新聞，其他的新聞則只好妥協，然而因為變數實在太多，「組」也成為當下調度分配新聞時不得不的選擇，久了也成自然。

因此，雖然各台、各組程度不一，不同主管有不同堅持程度，但被叫去做其他路線新聞，是電視記者都遇過的事。例如財經部會記者被叫去跑賣場新聞，教育線記者跑環保新聞，有時更是跨組調度，政治記者跑車輛新聞、美食新聞。這種以「組」進行人力調度的方式，不只讓路線變得模

糊，僅供參考用，更嚴重傷害理論上路線所應具有的完整性。訪談中，我便意外、也有些驚訝地發現，許多受訪電視記者難以明確、有把握地說出自己的路線究竟有哪些，而常見的替代說法是「等漏新聞被罵以後，才知道原來那是我的路線」。

不過有意思的是，相對於老記者幾乎只做自己路線的新聞，由於年輕記者本身便沒有黏著於自己路線，他們似乎也習慣、甚至喜歡這種調度方式。有人認為做什麼新聞沒有太大差別，反正都是按照主管提點把新聞做出來而已；有人認為這種方式反而幫忙紓解了找不到新聞的痛苦；有人認為做別的路線新聞也蠻有意思的，有些新鮮事；有人則視被自己長官臨時叫去做別的路線新聞，是一種信任象徵。受訪電視記者不煩惱於主管以「組」指派新聞的方式，也不太擔心跨組做新聞，他們擔心的是，分配到的新聞是否很難做；是不是臨時才指派，以致很趕；長官自己都不清楚細節，指令不清，以致要花太多時間；再或者是否被指派到那種很「瞎」、很「蠢」的網路或爆料新聞，讓自己被別人嘲笑。當然，再一次地，這裡並不否認當下還是有記者具有某些路線堅持，但平均來說，在結構與行動者相互交纏之下，以組為單位的跑新聞方式已像是常態。

只是無論有何現實理由，這種人力調度方式徹底破壞了路線的完整性。當記者分上午與下午兩場，帶有隨機性質地決定要什麼新聞，他們便很難再如同過去記者能夠以「天」為單位，完整待在自己路線，完整地經營自己路線。現在能做的，往往就是接到任務、快速趕到現場、快速完成新聞，交差了事，附帶零星認識一些路線上的公關與採訪對象。然後如同前述，共舞與路線概念都已消失，新聞工作也從過去完整經營一條路線，變成依新聞事件零碎地組合成一天所要做的工作。工作零碎化，人脈與路線知識也跟著零碎化、不完整，甚至不太需要。

三、中央統籌、瑣碎涉入的編輯臺

編輯臺角色改變，是新聞工作零碎化的另一個原因。從新聞產製實務角度來看，記者要能「完整」工作，需要編輯臺這個分工對象的信任與相

對節制。農耕模型對此做了很好的詮釋，無論基於人情法則、文人尊重，或相信記者能力，編採會議與編輯臺長官多半尊重記者回報的新聞線索，有的往往只是簡單意見，甚至沒有意見。

不過經由前面論述的各種轉變，我們不難瞭解這種節制與信任正逐漸消失，特別是有線電視反過來展現極高的規劃統整企圖。簡單來說，晚間六七點新聞是有線電視新聞臺的主時段，每天中午舉行的編採會議，也是在為這兩小時新聞做準備。理論上，現今電視記者同樣需要向主管提報當日新聞線索，各組主管彙整後再提報給高層主管在編採會議討論，確定哪則新聞是頭條、每則新聞要怎麼做。只是這種貌似以往報社新聞產製方式的流程，當下卻像是出了問題。實際狀況是，相較於以往包含電視在內的記者，會自行發掘與提報路線上的新聞線索，現今電視記者提報的新聞線索往往是通稿性質的東西。例如公關傳來的各式活動簡訊、部會首長行程與記者會，或從報紙、網路取得的內容。甚至如前所述，有些記者連這些東西亦無法掌握，每天窘困於不知如何提報新聞線索。因此，無論是在研究訪談或平日互動場合，我經常聽到主管們抱怨記者不顧線，連報紙都不看，以致發生了什麼事都不知道。相對地，年輕記者也承認自己就是找不到新聞線索，輪到自己要提報獨家或直擊新聞時總是頭痛萬分，有人根本明言找新聞線索不是自己專長。

不可否認地，不重視長期僱用關係、節省人力成本是關鍵結構性因素，但液態化的年輕記者不喜歡顧線、不太看報，也是無法否認的事實，然後不管孰輕孰重，這種負面對稱關係共同造就編輯臺擁有中央集權的理由，成就受訪者口中「中央廚房點菜」模式。因為記者無法提報足夠新聞線索，提報的線索又經常是長官認為無法直接使用的通稿，或被判定為觀眾不愛看，高層長官不喜歡，所以一方面當下提報與掌控新聞線索的責任，大量且自然地轉移到主管與少數年資較深的記者身上。主管每天需要掌握該組各路線的大致例行動態，並且找到夠分量的新聞讓記者去跑，只是當沒有重大新聞發生，有些主管對組內路線掌握度不夠，也就自然出現編輯臺看報紙、網路規劃新聞的情形。另一方面，也更重要地，由於提報

給編輯臺的新聞線索，很多是別台也會抄的報紙與網路新聞，不具新聞性的生活新聞、小社會新聞，以及缺乏查證的投訴爆料新聞，因此當下編輯臺除了彙整新聞線索，還得設法讓提報上來的新聞具可看性或賦予意義。而編輯臺主管要扛收視率，卻又不放心自己記者做新聞能力的事實，進一步讓他們掌控新聞產製細節，以求與心中想像一致。

因此，當下編輯臺主管不只共同決定哪些新聞做頭條、是否要開配稿，要開幾則。更細地，他們還會討論新聞要如何做，例如要訪問誰、要什麼畫面、要不要做stand（註一）、要不要做實驗、要不要偷拍，實驗要怎麼做，偷拍要怎麼拍。遇到重大事件時，編輯臺更像動腦會議，絞盡腦汁為新聞找出更多角度，製作更多配稿，以延續收視率。待決議完成後，各組主管再將新聞分配給記者，把重點交待清楚，有時則因主管個性關係，或對記者不放心，會把新聞細節規劃的更清楚，交待給記者的東西也愈多。也就是說，中央廚房不只點菜，而是把食譜都擬好，要記者按食譜把新聞做回來。

在電視新聞原本就有的快節奏下，記者接到繁瑣指令後，便得開始忙著電腦多工式地安排採訪工作，例如設法找到願意借客廳給記者做新聞的家庭，與他們協調拍攝事宜；想著等會如何做stand，與攝影記者商量如何拍攝；忙著張羅等一下用到的電風扇、冰塊、溫度計。最順利的情形，記者大致有三到四小時可以完成採訪工作，然後趕回電視臺寫稿過音，加上字幕特效後製。不過大多數時候，採訪過程中，記者會持續收到來自編輯臺長官的電話與訊息。交待記者等會要訪問到哪句話、補個街訪、到哪裡補上某個畫面；質問為何沒有別台正在播的新聞，為何沒有別台有的那段訪問、那個畫面，然後要求去補訪補拍；告訴記者現在這則新聞不要了，快點趕到另個現場去做另則新聞。當然，這還不包含長官打電話來問其他各式各樣事情；某公司公關打電話抱怨為何新聞做的如此不友善；同業用Line（即時通訊軟體）詢問知不知道某人的電話號碼、明天要不要出席某個記者會、晚上要不要一起吃飯。

這些聽起來有些荒謬的例子，並非只是個案，而是普遍發生的狀況。

每次電話、Line的提醒聲不只代表又有煩人的事要做，更直接打斷手邊正進行的工作，轉而去做別的事情，安撫長官與公關情緒。有時在邊堵採訪對象，邊接長官電話的分神狀態下，因為沒卡到最好拍攝位置、漏了哪句關鍵話語，又得回過頭花時間彌補，向別台拷帶。因此記者不但不可能有完整時間顧好耕地，工作時間更是被切割的很零碎，很難完整不受干擾地完成新聞，然後進入新聞工作零碎化狀態。

過去農耕時代良好的主客觀條件，凸顯著「完整」的意義：完整的空間與完整的時間。以往黏在路線上的報社記者，擁有屬於自己的完整路線耕地，可以用自己的方式有效經營自己路線，不致落入散工的宿命，只能游走各地，靠機會賺錢。另外，他們雖然一天也要發幾則新聞，不過因為長官沒那麼多交待，所以資深記者們可以用自己方式與節奏完整、次第地處理新聞，完整經營自己的耕地，經營人脈，並藉此繞道進入採訪對象下班後的私人時間進行耕耘。這種「完整」時間，甚至延長「完整」時間的方式，幫忙過去生產出獨家新聞、深入報導。然而現在狀況徹底改變，記者像是被外力推著，每天依長官指示架構起一張隨時可能修改的行程表，然後處於電腦多工狀態同時處理幾件事情，而且這些事情是從四面八方陸續插進來。在追趕之間，沒有完整時間去查證、追新聞，就是想辦法用多工方式，滿足交付給他們的任務。在追趕之間，路線不是完整，每天也不是完整的，而是被切割成數個零碎的組合，也因此，在以速度為名下，新聞工作就是不斷填補零碎時間而已。

第三節　新聞工作零碎化與日常生活的零碎化

農耕對應著一種「黏著」、「完整」的文化，緩緩促成過去新聞工作的各種實用邏輯。在勞工模型與速度文化共同作用之下，「零碎化」取代過去的「完整」，構成當下新聞場域的新文化樣態。不過，想要完整理解「零碎化」，還需要加上科技脈絡的觀察，並將它視為當下社會的整體特

徵，至少是正浮現的社會特徵，單獨從新聞場域進行分析，將無法看到媒體與社會間的細緻互動脈絡。

因此，這裡將採用較爲寬鬆立場，彈性接受「工具、科技的使用，決定或界定了人類本質」這個命題，以及相信不同技術會構成不同時間概念，形成不同社會文化樣態，如電子媒體便凸顯出即時性，壓縮了空間概念（黃厚銘，2009；James, 2007; Stiegler, 1998; Virilio, 1997）。我主張，在新科技構築的速度文化中，我們熟知的行動科技、網路科技，不只是促成勞工模型順暢運作的關鍵，或僅是創造出數位敘事、大數據等流行概念而已。更爲深層地，這些科技創造了即時的文化，悄悄重塑了當下記者不斷在零碎移動的景象。再更爲準確的說，這些科技轉換了當代人與時間、空間的關係，「即時性」、「零碎化」慢慢成爲普遍的日常生活經驗。

一、科技的切割

科技本來就具有催促速度的功能。西方社會工業化過程便利用火車等交通工具大幅提升移動速度，藉由不同科技加快產品生產速度，整體進入機械時代（Tomlinson, 2007／趙偉妏譯，2011）。速度，開始與現代性、利潤、進步有所連結，默默成爲現代社會追求目標。面對科技不斷發展、不斷催促社會加速的場景，Virilio（1997）提出了精彩且具創意的論述。借用他的說法，相對於汽車飛機等運輸科技在速度方面的重大貢獻，電子媒介雖然看似無關於速度，卻實質扮演著顛覆性角色，意味著速度的極致：即時性的到來。當我們可以透過電子媒介同步、即時瞭解另一處景況，身體在實體空間內的移動便顯得多餘，傳播科技像是巧妙地取代運輸科技，透過刪除空間的方式來達到速度的極致。或者說，行動電話、現場連線等技術，不只是代表加速後的再加速，更象徵距離空間被刪除後的極致速度，我們不需要在物理空間移動身體，便可同步與他人溝通、掌握異地景況。

順著Virilio的邏輯，我們不難論證，新型態科技的出現，創造了當下臺灣社會喜愛追求速度的文化。而這種對於速度的喜愛，甚至是迷戀，也

沒有意外地反應在強調速度的新聞工作中。二十四小時新聞台便對襯現代生活的急忙步調（Cushion & Lewis, 2010），電視新聞經常運用的現場即時連線（Live），更對應著過去社會所沒有的即時性體驗。當然，這種影響不是單向的，技術與社會間所具有的複雜交纏關係，明白提醒我們需要回過頭注意：科技促成強調速度的新聞工作，而強調速度的新聞工作又催促著社會加速，集體進入速度、即時是美德的境界。另外，我們始終也得關切「工具、工具使用如何改變人類存有本質」這些需要深入討論的哲學式問題。

不過在策略性擱置哲學式、抽象層次討論，回到現實的新聞實務場域之後，我們可以發現，行動科技與數位科技不只實踐了「即時」的可能性，配合勞工模型，它們對於時間的切割，更是明顯加劇新聞工作的零碎化，促成持續零碎移動中的記者。另外，在「後」現代脈絡下，速度、即時與零碎化，也深層改變了記者與新聞現場，以及記者與事實間的意義，而這部分將於後續章節有所討論。

（一）速度迷戀

以往記者得以完整、較不緊張的工作，仰賴農耕模型構築的穩定結構，也受益於舊傳播科技的暗助。過去以「天」為單位的生產速度，對應人工組版排版、室內電話等生產與傳播科技，記者不需要時時趕著截稿，因為即便提早寫完稿也無法印刷出來。傳統科技讓記者想快也快不起來，經常是好整以暇，問完該問的人、查完該查的事，直至最後一刻才寫稿。報社編輯則是先聊天、悠哉一段時間，等到稿件差不多後，趕在最後兩三個小時拼命工作。另外，主管也很難透過室內電話連絡四散在外的記者，即便特別急性子，有強烈控制慾望的主管，亦得被迫信任記者在外跑新聞，透過這種距離取得的優勢，勞工也得以施展抗拒策略，取得相對自主空間（Savage, 1998）。

舊科技對應舊社會，也對應著新聞工作農耕模型的較慢節奏，而且經歷時間磨合後，像是形成自然的完美搭配。記者不只快不起來，「慢」

科技創造了一個不需要快的社會。更準確的說法是，「慢」科技沒有讓速度、即時成為社會著迷的目標、衡量事物的尺度，大家就是依照科技的速度完成工作。有時，新聞工作需要搶快，例如重大事件發生時，報社的抽換版、號外、電視新聞插播，但這些都像是例外，事件結束後，又回到原有工作節奏。

然而順著科技發展軸線，新科技讓新聞工作整個快起來。遇到突發新聞時，報社透過網路搶先發出即時新聞、電視臺搶先做插播，大家搶先幾秒播出某個畫面，搶先幾秒做出訊息更新，這些作為明顯說明了速度的重要性。二十四小時新聞台則創造了一種強迫的即時性，暗示如果有事情發生，他們就能立即報導，然後又在相關爭議中，廣泛運用了Live報導方式（Tuggle & Huffman, 1999, 2001）。很多時候Live與事件重要性無關，而是因為已購入SNG等相關設備，所以就去使用，而且長官也認為觀眾愛看Live這種形式的新聞。因此，「當下正在發生」變成重要的新聞價值，就只是因為某些事件正在發生，所以去Live（Casella, 2013; Tuggle, Casella, & Huffman, 2010），以帶來現場感。

基本上，這種邏輯解釋了臺灣脈絡，然而隨著這麼多年來，臺灣二十四小時新聞台的持續盛行，網路新聞的興起，以及臺灣社會對於新科技的整體迷戀，我們大致可以發現一種更具在地性的說法。即，在經歷一開始技術帶領的摸索階段後，新科技加上激烈競爭，速度與即時已充分內化成新聞工作常規，創造出新聞場域迷戀速度的文化。當大大小小新聞都可以Live，顯示著Live成為一種流行形式，而且是形式比事件內容更為重要（唐士哲，2002），主管總是相信觀眾愛看Live，或也說不出來由地，就是要去做Live。在平日新聞產製過程中，主管總是以速度為理由，不管新聞是否真有即時性，就是要記者快把它做出來；不管記者還在現場認真詢問相關資訊，就是要記者站定位快做現場連線；不論理由為何，副控室就用電話催促某則新聞稿為何還沒上傳，但這則新聞可能就只是花邊新聞。在重大事件中，編輯臺更只是因為領先別台幾分鐘到新聞現場，領先幾分鐘掌握到某個資訊與畫面而開心，但卻忽略這些資訊可能並不重要，

更忽略整個過程中可能犯了某些錯誤、傷害到當事人。相對地，在事實、查證與平衡這些傳統概念不被信仰的狀況下，日常生活已習慣速度、追求速度的年輕記者，會抱怨長官一直催他們，但有趣地是，他們也是用「最快把新聞帶給觀眾」，來定義自己記者工作的意義，在新聞出錯遭受社會質疑時，也是用搶快在臉書上為新聞工作做辯護。

這些細節大致說明了對於速度的迷戀，「快」是編輯臺的關鍵字，但如果再親自貼近編輯臺、新聞工作者，更可以從「不快」產生的負面情緒，大呼小叫，「快」一秒取得的安全感，以及新聞工作者的急性子，感受到這種無法言傳的速度迷戀。也因此，在這種迷戀速度的文化中，搶快造成大大小小錯誤，例如誤植傷亡人數，誤傳政治人物死訊，似乎沒有消失的可能性。電視臺犯錯被社會批評、被國家通訊傳播委員會要求檢討後，的確有著些許收斂，也有著某些改進，只是他們卻也像是罵不怕，下次還是會發生類似失誤。這些因為搶快造成的錯誤，以及實務工作者私下給予的理由，例如：「觀眾就是要看快的東西」、「新聞哪有不犯錯的」，反諷著迷戀速度的事實。速度，成為當下新聞工作的根本尺度，事實、平衡、查證則成為附屬標準。更殘忍的說法是，對於速度的迷戀，讓主管與記者根本看不到事實、平衡、查證等傳統標準，在平日根本就不被提及，被慢慢忘記。

新科技創造速度的迷戀，無論這種迷戀是基於社會真正需求、為刺激收視率而添加的包裝，或是主管在收視率競爭中，自己嚇自己的結果，當下新聞工作相當寫實地經歷了從「快不起來」到「就是要快」的過程。不過新科技不只可以用來縮短新聞到觀眾間的距離，創造即時傳遞新聞的可能性，同樣地，它也可以消除主管與在外記者間的空間距離。行動科技改變以往員工只在辦公室進行互動的傳統，侵入生活空間（Fortunati, 2002; Julsrud, 2005; Radovan, 2001），無時無刻將人連結起來的特性，實際創造出主管與記者間的即時性，再進一步促成上一節討論的零碎化狀態。如同行動電話既提高公關工作效能，又影響公關人員生活品質（游敏鈴，2004），行動科技與勞工模型則像是天生一對，編輯臺主管可以隨時找

到記者，交待各種指令。當然，對記者來說，這種改變是深層的，行動科技帶來的指令，讓他們無法像前輩一樣可以躲在外面，用自己的節奏與行程表完成每天工作，行動科技、數位科技加劇了零碎化文化。只不過有意思的是，對早已習慣使用新科技的年輕記者來說，雖然有時會抱怨長官很囉嗦，卻也大致適應這種零碎化狀態。他們像是習慣處在隨時可能被中斷、被切割、準備移動的零碎狀態，也可以在零碎之間找到偷閒的快感，喝杯咖啡、玩玩手機遊戲，與同業朋友聊天說話，然後不知不覺中完成被交付的任務。

（二）零碎移動的記者

換個說法，記者本來就是一種移動性高的工作，無論是資深記者以前在各自路線上的自主移動，以及當下接受編輯臺調度，隨任務轉換進行的移動，兩種移動都讓新聞成為不是朝九晚五、坐辦公室的工作。不過如果我們透過受訪者的訪談描述，試著分成過去與當下，將記者工作視覺化成兩組圖像，一方面追蹤記者每天在空間上的移動軌跡，另一方面記錄記者在每個地點的駐足時間、執行每細項任務的時間跨幅，特別是標記出每個任務被打斷的時間斷點，我們應該可以得到兩張不同的軌跡圖像。相較於以往記者固定在路線上巡線，反覆勾勒出深色粗黑的空間移動軌跡線，由於現今記者負責路線範圍增加，有線電視有時更是以組為調度標準，造成記者空間移動軌跡不只較廣較疏，重複性也較低，沒有留下深刻墨印。

另外，從時間軌跡來看，工作量增加讓記者停留在單一新聞現場、執行單一任務時間變短，電話鈴聲與Line的提醒聲，更於時間軌跡中標記許多時間斷點。也就是說，如果細部描述電視記者每則新聞處理軌跡可以發現，一方面因為記者扮演下章描述的執行製作角色，每則新聞需要張羅許多細項任務，如找道具、規劃stand、後製效果等，使得每條時間軌跡細部被切割成數段，很多時候為了趕時間，多工進行的作法讓每小段間有著重疊。另一方面，執行過程中長官不斷給予的工作指示，促使時間軌跡不時出現分岔的情形，形成一條有著多個剪接點組合而成的時間軸線。

無論過去或現在，記者都在持續移動，只是相較過去記者大致依自己節奏，較爲緩慢地移動，現在記者同樣在移動，但卻是別人安排的移動，看不到固定邏輯與章法，軌跡也並不完整，無法再蝕刻出深層的路線成果。在不斷指令與速度中，他們就是在移動而已，零碎的移動。或者，零碎移動就是他們的任務。

二、零碎化作為一種日常生活經驗

（一）日常生活中的零碎化

新科技不只影響新聞工作，也造成日常生活零碎化的傾向。或者說，零碎化是種「後」現代生活特質，因此特別對年輕記者而言，他們做記者以前就擁有的零碎化經驗，是解釋當下新聞工作零碎化時的必要考量。雖然，學術場域似乎並未充分注意零碎化現象，相關論述不多，但透過重新詮釋某些生活經驗，不難觀察到相關事實。

一般來說，當下社會隨處可見搭乘捷運、等人、下課時使用行動科技的例子，經常被解釋爲現代人有效利用時間、塡補零碎時間的行爲，這種解釋符合直覺，也符合新科技幫忙改進生活效率的主流說法。只是如果我們就相同例子進行觀察，在資本主義強力推波助瀾，新科技以流行商品身分廣泛進駐日常生活的現狀下，新科技像是反過來走出自己生命。類似「物被人用，或人被物用」的古典討論，人們主動利用行動科技塡補零碎時間是明顯可見的事實，但另一種較不被注意、更爲深層的事實是，行動科技反過來重新結構化了人們的生活經驗，不自覺將生活行程中的完整時間零碎化，以致原本零碎的時間還是零碎，原本完整的時間則零碎起來。

早先流行的MSN即時通訊系統，便被認爲影響正常上班時間，讓員工分心，智慧型手機或Line出現後更是如此，而且隨著我們對新科技與速度的迷戀，以及新科技實際在生活中普及，零碎化成爲我們看不到、卻共同擁有的生活經驗。學生帶著手機上課的例子清楚論證這種狀態，不時滑滑手機，擔心漏掉朋友訊息，有時「順便」上網、玩玩遊戲，嚴重切割原

本應該完整專注於聽講與思考時間。當然，以前學生也會分心，分心更是人性，但不可否認地，相較於過去，當下行動科技是來自外界的強大誘因，讓分心與零碎化情形變得更普遍、密集。

不只是學生上課，現今一般人面對面吃飯、上班辦公，甚至看電影、開車皆是如此，前面提及當下電視記者受手機打擾的例子，亦清楚反應日常生活中的零碎化經驗。因為不斷在上課思考與滑手機間進行切換，學生經常處在分心狀態，也因為經常分心，而不可能擁有長時間、完整思考的經驗。同樣地，不時傳來的手機提醒聲，也切割了原本應該完整的面對面吃飯時間、社交時間、採訪時間。完整不再是王道，當下要填補零碎時間，但也讓完整時間零碎化。

當零碎化成為當代生活特徵，相較於老記者必須後天學習，年輕記者則像是早已習慣零碎、擅長多工生活的世代，可以隨時停下來分心一下，再回頭做原來的事情。因此持平來說，雖然難以精準估計影響分量，但在理解當下新聞工作零碎化現象時，我們不應該忽略記者本身的角色。除了主管之外，同業、採訪對象、朋友家人也讓他們分心，要電話號碼、要求拷新聞帶，相約下班去哪裡吃飯，甚至單純只是聊天。在我與年輕記者進行研究訪談時，他們便自然地接起長官因公事打來的電話，有人更自然地用手機與同業小聊一下，然後再自然地回到研究訪談之中。

在生活中習慣新科技的年輕記者，也很習慣地在工作中利用新科技跑新聞。這種習慣與依賴讓許多老記者不解，更一度造成主管責怪年輕記者用MSN跑新聞。然而因為年輕受訪者也承認用MSN、Line跑新聞很方便，有些偷懶，所以相關不解與責怪並非無的放矢。另外，在世代差異脈絡下，爭論這種責怪有無道理似乎也不可能有定論。不過儘管如此，這種差異也再次說明科技與社會相互形塑的複雜因果關係。資深記者勤跑新聞現場的習慣，多少與以往傳播科技不發達有關。他們需要去現場才能拿到紙本的公關稿、才能問到人，這種科技「缺陷」幫忙帶出親跑新聞現場的習慣，進一步創造與採訪對象間共舞的機會。相對地，科技形式轉換，也改變了跑新聞方式，當下行動科技所具有的優勢，便打破親跑現場的必要

性。記者透過網路便可收到公關稿，修改一下就可作爲當日要發的新聞；透過手機可以找到公關，請他們傳送新聞資料、協調某人出面受訪，便出機採訪。科技，惡化了記者與路線已有的分離關係，然後再因爲手機做不到老記者說的「見面三分情」，讓記者與採訪對象的關係更爲工具化與液態化。

（二）以Line會稿：結構與行動者動態交纏的例子

這裡需要稍微離題簡單說明以Line會稿的狀況。整體來說，農耕模型消失，記者不再黏著於路線，相對地，接續的勞工模型與速度文化更整體創造了一種不黏、零碎化的結構。基本上，暫且不論好壞，這種結構實際造成記者可能找不到新聞，應付不了主管要求的窘境。然而有意思的是，就實務論實務，面對這種困境，記者卻也發展了某些策略，巧妙地維持每日新聞產製工作，其中，早先的MSN（唐德蓉，2012；張騄遠，2012），後來的Line便扮演著重要角色，它們將記者串連起來，用集體方式回應當下結構困境。

事實上，在學術研究看不到、也很難訪問出來的某些實務角落，以往有些記者便有合作跑新聞的習慣，兩位記者可能事先協調好明天要出席的場合，然後彼此交換訊息，各自寫成各自新聞。只不過在農耕模型的結構安排下，傳統大報間的獨家競爭關係，以及實務式專業認同，也形塑出記者應該自己跑新聞的心像、默契或行規，有些記者甚至鄙視記者間的合作，認爲是記者偷懶的象徵，因此當時的合作多半是檯面下的事。

然而如前所述，勞工模型的工作量與工作要求、速度的追趕，特別是怕獨漏新聞被長官罵，逐漸促成合作跑新聞成爲常態與檯面化。高政義（2008）便生動記錄了電視臺地方駐地記者間的合作動態，在各家電視台於大部分縣市只設一位駐地記者，又要求別家有的新聞自己也要有的狀況下，各台駐地記者便發展出一種彼此支援、補位的合作模式，分享彼此拍攝的畫面與資訊，以此應付臺北編輯臺長官不斷給予的工作指令，以及沒有同事代班無法休假的結構困境。有意思的是，臺北編輯臺長官知道這

種狀況，有人也不認同，但因人力成本邏輯，也默許了這種競爭對手相互合作的奇妙現象。從權力觀點來看，合作是駐地記者對抗權力的手段，而受限於距離所拉出的監看困境，權力者也默許這種狀況。

類似於駐地記者的合作，面對這幾年明顯的工作結構困境，一般路線記者也開始透過Line更精準演繹集體跑新聞的意義。當下，各家電視台相關路線記者建立起Line的群組，作為相互聯絡工具。一般來說，因應電視臺早上要做的新聞多半源自報紙、昨天某些事件的延續，加上時間也較為急迫，早上，Line群組的訊息交換量較大。多數記者開工前後會透過Line互通有無，或就單一則新聞交換各自長官指示的角度，簡單進行分工，例如誰打電話聯絡當事人出來受訪、訪問時要問什麼問題。中午之後，因為編輯臺規劃新聞比例較高，所以互動較不密集，但仍會進行類似訊息交換。或者透過Line群組向同業尋求幫助，例如在群組中詢問某位採訪對象的電話號碼、誰認識開某款車的車主可供採訪。

這種集體合作除了幫忙記者省力跑新聞之外，也進一步產生兩種細部影響。首先，在路線上，無論是因為採訪對象知道躲不掉、想一次處理掉所有記者糾纏，或是被記者集體逼出來說話，集體採訪已成為一種常規。Line的使用，直接促成集體採訪的便利性，並加劇記者與採訪對象間原本就已工具化的關係。對採訪對象來說，記者就是一群集體而來的人，而且總有新面孔出現，他們沒有認識記者的趨力。對記者來說，也很難與採訪對象發展更深入的關係，就是依新聞個案而碰面，彼此保持工具性關係即可。因此，當下新聞工作需要的是，隨時與同業保持連線狀態，需要時可以從同業那邊問出需要的電話號碼，因此過去被視為競爭對手的同業關係，現在反過來成為重要工作夥伴。記者不再是靠採訪對象、經營路線跑新聞，而是靠同業、靠Line跑新聞。

再者，Line的互通有無，也成為做新聞時的安全牌。記者透過群聚有著類似的新聞主題、角度、採訪片斷與畫面，有些記者甚至基於主管怕獨漏的心態，善意、策略性地提醒自家長官別台準備做哪則新聞。群聚也確保不會有人表現太過突出，不會因為有人單獨採訪，而多取得一個特殊訪

問片段、畫面，變成獨家，然後讓自己被長官罵。記者只需要在各台類似的素材上，補足主管交待角度與細節即可順利交差，而主管也可以每天安全向高層主管交待。最終維持了一種大家都沒有太突出表現，但穩定的運作方式。

　　當然不只是Line造成群聚，記者也不只在Line上面群聚，另外，也還是有電視記者不太依賴Line，習慣自己跑新聞。不過在當下，記者與採訪對象分離，與同業群聚的現象，與前面描述的許多結構性因素有關，也與記者想省時省力、懶惰、安全感有關。它說明著結構與行動者間所具有的複雜交纏關係，單從行動者角度看問題，將產生過度責備記者的情形，並不公平，但只從結構立場出發，也有著偏頗，並沒有抓到新聞場域內真正的實用邏輯，也很難真正解決問題。最後，在農耕消失，液態、不具黏性的整體脈絡中，記者間的彼此群聚、相互黏著，也提醒著整體模式中存在的局部矛盾與異例。這意味學術逆向工作的困難，但穿梭於矛盾細節，逐步精緻化理論的過程，也是學術逆向工程迷人之處。

註

註一：電視記者處理新聞時，有時會選擇自己面對攝影機，為觀眾說明事件。這
　　　種入鏡報導作法可能出現在新聞播出帶的開頭、結尾，或中間。英文用語
　　　為stand-ups、stand-uppers（Tuggle, Carr, & Huffman, 2011; Yorke, 1997）。
　　　「stand」、「做stand」是臺灣電視記者慣用術語，本書使用這種說法。

第 6 章 ▶▶▶

可拋棄式新聞

　　相較於「零碎化」這條較少被注意的新軸線，「公共的消失」雖然傳統、像老生長談，卻是討論當下新聞工作時，無法忽略的另一條論述軸線。

　　就學術角度而言，公共，是對應現代性的理想與堅持，不曾間斷的研究與書籍（馮建三，2012；Curran, 2000; Deuze, 2005; McQuail, 1994），論述著媒體需要公共性、需要提供公共服務、需要理性討論公共議題、需要作為公共場域。只是同時間，學者也發現堅持公共並不容易，而無需太多贅言，關鍵因素指向資本主義。其中，Habermas（1989）經典討論了公共場域的出現，以及資本主義介入公共領域，失去溝通理性的事實。另外，傳播政治經濟學與美國式新聞專業研究，也從不同立場聚焦於資本主義、批判資本主義。

　　不需否認，資本主義是關鍵結構因素，持續影響臺灣媒體公共性的實踐，然而歷史是動態的，資本主義會演化，也是難以否認的事實。社會學者便已區分晚近資本主義與傳統資本主義的差異，並且對高度資本化社會所展現的「後」現代特徵也有成熟討論。在這種略帶矛盾的狀況下，我主張，我們有時的確可以將資本主義視為一種統稱，延用舊有方式想像資本主義，並且進行相關研究批判，但，動態、演化的

事實，也提醒傳播學術場域得留意這種作法的實際風險。在細部分析新聞場域轉變時，這種作法會自動抹除許多重要細節，阻礙研究者對於異例與細節的觀察。

　　基於這種立場，以及社會結構、媒體結構與行動者的交纏互動關係，本章第一節將提出「大我式公共」與「小我式公共」的概念轉換，重新演繹「公共的消失」意義，並以此論述近年踢爆新聞將「公共」化約的風險。第二節進一步說明公共被化約後，當下新聞工作所具有的單面向論述特徵。最後一節則整合前章討論的「零碎化」，以及本章討論的「公共的消失」，透過這一新一舊兩條軸線，說明可拋棄式新聞的出現。

✳ 第一節　公共議題與新聞深度的消失

　　在西方現代性脈絡下，「公共」是幾個重要關鍵概念之一。連同理性、民主、市民社會等，它們共同構築起一種現代生活的理想型。現代公民應該關心公共事務，具有理性討論公共事務的能力，最終形成民意共識，展現民主特質。相對應地，媒體則應該具有公共性，而非只是追求利潤的私人產業；新聞應該關切公共議題，而非只是報導八卦、通俗新聞；新聞媒體應該作為公共場域，藉由理性與深入討論，形成真正的民意與公共政策。

　　然而從理想型回到寫實世界，而且是臺灣的寫實世界，公共的實踐過程顯然遭遇挫折，「公共的消失」是普遍被認知的事實。不過，「公共的消失」並非是臺灣獨有的問題，同樣發生在公共概念源自的西方社會，Habermas（1989）、Sennett（1974／萬毓澤譯，2007）、Riesman（1961／蔡源煌譯，1998）便早已透過完整著作，精彩論述了公共、公共人在西方社會消失，社會變得愈來愈個人化的現象。基本上，遠比這些更多的相關著作論述提供了豐富參考依據，只是因為臺灣社會嘗試建立公共性的過程具有濃厚在地性格，因此有關「公共的消失」問題的討論，還需要加

新聞工作的實用邏輯：兩種模型的實務考察

入在地脈絡才會完整。接下來便分兩段進行論述，首先說明臺灣改造年代的在地版公共意象，如何隨政治熱潮退燒而退場，然後大我式公共如何轉變成小我式公共。其次，回到新聞場域，探討踢爆新聞將「公共」化約成維護正義、踢爆特權的現象，在矛盾中，這種看似公共、情感驅動的新聞，如何促成「公共的消失」特徵。

一、在地性格的公共性

（一）改造年代，由政治主導的公共

　　西方社會現代性是漫長歷史過程的結果，經常被視爲內生於西方社會的特質。簡單來看，十五、十六世紀起，資本主義成爲一條帶動現代西方社會的重要軸線。最初，城市的商業活動促成人們習慣用更禮貌、對等與文明的方式互動，之後，隨著商業活動規模擴大與資本主義充分發展，西方社會開始從傳統社會轉向以經濟邏輯爲主軸的現代社會。自此，人際間互動開始建立在自利原則之上，同時也因爲某些人追求共同利益而彼此集結，促成各種民間自發組織出現，逐步建構起具有民間自主性的市民社會（李丁讚，2004）。接下來，市民社會討論公共事務的需求，對應啓蒙運動凸顯出的理性位階，讓咖啡館、沙龍成爲市民對話討論、形成共識的地點，成爲公共場域原型。另外，Habermas（1989）還配合文學公共場域與核心家庭的出現，說明政治公共場域的形成，以及透過溝通理性達成共識的理想。

　　從Habermas的經典標準來看，臺灣沒有完整經歷西方定義的現代性歷程，沒有發展出完整的市民社會與公共場域。不過在臺灣社會、至少是在學術場域與社會菁英參照西方範本進行改造的過程中，這種不合標準也凸顯臺灣有著屬於自己跨進「公共性」、「市民社會」的理由與歷史進程。雖然臺灣社會沒有經歷啓蒙運動長期洗禮，而逐步發展市民社會與公共場域的完整過程，但大致來說，解嚴前後對抗政治威權的社會事實，也創造一段集體政治熱情，讓個人看到民主改革與自己生活的關係。因此，

雖然不是全部，但相較於之前與之後，改造年代的行動者更願意跨出私人生活開始關心政治事務，然後再從政治向外擴散，展現市民社會與公共場域的企圖。只不過由於歷史是漸進的，所以於此同時，以往威權政治體系利用民間團體進行政治治理的作法仍延續下來，以致這段期間社會運動、民間團體，與新舊政治勢力還是有著連結，甚至具有收編關係（錢永祥，2004）。市民社會與公共場域不具有理想中的自主性。

政治驅動社會改造的事實、市民社會因政治介入不具自主性、政黨競爭創造政治敵我意識，加上傳統華人社會將「公」等同於大我、天下、國家，以及知識分子應該報效國家的文化脈絡，各式複雜原因讓臺灣改造年代醞釀的「公共」是以政治為主調，一種由政治熱情帶動的公共意象。而順著這種在地公共意象回到臺灣新聞場域，具體可見的便是當時社會與媒體最為重視政治新聞，政治新聞被視為最重要的公共議題，政治記者具有高度的身分地位與自我認同。

這段期間，臺灣媒體不具備完整公共場域特徵，新聞工作者往往也不具有完整現代性性格與溝通理性能力，或者，認為當時記者總帶著政治反骨、懷抱政治理想的想像也過於浪漫。但我們大致可以發現，在政治改革領軍，公共議題與社會運動逐漸在環保、教育、藝術等領域展開的社會氛圍中，本書受訪資深記者也像是自然養成關心政治議題與公共議題的習慣。而且不像他們的前輩在政治威權年代還得曲筆完成任務，時代給予改造年代記者更好的位置，得以報導、見證甚至參與臺灣社會的關鍵改變。特別解嚴之後，他們大致可以透過評論、特稿長篇論述自己對新聞事件的觀察，甚至對抗所謂的保守勢力，進行調查報導。受訪資深記者雖然不一定都熱血沸騰，卻經常程度不一地關切各自路線上的政策議題、會因自己新聞影響了政策而感到滿足，政治組記者更被認為有著光環。另外，非新聞科系畢業受訪者同樣關切政治發展與公共議題的事實，更補充說明了這時代記者之所以重視公共，很大原因是來自所屬時代的社會氛圍，而不是新聞教育對公共的傳統關照。

也因此，倘若回到實務場域進行觀看，改造年代，新聞場域的改造的

確部分參照了西方公共、公共場域的標準，但實務工作者對於公共性的重視，更像是行動者與當時社會結構彼此共振的結果。如同十九世紀，對政治擁有更多熱情的美國社會，擁有更多熱衷表達政治意見、討論不同政治議題的報業（van Tuyll, 2010），臺灣改造年代對於政治與公共議題的熱情，也促成這時代報業熱衷政治議題，這些時代記者關切政治與公共議題的事實。

（二）公共，消失在新聞場域

　　相同邏輯，也大致說明年輕記者失去對公共議題興趣的事實。隨著改造年代結束，社會整體失去對於政治的熱情，臺灣媒體也集體從政治、公共與社會運動中退燒。在隨後由資本主義接手的社會中，一方面，之前醞釀於改造年代的公共意象，像是因為來不及內化而顯得脆弱，不堪一擊。另一方面，透過資本主義強力運作，臺灣社會開始出現西方社會特徵，其中之一便是公共概念的弱化。個人看不到公共事務與個人生活的直接連結，開始重新回歸私人生活之中，失去對於社群、社會的許諾。

　　我們可以發現，多少經歷過改造年代的媒體主管沒有完全忘記過去工作樣貌，有些人也曾懷抱深厚政治與公共關懷，但弔詭地，無論他們於訪談時提出何種理由，其操盤的新聞就是缺乏公共事務的討論，或就是將政治新聞化約成既定立場，缺乏深度的單向論述。另外，當改造年代結束，人們不再經常看到震天價響的社會運動，報紙與電視頭條新聞也不再是嚴肅政治新聞，而且反過來，消費、個人化、液態本質徹底排擠了公共的重要性，這一收一放間，成長於新世代的年輕記者自然失去與政治、公共議題的連結。也就是說，如果資深記者是帶著政治與公共基因進入新聞工作，大部分年輕記者則是先天缺乏這些基因。進入新聞工作後，由於長官給予的任務要求多半與公共無關，所以也沒有得到激發與訓練公共基因的機會。最後，年輕記者亦用屬於自己年代的直覺看待政治與公共事務，例如政治是勾心鬥角、讓人厭煩的事情；公共議題則很生硬，沒有興趣，也搞不懂，然後因為缺乏深耕意願，也沒能力搞懂。各種原因讓西方式的現

代性公共，或在地版以政治為主調的公共，都失去魅力。

從現代性角度來看，現代社會不關心公共、媒體不具有公共性是個大問題，指向一種深層憂慮：現代性與現代人的崩解。然而如果暫時擱置這種憂慮，改造年代之後，臺灣媒體從政治熱潮中退出不一定是壞事。整體來說，政治是公眾之事，政治議題也經常是公共議題，不過一旦政治議題大比例地占據公共議題空間，而市民間又缺乏理性討論、自我反詰的習慣，實際促成的便是公共被不自覺地等同於政治，受政治驅動，而且顯得對立好鬥。因此，當總統新聞不再是每天必然頭條的霸王稿，頭版新聞不再總是政治議題，這種改變其實賦予臺灣媒體一種從政治優先退出，將公共還給市民社會，可以進行理性對話的想像。

只是實務場域對於這種美好想像做了連番的否定。明顯可見地，取代政治新聞的不是其他類型的公共議題，而是更多的通俗新聞、公共議題小報化、資訊娛樂化，這種改變直接指向公共的消失。通俗化、小報化的轉變實際引發許多討論（林思平，2008；Bird, 2009; Gans, 2009; Jebril, Albæk, & de Vreese, 2013; Nguyen, 2012），不過在負面批判聲浪之中，也有一些較正面、樂觀的想像，認為通俗新聞可讓艱深的政治議題與公共議題被讀者接受，提供讀者更實用的資訊，讀者也更願意親近新聞（Baum, 2003; Bird, 1990; McDoland, 2000; Sparks, 1992; Zaller, 2003）。政治新聞八卦化，追逐政治人物私生活的作法，不利於新聞專業，但將嚴肅政治新聞與讀者私人生活連結，不見得都是壞事，這種作法可能引出讀者對於嚴肅政治事務的關心。

然而同樣地，實務現狀似乎也不留情面地否定這種想像。因為要將公共議題通俗化並不容易，它不只是輕鬆寫作而已，或者反過來說，許多看來不是公共議題的社會事件，的確可以具有與生活連結的公共意義，但它們需要記者累積豐富的觀察力與路線知識，才能將公共議題與讀者生活進行構連。例如近年不斷出現的食品安全問題，便關聯著現代食品產製與消費風險問題。在風險社會脈絡下，涉及消費者如何在口感與安全間進行取捨、如何掌握廠商可信賴度、政府如何因應風險概念重新建立食品安全

新聞工作的實用邏輯：兩種模型的實務考察

制度。也就是說，食品添加物新聞不僅是連串踢爆而已，更具有重要的社會學意義，值得新聞工作者發現與呈現它們。然而藉由與多家媒體主管與記者的實際討論經驗，我充分感受這種構連並不容易。當主管缺乏關心公共事務的許諾、缺乏社會學式觀察與論述經驗，就是習慣性依照搶快、踢爆、好看邏輯處理所有新聞；當年輕記者亦是如此，每天就是依長官指示跑新聞，我們看到的便是各家媒體於食安問題引發的社會浪頭上，主動或被動地做了一連串踢爆新聞，但真正有關食安議題的公共政策面討論卻很少。

因此，媒體不只是依舊無法作為公共場域，這些有潛力觸及公共討論，卻大量止於踢爆、扒糞、究責的新聞，更細緻地反諷了當下新聞「公共的消失」的事實。不過無論如何，「公共的消失」同樣是相對性比喻，並非全有全無的問題。我們還是能在某些版面、某些年輕記者身上看到對於公共的許諾，只不過就常態來看，公共已不再是受矚目的概念。就像電腦使用者習慣將常用網站收納進「我的最愛」，愈習慣使用的網站放在愈前面，對資深記者而言，不管是否達成理想標準，公共連同事實、中立，是被放在「我的最愛」清單中的重要概念。但相對地，公共卻可能沒有出現在年輕記者清單之中，或者被放在後面的位置。

二、被化約的公共性

從公共轉向私人，是當代社會的重要改變，得到許多關注，不過相對於此，另一項較不被注意的改變是，「理性」與「情緒」兩種角色的此消彼長。情緒在當下社會得到更為中心位置，並且被利用、加工，失去原真性（Füredi, 2004; Meštrovic, 1997）。對需要理性支撐的公共場域來說，這種不太受重視的轉變像是再暗暗給予了沉重一擊，對強調客觀、理性的專業新聞學來說亦是如此，間接資助小報化新聞的重新崛起。

回到臺灣社會與新聞場域進行論述。基本上，如同西方媒體經驗，小報化、通俗新聞、感官新聞等各項批評，同樣輪番上陣地論證了臺灣改造年代之後公共消失的事實。只是社會改變往往是多線進行，而且經常是模

糊、自我矛盾的，因此，就在「公共的消失」已維持一段時間之後，我們似乎可以發現，回應情緒轉變脈絡，近年來踢爆新聞的出現，像是為臺灣社會帶來某些重回公共的跡象：小我式公共的興起。只不過基於同樣的模糊、自我矛盾等原因，以及「理性」與「情緒」、「公共」與「個人」各自的相互矛盾，再加上實際研究觀察結果，我主張這種重回公共的跡象需要小心解釋。踢爆新聞的確處理了若干公共議題，幾次成功案例也為媒體創造重回公共的感覺，但它也付出將公共概念簡化、商品化的代價。

（一）小我式的公共

現代性將行動者安置在理性框架之中，視公共為一種現代人對於社會的許諾與責任，現代人需要透過理性討論參與公共事務，而非只是關心私人生活事務。但顯然地，在理性失去優勢位階的「後」現代社會中，這種安排逐漸失去合法性，然後造成各種有關現代社會失去公共性的擔憂。

不過如果這裡暫且給予公共更為寬鬆的想像空間，並且將因此而來的爭議、負面影響留待後面章節討論，整體來說，雖然年輕世代更為個人中心、情感驅動，大多數時候不關心公共議題的理性討論，但這並不表示他們完全退居私人生活，與社會失去構連。事實上，歷經改造年代之後一段時間的沉寂與醞釀，近年來，特別是年輕世代似乎發展出屬於自己時代、或可被稱為小我式公共的作為。如同新聞中經常出現幫忙受害人狂追肇逃車輛、陪伴路邊老人賣花的正義哥、正義姐，或者網友幫助某位弱勢兒童集資醫藥費用、人肉搜索某位「壞人」，這些近年來盛行的作為一方面反轉了上個世代不多管閒事的習慣，另一方面也意味年輕世代利用屬於自己時代流行的方式將自己與社會構連起來，展現對於社會的許諾。

相較於傳統「改革民主」、「改造社會」、「關切公共議題」大我、理性式的公共，我主張，年輕世代展現一種從自身感受出發，更為依賴情感驅動的小我式公共。雖然，這種小我式公共可能顯得零星、瑣碎，但透過時間蓄積、集結與轉換，配合幾項臺灣社會條件的改變：網路的成熟或過度發展、改造年代成功累積的挑戰威權經驗，以及關懷弱勢的成功教育

經驗，我們可以從許多地方看到小我式公共作爲的普遍性與合法性。例如正義哥、正義姐、善心人士所受到的社會認可；網路展現的鄉民式正義與愛心；社會大眾對於政府與權勢階級的反感，以及幾次成功有效的社會動員。或者，理盲而濫情的說法也部分描寫了這種狀況。小我式公共是一種改造年代所不曾具有的社會特徵。

　　小我式公共雖然從自身出發、情感驅動，集中出現於日常生活事物之中，卻也是個進可攻、退可守的概念。有時候，它可能積極集結在某些本質嚴肅、大我式公共議題之上，具有大我式公共的潛能，幾次成功案例的醞釀，與近來「新公民運動」的流行，正說明小我式公共帶動新型態社會動員的可能性。或者，相對消極來看，在現代人普遍不關心公共事務之際，小我式公共至少提供一種個人與社會構連的機會，用來展示自己並非完全是個人中心主義、自利的個體。而且相較大我式公共需要理性支撐、需要時間醞釀才能察覺公共的好處，小我式公共對應「後」現代的脈絡，行動者像是由情感驅動，直接、快速感受到自己與社會的互動，以及互動後的成就感。

　　由此回到新聞場域，我們不難從訪談資料中發現，成長於相同社會氛圍的年輕記者，也展現著小我式公共。他們不只報導正義哥、正義姐，有時自己更會化身正義記者，踢爆某家餐廳使用不適當添加物、揭穿某位佯裝影劇圈人士騙財騙色、幫忙某位消費者向不良商家討回公道、報導某位需要社會幫助的罕病兒童，因爲自己新聞有幫到人而感到開心與成就感。在缺乏政治、公共、國家使命感的年代，小我式公共巧妙回應著個人中心、去理性、液態等「後」現代特徵，讓年輕記者可以從自身出發，親身展示記者工作的責任。他們不再大談使命感，也不需要勉強自己理性，順著正義與同情心便可看到新聞對別人的幫助，從中得到成就感。大膽來說，小我式公共幾乎成爲年輕記者回應媒體社會責任的唯一想像。

　　需要提醒兩件事，首先，還是有年輕世代與年輕記者展現大我式公共、理性論述，同樣地，正義與同情心存在於以往社會，資深記者也會因爲自己新聞幫到人而開心，只是在那個強調大我的改造年代，資深記者更

驕傲於自己的新聞改變了公共政策。其次，小我式公共有著魅力，也有在政治、公共議題上成功集結的案例，不過至少發展至目前為止，我們還是需要承認，幾次成功集結的案例，無法掩蓋大部分人、大部分時候不關心公共事務的事實。小我式公共有其時代意義，也可能展現社會力量，可是一旦理性、理性溝通等元素被抽離出來後，我們也需要擔心它如何化約了公共的古典意義，回頭促成過度由情感驅動的單面向論述社會。

（二）踢爆與催淚新聞

傳統上，強調客觀、理性的專業新聞，是克制情緒的工作，專業新聞報導則需要進行理性論述，排除情緒成分。但就實務工作來說，情緒，卻像是個一直都在那裡、但最近被搬上檯面明白使用的新聞要素。感官新聞就包含情緒喚起的討論（Grabe, Zhou, & Barnett, 2001），Pantti（2010）則用中性方式看到情緒在芬蘭與荷蘭電視新聞工作中成為常態，新聞工作者開始關切新聞事件的情緒構面、採訪對象表達的情緒，情緒成為重要的新聞價值。而臺灣亦是如此。

近年來接連的踢爆新聞，加上再早一些流行的催淚新聞，便像臺灣媒體嘗試與演化出的兩種情緒式新聞，只是藉由實際研究觀察，我主張，踢爆與催淚新聞具有感官新聞以外的重要意義。從情緒脈絡回到本節真正關切的公共脈絡，事實上，這兩類新聞極為敏感地回應了小我式公共的社會轉變，當然，在媒體與社會交互影響下，也回過頭促成當下社會的小我式公共成分。另外，對應高度資本化社會脈絡，它們更是巧妙地透過操控與加工情緒，製作出有收視率的新聞商品，然後在看似重回公共的影像下，離傳統「公共」理想愈來愈遠。

Meštrovic（1997）利用「後情緒」概念，仔細敘述了當代人類情緒是被加工、符號中介，可以被操控的，然後失去情緒應有的單純本質。例如藉由國際新聞理解某場遙遠戰爭的觀眾，的確會因閱讀大量新聞而產生某類情緒，但這些情緒是被新聞模擬出來的，與親身經歷戰爭者所承受的情緒並不相同。而順著「後情緒」邏輯，Meštrovic像是在提醒著，我們

可以從新聞中認識某廠商黑心、某窮苦家庭，為此感到義憤填膺或同情悲憫，不過這種經由媒體大量散發的情緒，可能不等於傳統社會侷限自己身邊、幫助鄰里友人的正義與同情心，而是看電視、看報紙所引發的符號中介式情緒經驗。

也因此，踢爆與催淚新聞不再只有是否據實報導、是否違反新聞倫理等傳統問題，更涉及一種加工、符號化人類情緒的事實，並引發出某些新問題，諸如媒體如何加工情緒？加工後的情緒具有多少原真成分？加工後的情緒算不算是情緒？基本上，這些問題值得繼續延伸，進行專門研究，不過在本書論述軸線上，現有研究觀察與訪談結果則是提醒著另一組微妙變化。即，透過時間的自然淘洗、適應與演化，臺灣媒體像是邊做邊學、分階段修正了所謂踢爆與催淚新聞的處理方式。加上幾個成功踢爆黑心商品、政治貪腐，以及有效動員社會同情心的具體案例，導致臺灣社會對這兩類新聞的態度像有著溫水煮青蛙般的微妙轉變。

特別是踢爆新聞，當它們演化出與社會公平正義相連結的作法，這種最初屬於八卦媒體，具有通俗、感官原罪的新聞，默默從原先污名化位置移出，開始受到網友支持討論、收視率實際回饋，也在記者間醞釀出正面的想像，認為這是媒體積極追新聞，具體展現正義，監督權勢者的象徵。無論這類想像具有多少自我說服與改造成分（陸燕玲，2003），無法否認的是，在社會大眾普遍譏諷媒體的狀態下，於平日，小型的踢爆與催淚新聞如同各式小菜，回應社會想要追求正義的需求，並具有填補新聞時段空隙的重要功能。一旦例如洪仲丘事件、銅葉綠素事件，或者罕病兒童的新聞，引起社會極大關注，媒體則像是取得一種既有收視率，又可自我救贖，不會被罵的機會，因此編輯臺會全力開稿、全力做新聞。

只是從新聞專業角度而言，這種轉變終究是弔詭的，至少演化到目前為止，兩類新聞還是存在不少原本就有的瑕疵、需要釐清的盲點，甚至在正義之名下，相關瑕疵更為變本加厲。學術場域便指出媒體再現非主流團體時的偏差，經常出現他者化或污名化的情形（李昭安，2008；倪炎元，1999；張敏華，2005；夏曉鵑，2001），而作為催淚新聞之一，

許多貧窮家庭的報導像是透過展示貧窮來取得收視率，悲情化事件主角的遭遇，忽略有關貧窮的結構性因素探討（呂雅雯、盧鴻毅與侯心雅，2010）。又或者直接以踢爆新聞為例，它的確可以具有簡化版調查報導的理論潛力，反過來看，調查報導長期投入資源，針對公共議題、社會黑暗面，蒐集大量資料證據、查證、分析解釋，以事實為基礎寫出的新聞，本身也具有踢爆成分。只是再一次地，理論的確如此，但踢爆新聞的正面案例並不常出現，而踢爆新聞本身的處理方式是關鍵所在。

食用油添加銅葉綠素引起的連鎖報導是很好例子。透過實際檢視操作方式可以發現，編輯臺延續數週，以踢爆黑心廠商，為消費者把關為名的大幅報導，確實引發社會大眾對於食品安全的關切，但其操作方式卻讓相關新聞不只無法成為簡化版調查報導，更充滿許多學術場域擔憂的瑕疵。媒體大篇幅報導，卻幾乎沒有長期規劃，也沒有投入太多額外資源。編輯臺關切的是事件劇情發展，每日挨著昨天進度，拼湊今天要報導的新聞。每天為了開出足夠稿量，不少新聞主題與角度是主管們討論、臆測與想像出來的。以追真相為名，但新聞卻經常反諷地缺乏事實證據，用聽來的消息做新聞，沒有查證，甚至因為眾人皆曰可殺，所以連假平衡也直接省略。忙著媒體辦案、用愈來愈重的修辭指控廠商，責怪政府反應太慢，卻搞不清楚影響食品安全的真正關鍵。趁著食品安全討論的浪頭，要記者輪流去找更多「可能」的黑心食品，利用看似科學的「實驗」包裝新聞，找位廚師、教授幫忙背書，就是只管把新聞做出來。

不可否認，透過這些新聞，媒體關切了民生議題，具有守望功能，但社會集體憤慨、要求正義的氛圍，也提醒我們另一種更寫實的解釋角度。即，媒體的關切夾雜了不少資本主義邏輯成分，是為滿足那段期間觀眾的情緒需求。所以記者每天得緊盯工廠、想辦法追著老闆跑、訪談時使用語嚴厲、逼迫商家道歉、指責政府反應過慢。這些場景幫忙民眾出了氣，維護了觀眾心中的正義，但編輯臺全力做新聞的結果，並沒有真正檢視食品安全政策、消費習慣等問題，因此鋒頭過後，觀眾又大致回到原來的食品消費型態。也就是說，相對於現代性、強調理性成分的古典公共概念，踢

爆新聞的確情緒驅動了觀眾對於特定公共議題的關注、成功滿足觀眾情緒需求，但也因為是情緒驅動，或者主管與記者都只在意是否滿足觀眾情緒，以至於踢爆新聞經常僅止於此，愈來愈看不到細部、深度、理性的公共議題探討。

　　無論如何，這類鋒頭上的新聞還是引發了社會大眾對於某些公共事務的關切，但相較於此，更多的踢爆新聞根本就只是八卦緋聞、簡單消費糾紛、網路傳聞而已。例如電視臺僅是依靠一位消費者的投訴，一段偷拍，便做新聞報導某店家偷斤減兩、某家排骨便當的肉片過薄，又或者因為某家排骨便當店不幫消費者切排骨而做一則新聞，然後再連帶附上另一則便當店該不該幫顧客切排骨的配稿。相關例子不勝枚舉，諸如指控公務員服務態度不佳、老師管教不當之類。雖然有些受訪者還是力爭這些新聞具有意義，主張它們可以提醒觀眾留心某些消費陷阱、具有澄清流言的功能，但這些新聞與公共間的連結終究顯得勉強，新聞處理方式也同樣有著瑕疵。

　　在情緒驅動的小我式公共社會脈絡中，無論是這些瑣碎無聊的新聞，或具有公共潛力的食品安全事件，共同混合出上述統稱為踢爆的新聞類型。「你投訴、我處理」等單元名稱，「政府應負起監督管理之責」、「廠商應負起責任」等新聞報導公式化結語，幫忙這類新聞集體取得一種政治正確位置，披上關心社會、關心民生議題的包裝，凸顯媒體與記者作為小市民代言人的正義成分。只是媒體雖然藉此成功加工出社會需要的正義感，但卻也付出不小代價：習慣成自然後，新聞工作標準的徹底改變。然後，踢爆就只是一種會引發不公不義討論，而且不太被社會責罵的通俗新聞而已。媒體平日就是不斷蒐集爆料線索，不斷替小市民發聲，遇到難得大事件時，則是將新聞做到記者與主管同聲表示想吐，然後等待讀者看膩、等待哪台先收手，再一起等待下一個踢爆新聞的出現。踢爆新聞就只是事件的報導，沒有太多公共、政策面的討論，以致其公共意涵就停留在踢爆這個動作上，然後隨著踢爆造成的情緒發洩，離公共愈來愈遠。

（三）瑕疵的自然化

　　如同農耕時代的實用邏輯有效解決農耕時代的問題，在正義脈絡中，隨著許多個案經驗累積，以及社會給予更多寬容，踢爆新聞也演化出一套相當務實的實用邏輯，前述銅葉綠素事件的處理方式便說明了部分內容。這套實用邏輯幫忙記者與主管更為成熟地運用正義，更為懂得該如何彰顯觀眾想要看到的正義，而且就實務論實務，它們有效滿足既要收視率，又不想被批評的實用目的。

　　然而實用邏輯終究有著某些矛盾與困境，而且簡單來看，踢爆新聞實用邏輯遭受的批評遠多於農耕模型實用邏輯。拆解銅葉綠素等新聞事件，逐一檢視細節可以輕易發現，許多作法有著明顯瑕疵，例如用臆測做新聞、侵犯隱私、明顯偏頗的報導立場、誇張濫情的標題。這些作法不只明顯違反新聞專業，事實上，網友也可能嘲笑它們，或者當它們出現在某些涉及媒體立場的政治新聞時，更可能引來社會大眾挑錯式的批判、大聲撻伐抗議，只不過有意思的是，踢爆與催淚新聞的名號，似乎讓它們得到瑕不掩瑜式的忽略。

　　這種瑕不掩瑜式的忽略，一方面對應著人性本來就具有的權變本質，當正義是最高準則，誇大、偏頗，甚至沒有據實報導似乎都可以被原諒。另一方面這種忽略則像是經由時間自然化的結果，因為實際比對改造年代某些社會新聞因為誤報、煽情而所引發的口誅筆伐，或比對就在不久以前，2006年TVBS嘗試踢爆業者用瀝青處理鴨毛，引發不少爭議的瀝青鴨事件，以及2005年同樣引發軒然大波的腳尾飯事件，我們可以發現，在還沒有那麼想看到正義的年代，社會大眾對於類似瑕疵並沒有視而不見，仍有著批判反彈。只是隨著社會進入強調維護正義，關懷弱勢脈絡；隨著愈來愈多的踢爆新聞與成功踢爆案例，社會大眾似乎逐步寬容、習慣、自然化了踢爆與催淚新聞作法中的瑕疵。

　　瑕疵的自然化，不只發生在社會大眾心中，也實際出現在實務工作場域與新聞工作者的心中，對新聞產製直接造成影響。當我在訪談過程中

拿著刻意蒐集的新聞，請受訪電視記者評論好壞、是否有問題時，最常見的回應是「沒有問題」。年輕記者、包含部分主管，無法指出新聞中明顯的過度推論、缺乏平衡報導、用詞誇張這些問題，而且經過提醒討論後，也不見得知道問題在哪裡。這種情形也展現在與熟識主管的平日聊天討論中，他們相當自然地與我討論踢爆新聞，卻很少看到新聞中的臆測成分、記者的過度推論、缺乏平衡報導等瑕疵。面對我提出的追問質疑，可能禮貌地不接腔，或直接回應「按照你的標準，那新聞都不要做了」。再或者，習慣小我式公共的年輕記者，也習慣於踢爆新聞的作法，認為這些新聞很酷，可以讓社會大眾看到真相、戳破政治人物假面、幫忙小市民發聲出氣、監督無能政府。與新聞系在學學生進行類似討論時，亦有類似答案。

在實務場域，瑕疵的自然化，意味著踢爆新聞實用邏輯的成熟，媒體可以更為純熟地加工、動員正義與同情心，但瑕疵的自然化也造成一種嚴重困境：踢爆新聞的實用邏輯不再主動包含據實報導、平衡報導、理性討論這些古典成分。難以否認地，據實報導、平衡報導、理性討論，是學術場域熟悉的假設與理想，但就現實來說，夾雜推論、臆測、主觀的敘事方式更為符合人性。

現實對應著人性，往往不是理想。因此，當農耕時代消失，同業間失去以往因競爭而產生的彼此制約；當高度資本化、「後」社會脈絡本身便不在意事實、平衡、公共；當新聞工作者挺過踢爆與催淚新聞初期的狗仔惡名，社會習慣與接受相關報導方式；當同業都如此做，所屬媒體沒有禁止，而且沒有發生嚴重後果之後，順著主流的實用邏輯做新聞，便是相當自然、安全的人性選擇。瑕疵自然化產生兩種結果，首先，它從踢爆與催淚新聞中擴散出來，用臆測、推論做新聞，以及許多以往被認為不適當的採訪方式，逐步自然化成為新聞工作常態。例如許瓊文（2009）就發現，記者採訪社會事件受害者時，會採取不顧當事人感受的掠奪式採訪；自行描繪事發情節，小說般進行無中生有的寫作。其次，或許更重要、更深層的影響是，在記者追逐正義，觀眾想要正義得以彰顯的脈絡中，雙方

不只共同將據實報導、平衡報導擱置一旁，離公共愈來愈遠，更在觀眾與記者共同界定眞理的過程中，促成單面向論述社會的出現。

✳ 第二節 單面向的論述社會

在「後」現代脈絡中，有關公共的小我式寬鬆想像，展現出一種新公民運動的氣勢，不過這也創造出當下敢於發言、單面向論述困境。當然，小我式公共或新公民運動有可能跟隨時間熟成，未來如何尚不可知，但至少在現階段，我主張面對「後」現代對公共的衝擊，公共可以不必用過去方式尊崇，實踐公共的方式可以改變，但公共與理性間的古典連結需要保留，藉以積極回應單面向論述造成的負面困境。也就是說，我們可以否定古典音樂作爲正統的說法，卻不應該連帶否定了古典音樂。情感驅動之下，公共，還是需要行動者保有理性能力，行動者間也需要有進行理性溝通的意願，否則高度資本化邏輯只會創造出貌似公共的「公共」，看似集體發聲，展現公共力量，卻實質爲某個特定個人、立場而服務。很多時候，踢爆新聞便是如此，透過加工情緒，以正義爲名，卻隱默地臣服於市場邏輯。

一、敢於發言、單面向論述

單面向論述是人性習慣，但造成當下敢於發言、單面向論述的原因卻複雜了些，而改造年代衝撞各種威權是個大致起點。1980與1990年代，在政治改革領軍下，臺灣社會對於威權的衝撞是全面性的，不只發生於政治場域，也逐漸擴散到學校、職場、甚至家庭之中。對應民主之名，權力關係中原本的「被壓迫者」，大致都在進行發聲練習，練習表達自己的處境。事後來看，無論是性別角色、勞工意識，或深埋在生活的傳統師生關係，乃至家庭中父母威權的降低，都代表著衝撞威權後的全面成果。臺灣社會像是從傳統威權脈絡中解放出來，至少形式上如此，敢於發聲，敢於

挑戰權威，敢於表達自己想法與權益。

　　而在全面衝撞政治威權過程中，不時出現的弊案醜聞更是具有解構作用，直接顛覆著統治階段，揭弊與揭弊新聞則像是建立了一種有關公平正義的素樸期待，影響之後社會對於公平正義的高度渴望。當時，立法委員針對政治貪腐、軍中人權所進行的揭弊，經常被視為挑戰國家機器的作為。相對應地，無論是與立法委員合作，或媒體自行發動，揭弊新聞同樣受到社會讚賞，成功揭弊的記者則受到同業矚目、社會認可。持續揭弊解放了民間長期蓄積的不滿，更加碼形成一種對於權力代表者，如公部門、警察、司法的不信任。爾後隨著時間，這些對於權威合法性的質疑，細緻地配合民主教育、個人權益維護、性別平等、族群平等、關懷弱勢等主張，至少形式上感染了社會，特別是新世代。因此，儘管臺灣社會並未完整建立現代性、公共與理性，但政治熱潮冷卻後，卻也還是浮現一張否定權威的全新地景。在小我式公共，以及權力代表者經常被認為心術不正的假定下，敢於發聲、期待社會正義出現，成為政治正確，被大多數人認為是對的事。

　　可是回到公共場域與民主的古典狀態，公共與民主不僅需要敢於發言，還需要理性與理性對話作為重要基礎。Habermas（1992）擔心資本主義控制公共場域之際，便也強調溝通理性的重要，審議式民主也強調對話本質（Bohman & Rehg, 1997; Elster, 1998），透過各領域民眾的充分對話，決定公共事務，而非單純交由代議制度決定。也就是說，在投票中心式民主之外，具有合作、對話特質的審議式民主具有不可或缺的角色（錢永祥，2004）。然而在臺灣社會，理性與理性對話始終沒有得到完整紮根機會。改造年代，政黨與統獨因素形成的敵我思維，阻礙了紮根的可能性。民眾渴望投票，想要發聲、想要自己做主、想用選票直接表達立場的需求，但在政治敵我意識之間，投票中心式民主犧牲了審議式民主所強調的對話成分。民眾可以盡情、自主地投票，卻缺乏訓練理性對話的機會。

　　隨後緊接而來的高度資本化，更直接將社會帶往個人中心、消費、液態的脈絡，惡化了缺乏理性與理性對話的狀況。公民的消費者化，讓公民

與政府之間化約成單純買賣關係（Habermas, 1987），民眾普遍缺乏對於公共事務的興趣，卻在想要表達對特定事件的意見時，即便缺乏理解，也敢於發言，單面陳述自己想法。消費者至上的形式主義，強化了個人發言權、個人選擇自由、去威權化這些概念的合法性，相對地，公共、理性則愈發成為存在於論述空間中的理論文字。學者論述它們，以此批判社會現象，許多民眾與新聞工作者也知道它們，有時亦會策略性、修辭性地使用它們，但在真實生活中，公共與理性終究施展不開，大部分人還是順著自己想法，敢於發言、單面向論述。

另外，毫不意外地，網路在敢於發言、單面向論述過程中扮演重要角色。網路物以類聚式的論述模式；缺乏反身性，不太理解對方立場；情緒性、簡單的論述風格（Dahlberg, 2001; Papachharissi, 2002; Sunstein, 2001／黃維明譯，2002）；經常屬於情感性動員的網路事件（楊國斌，2009），或者有關網路與公共場域的關係為何、屬於哪種公共場域模式討論（林宇玲，2014；楊意菁，2008），都觸及網友各自表述，可能難以透過對話形成共識的特質。雖然，並非所有網友都習慣發言，更有理性發言的網友，但網路匿名性的確解放了發言網友的底線，更敢於表達自己想法。網路發言經常夾雜情緒成分、各自表述、鄉民式正義，以及不適合較長論述等事實，也都在在提醒著網路有著屬於自己的思考與論述邏輯。思考隨著文字長度變得簡短、破碎；討論成為自己人之間的事，相互取暖、黨同伐異甚過於溝通討論；書寫愈來愈顯展演、情緒與社交本質。在特別著迷新科技的臺灣社會，這些網路性格充分對應「後」現代本質，展現液態與展演特質，也因為著迷網路的氛圍，讓網路性格更容易回溢到真實社會之中，彼此相互影響。

因此，經歷改造年代的發言練習之後，臺灣社會的確進入民主脈絡，社會大眾的確敢於發言。只是過分關注發言練習，卻相對缺乏理性對話訓練的結果是，當下臺灣社會雖然進入民主脈絡，卻很難針對公共議題進行理性討論，甚至因為愈是敢於發言，愈是熟稔於論述，加上情緒驅動的小我式公共，讓有效溝通與討論愈難以進行。情緒驅動社會大眾集體參加彩

色路跑、棒球經典賽或其他消費活動，也驅動社會大眾在某些正義、同情心事件上集結。在情緒驅動下，臺灣社會看似眾聲喧嘩，卻往往只是各自喧囂，然後，行動者依照自己想法進行單向論述也成爲一種必然。

最後，藉由這種社會特徵回頭觀察踢爆新聞便也不再奇怪。踢爆新聞明白對應著媒體與新聞工作者敢於發言的事實，在缺乏新聞專業作爲平衡拉力脈絡下，記者與一般社會大眾或網友沒有太大差異，就是順著自己想法進行單向論述，共同建構彼此想看到的眞理，不自覺地以道德仲裁者自居。敢於發言、單面向論述成爲當下新聞工作特徵，具體展現在前述各種帶有瑕疵的作法之中。而這些作法已討論過，便不再贅述。

二、共同建構眞理

踢爆與催淚新聞包含著情緒構面，展現事件當事人的悲傷、無助，也帶引或代表社會表達同情、不滿與追求公道的集體情緒。事實上，近年來西方媒體也特別關切重大悲劇事件發生後，民眾展現的集體情緒行爲，例如排列出的燭海、花朵，或靜默遊行（Pantti, 2010）。媒體亦會報導災難中的特定個人，將他們符號化成爲我們的一部分，用來支持與重新肯定社會所需的集體情感。在類似911事件中，記者則借由眼淚、國旗、英雄平民，重新框架恐怖事件，將它轉變成對於愛國主義、大美國精神的重新肯定（Kitch & Hume, 2009）。

只是除了作爲社會化儀式，表達集體情緒的功能外，在正義成爲關鍵字的臺灣社會脈絡中，踢爆與催淚新聞還對應著「共同建構眞理」這個具有濃厚在地成分的現象。共同建構眞理，具有複雜意涵，它論證著單面向論述的社會與媒體特質，也具有情緒功能，透過共同建構眞理，共同發洩集體情緒。如果以洪仲丘於軍中猝死這起悲劇事件爲例，我們可以發現，經歷最初幾天的觀望、摸索之後，媒體不只如外在所見，就是順著社會群情激憤，利用感官新聞原則，連續數週大做新聞，事實上，隨著「追眞相、討公道」的定調，媒體也開始努力透過新聞，與觀眾一起建構他們想要的正義與眞理。

因此大量、連載式的新聞有著一致走向，幾乎都是朝軍方管教不當、惡整致死方向開稿，而且社會愈是群情激憤，新聞中的指控與用詞也愈是明顯赤裸。爲了迎合社會對於壞人的厭惡，想看到他們的謊言被戳破、隱藏的壞事被揭發，爲數不少指控軍方當事人的新聞，是以網路傳聞、「有力人士」、名嘴爆料作爲消息來源，幾乎沒有查證動作，甚至就是看著別台的新聞開稿。新聞幾乎都缺少平衡報導，甚至連形式上的查證與假平衡都省略，很少出現被指控方的消息與觀點。要求軍方或官方澄清某些傳聞，卻又不相信澄清內容，然後配合上編輯臺自己的想像與推論，做新聞指控他們想要掩蓋眞相。新聞充滿推論與臆測、誇張武斷用語，以及悲情畫面，模擬演出等感官新聞元素，徹底擱置了事實、中立原則，很多時候連形式功夫也放棄。

　　這種做新聞方式，出現在各種踢爆新聞，甚至一般新聞之中，而在收視率與社會追求正義的氛圍中，似乎也不難解釋。保持中立、客觀報導似乎不再是兩面討好的策略，相對地，爲滿足觀眾想看到的正義，也避免與觀眾和網友不同調，招來痛罵，所以與觀眾一起追眞相，甚至搶先代替觀眾追眞相、討公道，是最安全、也有實質收視好處的事情，更可能成就有膽識、不畏強權，與小市民站在一起的形象。也因此，不只是重大社會事件如此，於平日，我們也可以看到指控某店家不老實，暗示某人霸凌、某失主得理不饒人地欺負弱勢母親的新聞，直接利用上述手法，在新聞中建構起需要被伸張正義的眞理。只是反諷的是，在媒體積極代替觀眾追眞相，戳破權力者謊言的同時，他們擱置事實、平衡、誇張的報導方式，卻實質暗指著背後的自利動機。缺乏基本事實考驗的新聞報導，即便沒被指出其中的錯誤，或的確眞的沒有錯，也很難用來宣稱他們是在追眞相、維護眞理。或者，有時候，媒體發現自己指控錯誤，卻對自己錯誤輕輕放下的作爲，更是回過頭反諷、說明當下新聞不是報導事實，而是在建構觀眾想看的眞理。

　　不過除了想滿足觀眾外，這套實用邏輯隱藏一項新聞工作的關鍵改變：新聞不再以事實作爲文類特徵。透過對比來看，改造年代的揭弊新聞

與調查報導也會出錯，某些作法亦踩在灰色地帶，不符合新聞專業規範。我們更不必將過去記者美化成純粹追求事實的一群人，當時記者重視查證也包含想要「立於不敗之地」，以及不想因為新聞出錯被同業嘲笑、壞了人脈關係等實用目的。但無論如何，他們至少還是將事實、查證當成是新聞工作的基底，無論做不做得到，做的程度如何，大致還是尊重事實的位階。因此如同第三章所述，受訪報社資深記者清楚主張新聞要以事實為基礎，擅長調查報導與揭弊新聞的受訪者亦強調事實的重要，直接以案例說明自己如何花時間蒐集事實、查證、取得消息來源信任、等待關鍵資料到位，直到資料證據到一定程度後才會出手。當然，我們需要回到傳統社會脈絡看待這個問題，當時社會相對傳統、認為新聞應該報導事實、也沒有那麼強調公平正義，這些都是讓新聞大致守住事實原則的外在壓力。農耕時代，事實在正義之前，或者說，在正義未被提升至現在位階時，至少在記者認知中，新聞是講求事實的工作。

然而，隨著時間轉進到小我式公共脈絡，社會追求正義的位階，無形間改變了新聞工作者處理事實的心態。我們可以發現，儘管在正式場合遭遇質疑時，當下新聞工作者還是主張自己新聞有查證、有事實根據，但倘若回到檯面下，就個案進行細部分析與追問，實際揭露的往往是一種極度簡化的查證，接近形式功夫。例如就只是打個電話，找不到人也無所謂，還是繼續做新聞；直接拿一張公文或幾幅照片便朝自己預設角度進行指控，其間沒有質疑真實性、沒有進一步求證動作，然後回過頭利用公文與照片主張自己有所本。不可否認地，實務工作的確有著現實難為之處，很難做到完美查證、不出錯，只是對應不少資深報社記者對此所表達的擔憂，這些常見手法說明著當下實務場域對於事實的心態轉變：寬鬆、形式主義。

這種心態轉變明顯反應在踢爆新聞之上，各種不看證據的瑕疵作法，透露他們並不是真的在追真相、討公道，而是想讓自己的新聞被觀眾認同、被觀眾劃歸為同一國人，至少不要被觀眾罵。畢竟如果真要追真相，應該要有更嚴謹的事實基礎，多方查證，不然新聞就只是犧牲某方權益來

成就自己的正義而已。也就是說，連同催淚新聞一起來看，當下編輯臺像是急於想要帶頭幫忙社會弱勢，與社會大眾站在一起共同對抗壞人。相對地，社會大眾則因為持續追蹤觀看，而沉浸在媒體提供、與自己立場相符的眞相中，用媒體建構的眞相理解事件。媒體與觀眾共同建構了事件的眞理，集體往一個方向去走，然後認為眞理為眞。

再一次地，造成共同建構眞理現象的原因是複雜的。除了急於想與觀眾同一國，還包含新聞台追求速度與需要大量新聞、當下電視新聞採用的勞工模式、組織內的科層威權，以及受這些結構性因素影響，記者不想與編輯臺囉唆爭辯，大家就是集體、自然地依最初定調方向走。另外，同樣值得注意的是，在具體討論相關個案時，幾位年輕記者更是明白表示自己是在幫忙討公道，做對的事，用這種方式才能讓國防部認錯，才能追出眞相。這些有點出乎意料，但符合正義脈絡的回答，用極端方式凸顯記者本身也是共同建構眞理的重要因素。部分記者與網友、觀眾一樣，就是相信自己心中的正義，並沒有停下來自我反詰，因此，是否未審先判並不重要，或者記者沒有察覺自己新聞未審先判，便也成為自然的事情。

三、擅於論述的新聞場域

媒體除了透過踢爆新聞幫忙，建立與觀眾站在一起的感覺，他們還非常微妙、或相當聰明地借用自由獨立這組專業概念，支撐起一套論述說法。這套論述可用來回擊不時出現的負面批判，至少不會啞口無言。

（一）被策略性使用的新聞自由

如同西方新聞史爭取言論、出版、新聞自由的章節（Emery, Emery, & Roberts, 1996），在臺灣改造年代，新聞自由同樣被視為構成民主社會的重要環節。而且對應當時奮力取回人民權力的歷史脈絡，自由這組概念像眾多新聞專業原則中，最鮮明、誘人，為人稱頌的部分。而經過臺灣社會長時間努力，改造年代之後，自由、自主與獨立性成為新聞工作的必然要素，甚至被凸顯成新聞工作的標誌。

新聞自由有著無庸置疑的重要性，不過在臺灣，需要處理三個問題。首先，如同前面多處所述，新聞專業還包含著事實、平衡與其他倫理規則。這些規則是現代性的巧妙設計，避免因為只強調自由、自主，讓媒體由監督權勢者，反過來成為權力擁有者、甚至濫用者。McQuail（1992）以追求公共利益為基礎，發展出來的媒體表現評估架構，除了自由外，就還包含著客觀、多元性等其他原則。美國新聞自由委員會（Commission on Freedom of the Press）1947年提出「自由而負責的新聞事業」，以及隨後的四個報業理論（Siebert, Peterson & Schramm, 1956），也直接主張自由不是新聞工作的唯一標準。也就是說，新聞專業是整套的設計，如果只強調事實、平衡與專業倫理，新聞工作很可能就只是在記錄與記事，出現成為官方傳聲筒的危機。相對地，僅看到自由，或只凸顯自由，卻不講求事實、不遵守基本倫理，新聞工作很可能失控，而臺灣當下單面向論述的新聞工作便面臨這種問題。

其次，類似客觀性成為一種策略性儀式（Tuchman, 1978），當下新聞自由、獨立性也愈來愈像新聞工作的策略性說法。某些不適用採訪自由解釋的情境，例如非公眾人物不想接受訪問、在非官方與私人場合採訪遭拒、偷拍被發現，便清楚凸顯採訪自由的策略性功能。不少記者就是試圖借用這頂帽子要求對方配合，或回擊當事人對於他們過度採訪行為的批評。倘若再因為記者自我托大，導致某些誇張行徑，更成就許多記者被瞧不起的案例。

再者，當下媒體也習慣用新聞自由這組概念，整體回應社會批評。特別是因為廉價版自由競爭概念的助陣，我們可以在許多實務場合發現，媒體敢於主張自己有權決定新聞處理方式，認為如有判斷錯誤，市場自然會有所懲罰。這組高舉獨立自主，卻對據實報導、平衡報導、倫理責任問題輕描淡寫的作法，說明新聞自由成為媒體老闆的自由。同時，在沒人會公開否認獨立自主重要性下，實務工作者像是藉此取得辯論上的不敗位置，可以理直氣壯主張自己的合法性，用自己的方式繼續工作。

而順著社會脈絡進行觀察，相較於農耕時代，當下新聞場域策略性凸

顯自由、獨立的作法並不意外。在公平、正義的聲量，遠大於事實、平衡聲量的社會脈絡中，媒體強調自己不畏權勢，堅持獨立自主，堅持打擊特權，不僅正巧反應社會需求、不只取得絕佳防禦位置，更是種積極且實用的策略，藉此在觀眾與網友間形塑出「正確」形象，然後取得利益。事實上，幾家敢於這種操作的媒體，便在相對微弱的批評雜音中，實際賺得了收視率與社會影響力。相對地，某些同業看穿背後商業手法，覺得操作過頭，卻又擔心因此輸了收視率的矛盾心情，也實際說明了自由這組概念被巧妙挪用，在實務場域所具有的策略性功能。當正義從原先的素樸想像演化成競相爆料的新聞，甚至成為「你爆料我捐款」的活動主題，而強調獨立運作的公民新聞，被商業化成為向主流媒體投稿，依網友點閱數贏取獎金的活動，我們看到的便是正義開始成為商品的事實，自由、自主、獨立則因為過度策略性使用，成為一組被寵壞的概念，根本失去原先理想與專業的意義。

（二）道德仲裁者的困境

　　自由、自主的過度策略性使用，像是助燃劑，一方面強化了當下新聞工作敢於發言、單面向論述特徵，另一方面，配合著正義與同情之名，媒體開始在許多社會事件中扮演起道德仲裁角色。

　　許多幾乎成為公式的新聞工作方式，透露這種道德仲裁者角色。例如只看到政府官員在災難現場附近的咖啡館待上半個小時，不知他們說什麼，便在新聞中痛批不積極救災；不顧上下文脈絡，抓著語病便痛批官員不知民瘼，或認為他們「跳針」想要掩蓋真相；用呼之欲出的方式，於法律案件未明朗時，便朝某人是兇手方向做新聞；使用「混蛋」這類極重的標題，類似鄉民噓文、酸文式用詞，片面描述某位官員、某項政策。不可否認地，媒體臆測有對的可能性，官員的確可能不知民間疾苦；嫌犯可能真的犯了罪，也真的可惡；另外，新聞工作者也可以有自己的看法，只不過當事實、平衡沒有發揮功用，在追求正義之名下，各種臆測便也指向道德判斷。

整體來說，道德仲裁者同樣是複雜因果關係下發生的現象，也同樣不適合過度化約解釋。不過在前面討論過實用邏輯、小我式公共社會特質這些原因之後，這裡想大膽論述網路與這種角色的關係，當然也因為大膽，所以得保留更多後續思考與挑戰空間。

　　基本上，如果實際去與農耕時代記者傳統、保守的作為進行比較，我們似乎不難發現，當下新聞工作者像是加入了網友成分，至少是刻板印象中的成分，愈來愈敢於展現鄉民式正義，也開始帶有網路論述與行事風格，而這種情況在網路新聞上特別明顯。或者，至少就我訪談的年輕記者，以及新聞系學生實際表現來看，似乎可以大膽提出一項假設：愈是年輕的記者，愈是習慣把早已精熟的網路書寫、思考、判斷習慣，帶到之後的記者工作中。在行動者、媒體與社會結構交纏互動關係下，年輕受訪者面對訪談追問時，便不認為推論臆測、單面向論述等作法有什麼問題，反而會認為這是監督政府、表達對公共議題的看法、揭發社會陰暗面、幫助弱勢。呼應當下社會敢於發言、小我式公共特徵，他們也程度不一地延續成為記者之前就有的網路發言習慣，會在自己新聞中自然展現自己觀點，不認為有什麼問題。

　　而相較於年輕受訪者，年長記者雖然沒有豐富的鄉民經驗，有人更不喜歡鄉民式工作方式，但不可否認地，生存壓力下，他們也得進行妥協。壓力更大的主管，則更是後來居上，學會用網路找新聞、用網路語言下標題、用網路式判斷做新聞，不遑多讓地展現鄉民式正義。也因此，隨著新聞工作者已然習慣、觀眾看多之後見怪不怪，配合其他「後」現代特徵的影響，新聞原本應該充分展現的查證、理性對話、監督批判，逐漸被替換成缺乏事實基礎的臆測內容，以及嘲諷戲謔語氣的敘事，不少新聞像是在逞口舌之快，唯一的差別在於程度或格調問題。有些赤裸裸地扮演上帝角色，透過誇張文字臧否官員或市井小民，有些則是相對文雅地進行仲裁，呈現自己的立場。

　　不過在人性脈絡中，這種臧否與仲裁對應著一種道德困境。媒體不是公平地臧否所有人，而是有選擇性，欺善怕惡的。他們不去臧否強悍、

喜歡興訟的人，也不會招惹老闆的好朋友或會撤廣告的大型企業（詹慶齡，2011）。但對於那些不太會告人的政府單位、一般店家與民眾，則是毫不留情地施展採訪自由，做出道德判斷。另外，因為大家都有著自己的朋友，所以多少都有私下接受朋友請託的經驗，幫忙「喬」一下某則新聞的力道與方向，讓酒駕與緋聞事件大事化小、小事化無。基本上，無論基於幫忙朋友，或自己趨吉避凶，這些都可以被視為是符合人性的作法，只不過特別是在當下，這些作法卻也相當直接、殘酷地解構了新聞工作高舉的採訪自由與獨立性，反諷媒體根本是選擇性正義。在主管罵老闆干涉新聞，自己卻又出面向別台主管「喬」新聞，或接受別台主管與朋友請託「喬」新聞的事實中，我們可以看到所謂的獨立自主，往往只是一種「說法」，策略性地讓抱怨更具有合法性，卻不適用在自己身上。當然，在更多記者抱怨主管不專業的同時，某些記者自己挺朋友，幫忙在新聞中爆料、出氣的作法，亦是如此。

最後在本節討論完單面向論述、道德仲裁角色之際，需要簡單提醒的是，改造年代也並非完全依照專業邏輯做事，他們亦可能有著類似問題，更具有屬於自己時代的重點困境。只是以往那個傳統、保守、相對不「後」現代的媒體與社會脈絡，會對相對保守、顧慮人際關係，不想換工作的記者，產生不小的節制力道。然後連同對於實務專業的信奉，讓他們比當下記者相信事實的重要，願意去做查證、平衡，也願意克制自己想要臧否別人的慾望。新聞，是與社會相互形塑後的文化產物，新聞工作方式亦是如此，不適合獨立於社會情境之外進行觀看。

（三）論述社會的浮現

我在過去研究經驗中發現，實務工作者面對研究訪談，或被迫回應社會負面批判，他們的說話方式大致有著兩種特徵，一是廣泛運用前述策略性說法，二是習慣利用「相對」概念進行論述。例如：別家媒體比我們更偏頗、記者更會演、從網路取材新聞比我們更多。或者具體討論某則新聞為何出現查證不充分情形時，受訪記者會主張自己有打電話問過、有把當

事人某句回應寫在新聞稿中，不能說他沒有做。而且較資深、兼任小主管職務的記者，會抱怨更年輕記者連電話都不打，更沒做到查證功夫。

　　整體來看，這兩種說話特徵，不只包含單面向論述成分，也描述了當下浮現中的「論述社會」特徵。如果說以往言論被管制、可供論述的管道稀少、人們相對保守害羞，共同創造了惜字如金的年代，現今社會則明顯大不相同，大家都可以論述，也敢於論述。論述，是當下社會的重要特徵或關鍵字，而網路便是很好例子，它像隨時都有論述被創造出來，漂浮各式各樣論述的空間。只不過重視發言權、鼓勵論述，卻相對忽略論述品質、證據、邏輯與理性對話的結果，是讓論述社會停留在敢於論述層次，而且經常充滿立場，缺乏對話。行動者習慣性地從自己立場，放大自己選擇的論點與證據，同時裁切掉不利自己立場的論點與證據。大家都在論述，但都在說自己要說的話。

　　在如此特徵的論述社會中，論述需要的是敢於說話與修辭能力，而非自我反詰、理性思考與對話的能力。對擅長論述的人而言，論述成為一種修辭或詭辯技巧，一種重要資源。新聞工作者便是擅長論述的專家，而新聞本身則是產製論述的工作，特別受到當下零碎化、填版面等實用邏輯的影響，每天更是創造許多大量論述。新聞工作者藉由工作提供的反覆練習機會，懂得如何用流利且政治正確的語彙，把極為簡單的資訊包裝成一則好看的新聞。同時他們也比一般人更敢說，更懂得如何說，知道該如何修辭、論證，擅長透過不同策略性說法回應研究訪談、社會批判，包含應付國家通訊傳播委員會要的各種質疑。

　　當然不只是新聞工作者，廣告公關人員也擅長論述，政治人物更懂得透過精湛、操作細膩的論述與表演（Corner, 2000; Negrine, 1994），為自己取得選票，合法化自己的正當性。愈來愈多的論述帶領我們往論述社會的深處走去，然後相較於以往社會，論述特徵深入日常生活，網友鄉民於自己想論述時，敢於陳述自己的看法；學生也利用精細程度不一的理由，論述著自己報告缺繳的事實，至少看似理直氣壯地主張自己是冤枉的。

　　我們開始活在論述世界中。大家都有一套說法與理由，但事實基礎

卻可能極為薄弱。「論述者」或許比「行動者」更適合描述當下主體狀況，論述者就是持續地創造論述，卻相對缺乏理性對話與自我反詰能力，論述者是憑藉論述能力，而非事實與道理，為自己取得合法性。大家都可以論述，只是精於論述的人更有能力透過論述包裝自己，各自成為正義、關懷、勇敢、創新、文青的新偶像，然後反諷地，不少新偶像也成為新權威，透過論述操作民眾，為自己創造利益。過度敢於論述的結果，帶來眾聲喧嘩的形式，卻也創造新權威。在論述世界中，有的是說詞、精湛論述，卻相對少了實踐力，並且連帶展現下章討論的展演特徵。

❋ 第三節　可拋棄式新聞

　　「零碎化」與「公共的消失」兩條軸線，共同造就當下新聞缺乏深度、具有可拋棄性。只是經過長期研究觀察，我主張可拋棄式新聞不僅是內容品質問題，更是當下新聞的重要形式特徵。而可拋棄式新聞的出現需要兩方面的解釋，微觀層面，它是由當下媒體實用邏輯直接促成的形式特徵；巨觀層面，新聞的可拋棄性則對應消費與液態社會脈絡的可拋棄特徵，並非新聞工作獨有。簡單說明的是，本節以電視新聞作為主要分析對象，但農耕模型消失、報紙八卦化，以及網路化後同樣需要大量新聞，許多原因也促成報紙新聞的可拋棄性。可拋棄性是當下新聞的集體形式特徵，當然，我們也不應否認現在仍有雋永、值得流傳的新聞，更有致力去寫深度新聞的新聞工作者。

一、「可拋棄」作為一種形式

（一）缺乏深度與社會學式想像

　　因為內容缺乏深度造成可拋棄式新聞，是符合一般認知的說法。而內容缺乏深度則大致對應兩個前面討論過的原因，首先是缺乏路線耕耘的結

果。帶有黏著特性的資深記者，可以掌握事件前因後果、歷史紀錄，以及豐厚人脈，自然可以寫出深度、有觀點的內容。農耕模型消失後，無論電視或報紙，缺乏長期耕耘的記者，即便有心，也很難累積出深度，往往只能見招拆招，報導自己看到的東西。

其次，有關新聞八卦化、通俗化的批評，也直接解釋了新聞缺乏深度，看過即可丟，不雋永的特性。不過這裡需要提醒，如前所述，生活、消費等通俗新聞，或爆料新聞也可以有著深度，用不同方式與社會連結。例如民眾切身相關的食品安全新聞，有著風險社會的思考角度，美國牛肉進口新聞則代表臺灣在追求全球化過程中的真實困境。只是當編輯臺主管與記者只顧著找有「梗」的新聞角度、設法符合觀眾心中的真理、快速完成每天的新聞配額，或者認真記者就是將時間花在構思綜藝化新聞腳本之上，主管與記者往往也隨著這些作為被化約成「技術人」，缺乏深入思考、社會學式思考的能力與企圖。因此食品安全事件就是放大每個細節，譴責廠商無良、政府無能，風波過後就幾乎無人聞問。民生消費新聞只是提供大量美食、物價上漲資訊，大量到不可能記住。如果再加上八卦新聞、網路取材新聞、小社會新聞，當下新聞很難具有深度與重量，以致形成事件風波過後，甚至看過便忘的可拋棄性。

（二）實用邏輯與可拋棄式新聞

單從「缺乏公共性」、「不具深度」的角度來看，可拋棄性就只是內容品質不佳造成的現象，而收視率也已順理成章地提供了完美結構性解釋，似乎沒有再被討論的必要。然而如同Lewis（2010）注意到在當下社會的消費文化脈絡中，不斷滾動播出新聞的方式，讓二十四小時新聞台成為販賣新聞的便利商店，為了方便觀眾隨時進入頻道看到新的新聞，新聞因此被設計成可拋棄的樣態，每小時都有替換。同樣地，隨著長期貼近實務場域的觀察，我也發現可拋棄式新聞是一種具有時代意涵的重要新聞形式特徵，只是學術場域不在意實用邏輯的研究習慣，以及未察覺消費與液態社會的轉變，以致失去細部觀看可拋棄式新聞的機會，也整體失去重新

理解實務場域的可能性，而這也是本書強調實用邏輯的原因之一。

　　當然，學術場域並非全然忽略實用邏輯的存在。Altheide（1976; Altheide & Snow, 1979）的研究便發現，媒體本身的某些屬性，會促成某些屬於這種媒體看待新聞事件的角度、處理新聞的獨特工作方式，然後不自覺地成為影響新聞產製、扭曲真實的關鍵因素。例如在學術場域很難實際體會畫面有多重要的狀況下，「畫面」這項電視媒體的重要屬性，便已內建於許多電視實務工作方式，或本書描述的實用邏輯中。畫面成為選擇新聞的重要標準（Burton, 2000; Kerbel, 2000），許多重要公共議題便因為沒有畫面而無法做成新聞。成熟文字記者寫稿時，清楚知道要用好看畫面作為開場、需要加入分鏡概念，自己拿手機拍攝畫面時，也懂得邊拍邊分鏡，方便後續新聞製作。攝影記者則會利用跟拍、破水平方式，展現好新聞畫面需要的臨場、動作與情緒感，剪接時更懂得凸顯衝突場景。因此，儘管每起抗議事件有著不同要素、許多抗議現場還算平和，但遷就畫面或主動凸顯畫面的結果是，記者不問手邊抗議事件的實質內容，便依循類似實用邏輯，產製出以衝突畫面為核心的「動作版」抗議事件新聞。相對地，抗議現場發生的其他更重要事情、抗議事件所具有的社會意義也因此流失。

　　然而不只是Altheide，事實上，Tuchman（1978）、Gans（1979）這些經典研究也有著異曲同工之妙，共同展示新聞實務工作細緻、複雜的一面，以及需要貼近觀看實用邏輯的必要性。特別是時至今日，隨著新聞學術場域成熟，這些社會學式的研究更像是從遙遠的1970與1980年代，回頭提醒當下傳播研究者是否因為理論與詮釋框架愈來愈固定、愈來愈「新聞學」、「傳播學」式，而離自己的研究對象愈來愈遠，也因此愈來愈有需要回頭重新描繪實務場域邏輯。資本主義、收視率、老闆介入這組學術場域習慣的原因，的確有助解釋諸多現象，但除此之外，我們也不能忽略在實務場域，實用邏輯總有著學術場域不易察覺的影響力。或者收視率、老闆介入經常是與其他因素混雜在一起，共同透過實用邏輯影響新聞工作。

而在這種脈絡下，「填時段、塞空間」，以及「快速產製」兩組實用邏輯，正相當寫實地解釋了可拋棄式新聞的出現，以及它如何成為一種為了遷就或滿足當下新聞實用邏輯形式而出現的新聞形式。

二、有關可拋棄式新聞的實用邏輯

有線電視新聞台與新聞網站的接續出現，創造出許多不同於過去的實用邏輯，實際來看，「塞空間、填時段」，以及「快速產製」，直接對應可拋棄式新聞的出現。

（一）填時段、塞空間

回到第三章討論，農耕時代，新聞是記者與編輯臺共同選擇的結果。記者在路線上找尋每天要寫的新聞，編輯臺則彙整、挑選每天要用的新聞，再依重要性放在不同版面位置。這種實務作法雖然無法百分之百符合教科書專業理想，例如資深電視記者便瞭解，以往總統新聞幾乎都是晚間新聞的頭條、「霸王稿」，但整體來說，記者想求表現、相互競爭，特別是加上版面與時段有限，大致形成一種篩選式的實用邏輯，新聞是被挑選出來的，各自有著新聞價值。

然而勞工模型打破了這種狀況，以有線電視新聞台為例，在前面已討論過的複雜原因影響之下，編輯臺現在直接負責開稿，指揮要什麼新聞、該怎麼做。而且面對每天大量新聞需求，新聞不再是經過篩選的結果，反而經常陷入稿量不夠、沒有選擇的窘境。不知不覺中，編輯臺開稿工作的重點變成如何有效、快速生產出「像」新聞的東西，藉此衝出足夠稿量，填滿時段，等到今天用完後就拋棄，明天再繼續新的循環。相對應地，報社轉進新聞網站之後，也同樣因為需要大量新聞創造新鮮感與即時感，而促成新聞網站開始從各式討論區、社交網站找新聞，甚至直接改寫別家報社新聞的情形。然後這種邏輯再回頭從網路影響到報社的新聞選擇。

衝稿量邏輯在大事件上看得特別明顯。就眾所矚目的大型新聞而言，無論是負面性質的社會新聞，或較正面的黃色小鴨、臺灣之光之類事件，

當下編輯臺明白採取大塊時段的編輯模式。大事件發生初期，雖然編輯臺得以藉此擺脫每天擔心新聞量不夠的焦慮，但這種情況不會延續太久。因為要編輯會議一連數天、甚至數週，每天都開出足夠數量新聞維持大事件熱度並不容易，受訪電視主管便描述他們想新聞角度想到破頭。例如當他們需要連續很多天，每天都為「黃色小鴨」開出三、四則新聞時，想破頭的結果便是新聞愈來愈細碎，甚至連主管都承認無聊、沒意義。從最初的觀展基本資料、觀展攻略，變成廠商又出了什麼周邊商品、紀念品賣得好不好，再到批評小鴨上方有幾根電線影響美感、黃色小鴨要不要洗、要怎麼洗、要用何種清潔劑，小鴨意外破裂時，則透過觀眾提供的畫面猜測各種原因。再加上拿著小鴨道具做現場連線，主張黃色有療癒效果、直播黃色小鴨清洗過程、即時連線破裂後畫面，這些不需用嚴格標準檢視便可察覺不像新聞的新聞，充斥當時有線新聞台，也包含報紙與網路。

類似狀況也發生在社會矚目的洪仲丘事件中，受訪主管承認到後來他們開稿開得很痛苦，明知有些東西怪怪的，或最後根本不管是否怪怪的，就是要記者把新聞做出來，而記者接到指令後，則就是設法小題大做地完成新聞，因此出現許多用網路謠言、名嘴爆料、甚至小道消息做出來的新聞。比較來看，面對需要衝稿量的大事件，雖然各家電視臺有著格調差異，有些誇張、八卦、鐵口直斷，有些相對保守、規矩，但格調差異背後有著類似邏輯，就是要想出更多新聞，並且想辦法做出來。當然，在赤裸競爭中，要維持規矩這種格調並不容易，也值得肯定。不過無論如何，這些大量產製出來的新聞，最後只有形式意義，產製它們的同時，便決定它們被拋棄的命運。因此，即便事後證明有錯，也沒人在意，被拋棄的新聞就是被拋棄了，沒有修正、道歉的必要。

根據實務工作者的說法，這些瑣碎或怪怪的新聞，是為了滿足那段時間觀眾對於大事件的好奇。不過如果除去這項因素，事實上，編輯臺平日開稿經驗也同樣說明著可拋棄式新聞的形式功能。在沒有大事的平日，主管們普遍擔憂新聞量不夠，頭條新聞分量不足，每天都得設法幫許多根本沒有必要報導的事件，包裝成像新聞的新聞。或將某些新聞硬是切出兩三

個角度，做成一組組新聞，並且選出頭條，因此，灌水成三則的新聞，大致就只有一則的分量，其他兩則是填時段。另外，在電視臺不喜歡公共議題，記者與主管缺乏社會學式構連能力的狀況下，晚間新聞製作人爲填滿兩小時的新聞量，不是同則新聞播出兩次，便是塞滿觀眾投訴某商家不友善、某家泡沫紅茶店杯蓋沒密封好這類新聞。至於更缺乏新聞的下午時段與週六、週日，則可能來一段冗長、沒必要的現場連線，或被某位高階主管形容爲「今日農村」式的新聞，如哪裡的雞有三隻腳。在「填時段，塞版面」的邏輯下，這些新聞的存在本身就是意義，至於是否有價值並不重要，因爲完成使命後它們就被拋棄，明天再產製新一批可拋棄式新聞。同樣地，手機、網路、行車紀錄器新聞的盛行亦是如此。

簡單來看，近年來主流媒體從網路找尋題材做新聞的現象引起許多討論（林照眞，2013；劉惠苓，2013；蕭伊貽，2011；Harrison, 2010; Örnebring, 2008），而新舊媒體聚合、數位匯流則是許多研究的參照點。基本上，這項參照點直接對應著網路取材新聞的問題起點，也的確有效提供了解釋，只是就在學術場域以此提問成果頗豐，並發現網路取材新聞已經常規化，並影響原有新聞工作常規（劉惠苓，2014）的同時，我們可能需要注意，一方面相關研究似乎很容易收尾在「不利新聞專業」之上。另一方面，網路取材新聞在主流媒體內部已然常規化的事實，也實際說明著經歷幾年摸索階段後，這種作法顯然滿足了某些實用理由，而且經過結構與行動者反覆折衝，才會成爲普遍採用的常規。在它已然成熟、甚至被濫用的當下，如果再單獨分析這個現象，將失去厚描的可能性。

而回到實用邏輯的脈絡，我們不難發現，網路取材新聞並非單一現象。連同八卦新聞、「今日農村」式新聞、沒有太多意義的讀者投書新聞，這些新聞應該一起進行觀看，它們集體對應著「填時段、塞空間」與「快速產製」實用邏輯，然後共同成爲拋棄式新聞的具體案例。另外，如同記者利用Line會稿的現象一樣，網路取材新聞既是結構問題，也與行動者有關；是媒體問題，但也需要放在社會脈絡中進行觀察。它同樣回應行動者、媒體結構與社會結構間的交纏關係。因此我們可以發現，現實狀況

是早已習慣網路、手機的年輕記者，相當自然地在網路上找消息，在路上用手機隨手拍下某些畫面，然後習慣性地以此作為新聞線索，或就是用這些沒太多意義的新聞，做成自己的「獨家」、「直擊」。相對地，年長些的主管則是為了填時段，也自然學會上網找些好玩內容要記者去做。例如交待記者依照網路訊息，用風扇與冰塊做成自製冷氣，計算能不能省電，可省多少電。然後，無論記者喜歡配合演出，或認為這些新聞很蠢；無論主管是否記得新聞應該是自己跑出來的，這些新聞存在的關鍵不在於內容有沒有意義，而是在於它們有畫面，非常好用，非常適合用來填補時段。

最後總結來看，如果一邊對比過去偏向篩選式的實用邏輯，一邊觀察當下電視編輯臺主管總是充滿焦慮，總是抱怨記者找不到新聞、新聞量不夠、新聞做得難看不得不用的現實狀態，我們可以發現，儘管受訪主管還是習慣觀眾愛看這個理由，而收視率也的確是無法排除的因素之一，但填時段像是檯面下、不能說的祕密，受訪者沒有自覺的慣性作為。當然同樣地，這種狀況也發生於需要大量新聞撐場面的報社新聞網站。當下，很多新聞是為遷就與滿足「填時段、塞空間」邏輯而出現，它們的存在就是意義。或者說，這些新聞的存在目的就是等待被拋棄，填補完每天新聞時段，記者、編輯、主管都順利交差後，新聞便放在那裡，沒有人聞問。因此，可拋棄式新聞不只是內容問題，也是形式問題，填時段、塞空間，則是每天必要之重，再一次，也是不能說的祕密。

（二）快速產製：速度瓦解意義

一直以來，「速度犧牲了新聞正確性」是非常符合一般認知的說法，不過這種廣被接受的說法似乎也反過來阻礙了細部觀察的機會。事實上，如果順著Virilio（1997）的思考脈絡，當速度不只是物理現象，我們不難發現速度、媒體與新聞工作間隱藏著許多可能性，例如唐士哲（2002，2005）便進行了有趣、深入的論證。而我透過長期觀察也發現一種細微、但重要的狀況。即，在速度之中，記者與主管都不喜歡等待，速度悄悄地轉變成不耐煩的心態，然後這種心態恰好配合勞工模型，一方面實際

促成新聞工作零碎化，另一方面則創造出「快速產製」實用邏輯。而透過「快速產製」與「填時段、塞空間」相互影響，新聞的可拋棄性顯得更為理所當然。

不耐煩，實際催促著新聞工作者就是想要儘快完成每項任務。當記者仍在瞭解現場狀況或仍在等待一份官方資料時，電視臺主管經常就是催著她快站定位準備現場連線，催她快把新聞做出來。相對地，許多記者也就是急忙要求公關人員配合拍攝，急忙問到自己或長官交待要問的答案，感覺畫面夠了就好。這些工作片段配合著受訪者描述自己不斷趕場、不斷急著了結手邊工作的場景；抱怨長官催著交稿，卻又在趕工時刻打電話、傳訊息很煩人；大方承認自己做記者後脾氣變得急躁火爆，我們不難發現，速度養成不想被催促、不耐煩式的快速產製邏輯。而這種邏輯也解釋了為何有些網路取材新聞明明涉及具體人事物，記者卻根本沒去採訪當事人、沒去現場做基本拍攝的原因。因為記者在辦公室內用準備好的道具拍攝畫面，甚至就是用網路訊息，搭配資料畫面把新聞做出來，是最快、最有效率的方式。同樣地，它也促成吃喝玩樂、小社會新聞與八卦新聞大量出現。

也因此，類似Bourdieu對電視的觀察（1996／林志明譯，2002），電視工作需要快速思考。在速度養成的不耐煩中，新聞幾乎不可能具有深度與社會學式構連。快速思考更惡化了單面向論述的情形，以及電視記者依靠先假設再採訪的工作方式（章倩萍，1994；Stocking & Gross, 1989），於採訪過程中忽略不符合假設的資料，主動省去平衡、詢問更多採訪對象的功夫。因為，用符合正義感與同情心、媒體政治立場的腳本做新聞，速度最快，也不會被罵。不過在同樣迷戀速度的社會氛圍中，不只是有線電視如此，快速產製邏輯也影響了報社記者。受訪資深政治記者便明顯感慨現今與以往新聞的差距，例如以前寫資深國代退職新聞時，得專門為此去瞭解撤退來臺前的國代選舉方式，弄懂來龍去脈再寫新聞，但當下政治新聞就是把事件寫出來就可以了。

另外，報社網路新聞利用比有線電視更為簡便的技術，不遑多讓地

發展出改寫策略。從好的方面來看，改寫回應新聞的即時性，並且理論上更可以更新資訊或更正之前錯誤（Saltzis, 2012），但就現實面來說，當改寫就是為某則不重要影劇新聞添加一段訪談時，它的功能似乎也僅止於創造即時感，以及為自己新聞網站再添加一則新的新聞而已。甚至有時候，就只是直接改寫別家媒體掌握的消息，加上幾張自家檔案照片，便組合出自己媒體的報導。這些真實發生的改寫現狀，以及網路與電視臺專責網路編輯的出現，共同說明了當下「填時間、塞空間」與「追求速度」的實用邏輯。而這種類似網友轉貼或改寫他人文章的習慣作法，的確幫忙新聞網站用最少成本、最快方式添上許多內容，但相關代價是同質性極高的新聞，以及一家錯，大家都錯的窘境。同時在年輕記者本身已習慣鄉民式判斷、書寫的狀況下，愈來愈多的改寫新聞，也讓他們愈來愈習慣這種作法，愈來愈不在意因此喪失的事實、平衡成分。最後，無論是八卦新聞、填時段的新聞、網路取材新聞、改寫新聞，就是在編輯室內完成的東西，如此而已。

三、形式大於意義的可拋棄式新聞

數量與速度的實用邏輯，瓦解了新聞事件意義的重要性。對有線電視與新聞網站來說，當它們就是要不斷有新的「新聞」，迎合讀者想要看新東西的需求，新聞也因此徹底成為一種今天產製出來、也同時在今天被拋棄，然後於明天再重新來過一次的東西。

實用邏輯解釋了可拋棄式新聞的出現，但可拋棄式新聞還需要放回社會本質轉變脈絡進行觀察才算完整。扼要來說，被拋棄是現代新聞的宿命。事實上，當「新」成為現代新聞的重要元素，便意味明日的新聞會自然掩蓋掉今日的新聞，只不過在過去那個想快也快不起來，同時強調公共與民主的年代，因為「新」只是一項要素，新聞還需要講求正確，被報導的事件需要是重要、有意義，符合公共利益的。所以新聞雖然終究會被拋棄，但記者還是會去追求寫出擲地有聲的新聞，讀者也會想看到有內容的新聞。

在過去社會特徵中，可拋棄性像是以自然宿命的樣態存在，不太會被注意，也不太是問題。然而當新聞開始只追求「新」，新聞的形式意義便開始大於實質意義（Rantanen, 2009）。而消費與液態社會的出現，更造成微妙質變，可拋棄性從自然宿命，變成被設計好的商品基因。新聞以「形式」意義被生產出來，達成當天填時段的目的之後，便不再有用，如同可拋棄隱形眼鏡般，使用後就自然丟棄。也就是說，可拋棄性並非新聞工作獨有的問題，它反應或根本屬於當下液態、消費化社會的特徵。可拋棄式新聞說明新聞成為一種形式大於意義的東西。

（一）當代社會的可拋棄式特徵

Bauman（2004）巧妙借用Calvino（1972／王志弘，1993）《看不見的城市》中Leonia這個虛構城市，說明當下社會過度生產、廢棄的本質。Leonia居民習慣不停買入新東西，然後為了騰出空間給新買東西，而必須不斷拋棄舊東西，不斷買入、不斷拋棄的結果，造就一個被大量垃圾包圍的城市。在Bauman（2004）論述中，當下社會正是大量產製廢棄物的社會，其中，現代性本身是問題的關鍵。Bauman認為，相較傳統社會的保守穩定，現代性根本拒絕了「世界就只是現在這個樣子」的想法，相信世界可以改變，更有著想要改變、重塑世界的慾望。因此，現代性像是處在不停設計的狀態，試圖透過新設計讓世界愈臻完美、有秩序。只是設計本身就是廢棄的過程，一方面由於設計終究是對未來的想像，總有錯誤與不完美，所以也總有產出新設計的必要，以彌補舊設計的缺陷。另一方面，有設計，便有廢棄物，要執行設計便需要將不符合設計的東西移除掉。因此Bauman主張依照設計藍圖創造新東西的過程，像是採礦，需要移除礦渣，才能取得真正的礦藏。或如同石像雕塑，需要除去不要的石材，才能創造出美麗形體。對Bauman（2004）來說，現代式的創造是將不需要、沒用東西切除的過程，而廢棄物與如何處理掉廢棄物，則是美麗創造背後的祕密。

現代性所包含的設計基因，為現代社會創造出廢棄物，而隨著資本

主義高度發展至液態現代性階段，廢棄本質被推到一個高峰。Bauman（2004）便主張液態現代性是一種具有過剩、過多、廢棄物等特徵的文明。這種文明讓如何處理廢棄物成為重要工作，甚至創造出許多被廢棄的人，例如沒有消費能力的人便被視為過剩的一群人，在消費社會中沒有用、像是寄生蟲。國際難民亦是如此，在暫居國家中像是廢棄物般棘手。

在我們熟悉的日常消費脈絡中，配合速度文化，高度資本化不斷更新商品、刺激慾望，造成過多與過剩，這種邏輯分進合擊地促成當代事物的可拋棄本質，也讓現代人習慣於拋棄。一方面消費者因此無法抵抗物質慾望引誘，開始縱容自己慾望，生活中失去耐心。當下，等待、無法立即滿足慾望成為個人恥辱，為此人們開始習慣利用信用、負債買東西，再回過頭加速慾望變舊的速度，廢棄物也加速出現，消費者更習慣於拋棄東西（Bauman, 2004）。另一方面這種邏輯將拋棄內建成商品的一部分，相對於過去，東西強調耐用，用到不能再使用，甚至不能再修補才會拋棄，當下則是透過愈來愈短的流行週期，設法讓新東西快速變舊、需要被拋棄。不斷推出的新東西驅動我們不斷拋棄舊東西，手機還沒有用壞，買回來的衣服還沒有拆封，便因為買進新品而被拋棄。或者，在我們養成拋棄習慣，不認為拋棄可惜的狀況下，更極端的策略則是將商品設計成拋棄式，例如隱形眼鏡、免洗杯用完就丟。

當下，不斷擁有、不斷拋棄本身便具有重要的形式意義。在慾望加速的液態社會中，「拋棄」比「廢棄」更適合用來描述現狀，東西不需要壞了、不能用了才被廢棄，而是在沒壞時便需要被拋棄。「新」是美德，拋棄才有新的，拋棄成為一種習慣、一種文化。如同Bauman（2004）主張液態現代性是斷裂與忘記的文化，拋棄文化也需要「忘記」。過去的東西需要很容易被忘記，或不再在意，才不致因太多眷戀，影響拋棄的意願。當拋棄成為一種文化，商品與商品以外的很多事物都被植入可拋棄基因，例如：人際關係、工作承諾。也因此出現如前所述，記者與採訪對象關係的工具化，年輕記者不再承諾於新聞工作，而相對應地，新聞成為可以拋棄的東西也是自然不過的事。

（二）可拋棄式的新聞

　　整體來說，雖然過去便有「今天新聞是明天的歷史」的說法，過去也有不具意義的新聞，但在強調黏著的農耕時代，讀者、觀眾、採訪對象與部會官員還是期待看到有分量的新聞。相對地，資深受訪者也追求自己新聞的分量，至少某些新聞可以影響官員與政策，藉此建立自己的名聲與榮光。

　　這種農耕式的新聞，明白對照著現今新聞的可拋棄性。當下，習慣拋棄一般商品的觀眾，也習慣於拋棄新聞，新聞看過便可以忘記。即便一時沸沸揚揚的大事件亦是如此，熱潮過後，便不再有後續討論、不再關切令人咬牙切齒的「壞人」，也忘了當時沸沸揚揚的正義感與同情心。相對地，就新聞工作者而言，內容是否雋永、是否展現深度不再重要，重要的是每天可以提供大量像新聞的東西，然後任憑它們之後被拋棄，而愈是年輕記者似乎愈熟悉這種狀態，習慣拋棄文化的他們，多半也不在意自己的新聞被拋棄。也因此，不管觀眾是否需要即時知道政治人物緋聞進度、主播跳槽消息，媒體就是即時把新聞做出來。差別在於認真的媒體，設法第一時間找到當事人，依照預設立場問到一些問題，寫成像新聞的新聞，其他媒體則是改寫別人寫的東西，連訪問或更新都沒有。

　　然後，除了產製大量像新聞的新聞之外，因為新聞就是要被拋棄的東西，所以也就沒有太多需要後續關切的事情。如果有，便是確保這些新聞順利被拋棄，讓明天的新聞掩蓋今天的新聞，也自然掩蓋掉今天新聞所犯的錯誤，不會因為某則新聞惹來額外麻煩，例如被採訪對象提告，國家通訊傳播委員會罰款記點。至於事實、平衡，形式上有做就好，只要可以在不幸被提告時作為佐證即可，甚至很多時候根本不去在意，就讓錯誤新聞無聲無息地消失在廢棄新聞堆之中。也因此當下新聞不只違反專業標準，亦不再是耕耘出來的東西，相較於農耕時代，距離學術專業標準更為遙遠。

　　在政治人物參訪行程中，記者隔著人牆大聲喊叫問問題，儘管對方沒

有回答，只要有畫面就可做成政治新聞。緋聞當事人不願受訪時，只要拍到他在躲記者的畫面，就可做成影劇新聞。憑藉零碎資訊，配合想像與推理，用簡單動畫或記者親自模擬事發現場，就可做成社會新聞。再或者店家不配合拍攝時，就設法偷拍；事件內容貧乏時，記者就做stand將新聞撐到長官規定的時間長度，這些每天可見的例子意味著當下新聞的拼湊成分。

當電視新聞是拼湊出來的文本，而觀者活在忘記與拋棄之中，這種「反正就是要拋棄」的微妙狀態，加上各項實務考量，促成當下電視新聞工作兩項原則。一是本章已討論的衝稿量問題，每天設法產製出足量新聞，二是如何在缺乏實質內容支撐下，設法讓新聞好看一點，觀眾不會轉台。又因為好看成為重點，新聞跟著成為一種表現媒體，而非再現媒體（Lash, 2002），當下電視新聞的重點從「新聞」轉移到「電視」，凸顯了下章即將討論的新聞展演成分。梗，成為電視新聞重點。連帶地，好記者條件也跟著改變，現今，使命必達的記者被主管喜愛，會找梗的記者也被主管喜愛。

最後，再次提醒，以上以學術式專業與農耕模型為參照點的討論，並非表示學術說法與過去實務作法全是對的，現在則是錯的。因為本書強調實務場域發言權，所以農耕實用邏輯有其合法性，本章與下章描述實用邏輯也有著屬於這時代的合法性。不過，在「後」的脈絡中，如果「事實」還是需要維護，理性、公共這些現代概念也有一定價值，那麼儘管學術式專業或許可以不被信仰，但至少農耕模型標示的過去實務工作方式，是一種值得參考、至少需要記錄的東西。理論上，這種比對可以提醒實務場域還有其他工作方式存在過，不應該就只是順著人性，不自覺、慣性地為現在工作方式辯護，以為新聞就是這樣的。因為如果認為「新聞就是這樣」，擺脫傳統權威控制的實務場域，還是被威權統治著，只不過這次是用自己定義的方式統治著自己。而「後」也成為維護威權的藉口與說詞。

07

第 7 章 ▶▶▶

敘事與展演

　　隨時序來到「後」的社會脈絡，我主張，「敘事與展演」是另一組理解當下新聞與新聞工作的重要特徵。而就報紙與有線電視兩種主流媒體相比，有線電視新聞更爲典型地對應當下「後」現代社會特徵，也更典型地展現「敘事與展演」特徵。

　　「敘事與展演」對應一種重要視角轉換：從「做新聞」到「做電視」。在「做電視」模型下，除了產製出大量可拋棄式新聞外，當下有線電視新聞亦從以事實爲基礎的文本，轉向成強調好看的敘事，並且爲了好看而加入許多展演成分，例如：找梗、表演化的stand。相對地，由於結構與行動者間的巧妙結合，記者也開始轉變成現代說書人，以每天社會事件爲素材，敘說著一個個名爲「電視新聞」的敘事文本。

　　進入正文之前需要說明兩件事情，首先，如第一章所述，本書並非想做編年史式的分析，而是想從社會本質轉變角度切入，觀察分析新聞場域的轉變。在網路媒體尚未充分建制化的當下，有線電視在臺灣的成熟、飽和發展，已常規化的工作方式，以及典型對應「後」現代特徵，促使本章選擇有線電視作爲主要分析對象。不過，如同小我式公共社會

特徵，不只影響有線電視，也影響傳統報紙，或者說，傳統報業也實際透過網路方式，回應有線電視擅長的「即時」、「Live」。類似的社會脈絡、媒體間的競合關係，也促成傳統報紙愈來愈具有「敘事與展演」特質，網路媒體與相關影音新聞亦是如此。

其次，我瞭解從新聞專業角度來看，「做電視」帶有負面意涵，但如同前面主張農耕模型具有實務合法性，同樣地，「做電視」也應該具有屬於自己的時代合法性。於此前提下，一方面我嘗試中性使用相關詞彙，亦建議讀者可以先用中性方式理解「做電視」的意涵。另一方面這裡也不避諱指出，我主張實務場域可以「做電視」，但「事實」仍應是新聞的最後底線。缺乏事實，新聞將就只是一種具展演特徵的文類而已。

🌀 第一節　從「做新聞」到「做電視」

「電視記者是在做電視，不是在做新聞」似乎是句奇怪、甚至會被認為帶有反諷意味的話語。只是如果我們中性看待「做電視」，並且深入觀察實務工作場域可以發現，「做電視」雖然顛覆傳統專業認知，卻更能貼切描述當下電視新聞的實務狀態。首先，「做電視」對應於新聞工作者角色的默默轉變，從蒐集、呈現事實的角色，轉變成主管的編劇角色，以及記者的執行製作兼演員角色。其次，在速度、填時段、好看的現實脈絡中，「做電視」意味事實失去原本的絕對位置後，電視新聞不再屬於新聞這個獨特文類，而就只是一種好看的敘事而已。

一、新聞與做新聞的崩解

（一）以「做電視」作為模型

「電視新聞是新聞」似乎是個沒什麼好討論的事情。學術場域習慣使用新聞的標準來批判檢視電視新聞，電視採訪寫作教科書（張勤，

新聞工作的實用邏輯：兩種模型的實務考察

1983；Bender, Davenport, Drager, & Fedler, 2012; Brooks, etc., 2011; White, 1996）則是在新聞基礎上，討論如何因應電視屬性來製作電視新聞；也因為是新聞，而非其他電視文類，所以社會大眾對於電視新聞有著更多的撻伐；再回到實務場域，電視新聞工作者亦習慣「電視新聞是新聞」的說法。「電視新聞是新聞」巧妙遮掩了電視新聞是在「做電視」、與「做新聞」差距甚遠的事實。

事實上，與前面討論的農耕模型一樣，這裡涉及實用邏輯的問題。電視新聞雖然看起來是新聞，也被叫做新聞，但其實用邏輯早已偏離新聞學術專業邏輯的設定，以致招來不少小報化、通俗化、感官新聞的批評，甚至比其他媒體更多。而面對這種狀況，我也還是主張，當下電視新聞同樣需要放在行動者、媒體結構、社會結構交纏關係之中，分析描繪背後的實用邏輯，以整體理解為何出現所謂的「亂象」。當然，單就單一特定現象或問題做研究有其必要性，不少研究也著實探討了許多新出現的電視新聞現象，例如網路取材、監視器取材新聞的使用（張詠晴，2009；劉蕙苓，2013）；編輯臺霸道點菜，為避免法律責任，拉名人在新聞中背書（游蓓茹，2013）；新聞強調視覺效果，各家彼此仿效（張涵絜，2013）；透過新科技會稿，對獨家新聞的影響（張駿遠，2012）。這些研究有效描述了臺灣電視新聞現象，但就現象論現象的結果往往讓研究發現顯得零散，失去掌握深層結構的可能性。另外，如前面章節所述，過度就新聞論新聞，或就是將社會結構化約成資本主義的作法，也很容易讓相關研究總是以專業崩壞作為結尾。

在這種狀況下，透過以往研究觀察結果，類似改造年代報業的農耕模型，我在這裡提出「做電視」作為整體模型，嘗試整體厚描當下有線電視新聞場域。舉例來說，學術場域大致理解畫面、視覺是電視新聞工作的重要環節（黃新生，1994；Burton, 2000; White, Meppen, & Young, 1984），但因為電視新聞是新聞，所以新聞取捨、採訪、寫作還是需要依照新聞標準進行。然而在實務場域「做電視」脈絡中，畫面不只是新聞工作的環節、亮點，更是最重要的新聞價值，並且內建在許多實用邏輯中。實務工

作者都知道有精彩畫面、衝突情節、與現場同步的事件，容易被編輯臺採用；最好看、最有張力的畫面要放在新聞最前端；攝影記者懂得適度運用破水平、晃動這類鏡頭語言，幫忙抗議新聞變得有臨場感。再者，配合上填時段的邏輯，也解釋為何有很多行車紀錄器的新聞出現，嚴格來說，這些新聞往往沒有太大新聞價值，卻有不錯的畫面。

當然，畫面邏輯過去便已存在。只不過改造年代，因為每天新聞時段有限、社會相對保守傳統、記者仍視自己為專業、電腦後製技術還不夠到位，所以電視新聞大致仍保留一定做新聞的樣貌，至少形式上中規中矩、不致過分誇張地去迎合畫面。加上當時還是有著不少公共與嚴肅議題，以致「做電視」的成分還不明顯。然而隨著時代脈絡轉變，當有線電視新聞是在勞工模型、速度、填時段、衝稿量這些實務情境中產製出來的東西，而且如同接下來所述，編輯臺長官像編劇，記者像執行製作，加上隨意可見的綜藝化stand、誇張過音、後製效果，在在顯示當下電視新聞不再是「做新聞」，而是「做電視」。主管與記者是在效率與好看之間，先合力完成一則則的「新聞」，再組合成每個小時的「新聞」節目。因此，電視新聞類似綜藝、戲劇節目，是眾多電視文本之一，失去「事實」這項基本文類特徵。

就實務論實務，從「做新聞」到「做電視」，也許沒有太多差別，就是順著時間慢慢轉換實用邏輯。不過在媒體與社會均已出現重要轉換的當下，我們也必須承認，「做電視」的確實際演化出各種實用邏輯，促成本節討論的「敘事與展演」特徵，以及前節論述的可拋棄式新聞。因為是「做電視」，所以公共、事實、深度不再重要，重要的是設法填滿時段，設法把新聞包裝的好看些，讓觀眾買單。而相對於實務工作者的順其自然，對於習慣「做新聞」的學術研究來說，「做新聞」與「做電視」的差異，則潛藏研究視野轉換的重大意義，它提醒我們可以換個方式理解有線電視新聞。當然，再一次地，這並不代表「做電視」是對的，也不表示學術場域必須用「做電視」角度做研究，但話語權概念下，「做電視」有助我們理解我們所研究與批判的對象，創造真正對話的可能性。

（二）從記者到編劇與執行製作

如果以農耕時代報紙新聞產製過程作為比對基礎，新聞工作者的角色差異細膩說明了「做電視」的現狀。

簡單來說，以往報社記者透過路線耕耘，每天提報自己找到的新聞線索給主管，再由參與編輯會議中的主管們決定各版頭條、新聞分量，必要時給予扼要意見。編輯會議雖然具有決定每則新聞見報位置的影響力，報社也的確會以不同方式進行規訓控制，施展權力（張文強，2009），但在封建脈絡與農耕模型安排下，只要不犯大錯惹到老闆與長官，或過分在意升遷以致事事揣摩上意，資深記者仍有相當自主性。平均來看，記者每天自己找新聞，再大致憑藉自己掌握的事實，處理自己找到的新聞。

然而當下電視新聞工作者角色與此並不相同。如第六章所述，現今無論透過什麼方式，各組主管每天必須湊足足夠的新聞線索，帶到編輯會議接受高階主管批判檢視，再由編輯臺討論每則新聞角度方向與相關具體指示，分配給記者執行。這種明確以編領採的作法，一方面是基於現在記者經常找不到新聞線索，長官也不信任他們的能力，所以透過編輯臺直接規劃，確保每天有足量、可以播出的新聞。另一方面，在速度與需要大量新聞帶來的不確定性中，製作人與主編更能藉由這種作法事先預估每則新聞樣貌，規劃新聞播出順序、下標題、製作電視鏡面，整體降低播出前才看到新聞的風險與不確定性。

這種作法有著實務好處，也帶來負面效果：新聞成為編劇與執行製作的工作。坐在編輯臺，面對各種不是自己親自跑回來的新聞線索，主管們不可避免地得大量動用過去經驗、想像與推論才能完成新聞規劃處理的工作。而新聞需要好看，則讓他們還得透過想像去包裝新聞，很多時候更因事件本身便零星乏味，或新聞角度被切割得過分瑣碎，以致包裝新聞占據許多新聞規劃時間。因此配合具體個案討論來看，我們可以發現，受訪主管口中的「想角度」、「想題目」、「包裝新聞」，經常不是就事實討論新聞的工作，更像是編輯臺集體編劇的作為。一位受訪記者用「觀落陰」

形容每天編輯臺長官集體想像新聞的過程，便生動且戲謔地說明編輯臺如何用想像進行編劇，以致許多新聞要素並不合乎常理，也不符合新聞現場現狀。

在想像與編劇的脈絡中，雖然受到新聞事件屬性、重要程度、時間充裕與否等因素影響，編輯臺討論出來、口頭傳達的「腳本」細節程度不一，有時只有大略方向。或者因主管性格關係，有些主管拿到編輯臺口頭「腳本」後，還會再鉅細靡遺加上細節，給予記者詳細指令。但平均來說，編輯臺主管大致想像的內容包含新聞切入角度、梗在哪裡、要包含哪些畫面、要訪問到誰、要放哪些後製、要不要做實驗等，當然，有時會提醒記者打個電話問一下，以免引起爭議或被告。然後編輯臺的「腳本」得盡快口頭交待給指定記者，時限內把新聞做出來，過程中若有任何需要改變的地方，再隨時用電話與即時通訊軟體交待記者調整。不過需要提醒的是，「腳本」是種比喻，編輯臺不會真的將指示寫成文字腳本。

相對地，就記者來說，雖然被信任的記者擁有更多空間，兼具編劇角色，但他們在拿到分配到的新聞後，會自然進入執行製作位置，依照主管直接交付的指令，以及憑藉經驗掌握到的長官好惡，在心中大致勾勒出細部、可以執行的「拍攝腳本」，設定好需要哪些場景，有哪些主角，然後就是依場景進行準備工作。例如一位受訪者確定手邊新聞需要網路畫面、舊報紙中分類廣告畫面、房仲業者訪談與街頭民眾訪談後，便會請攝影記者在辦公室內翻拍網路畫面；連絡房仲公司公關幫忙找到符合腳本設定的年輕、高中畢業房仲；聯絡國家圖書館公關協調允許入內採訪，並代為準備某段期間的舊報紙；最後補上幾個民眾街訪。在別的新聞案例中，準備工作可能還包含張羅各種道具，與攝影記者討論等會該如何做stand等。

為搶時間，許多聯絡準備工作在車上進行。這位受訪者選擇先赴國家圖書館從舊報紙中找出需要的分類廣告，拍到要拍的畫面後，趕至下個場景，與房仲公關代為約好的年輕房仲進行訪談。受訪記者坦言，她就是要問到事先預設好的話語，以便放到新聞之中，而試了幾種問法，年輕房仲終於說出大致符合「腳本」的一小段話。在空檔補足必要的民眾街訪，

「腳本」設定要素都齊備後，時間所剩也不多，她急忙搭車回電視臺做帶。回程途中，開始寫稿、想電腦後製效果，回到電視臺進行過音、剪接、盯後製等工作，最後完成新聞，趕上播出時間。而在其他新聞中，執行製作還需做更多事情，例如花時間做stand，與攝影記者在街頭現場討論鏡頭應該怎麼帶，記者該怎麼走位才會比較好看活潑。在採訪現場，與採訪對象再次協調需要哪些配合，大致口頭彩排一遍要拍哪些鏡頭、哪些不能拍、新聞主角要如何出現在鏡頭中。請人代爲試穿、試用要拍攝的商品，請餐廳找人演出客人吃飯場景。準備好道具進行「實驗」，拍攝加入化學藥劑後，奄奄一息的魚如何活過來，再被稱之爲僵屍魚。有時候則如大家所知，記者親自入鏡示範，成爲演員，模擬演出社會新聞或爆料新聞中的特定情節，讓新聞活潑好看，有現場感。

　　當然，並非所有記者都是依「腳本」跑新聞，有些新聞，記者也只能到現場才知道發生什麼事，該怎麼寫。但整體來說，上述狀況發生在大部分記者身上，許多受訪者於訪談時更是同意自己擔任的編劇、執行製作、演員角色。另外，這種作法造成一項重大麻煩，它讓新聞成爲一種先射箭再畫靶的工作。雖然編劇與執行製作模式，有效幫忙完成每天工作，卻嚴重挑戰了事實的概念，新聞失去以事實爲基礎的文本特徵。

（三）新聞作爲事實文本的崩解

　　新聞，是報導事實的文本，而非虛構的文本，特別是美國式新聞專業，客觀原則將事實概念推到極端。報紙新聞如此，電視新聞亦是如此，電視新聞教科書論述的「做新聞」便也是在發現事實、呈現事實的基礎上（Bender, Davenport, Drager, & Fedler, 2012; Shook, Lattimore, & Redmond; Tuggle, Carr, & Huffman, 2011），依照電視新聞特色做出好看的新聞，正確是重要原則。然而隨著現代性逐步轉變成「後」現代，古典實證主義遭受挑戰，出現諸如「什麼是事實」、「什麼是客觀」的質疑（Blaikie, 1993; Harms & Dickens, 1996; Rosenau, 1992），同樣地，新聞的客觀性原則、甚至新聞工作中的真實意味什麼也引發爭議（彭家發，1994；鄭宇

第七章　敘事與展演

君；2009；Glasser, 1986; Schiller, 1981）。但大致來說，新聞學術場域並未放棄事實這個核心，報導事實還是新聞文本的重要特徵，新聞學也還是在教導如何報導事實。

　　就實務狀況來看，改造年代的臺灣，資深記者雖然不熟稔於「事實」的理論、方法論或哲學式論證，但透過與當下年輕記者比對可以發現，資深記者大致保有某種傳統社會的庶民式實證觀念，相信事情有著真相、眼見為憑、新聞應該報導事實。在這個不「後」的年代，事實具有理所當然、被尊重的社會位階，「只有詮釋，沒有事實」這種相對主義觀念並不流行。另外，不「後」的年代也是習慣界限的年代，新聞就應該是新聞、戲劇就應該是戲劇。跨界、混雜等「後」現代本質，並不被當時人們所認知。因此，儘管庶民式實證觀點不似學術實證主義有系統，受訪資深記者沒有完整信奉新聞專業，或者我們更不需要美化過去，認為以往都是依照事實跑新聞，但整體來看，當時大部分記者像傳統農夫，相信倫理、道德、事實，這些上個世代、傳統的東西。再或者，改造年代記者也會馬虎跑新聞、藉跑新聞謀取私利，也會用詞誇張、添油加醋，只是倘若擱置認知與行為間的落差問題，至少本書訪問的資深記者們還是指出事實的重要性。在他們的認知描述中，每日例行新聞在於正確報導社會每天發生的事情，獨家新聞則是掌握別人沒有的事實，深度報導更需要長時間追蹤、與隱性消息來源深入互動、複雜縝密多方查證以進入事實核心。對他們來說，事實是存在的，只是要不要花時間去挖掘、怎麼挖掘而已。

　　然而「後」現代崩解了事實、標準、道德、界限這些現代性本質的概念（Best & Kellner, 1991／朱元鴻等譯，1994；Lyotard, 1984; Smart, 1993）。實務場域雖然也不熟稔「後」現代的理論精神，但卻像是更具實踐力地直接省略了就事實做新聞的認知準則，而且讓新聞本文展現跨界的本質。前面討論過的工作方式，以及受訪者自己的描述，明白顯示當下電視記者在尚不確定是否為事實、自己也懷疑事情可信度，甚至明知事實並非如此的狀況下，還是可以做出新聞。

　　相較於以往記者也可能添油加醋，當下，新聞中事實含量變少、錯

誤增加，並不適合單純解釋為程度問題，其真正嚴峻關鍵是：事實已在每日新聞工作中退居邊緣位置。具有「後」現代性格，而且跟隨當下電視新聞、網路媒體長大的年輕記者，會抱怨長官亂罵人、亂調度以致做新聞時疲於奔命，可是在訪談中，卻很少主動提及事實相關問題與詞彙，就實際個案進行討論時，也幾乎無法指出個案中明顯缺乏查證、用推論做新聞等問題。相對地，年長主管則因為每日反覆操練而習以為常，新聞線索取捨、新聞角度發想，以及交待記者如何做新聞的實際指示，也經常與事實無關，而是要什麼畫面、要訪問誰之類的問題。更聚焦來看，在先射箭再畫靶過程中，的確有某些新聞會想到查證，但如同前章所述，往往只是要記者打電話問一下而已，形式意義大於實質意義。也因如此，即便對方否認、提出解釋，或記者隱約知道事實並非如此，也就是簡單修正一下角度，配合修辭手法還是將新聞做出來。

最後，從形式查證、不查證、用臆測做新聞，到編劇與執行製作，這些這兩章反覆討論的現象，都指向當下電視新聞雖仍沿用「新聞」這個稱呼，卻失去合法宣稱自己是新聞的弔詭困境。失去事實特徵的電視新聞，也就是一種敘事而已。在「後」現代脈絡中，它更為明顯地具有跨界與混雜的特質，成為一種展演的敘事，而這部分將在第二、三節緊接進行討論。

二、做電視與成為敘事

「新聞是一種敘事」並不是陌生的說法，準確地說，隨著傳播領域引入敘事理論，成功分析新聞如何說故事、具有何種特徵之後（Bell, 1991; Jacobs, 1996; van Dijk, 1988; 林東泰，2012；蔡琰、臧國仁，1999），敘事理論便逐漸拓展了新聞與電視新聞的理論疆界。不過這兩章反覆討論新聞失去事實特徵的現象，卻也意味一種有關電視新聞敘事的微妙轉折，釐清這項轉折將有助理解「敘事與展演」特徵。

簡單來說，平行於這項悄悄發生的轉折，學術研究大致有著兩個回應方向。一是無論是否察覺變化轉折，就是透過「做新聞」角度進行分析，

然後看到當下電視新聞敘事離標準愈來愈遠，愈來愈墮落。二是在「數位敘事」、「影像敘事」等詞彙過度流行的狀況下，順著流行詞彙，將電視新聞視為一種「敘事」，主張新聞為何不能說故事，為何不能用有趣方式說故事，然後藉由敘事理論，印證了自己的主張。

基本上，這兩種作法相對單純，也論述了部分事實，可是各自定焦於「做新聞」或「敘事理論」的作法也簡化了問題。如果說新聞敘事具有理論上的特殊性，而新聞本質改變理論上也會帶動敘事方式轉變，那麼，當下更適合的作法或許是配合實用邏輯的討論，重新思考現今電視新聞敘事的特徵。只不過相關分析需要注意兩件事情，首先，新聞失去事實特徵是溫水煮青蛙式的過程，相關工作方式則是次第修正、次第調整的結果，因此現今電視新聞產製仍延續著以往部分工作方式，電視新聞也看似保有以往新聞的特徵，乍看之下仍是新聞。在這種狀況下，我們需要透過較大時間跨幅的比對，以及更多想像力，才能有效描繪出敘事方式的轉變。而基於同樣理由，我們也需要理解持續改變的社會與媒體結構，會持續引領工作方式改變，於未來持續帶引出其他的新聞敘事特徵。

其次，敘事理論大致將敘事區分成故事內容與論述形式兩個層次（Chatman, 1978），就現今電視新聞來看，兩層次均已發生變化。不過由於故事內容與論述形式相互滲透，很難截然劃分（林東泰，2012；蔡琰、臧國仁，1999），但行文書寫卻又必須做出取捨與切割，呈現可被理解的邏輯，因此在考量本書脈絡之後，接下來將先偏向故事層面進行說明，論述電視新聞如何從「說事實的故事」轉變成「說故事」，以及兩項相關細節：新聞事件主角與事件現場的變化。下節則偏向形式層面，說明展演式的說故事方式。

（一）再論查證：新聞不再說事實的故事

儘管「故事」經常與「虛構」、「童話」等概念相連接，但從敘事角度來看，大部分新聞的確是在說故事，只不過是在說事實的故事。當然，要說事實的故事並不容易，採訪、查證、親赴現場，都是設法逼近事實故

事的方式。

　　查證，連同查證時的訪談，是支撐說事實故事的關鍵。無論教科書或資深記者都理解，查證不只是打電話給當事人而已，合理查證需要對當事人說法存疑，進行更多方或文件證據的交叉確認，而且重要的是，經查證確定不屬實的新聞需要取消。然而如同前面所述，電視新聞現狀並非如此，很多時候，查證就是「打電話問一下」，這種形式查證無法保證記者說的是事實故事。

　　另外，當下電視新聞查證還涉及另一項更不容易被察覺的功能：滿足新聞敘事「腳本」的設計需求。往較好方向說，有些時候主管要記者去問一下，是因為新聞「腳本」需要一段當事人的回應說法，以符合平衡或「假平衡」實務作法。往糟糕方向說，有些時候之所以去找新聞當事人進行訪問與查證，單純就是基於「腳本」設計的需求。如設計中就是要有「堵」到新聞當事人的畫面、就是要「包」一個受訪者的反應畫面，因此無論受訪者說什麼，即便乍聽便知是官方說法也無所謂，有說話就好，或反過來愈是麻辣愈好。或者，有拍到記者七嘴八舌問問題，當事人沒有回應的畫面也可以，拍到當事人跑給媒體追的畫面更好，更能符合當事人心虛、羞於見人的腳本。

　　在這種狀況下，這些有問到當事人、有「查證」的新聞，同樣不保證是在說事實的故事。事實上，受訪者便也承認自己經常是帶著預設立場去做採訪或查證，問到自己要的那幾句話後便回公司做新聞帶，不管當事人在現場還說了哪些話語。不少例子更顯示即便當事人否認、記者感覺不合常理，甚至發現事實並非如此，新聞還是會依照原來「腳本」做出來，差別僅在於有些新聞會寫得柔軟些，於結尾處帶上兩句當事人說法。

　　而這種「說故事，但不保證是事實故事」的狀況，更明顯展現在權威人士爆料，或名嘴評論新聞中。對應「有人說，為什麼不能寫」、「他敢說，我就敢寫」等實務界流行說法，我們可以發現，姑且不論爆料與評論內容事後是否證明為真，但處理這些新聞當下，記者與編輯臺長官幾乎就是在寫指控、傳聞、臆測的故事，不太查證、單面報導，甚至根本無從查

證，有時連記者與長官都不太相信指控內容。或者有時記者與編輯臺更會反向操作，找一位立委、名嘴與專家，將有爭議、沒有事實基礎的話交由他們去講，不要自己講，以免惹禍上身。

更極端地，在某些引發社會眾怒，或引發極大同情的新聞事件中，記者根本就是放手依照「腳本」、爆料、臆測說法去拼湊故事，與社會正義同步陳述自己認為對的、正義的、需要同情的看法。有時候，反而還要擔心寫出某些事實、做平衡報導會被網友罵，被認為記者不夠正義，電視臺在幫壞人說話。因此，這幾年我們可以發現陸續有些例子，事發當下，媒體依靠殘缺零星資訊，加上編輯臺推論想像，共同拼湊出某些英雄到極點，或壞人壞到骨子裡的故事。然而事後證據卻顯示，英雄其實沒有那麼英勇，某些壞到骨子裡的情節根本是錯誤的。在觀眾沒有太多意見，學者也很少嚴肅關心相關問題之下，這些新聞充分展現可拋棄式新聞邏輯，媒體快速忘記幾天前才大量傳頌的英雄或魔王故事，然後若無其事地去說其他的故事。錯了也就錯了，而且大家都如此做時，也就更無所謂。

最後，無論形式查證，或基於「腳本」需求；無論事後證明有錯的大事件，或事後就沒人在意的小事件；無論政治新聞，或更多的民生、消費新聞，我們可以發現，當下媒體就是在說故事，而且很多是事實含量不高的故事。在大致沿用以往新聞作法，卻次第修改的過程中，如同海水侵蝕的海岸線慢慢往後崩解退卻，當下，新聞好像還是新聞，但卻已經是在說故事，不知不覺中我們看到的是「像新聞的新聞」。

（二）新聞當事人的消失與角色改變

除了從「說事實的故事」到「說故事」這項整體轉變，電視新聞敘事在故事主角與事件現場兩層面也出現細緻變化。

故事有著人物主角，新聞敘事亦是如此。而新聞故事的主角大致有兩項特徵，首先，對應複雜事件會被切割成多則新聞，讓每則新聞單純化的實務作法，新聞故事的人物主角相對簡單，不致像俄國形式主義（Propp, 1968）描述的那麼複雜。這項特徵讓新聞需要更多包裝展演，將於下節

進行說明。其次，新聞故事中的主角是眞實存在的人物，即新聞事件當事人或消息來源。或者換個說法，新聞中的當事人與消息來源是事實故事的一部分，也是證明故事爲事實的重要元素，不能被省略。也因此一直以來，新聞被認爲需要寫出明確新聞當事人、做好直接引述，相對地，匿名消息來源，「據悉」、「據報導」、「知情黨政高層表示」這些作法則會引發質疑，更不用說，沒有新聞當事人或消息來源的新聞。另外，這種故事人物的安排設計，也巧妙將記者阻絕於故事之外，不屬於故事，記者就是在旁觀位置，去確定別人的故事是否屬眞，去說別人故事的人。

1. 沒有當事人的新聞

然而，做電視脈絡顛覆了這種安排，並且悄悄出現一組細微變化。最明顯的是，電視新聞打破了需要訪問到新聞當事人，或需具有明確消息來源的規則。我們可以發現，當下不少電視新聞在相關當事人根本不願出面、不知當事人躲在哪裡，或採訪不到當事人的狀況下，還是會依照「腳本」製作出來，猜測案件進度、動機，或持續臧否當事人與相關事件。這種情形在媒體一窩蜂報導的食安新聞、社會新聞或八卦新聞中特別容易見到。

而相較於這種有當事人，新聞卻沒有呈現的狀況，我們可以在受訪記者描述的個案中，發現另一種更爲誇張的狀況：新聞根本沒有具體當事人，也沒有明確新聞來源。這類新聞更爲具體地說明了當下「做電視」，以及「像新聞的新聞」的意涵。例如一則「據傳」溫泉偷拍事件，長官交付任務後，即便受訪記者也懷疑偷拍的可能性，但在沒有受害者出現、不知是哪家溫泉業者，甚至不知爆料者是誰的狀況下，記者還是依照長官交辦，使命必達地把新聞做出來。新聞敘事中出現女生泡溫泉的畫面、女性民眾街訪、攝影專家訪問，不過就是沒有具體的新聞當事人。當下，類似新聞並不少見，許多網路取材新聞便是如此，或者政治記者有時也會憑藉自己想像推論、聽來的謠言、同業閒聊時想到頗有「梗」的角度，在集體圍堵政治人物時喊出問題，無論有無得到回應，仍會做成新聞。

基本上，這種違反新聞要有具體當事人、消息來源的新聞處理手法，一開始可能是因為截稿時間、填補時段壓力所做的妥協，以往報社資深記者有時也會權宜使用，只不過與「做電視」邏輯相互呼應的結果，這種作法默默普及起來，也慢慢成為習慣。因此，相較於資深記者主動點出問題，直言這種作法不好，訪談時，受訪電視記者觀看相關新聞個案後，幾乎都未能指出這項問題，或根本不認為沒有當事人的新聞有什麼問題。仔細觀看平日電視新聞，也不難發現這種敘事方式的轉變。當下，無論是「有當事人，沒有採訪到」，或「根本沒有當事人、消息來源」，透過編劇包裝，還是可以做出像新聞的新聞，而這也是記者身為執行製作的任務。

2. 成為「腳本」一部分

　　隨著當下找不到當事人、沒有當事人，又要把新聞做出來、還要好看的狀況，電視新聞敘事對應產生了兩項微妙改變。首先，它造成記者不得不跨入事件，部分頂替當事人與消息來源的角色。以溫泉偷拍新聞為例，記者便悄悄頂替了受害者與爆料者的角色，由他向觀眾提出、解說這則傳聞中的訊息，然後利用「偽第三人」方式巧妙維持了「像新聞」的樣態。新聞中有著攝影專家訪問，說明溫泉偷拍的可行性；有著女性街訪，讓她們發表看法；有著新聞經常出現的資料畫面、電腦後製，也維持一般新聞長度。因此如果不去細究，看起來就是一則完整的新聞，但是深入來看，這些作法遮掩了兩件重要事實，一是新聞中說話的人根本不是當事人、不是故事主角，二是遮掩了記者其實不是在說別人的故事，而是在說一個自己與編輯臺利用斷簡殘篇式線索拼湊出來的故事。當然，如果對應著「展演」邏輯來看，更激烈的改變是記者連「偽第三人」都放棄，大膽使用類似第一人稱方式說故事，不吝成為故事的一部分。他們不只是編劇、執行製作，甚至是演員，而這部分將在下節進行討論。

　　其次，與前述改變有關，找不到當事人、沒有當事人，又要把新聞做出來、還要好看的狀況，也直接改變了新聞敘事中受訪者的角色。受訪者不再是故事的主角，亦不是在說自己的故事，而是電視新聞腳本中的

「演員」。基本上，因爲沒人說話，不太像新聞，或爲避免新聞單調不夠好看，所以當下電視新聞敘事需要找人出面說話。溫泉偷拍新聞中，攝影專家、街訪民眾便扮演這種安排好的「演員」角色，儘管他們給予的是看法、評論，而非事實故事本身的細節，但這些人士的出現的確促成這則新聞成爲像新聞的新聞，觀眾往往不會察覺問題在哪裡。而且受訪記者大致都瞭解類似新聞需要的演員角色，因此不用長官要求，有經驗的記者就會自動去做街訪、找專家，也形成當下電視新聞經常出現某些配合度高的專家，或電視記者集體訪問某些專家的情形。

不過也許更麻煩的是，在「做電視」脈絡下，不只是非事件當事人成爲「演員」，基於「腳本」安排，有些時候，即便事件當事人也不見得是新聞敘事的重點，不見得可以去說自己的故事。例如新聞中，被明白指控的官方機構只出現幾秒畫面，對於指控的回應或否認，也僅是於片尾用幾句話帶過，但相對地，記者花更多時間去示範那件指控被藏起來的軍用夾克有多厚重；利用磅秤加手機計時功能，親自去展示秤重扔垃圾要多花多少時間。再或者，即便有些新聞用較長時間讓當事人說話，以受訪者話語作爲新聞主調，但依「腳本」做電視的邏輯，往往形成斷章取義的結果。當事人像是用自己的話語，證明自己多麼不知民間疾苦、多麼無知，他們不是在說自己的事，而是在媒體設定的故事腳本中扮演「演員」角色。而這種狀況也讓轉做機要或公關的受訪資深記者感嘆不已，認爲新聞不應該是這樣做。

也因此，當下，無論是當事人或非當事人，於新聞敘事中扮演的角色都出現改變。很多時候，他們不再是事實故事的主角，經由記者採訪、查證後，才出現在新聞之中。因爲「做電視」，大家都開始成爲「腳本」的一部分，像是合力演出一齣不太好看的故事，而新聞工作者則是深藏幕後的關鍵人物，差別在於他有沒有積極在故事腳本中參上一腳。

（三）從事件的「現場」到敘事的「現場感」

許多新聞事件，例如記者會、政治人物行程、抗議事件、社會案件，

都有現場。簡單來看，屬於新聞事件的現場，大致具有兩層古典意義。一是眼見為憑的意義，現場是事實故事發生的背景，在事件現場也可以看到更多故事，因此好記者需要親赴現場帶回事實資訊。二是追求即時性的努力，好記者得設法最快趕到事發現場、最快傳遞事件訊息。

然而做電視、速度文化、科技改變、新聞競爭，這些因素於實務場域內交互作用產生了複雜結果，最終造成一種激烈改變，讓原本屬於新聞事件的現場，逐漸轉變為電視新聞敘事的現場感。

1. 現場的廉價化

順著邏輯來看，相較於過去大型攝影機主導的年代，往往只有預先知道的事件才能順利捕捉到現場，當下，新科技創造了兩種處理現場的新可能性。首先，小型攝影機、隱藏攝影機、手機與行車紀錄器，大幅提高了現場被捕捉的機會，記者可以更為機動趕到事發現場，更為機動在事件現場走動拍攝，上班途中遇到特殊狀況利用手機便可直接拍攝，而且因為這些便利工具，可以進入以往會被拒絕的場合進行偷拍。其次，SNG的大量使用，以及各種行動通訊技術，「Live」（現場即時轉播）構連起「即時」與「現場」這兩個分別代表時間與空間的概念，現今電視新聞理論上可以克服空間問題，隨時進行即時的現場報導。

新科技提高了新聞工作處理現場的能力，加上當下觀眾也參與了新聞現場畫面的生產工作，平日使用手機、行車紀錄器隨手拍下畫面，颱風期間響應電視臺募集各地風災畫面，將畫面送給電視臺播出，或者自行放上網分享。因此，我們不需要精準統計數字大致就能確認，當下電視新聞遠比過去擁有更多現場畫面可供運用。然後在不講究品質、精彩度的狀況下，大量現場畫面造成現場的廉價化。Live新聞便簡單、清楚解釋這種轉變，相較於資深電視記者都瞭解過去只有少數重大事件會Live，Live帶有奢侈成分。現今有線電視新聞台大小事件都可以Live，事件發生前後都可以Live，電視記者們都有做Live的經驗，Live成為每天都會使用的詞彙。

2. 敘事的現場感

　　大量Live、大量現場畫面，讓現場開始廉價化，加上「做電視」強調現場畫面、觀眾習慣看到現場畫面，因此現場開始被習慣性寫入腳本，成為故事的一部分，甚至逐漸變成說新聞故事的形式要素：新聞就是要有現場感。編輯臺期待好新聞要包含現場畫面，要有現場感，可以表達即時或直擊的氛圍。監視器、行車紀錄器式新聞的出現便具有這種功能，帶來直擊事發現場的新聞事件，除此之外，偷拍是另一項足以說明現場與現場感差異的例子。

　　就理論來看，混進不公開場合進行臥底式報導，用未經允許方式取得照片，包含偷拍，始終有著新聞道德上的爭議（Hulten, 1985／羅文輝，1992；Kieran, 1998／張培倫、鄭佳瑜，2002），但無論如何，基於揭弊、維護公共利益與據實報導，這種作法還是具有一定合法性，而透過偷拍再現現場則是關鍵手段。不過有意思的是，就在我與受訪電視記者討論偷拍問題時，他們帶著玩笑口吻描述自己如何成為偷拍高手，以及對於偷拍實際案例的詳細說明，卻顯示著現今偷拍不再是不得已才為之的手法，很多時候更與揭弊、維護公共利益沒有太大關聯。我們可以從個案比對中發現，或者有時記者自己也承認，許多偷拍個案，如偷拍餐廳、賣場畫面，並沒有偷拍的必要，用大型攝影機去拍也可以，而且畫質更好；冒險在私人會議偷拍到的現場畫面，畫面晃動不清，或根本沒辦法證明什麼事實；偷拍取得的畫面，更是沒有做進一步查證，就直接拿來用。

　　不可否認地，為了處理八卦新聞的偷拍，還是帶有查證意涵。不過排除因為記者偷懶，不想花時間與採訪對象溝通，直接進行偷拍這項因素，更多時候，這些不具意義、沒有查證就直接拿來用的現場畫面，說明偷拍往往不是基於取得事實的目的，也不是為了再現事件現場，而只是「腳本」設計的一部分，是因為長官要求，或有經驗記者都應該知道的作法。或者，在我一度不解為何要將這些沒拍到什麼、品質不佳，甚至根本看不清在偷拍什麼的畫面放進新聞時，「偷拍，就是不要把現場畫面拍的很好」這種違反畫面原則的有趣說法，進一步論述了現今偷拍的敘事形式

意義，遠勝過應該有的證據意義，這些畫面帶來一種正常拍攝無法具有的現場感。有經驗的受訪者便表示，因為是偷拍，所以要有偷拍感，要有帶觀眾目擊的感覺；所以正常新聞攝影不允許的光線不足、歪斜晃動等畫面成分，卻是好偷拍的要素。當他們執行偷拍，卻拍出光線充足、穩定的畫面，人物出現在鏡頭中間，這樣的偷拍反而「不好看」，長官也不喜歡，會提醒下次可以試著拍出偷拍的感覺。

對照現場廉價化一起來看，這種透過偷拍帶領民眾目擊現場，卻不在意目擊什麼的作法，以及更多監視器、行車紀錄器新聞的出現，似乎更為深層、共同指向一種悄然發生的改變。即，新聞事件的現場逐漸失去重要性，現在新聞工作者重視的是現場感，換個更大膽的說法，以往屬於新聞事件、與事實故事相連結的現場，弔詭地開始與事件脫勾，從事件的「現場」，轉變成敘事中的「現場感」。當大部分主管與記者都瞭解偷拍往往徒勞無功，卻又經常去做偷拍，這些根本沒拍到什麼、畫面晃動不清，也根本沒有必要的偷拍，相當反諷地否定了為查證、再現現場而偷拍的必要性。相對地，晃動畫面、陰暗燈光與不明確的收音，創造一種偷窺或目擊的感受，或者受訪者口中的fu（feeling，感覺）。當下，真實現場是什麼、能否再現真實現場，不再那麼重要，重要的是，新聞敘事能不能為觀眾帶來現場感，讓觀眾感覺記者在現場，或以為自己看到現場。因此，偷拍不在於拍到什麼，而是在於有沒有這樣的畫面，為新聞敘事加上現場感這種fu。

當然，這種現場感是整體的事，並非只用在偷拍上。所以同樣邏輯也發生在民眾提供的手機、行車紀錄器、街頭監視器新聞之中。冷血來說，如同Kerbel（2000）發現，災害新聞畫面雖然可能大同小異，卻因為有畫面而經常成為新聞。類似地，行車紀錄器等工具提供的新聞事件可能亦不太重要，很多就只是酒醉民眾叫囂、有人在高鐵上脫鞋睡覺等畫面，有時畫面也很相似，但業餘式的跟拍、畫面晃動，甚至酒醉民眾作勢推擠瞬間所產生的劇烈搖晃，都帶來相當「好看」的現場感。再或者包含當下電視新聞中許多沒有必要的Live、隨時都有的鏡面跑馬資訊，記者明明在辦公

室，也要與主播假連線的作法，這些強調現場的作為，都像是在集體營造一種新聞敘事的現場感，而且最好是即時的現場感，用這種fu，告訴觀眾他們是在看新聞。

3. 各種折衷策略的影響

不過除了前述這條主要邏輯外，當下新聞工作對於現場所採取的折衷態度與策略，是幫襯現場與事件脫勾的軸線。從理論來看，現場屬於事件的一部分，同樣需要以報導事實的方式加以對待，只是就實務運作來說，即便新型攝影設備可以提高捕捉現場的機會，但對於那些無法事先得知、只能事後抵達現場的事件，記者能做的往往就是以事後現場替代事發當時畫面。或者，在某些連事後現場都難以取得，但做電視又需要畫面的現實脈絡中，記者只能採用更為折衷的手段，設法還原現場，例如訪問當事人與目擊民眾，記者親自做stand走位解釋案發經過，甚至找人模擬一遍。

基本上，事後現場、還原現場都不等於事發當時現場，不過有意思的是，在大多數人以為畫面帶我們看到現場，而不太計較是哪種現場的狀況下，事後現場與還原現場巧妙頂替了缺席的事發當時現場。然後也因為觀眾不計較，以及新聞工作事實要素的本質性崩解，讓折衷作法悄悄成為主流作法，就是習慣成自然地想辦法幫忙手邊新聞添加上「現場」畫面。

另外，從那些記者可以親赴現場取得畫面，卻未如此做的新聞中，我們可以看到其他更赤裸、記者慣用的折衷作法。例如記者彼此分享拍攝到的畫面、借用別家拍攝帶做新聞、就近使用類似場景做新聞、單純用網路畫面做新聞。這些不需親赴現場也能做新聞，以及到了現場拍到要的畫面就離開的作法，直接、反覆衝擊了事件現場的唯一性與必要性，然後同樣在習慣成自然間，當下電視新聞雖然喜歡追求現場，但大多數新聞卻不在意是否詳細且精準地呈現了現場。

最後，再加上很多現場是公關製造出來的假事件，以及民眾，包含年輕記者早已習慣虛擬概念，事實與仿擬界限愈來愈模糊，我們可以發現，當下，不只是科技與速度文化解放了時間，事實上，現場也從空間、

事件與事實這組脈絡中解放出來。畫面的擬真性，抹除了三種現場的細微差異，畫面不再與準確描述現場事實綁在一起。當大家都失去對事實的細究，不太細分現場與現場感的差別，新聞工作自然不再緊貼著事件的現場，事件現場自然失去「原版」的唯一與神聖性，而「到現場」也自然不再是倫理與自我要求的一部分。然後在做電視邏輯下，新聞工作從原先採訪、查證、寫作等繁瑣任務，逐漸收攏於寫作之上，成為一種敘事工作。現場逐漸被現場感取代，很多時候，記者有沒有親赴現場不重要、新聞是否真實再現現場不重要，重要的是敘事有沒有呈現出現場感。

🌀 第二節　展演的新聞

「做電視」是本書長期觀察電視新聞產製的研究結果，不過除了上節所做的描述解釋，另一塊關鍵拼圖在於「展演」。

在媒體與社會、結構與行動者間的複雜交纏互動關係中，展演，是當下電視新聞工作重要工作特徵，具體落實成展演敘事。簡單來說，當下電視新聞不再使用客觀、中立這種嚴肅方式說故事，而是開始設法把新聞故事說得更好看、更有趣。這種展演式的說故事形式，加上「說故事、但不保證說事實故事」的轉變，共同促成當下電視新聞不再是新聞，而像是一種接近實境秀的電視節目，也因此，做電視比做新聞更適合用來分析解釋當下電視新聞。而展演特徵大致展現在「梗」、展演式stand（記者入鏡報導），以及剪接後製等三個層面。

一、戲劇化與展演敘事

戲劇化，是最常用來描述當下電視新聞的概念之一，也是「展演」、「展演敘事」的淺白版說法。在新聞應該嚴肅、客觀敘事的專業標準下，這個淺白、生活化的詞彙，有效地批評了當下電視新聞如戲劇般加油添醋、強調情緒等手法，但它的淺白與生活化，似乎也讓我們不自覺地就是

停留在「新聞戲劇化」這樣的批評之上，缺乏深入觀察的企圖。有鑒於此，接下來將先藉由拆解「戲劇化」來論述「展演敘事」概念，再以此為基礎接續說明展演敘事的特徵。

（一）電影敘事與新聞敘事的對比

　　從敘事角度來看，戲劇化大致也可從故事內容與論述形式兩個層次進行觀察，電影便是很好的例子。電影具有故事，而且是戲劇的故事，藉由虛構的人物與劇情，配合戲劇論述形式，共同製造出戲劇所需要的衝突與懸疑性（姚一葦，1992；Dancyger & Rush／易智言等譯，2011；McKee, 1997／黃政淵、戴洛芬與蕭少嵫譯，2014）。電影這種戲劇性故事，以及我們平日聽故事、講故事的習慣，架構起一般人對於故事的想像：故事是有劇情、戲劇張力的，經常與戲劇相連接。然而從敘事理論來看，故事不必然都是戲劇性的。故事是由相關聯的數個事件，以及人物與場景等要素所構成（Chatman, 1978），因此簡單的事件、單純的人物、枯燥的場景，自然組合成單調的故事，沒有太多衝突與懸疑性。另外與此有關的是，說故事的方式也不一定都要是戲劇性的，也可以是平舖直敘、嚴肅、不好聽、不好看的。

　　相較於戲劇性之於電影，戲劇性或戲劇化，對新聞則沒有如此理所當然。我們不難發現，就理論上的專業電視新聞來說，戲劇化經常是種諷刺，指涉新聞走偏了事實軌道，只為討好觀眾。戲劇性、衝突性這些概念經常與小報化、感官新聞相連結。對於實務上的電視新聞來說，戲劇化雖不至於是諷刺，但因為新聞專業觀念依舊模糊存在，做過頭還是可能被社會批評，所以它像是個檯面下、不被明說的隱喻。然而就理解實務現狀來說，無論是諷刺、隱喻，戲劇化都初步比對出當下電視新聞的敘事特徵。

　　首先，電影敘事是在虛構基礎上編寫劇本，設計主角性格、主要與附屬情節，藉此展現戲劇性。相對地，新聞需要嚴守據實報導、不可虛構的理論脈絡，讓新聞事件擁有決定新聞故事好不好看的關鍵力量。雖然這項理論原則當下已經鬆動，電視新聞開始會運用想像、推論、臆測形成

「腳本」，也可能透過凸顯或強化某些情節、強調事件趣味或衝突對立（陳家倫，2014；郭岱軒，2011）、兩極化英雄與壞人角色讓新聞故事好看，但整體來說，過度設計仍是不被允許的事情。新聞大致還是需要依照事件走，而戲劇性事件往往又可遇不可求，這種狀況造就許多重要的政策法案、經濟趨勢新聞事件，因為故事內容極為枯燥，而被編輯臺捨棄。或者，編輯臺主管經常抱怨新聞很乾、不好看的話語，便清楚意味大部分新聞有人物、有事件，卻缺少衝突、懸疑的劇情，讓他們頭痛焦慮。

其次，電影故事是透過主事件、附屬事件組合成的劇情線，以及複雜人物安排來創造豐富的戲劇性。相對地，電視新聞主流做法是一則新聞處理一個事件，如果碰到複雜的大事件，編輯臺會將它拆成一組新聞，分別處理之，避免太過複雜。因此除去時間較長的新聞專題，以及某些本身便小巧玲瓏、充滿情感的人情趣味新聞，大部分新聞很難透過故事複雜情節、人物角色來創造戲劇性。甚至仔細觀察，在填補時段脈絡下，諸如逗趣寵物的網路取材新聞，其實就是將網路蒐集來的幾段寵物片段，前後剪接在一起，加上重複某些片斷，湊足一分多鐘。嚴格說起來，這類拼貼剪接的新聞，稱不上是事件或故事，它們也許有趣，但不是戲劇性的故事。

因此整體來看，在先天不足、後天失調的狀況下，電視新聞故事內容單調、枯燥是正常的事情。或者說，這是強調事實、在意公共的新聞文本需要付出的代價，我們不能拿新聞跟電影相比。只不過在過去那個傳統、觀眾不期待總是看到好看新聞的年代，由新聞事件決定新聞故事好不好看的方式，不是大問題。然而隨著時間走到當下，既要新聞好看，又無法放手編劇的兩難，讓編輯臺每天得花很多時間「加工」新聞。

當下，編輯臺主管們都瞭解不能輕易放過具有戲劇潛力的新聞事件，而且要設法變得更好看。例如處理政爭新聞時，藉由訪問手法，促成雙方更進一步言辭交鋒。在正義與催淚新聞中，設法讓當事人顯得善惡兩極、二元對立，營造好人全好、壞人全壞的典型戲劇主角性格。此外，編輯臺主管更頭痛於該如何讓普通事件變好看。「新聞」這頂帽子，以及緊湊工作時間，促使他們無法大幅或細膩改造故事內容，以致經常集中於以下兩

個方向，盡力讓新聞敘事展演出好看的樣子。一是設法從先天不良的事件中找「梗」，作為整則新聞故事的串連主軸。二是既然新聞故事難以戲劇化，也不允許過度戲劇化，所以改從敘事形式下手，而這又分兩種方式。透過戲劇化的stand，改變傳統嚴肅說故事的方式，以及透過剪接、電腦動畫等形式手法，增加敘事形式的豐富度。特別是對於許多連梗都找不到的新聞，這兩類與敘事形式有關的展演更形重要。

（二）幾項提醒

在進一步說明展演與展演敘事之前，需要提醒幾件事情，以利理解展演概念。第一，如同許多被指責的問題一樣，新聞戲劇化的情形其實早已存在，以往便有社會新聞利用重建現場、戲劇化方式描寫未曾目睹的犯罪場景。故事性寫作方法也並不新奇（Johnston & Graham, 2012），客觀新聞報導之前，新聞便是故事寫法，也才因此出現歷史上的黃色新聞時期（Schudson, 1978）。

第二，因為新聞故事大致還是要依新聞事件走，難以大幅虛構與修改，因此我主張綜藝化比戲劇化更適合描述當下電視新聞工作。找梗、stand與剪接後製，是綜藝節目把簡單事情變得豐富、好看的手法，而非如同電影，或也無法如同電影，透過複雜劇情線與人物安排，從故事內容製造出戲劇性。

第三，如同缺乏公共性等當下新聞特徵，無論是戲劇化、綜藝化或展演，都不應該只被單純視為新聞敘事問題，或者僅用收視率加以解釋經常有著化約風險。事實上，展演背後同樣有著相對應的實用邏輯，新聞中的展演，對應當下社會的展演特質、具展演特質的新聞工作者，以及習慣展演敘事的觀眾。而這整個被本書稱為「展演社會」的脈絡，明白說明著過去與當下社會情境的差異，也凸顯過去與當下新聞工作的差異。「事實」像是過去式、被邊緣化的概念，「展演」則是現在式、當下新聞工作的核心。

第四，由於社會總是在淡入、淡出過程中進行轉換，至少到目前為

止，新聞的嚴肅樣貌還殘存於社會之中，偶爾會被想起。因此，當電視新聞玩得太過火，例如記者變裝、誇張的入鏡報導，還是會招致社會譏諷。只是隨著同樣淡入、淡出過程，隨著相關作法反覆出現與修正，它們引發非議的程度已大不如前，逐漸不再是個問題，新聞工作者自然地使用展演方式做電視新聞，社會大眾也習慣於新聞中的展演。颱風天記者連線方式便是好例子，以往被批判的連線方式，經過幾次修正與演化後，還是會在颱風天重來一次。

第五，淡入、淡出的情形也涉及一組重要對比與發言權問題。展演，讓傳統學者、老記者感到不安與不滿，可是不曾在過去工作的年輕記者，對展演似乎相對顯得自然。整體來看，雖然年輕記者有各自展演或戲劇化尺度，但明顯可見的是，他們懂得找梗、流暢地做stand，不太質疑這些展演方式。幾位受訪電視記者便為自己設計的流暢、花俏stand為傲，認為那種不流暢的stand很呆，是敗筆。有人高興於找到不錯的梗，讓自己的新聞好看、與別台不同，或者反過來認為找不到梗是自己的缺點，但無論如何，於同時間，他們卻不太在意新聞缺乏查證、沒有平衡，也很少提及這些東西。在我就此追問時，他們或委婉或直接地表達當下這麼做新聞並沒什麼不對，新聞就是要好看，不喜歡可以不要看。

回到本書主張實務場域應該擁有發言權，以及從實用邏輯角度進行分析的立場，我主張新聞學是一種標準、農耕模型是一種標準，同樣地，在爭議中，時代賦予展演合法性，展演也是一種新聞工作的標準。拿傳統社會標準、老記者工作方式，要求當下年輕記者似乎並不公平，或者觀眾也不再偏好嚴肅敘事方式。不過語帶囉嗦地，展演具有合法性，但我也不避諱地主張，新聞還是需要遵守事實的底限。展演或戲劇化的困境不在於它所帶來的突兀感，消滅了嚴肅新聞，真正的問題或許在於，當下電視新聞工作者太過於相信自己處理新聞的方式，以致根本不知道自己問題在哪裡、根本忽略了事實等相關事宜。

二、展演的形式

（一）梗

　　相對於資深報社記者會反問新聞為何需要梗，「梗」在當下電視新聞工作中扮演重要的展演角色。有經驗的電視記者與主管懂得為新聞找梗，或者，設法抓到好看的「點」。反過來，年輕記者則大致知道自己抓不到點，沒有梗，以致被長官罵。「這則新聞沒有梗」、「梗在哪裡」、「很難找梗」開始出現在文字與攝影記者間的溝通、主管對記者的責問，以及電視新聞工作者的日常討論之中。

　　在實務場域中，梗這個不太學術、有點模糊的詞彙，是指設法從簡單的新聞事件中找到一句話、一個畫面、一個情節或一種情緒，然後以這些東西作為鋪陳主軸，讓新聞變得好看。當然，作為梗的東西，理論上必須是吸引人，或引人好奇的。舉例來說，當下，總統行程普遍被認為是單調的事件，因此如何從行程中找到梗，便成為做這類新聞的關鍵。一位記者處理總統出席某次新住民表揚大會的例子說明了這種狀況。採訪之初，他苦於事件平淡，找不到「點」，也就是梗，不知該怎麼把這則平淡新聞做得不平淡，直到在現場聽見總統一句「學中文很重要」後，才鬆了口氣。然後配合想像推論，他利用這句話為梗，將整則新聞連結至總統是否在替兩岸政治協商鋪路的軸線上。也就是說，適時出現的梗，幫忙這位記者大致想像出一直無法成形的「腳本」，順利完成當日新聞配額，沒有被主管嘮叨。不過好壞經常參半，這段過程也付出了代價，梗造成新聞報導的偏移，聚焦於這梗之後，表揚大會反而成為配角。再或者另一則總統行程新聞，受訪記者以總統被丟鞋為梗，利用剛好拍到的鞋子飛行畫面，局部放大維安人員手舉一半，準備攔鞋的畫面，以及配合諸如「快來護駕」、「趕快找兇手」、「糗了總統、苦了維安」等形容詞，將整個行程新聞做成民眾丟鞋、維安人員護駕的新聞。當然，這趟行程原來的目的、行程內容也同樣被淡化掉，整則新聞就變成是丟鞋、護駕的新聞。

　　梗，這個這幾年才在實務場域流行的概念，應該值得專門進行幾項研

究。不過這裡在展演脈絡下，大致先提出以下幾方面觀察討論：第一，嚴格來說，梗多半不是事件中最重要，而是比較有趣的要素，可是一旦被分配到某則缺乏戲劇性的新聞，無論是事前想好梗，或採訪中發現梗，有經驗的記者都瞭解得設法找個還算可以的梗，作為新聞軸線，讓新聞活潑起來，至少有個焦點。或者換個說法，對「做新聞」而言，因為新聞就是依照新聞價值挑選出來，再按新聞專業進行處理，所以梗並不重要，甚至因為不是事件的重要元素，而經常被捨棄，或頂多被當成人情趣味處理。但對「做電視」來講，因為新聞需要好看，卻又經常缺乏好故事線，所以梗很重要。透過梗建立起故事的軸線，讓新聞變得有焦點，展演出新奇好看的樣子，不會就只是記錄式地報導總統行程，或流水帳式地處理每場造勢活動。

第二，找梗的難易度並不相同。我們不難發現，本身具有豐富戲劇性的事件，如政治鬥爭新聞、政治人物緋聞新聞，不需要刻意找梗，事件本身便已有很多梗，足夠將整個事件切成數則不同角度的好看新聞，不過這種新聞事件並不常見。另外，有些新聞找梗相對不困難，或已成為常規作法。例如候選人在選舉場合說錯話、脫稿演出，幾乎都會成為該事件的梗，甚至記者在現場更是期待這些片段出現，然後公式化地完成新聞。然而相對於這兩類新聞，簡單、平淡的新聞最需要梗，只不過也正因為事件本身簡單平淡，所以想要找到好看、又有意義的梗並不是容易的事。因此從專業角度來看，不少梗顯得零碎，做出來的新聞則是缺乏意義，但是因為編輯臺需要這些新聞填時段，所以無論梗是否為斷章取義的結果、是否導致原來事件反而變成配角，乃至於事件本身是否重要到需要報導，都不重要。

第三，由於想從事件中找到好梗並不容易，或者當梗用老、用舊之後便不再有吸引力，所以很多時候，梗還需要配合其他形式技術加以包裝強化。例如發生數次政治人物被丟鞋的事件後，前述向總統丟鞋的新聞，記者便同時做了分割畫面、格放畫面，以及電腦後製，運用大量形容詞，將這則新聞包裝成更有梗的樣子。或者也因為好梗不容易找，所以很多時

新聞工作的實用邏輯：兩種模型的實務考察

候，記者會親做演員，凸顯某些梗的好看性，自己成爲那個梗。例如親自去買泡麵、沖泡麵到吃泡麵，藉此說明某個路口的紅燈要等很久。

最後必須整體說明的是，梗是現在新聞工作的重點或流行作法，但簡單比對過去枯燥、沒有梗的新聞便可發現，沒有梗，新聞也做的出來。而這種有梗與沒梗，或重視梗與不重視梗的差異，明白比對著兩個時代新聞工作的深層差異。二分來看，過去，雖然稱不上精挑細選，也不見得完全符合專業要求，但基本上，在有限時間與有限版面，以及相對不重視新聞好看的狀態下，新聞是經挑選的成品，新聞價值則是他們挑選新聞事件的標準，然後再依專業進行處理。守門人理論便包含這段挑選事件的過程（Shoemaker, 1991）。

然而明顯地，現今有線電視新聞台需要大量新聞，卻又沒有太多新聞可供選擇的狀態，讓挑選新聞不再是編輯臺主要工作，當下，重要的是設法把手邊不重要的事件包裝成像新聞的新聞，而梗是其中一種工具。這種實務轉變具有兩層重要意義，首先，它明白凸顯了守門過程中原本就具有的建構功能（Schudson, 1989）。當下電視編輯臺守門工作從挑選新聞，變成集體建構事件意義與包裝新聞敘事，而記者也從每天過濾挑選自己路線新聞線索的守門人，變成接受命令，共同參與敘事建構的執行製作。其次，也因爲不太挑選事件，或也沒太多挑選機會，以致無聲無息中，傳統用來判斷與取捨新聞線索的新聞價值失去實務重要性，其位置被包裝新聞的展演工具所取代。例如梗便是爲了製作敘事創造出來的東西，它之於展演敘事的意義，遠大於之於新聞事件的意義。配合「填時段、塞空間」等實用邏輯概念，這項不貼近實務場域細看很難察覺的轉變，反轉了一般人對於新聞工作的認知，也再次寫實說明了傳統新聞學的不合用。當新聞不用挑選，重點是在包裝新聞，教科書中書寫的新聞價值、據實報導、平衡報導自然失去功能，相對地，找梗、stand、執行製作能力成爲重點。

新聞事件、新聞價值、挑選事件、據實報導是一組做新聞的概念。新聞敘事、梗、編劇製作、包裝新聞則是一組做電視的概念。做新聞與做電視，標示兩個時代的差異，新聞從報導事件爲核心的工作，變成以製作展

演敘事為核心的工作。

（二）形式的技術

如果說梗是藉由調整故事軸線讓新聞變得好看，那麼，另一類展演作為則是藉由電腦動畫等形式技術，從敘事形式層面展演出可看性。

基本上，第三人稱、5W1H、倒寶塔寫作等技巧，大致構成傳統新聞的敘事形式，只是這種對應報導事實的技巧，也為新聞帶來嚴肅與單調的敘事氣氛。Lewis（1994）便認為電視新聞大致採用的報紙寫作方式，讓電視觀眾較難理解與記得其內容，且因為缺乏懸疑性，無法引起觀眾興趣。相對於學者，當下電視新聞工作者更是明白知道平鋪直敘的敘事方式並不討喜，加上現今編輯臺主管似乎都假設豐富畫面具有吸引力，所以會要求文字記者要為手邊新聞搭配上電腦後製效果，攝影記者則需要運用各種鏡頭語言、剪接方式處理新聞畫面，不太容許平鋪直敘的拍攝剪接方式。也因此，比對過去電視新聞可以輕易發現，當下電視新聞充滿電腦後製、剪接效果、鏡頭語言，或者，受訪電視記者則會抱怨每天新聞都忙不完了，還要去想該做哪些電腦後製效果。

而動畫新聞的出現，更是試圖透過形式技術說好看故事的例子。配合這種完全以動畫方式說故事的新聞類型，記者採訪時雖然會設法問的鉅細靡遺，再依照詢問到的細節資訊進行現場還原，製作動畫新聞，但實際產製過程中，留下衝突性、故事性內容作為產製重點的作法（張涵絜，2013），也實際引發了動畫新聞是不是新聞、模擬事件是不是真實，以及因社會新聞動畫而產生的倫理爭議。這些爭議一方面回應上節討論，動畫新聞利用數位技術設法模擬或還原了缺席的現場，但同時間也模糊了還原現場與事發現場的差異，事件的現場失去原真性，成為可以還原、仿擬的東西。另一方面，暫且不管相關爭議，動畫新聞，包含一度出現於主播播報新聞時，可與主播進行互動的3D動畫，共同將利用形式技術說故事的作法推至另一階段，它們不只輔助說故事，甚至成為主角。以前是藉由一般電腦輔助動畫幫忙說故事，現在是以3D技術與動作捕捉技術

（motion capture）做成新聞敘事；以前是主播想辦法讓稿頭吸引人，現在則可藉由3D技術與動作捕捉技術幫忙，創造更強烈的視覺效果，改變主播說故事的方式。再細一點來看，其他電視臺缺乏相關設備，卻努力設法仿製類似效果的事實，更是明白展現電視臺對於形式技術的著迷，以及設法說好看故事的企圖。

不過無論如何，如同綜藝節目會加上畫面特效、音效與背景音樂、好笑的模擬對白、跳針式重複某句話，對新聞工作來說，在新聞事件不容許大幅修改，好梗又難找的狀態下，透過各種形式技術所做的加工，至少會讓新聞在敘事形式上豐富不少，不至於發生用平鋪直敘方式去說一個單調故事的情形。當然，除了特效、剪接、音效這些輕易可見、不需多做贅述的直接形式加工外，電視臺還發展出其他讓新聞好看的形式作法。例如大多數記者都瞭解最好看、具衝擊張力的畫面需要放在新聞開場，至於後面放什麼則相對不重要。只有文字描述的網路線索，需要透過實驗畫面、請人「演」的方式豐富這則新聞敘事畫面。有關證所稅造成股市下跌的新聞畫面很乾，需要補以股民抱怨畫面、以往股市連漲股民歡欣的資料畫面。或者這也解釋了當下電視新聞經常出現資料畫面的原因，一方面因為記者要為手邊新聞湊足時間，避免新聞過短，二方面，好的資料畫面也是種展演手法，讓新聞不要那麼乾。也因此，記者有時更是乾脆放上電影片段，豐富敘事可看性，或也藉此為梗。再者，誇張嘲諷的過音、戲謔的新聞稿也成為展演工具。

值得再說明的是，對應前面有關現場感的討論，展演所製造出的現場感與即時感，也是一種讓新聞好看的形式技術。例如記者可以用專業攝影機或手機拍攝同一新聞事件，但相對於前者用正常畫面穩穩當當地說故事，手機則是用另一方式說故事，晃動、灰暗畫質帶來直擊、偷拍的「fu」，展演出記者為觀眾、為維護第四權冒險偷拍現場的氣氛，而觀眾喜歡這種現場感。另外，網路、行車紀錄器、颱風天觀眾用手機拍攝的風雨畫面，以及下段討論的stand，也具有創造現場感的功用。總結來看，這些形式技術不難理解，從形式著手，是當下電視新聞設法展演好看敘事

的重要方式。

（三）stand

　　展演不符合專業本質，然而矛盾的是，電視性格卻又像是注定電視新聞具有難以避免的展演成分，這種矛盾在stand上看得特別清楚。

　　類似Tolson（2006）認為電視新聞談話總包含展演成分。Ekström（2002）認為電視新聞訪問不只在傳遞資訊，更像是一種舞臺上的表演，電視新聞產製始終與展示目的相連結，新聞需要被表演出來。基本上，記者做stand時，眼前雖然沒有觀眾或對談者，但與主播工作一樣，攝影機讓他們清楚意識到自己處在被觀看的舞臺位置。棚內主播與記者stand都包含公眾演說時的展演成分，拍攝背景、站姿、說話速度、話語內容、言詞用語是刻意選擇的結果，如果實際比對他們日常生活場景，便可發現不同。

　　進一步來看，當記者中規中矩做stand，就已無可避免地進入鏡頭前展演狀態，那麼更不用說專業式微、嚴肅客觀封印被拿掉後，stand所具有的明顯展演成分。我們可以發現，當下，stand不再只用於重大事件與海外採訪，藉以表示記者人在現場，而是普遍出現在各種大小新聞之中。同時相較於教科書描述stand用來開場，轉場與結尾的資訊解釋功能（黃新生，1994；Boyd, Stewart, & Alexander, 2008），stand更是成為一種常用的說故事或展演新聞的技術。而且相較於梗與各種形式技術，記者直接入鏡，特別是用設計好的方式入鏡，明白衝擊了傳統旁觀報導的角色。如同主播從穿著正式，端坐播報臺後，強調權威感與可信度的傳統樣貌（Dunn, 2005），改變成時髦打扮、時站時坐、隨新聞改變語調口氣的說故事者，記者也不再是保持鏡頭之外，努力嘗試客觀描述自己掌握資訊的敘事者。在社會案件中，有人會開始用「偽第三人稱」方式，配合偵探式走位、戲劇語氣，直接為觀眾模擬所謂的事發經過，或描述加害者有多可惡。或者在官方發布菁華地段土地價值排行後，記者大致依照想好的「腳本」，在其中幾個地段配合鏡頭走動、配合鏡面開雙框等效果，解釋這幾

個地段房價如何成為地王、地后，利用stand將枯燥數字補上畫面，設法展演出好看的樣子。這些例子中，記者不再只是將蒐集到的資料平鋪直敘的說出來，而是用至少自認有趣豐富的方式，去說一個「腳本」規劃好的故事。

因此，當下stand包含了設計，文字記者會花時間去設計自己要如何入鏡、走位、帶哪些道具，有時攝影記者也會參與意見，討論鏡頭該如何從遠方帶到記者身上。甚至對很多被認為缺乏內容的新聞來說，stand根本就是為了生動好看而存在，直接就是新聞的梗。這類stand是腳本的主軸，也更綜藝化，例如記者親自塗抹化妝品，配合紫外線燈照射，示範臉部呈現的螢光效果；親自拿著事先準備好的垃圾與磅秤，在垃圾車前示範據傳將會實施的垃圾秤重計費制；親自騎車示範摩托車路考新場地是如何像障礙賽。另外，混雜著長官喜歡stand效果，部分記者自己也喜歡露臉這些原因，讓stand愈加誇張起來。長官會期待記者親自參加彩色路跑，甚至事後教導記者可以戴護目鏡路跑，因為拿下護目鏡後，更能對比出臉部被染色的痕跡。而記者自己也會花時間設計，或與攝影記者一起討論要如何做路跑stand，才會更好看、更有戲，不吝嗇地當起演員。最後與前述幾項原因無關，做stand另一項原因在於可以偷懶或節省時間，透過自己stand的說明，省下再去找一位專家受訪的麻煩。

這些stand引發外界對於新聞綜藝化的非議，然而再一次地，實務場域對此同樣有著屬於自己的看法。簡單來看，雖然有人對某些記者過度誇張的stand有所保留，但訪談中，幾乎所有受訪記者都相當自然地描述自己做stand的過程，主管則相當自然地從好看角度看待stand。他們並沒有太多質疑，也不認為這麼做涉入新聞事件，違反旁觀者立場。在「後」現代解放話語權脈絡中，受訪者這些反應並不意外，他們自信地依照自己方式工作，依照實用邏輯為新聞找梗、搭配展演形式與做stand，但也可能因此不自覺地獨裁起來，看不到展演新聞的缺點。

✹ 第三節　展演的社會

　　要解釋當下電視新聞普遍具有的展演特質，同樣不能忽略行動者，以及社會結構所扮演的關鍵角色。我主張，媒體生態、編輯臺長官要求是絕對關鍵因素，但同時間，電視新聞工作者本身也透露著展演特質，悄悄地從傳統設定的事實記錄者，轉變成現代說書人。當然，這種行動者本質最終也對應於一種「展演進入生活」的當下社會結構性特徵。

一、記者作為說書人

　　說書與說書人是組古老概念，但它略帶誇張、戲劇化的意象，卻也有意思、有效地描述了當下電視新聞工作。

　　事實上，Fiske與Hartley（1978）便曾巧妙使用「說故事的人」，或口語時代的吟遊詩人角色，比喻電視在當代社會的角色，將社會發生的事情解釋與傳遞給觀眾。Ekström（2000）也主張「說故事」是三種電視新聞模式之一，運用敘事、修辭技巧，提供觀眾好看的新聞。另兩種是「資訊傳遞」與「吸引策略」，前者為中立客觀傳遞觀眾要的資訊，後者則透過視覺與聽覺包裝事件，這對應前述利用「形式的技術」展演新聞的工作手法。不過相對於這些意義，順著本書脈絡，我嘗試利用「說書」這個傳統意象，凸顯當下電視新聞不再是堅守報導事實的現代性產物，而像是返回說書人時代，成為傳統說書人口中的現代章回小說，以真實事件為素材，配合想像臆測，產製出真偽相摻、強調好看的故事。當然，現代新聞還是有所本，不太允許捏造杜撰，理論上，應該比歷史章回小說有更多事實的成分。

　　另外，說書，也意味當下電視新聞需要具有展演能力的說書人，才能把故事說的好聽、好看。而「後」現代的展演特質，便也極為巧妙地帶領電視新聞工作者穿越時空，對應了說書人這種古老行業。作為現代說書人，他們一方面具有展演性格，也是說故事高手，二方面雖然程度不致像

吟遊詩人般，但他們適應液態社會特質，習慣流動，用說故事能力謀生。前面有關「做電視」的討論大致解釋了說書的意涵，而接下來要關切的則是說書人的角色。

（一）展演的說書人

說書人經常被視爲一種古老工作。如果我們從廣義角度理解說書人，美國大眾報業早期的記者便像說書人，將法庭、街頭發生的事情有趣地寫出來（Schudson, 1978）。只是隨著對於黃色報業的反思，在新聞專業取得定義新聞的權力後，客觀中立、倒寶塔方式等專業原則，開始將新聞放在事先設定好的格式中，大幅壓抑、犧牲或拿掉了個人說故事能力。記者要中規中矩地說事實故事，而觀眾也逐步接受起這種嚴肅、不一定好看的敘事形式。

1. 從中規中矩到活潑好看

以臺灣改造年代的報社記者爲例，無論是想做專業記者，或保持文人與知識分子的自我認同；無論是想要客觀記錄事實，或想要文以載道，經世濟民，這些相對保守、相信有標準存在、不流行跨界的老記者，說起故事也顯得拘謹保守。他們多半按照實務專業標準寫新聞，不太逾矩，某些逾矩新聞則會引來當時學者、同業的非議。資深記者心中像有條莫名的界線，新聞就是新聞，不是說故事、寫小說。相對地，幾位資深電視記者的回憶也大致如此，儘管當時電視新聞面對更多政治控制、新聞室內壓力，但他們是在「做新聞」。如果不去細看其中隱藏的政治意識型態，他們的新聞大致中規中矩，甚至乍看之下，對應著電視新聞教科書中的基本形式。

然而回到現在，「做電視」明顯打破以往專業規則，允許新聞工作者取回了說故事空間。而對應著當下社會認知的年輕世代特徵：習慣跨界、經常跨界，願意論述自己想法，不排斥展演，甚至喜歡被別人看到，年輕電視記者像是跨越新聞文類界限，帶著展演成分成爲現代說書人。對於這

些生長於臺灣有線電視、網路、影像時代的電視記者來說，電視新聞不是簡單鏡頭、簡單剪接，客觀、穩重的形式樣貌，相較於老記者，他們自然接受了電視新聞的複雜敘事形式，也習慣或擅長透過梗、不同形式技術將單調枯燥新聞說得好看。不過其中最有當代特色、更清楚展現展演能力的是：運用自己、透過stand來說書。這具體落實了說書人的意象。

基本上，以往電視記者也可能喜歡在鏡頭前露臉，想被觀眾認識，然而無論是因為主客觀因素影響，他們並不常有機會做stand。如有需要，也彷彿依照教科書教導方式，保守拘謹地完成它，替觀眾忠實報導事件。這種情況大致在有線電視出現後有所改變，親身經歷的資深電視記者便表示，記者們開始更常做stand，也逐漸嘗試用較活潑方式做stand，只是stand還是要有內容，不能亂做。之後，隨著長官鼓勵，記者自行改良，有人更是一步步越界，彼此學習，慢慢地演化出了當下這種展演式stand。記者站到觀眾面前成為常態，複雜的走位設計、分割畫面、跳接等綜藝節目手法，更放棄了以往刻意保持的旁觀陳述位置，記者利用接近第一人稱的方式說故事。

經常做stand讓電視記者精熟於面對鏡頭，但「做電視」凸顯好看、展演的結果是，電視記者有能力做stand，卻不太在意與理解自己報導的事件。他們就是設法把故事說得好看，至於掌握多少故事內容則不重要。形式勝於內容。一位資深電視記者便從實務標準提出批評，她表示，即便備著不用，在學運現場做即時連線，包含一般stand，記者都應該事先做好功課，才能藉此明確掌握剛進場的人物是誰、之前發表過哪些有關學運的談話，而不是因為缺乏準備，以致只能描述現場政治人物衣服什麼顏色、氣氛有多麼的喧囂，整段現場連線顯得空洞缺乏意義。當下因為形式勝於內容，所以在許多類似場景中，stand本身就是目的，不是報導事實的工具，記者就是在那裡說話，用言語修辭、好似生動的語氣說著沒有內容的故事。

2. 設計、展演的stand

當然，缺乏內容可以是因工作時間被壓縮，沒時間準備所致，而大小新聞都stand也可以是因為長官要求。不過在這些經常拿出來討論的原因背後，訪談經驗卻顯示，即便時間充裕，大部分記者亦沒有太多準備。同時因為平日不經營路線，缺乏路線知識，所以也只能隨機應變式地描述現場，顯得詞窮，甚至認錯人、說錯話。再或者，隨著更多研究資料的累積沉澱，我愈加從受訪者身上釐析出一種氛圍：stand可以是基於長官要求，但也是記者本身習慣與喜愛展演所致，不排斥自己在鏡頭前展演，習慣被看見。例如在就個案具體討論stand必要性，或就通則討論何為好stand時，兩位受訪者「有沒有ㄎㄟˋㄎㄟˋ的（卡卡的、不流暢）」有趣回答，雖然最初讓我感到有些意外，卻深刻說明stand已遠離傳統想像的意義。當下stand主要涉及的是展演目的，而非再現現場，所以「有沒有ㄎㄟˋㄎㄟˋ的」才會成為標準，而不是有沒有必要、正不正確，或深不深入。他們對於如何做stand有著仔細且自然的整體描述，並且自信於自己在鏡頭前流暢展演設計橋段的能力，反過來淡淡批評那些想露臉、卻ㄎㄟˋㄎㄟˋ的stand，認為這樣的stand並不需要去做。

再整合其他受訪者的描述可以發現，當stand成為電視新聞敘事的重要展演元素，屬於敘事層次問題，stand便不再只有站定位、中規中矩這種選擇，而是開始多樣化，加入設計成分。精於stand的記者便能夠純熟透過語言、道具、走位等工具，設計每次stand，甚至帶有個人風格，容易被年輕記者辨識，或成為某些年輕記者的參考對象。相對地，年輕記者雖然可能還不純熟，但也懂得設計，有著不同stand方式。例如一位不想被視為演員的受訪者，便用相對穩當的方式進行走位、設計橋段，不玩太多花招。另一位活潑、明白表示自己不太會跑新聞的受訪者，則是相當有創意地做出許多互動式、綜藝梗的stand，讓單調新聞好看不少，也受主管喜歡。不過，無論選擇什麼，相對於老記者，他們不排斥stand，相對於上個世代，他們更習慣於鏡頭、自然於展演。

年輕記者對stand的看法與作法，再次回應本書主張結構與行動交纏

互動的立場。我們可以發現，當下電視新聞充滿展演、展演過頭是媒體結構性因素造成，但不應忽略的是，展演也像內建在年輕記者身上的特質，單是用長官逼迫去做，或收視率壓力進行解釋並不完整。也因此，當我們轉換角度，並且深入接觸年輕記者，更多細節可以幫助我們感受這種新世代展演氛圍。例如記者花費許多時間在設計stand，卻很少在意查證、平衡；不待長官交待，就自行設計stand，而且一個比一個花俏；經常抱怨工作種種，卻很少抱怨stand，或從stand中得到少有的工作成就感；對自己做stand功力感到驕傲，或成為更年輕記者想要學習的對象；在意自己在新聞中出現的樣子，勝過是否有深度；對於設計stand樂此不疲，認為這樣做新聞沒什麼不對，甚至明白主張不喜歡的觀眾就不要看。

最後，部分受訪者不諱言stand是讓他們被看見，在螢幕上露臉的機會。再搭配上不少受訪者表示不排斥當主播，或明白大方表示想當主播；許多學生以成為主播為目標，喜歡出現在螢幕上；以及不少記者因為沒機會成為主播而跳槽，當了主播後挑時段、不久之後又離開，這些例子像是反覆說明展演是一種年輕記者特質，相較於前輩，他們不排斥展演、習慣與喜歡展演。當然，這種特質也非獨立存在，而是整體對應了當代社會的展演結構，本節末將會再回到這部分討論。另外同樣簡單提醒，即便年輕記者也還是有著不喜歡展演的可能，而資深記者也有很愛展演的人，只是過去環境綁著他們，以致無法這麼做，或者，也正是這些記者與主播一步步突破，帶領出當下愈來愈活潑展演的電視新聞敘事風格。

（二）流動的說書人

說書人不只展演，還是流動、不受拘束的。這種特別屬於吟遊詩人的特質，在穩定保守的傳統社會顯得特異，更與新聞工作農耕模型背道而馳。農耕模型對應著穩定的個人與穩定的媒體環境，在不穩定的媒體環境中，要求具有流動特質的年輕記者作為農夫，本身便強人所難。

不過流動的個人特質，卻恰如其分地對應流動的媒體環境。當環境沒有提供深耕的理由，年輕記者本身也不擅長等待，流動的說書人自然成為

一種選擇。在流動中，新聞就是份工作，每天在慢不下來的速度中，就是跟著同業集體追逐新聞事件，準時把新聞做出來。因此，儘管受訪主管們抱怨年輕記者不顧線，也要求他們去顧線，但面對下班後便重視生活品質的年輕記者，主管也只能妥協。另外，年輕記者做不久的事實，則讓設法留住記者與不斷找人面試，成為當下主管經常需要傷神的工作，至少在這幾年，總是聽到各台都在找人的消息。

面對流動的環境，年輕記者像是聰明保持在流動狀態，以應付結構與本身的需求。追求沒有包袱的液態性格（華婉伶與臧國仁，2010；Bauman, 2000, 2005），讓他們可以輕易轉換於不同電視臺間，或離開媒體圈後又回到媒體，藉由這種方式保持一定程度的生活隨心所欲，更實際地為自己爭取更高薪水，回應勞動條件不佳的媒體環境。另外，在黏著沒有好處的情況下，液態性格也讓年輕記者不在意路線經營，不在意長期人脈培養，因為在意這些東西沒有太多利益，甚至反而會把自己綁死，沒時間去做自己想做的事。所以，流動、不受拘束特質構成說書人的另一構面。用更激進的比喻來說，如同表演空間之於街頭藝人是暫時的、流動的、工具的，一旦感受到狀況不對，便可以起身走人。年輕記者與自己的採訪路線也大致如此，他們相當習慣被指派去做不是自己路線的新聞；與公關人員保持工具關係，有需要再聯絡；離開路線或離開媒體也不會感到不捨，沒有太多東西需要犧牲，也不太有資深記者離開耕地後的鄉愁與認同問題。

在這種狀況下，配合成長過程中累積的展演習慣，以及電視臺重視展演，現代說書人需要的是把故事說好聽的能力，而不是幫忙找到獨家新聞的人脈、可以寫出深刻評論的路線知識，或有助升遷的組織忠誠。或者，因為不是每個人都是稱職的說書人，甚至當液態性格壓過一切，新聞就只是個剛好正在做著的工作，所以連說故事的能力也不重要。做膩了、長官要求多了，就找個出國讀書等理由起身辭職。

再一次地，從新聞專業角度，或從農耕模型來看，這種作法不正統，顯得離經叛道，也不可能做出好新聞，但就時代變遷來說，說書人像是結

構與行動者相互商量後的自然演化。對照具有黏著性格，因爲效忠、養家等外在壓力而長期停留在新聞工作上的資深記者，流動的年輕記者標示另一個世代。他們做記者之路，像是沒有確切出發點，也沒有特定結尾，隨時可以出發做記者，然後因爲不確定自己要什麼，做乏了，也隨時準備瀟灑離開。停留不再是美德，年輕記者不斷拋棄自己的過去，追求沒有負擔的生活，但也在不斷拋棄中，缺乏方向，主體消失不見，不知道自己是誰。而這或許也是年輕記者與年輕世代的大哉問。

二、進入生活的展演

　　Goffman（1959）利用戲劇表演精彩論述了日常生活中的展演。簡單來說，在他人面前，我們就像是處在舞臺之上，會透過語言等工具展演出符合自己角色的樣子，或進行印象整飭。不過不同於戲劇表演，Goffman論述的展演是一般人普遍都有的日常生活行爲，如老師身分的人，會在鄰居、學生家長前展演出合宜老師身分的樣子。這種日常生活中的展演可能包含自覺或刻意成分，但不代表惡意欺騙，我們是在展演自己，不像戲劇是去表演不屬於自己的角色。

　　然而如同戲劇表演，「被看」是展演的關鍵，因此回到後臺，我們會卸下展演進入自然狀態。而展演也需要練習，才不會讓別人看破手腳，在別人面前出糗。或者愈是公開地被看，愈需要勇氣，熟悉被人觀看才能自若展演出某種樣子。

（一）被觀看的工作

　　與一般人一樣，電視記者平日需要展演記者的角色，只是電視工作讓他們擁有透過鏡頭被觀看與展演的特殊經驗。這種介於日常生活展演與戲劇表演間的展演形式，不容易拿捏分寸，過多會招致批評，不過無論如何，鏡頭中介下，被看與展演是理解當下電視新聞工作的重要關鍵。而攝影機則訓練他們成爲習慣被看、精熟展演的人。

　　這種情況在主播身上看得特別清楚。相較於一般人，主播們極度適

新聞工作的實用邏輯：兩種模型的實務考察

應鏡頭，有著卓越的展演能力。一小時之內，他們可以反覆在每則新聞播出帶結束前，跟隨副控室倒數指示，迅速切換回主播模式，鏡頭前看不出前一刻還在自顧自地碎碎念、催稿帶來的火氣，或與副控人員開玩笑。或者一次實際觀察選舉開票節目現場也有類似發現，當主播用熟練的快速語氣，嚴肅站姿進行報票時，相隔幾公尺外的談話節目主持人與來賓，則在同一攝影棚內切割出來的第二現場，用一般聊天語氣小聲談論著選情看法。不過當畫面轉至第二現場時，主持人與來賓則瞬間找到鏡頭，恢復權威的坐姿、專業的語氣，展演出選情分析專家的角色，這時則換幾公尺外另一現場的主播輕鬆一下。

　　隨著現場倒數與攝影機催動，主播自若地切換至主播模式，彷彿脫離日常生活的自己，進入極為獨特的出神狀態。熟稔地透過眼神角度、說話節奏與語氣、語助詞的使用、肢體動作的選擇，展演著自己想給人的形象，例如：權威、親和力或年輕。這種出神狀態一般人很難體會、更難做到，往往得等到有親自面對攝影機的經驗，才會從自己窘迫的坐姿、游離眼神、結巴語氣，充分感受被觀看是多麼不自然。而窘迫與不自然也可以從年輕記者頭幾回做stand、開始進棚試錄，以及學生興奮進實習攝影棚時觀察到。

　　攝影機象徵「被看」，讓一般人不自然。對資深主播與資深記者來說，多半是經過訓練才習慣「被看」，才能在攝影機前展現不同於自己日常生活習慣的模式。類似Hochschild（1983）分析情緒工作的發現，有些人會將工作場合所需的適當情緒帶入生活之中，收不回來。同樣地，訓練有素後，主播與資深記者也可能將工作展演帶到生活。特別是主播、而且特別是在面對不熟識人的場合，他們會用輕鬆版的主播模式說話，應對進退。面對照相機時，電視工作者習慣於自己被側拍，不會有一般人躲鏡頭等不自然反應，極度瞭解鏡頭的主播更會悄悄微調好姿勢，露出習慣性微笑方式。講電話時，則有著播報與過音時的節奏，而且不吃螺絲，等到說完後，旁人才會發現她原來是對某位公關、不太熟識朋友的語音信箱說話。鏡頭前的出神狀態不同於日常生活，但訓練之後，也成為生活一部

分，交纏在一塊。

相對於主播、資深記者這種訓練有素的展演，年輕記者初次面對攝影機也會緊張尷尬，但不同的是，他們如同有著展演基因，以至於比老記者更敢在鏡頭前展演，也才出現前面所述習慣與喜歡stand的狀態。而這種差異涉及社會本質的轉變。

（二）充滿「看」、「被看」與展演機會的社會

無論是過去與現在，被看與展演都是日常生活元素，具有一定的不自然性，在公開場合，我們對於他人目光的警覺，刻意在乎自己言語用詞，便說明這種狀況。不過大致來說，過去是個人被集體包裹住的社會，也是一個看與被看經驗都相對匱乏的社會。年長者回溯記憶應該都會同意，以往並沒有當下這麼多面對公眾與鏡頭的展演機會，似乎也不太需要這樣的機會。如果必須出現在公眾面前，保守性格與社會保守規範會讓自己顯得拘謹、保守或害羞。學生時代總是中規中矩進行課堂報告便是很好例子，甚至許多人根本害怕曝露於公眾與鏡頭之前。當然，在過去，上電視幾乎不可能，電視人物是另一個世界的事，更沒有部落格、Facebook這樣可供展現自己的場域。

如果順著電視新聞工作脈絡來看，看與被看經驗的匱乏，清楚反映在個人與鏡頭的關係上。以往拍照通常是有目的的行為，例如在特定節日、特定場合留下紀念照，加上技術限制，如擔心對焦、晃動造成失敗，年長者也都有拍照時站得恭謹，或反過來特意擺出明星姿勢經驗，儘管現在看來這些姿勢很假、很僵硬。不常拍照的經驗，以及相機可以留住影像的古典魔力，讓相機帶有某種神聖性，相機如此，攝影機更是如此。另外，過去沒有這麼多有線電視、網路視頻的環境，上電視明顯連結著成名與明星的想像，電視也因此具有一種難以言傳的明星性格。在這種環境中，個人沒有太多被相機與攝影機觀看的經驗，稀少的影像經驗，也讓他們少有觀摩別人展演的機會。最後，這些因素也共同造就以往記者需要較多訓練才能適應攝影機這種神聖性格的工具，習慣被看，不會不自然、緊張或尷

新聞工作的實用邏輯：兩種模型的實務考察

尬，讓攝影機逐漸成爲「在那裡」的東西。

　　然而隨著時代轉變，看、被看與展演的經驗出現改變。當下這組經驗充分得到強化，年輕世代習慣看、被看，也敢於展演自己。或者，在Goffman時代，展演大致發生在人際互動的眞實場景中，不過現今過多過剩的影像媒體，以及各種數位影像技術，在人際互動之外，形成另外一種中介的展演場景。當媒體廣泛滲透到日常生活之中，許多日常生活事務都與觀展表演有所構連，那麼參與其中的個人也愈加自然地成爲表演者，愈加習慣地作爲表演者，藉表演不斷發展與修補自我認同（Abercrombie & Longhurst, 1998）。在這種或可稱做自願被看的環境中（Molz, 2006; Albrechtslund, 2012），個人不只自願揭露私人資訊給別人觀看，更整體構成一個充滿看與被看經驗的社會環境。我們在看與被看的習慣中，逐漸精熟於展演。

　　大膽分析這種經驗轉變，首先，它關乎臺灣社會的整體改變。隨著臺灣社會從威權、集體中解放出來，以及消費社會對於個人的尊崇，共同創造了一個有利於個人展演的社會條件。父母師長鼓勵小孩做自己、大方表現自己；幼稚園開始，學校提供大大小小上臺表演機會，強調自尊、開放、快樂；以個人爲中心所從事的各種消費選擇，鼓勵消費者組合出屬於自己的形象；電視對於上個世代魅力，轉換成部分父母對小孩成爲明星的想像；現今電視各種選秀節目的普及，社會團體舉辦的各種表演活動，這些可以列出更多的作爲，像是對於過去集體社會的反動，它們圍繞著個人，不自覺地將年輕世代從小就放在被看的情境中，慢慢習慣於被看，學會展演。

　　其次，如同老饕可以分辨各種層次滋味，當下過多過剩的影像經驗，也訓練出年輕世代的挑剔眼睛。大量觀看經驗讓他們熟悉影像，悄悄從別人身上學會不同展演方式，另外，習慣於觀看，以及大量藝人、主播、名人的出現，降低以往夢想成爲明星的難度，促成年輕世代也有著想要被看的想望，認爲自己有條件成爲被看的對象。新型態攝影與網路技術的出現，更直接創造一個以往不曾存在、可供一般人實際操練展演能力的平

臺。數位相機、手機拍照、自拍神器，促成大量拍照機會，年輕世代可以嫻熟各種角度的自己，而修圖軟體程式則提供進一步修改自己的機會。拍照不再是為紀念目的，而是一種被看與展演的練習，美美之外，還要符合自己形象與個性，失敗就重拍，再從數百張照片中找到自己喜歡的樣子，找到自己想要展現給別人的形象。相對於攝影技術，早期的部落格，之後的Facebook，具有更全面性的展演功能（林姿吟，2008；許慈雅，2011）。作為一種就是要讓別人看見的場域，除了社交功能，Facebook一方面提供大量觀看別人如何展演，可供自己學習的機會，另一方面它更是一個由自己掌握的自我展演場域，透過文字書寫、自己的照片、轉引的文章，或者加入哪種粉絲團等機制，展演出自己要給別人看的樣子，告訴別人自己是「文青」、「憤青」、美少女。透過文字、照片的反覆操演，我們在Facebook上反覆操練自己的展演能力，也直接促成、養成與滿足自己被觀看的機會。在大家都在看、被看與展演過程中，我們開始習慣於展演，以擁有展演的自信。我們觀看別人，也展演自己。

（三）展演進入生活

消費社會促成以個人為中心、透過消費展現自我的事實。在這種個人至上的基礎上，實際生活提供了豐富的展演機會，有線電視、網路、相機、攝影機，更具體構成一種看與被看的環境，人們從觀看中學會展演，也因為被看，形成隨時需要展演的驅力。然後，無論是面對面的展演或中介的展演，無論是看或被看，共同操演出年輕世代的展演能力。

相較於上世代的人是逐漸學會展演，或迄今仍不太精熟於展演，成長於「展演進入生活」社會脈絡的年輕世代，不只擁有更多看與被看的經驗，更是提早操練起展演能力，然後逐漸內化成基因成分。他們在各自Facebook上的自拍照，明白顯示操練的成果，自然、有個性，沒有害怕鏡頭的生疏感，可以組合出自己想要的文青、憤青或美少女樣貌；習慣在自己到過的地方打卡，展示自己生活讓別人觀看（石婉婷，2014）。或者在實際生活中，年輕學生在很多地方都要演一下，例如用戲劇、自認有趣

的方式上臺報告作業，而過去刊登在大學學生會選舉公報上的大頭照，則被替換成能代表候選人個性的生活自拍照。這些例子說明著世代差異，當下展演進入生活的特徵。

在這種社會特徵培育下的年輕記者，習慣與喜歡做stand便不足為奇。面對更大的攝影機，年輕記者也會生澀，卻已不像上世代那麼拘謹。一方面，大量使用數位相機與網路的經驗，去除了攝影機、電視這兩種近親工具原先的神聖性。另一方面，平日大量展演經驗，讓他們與大型攝影機間剩下的只是磨合問題，設法習慣這種工具特徵進行展演。也因此如果說，資深主播是透過學習訓練，讓展演經驗自然化，然後帶入日常生活，年輕記者的電視經驗則像是生活展演經驗的擴張，將日常生活經驗帶入電視工作。網路是年輕記者成長過程中的小舞臺、小電視，培養出他們習慣被看見、習慣展演的特質，然後順著小舞臺，進入更大的電視螢幕，做著類似的事情，讓更多人看到。當然，年輕世代普遍具有展演能力，但是會展演並不代表每個人都想在大眾面前展演，都想做電視新聞工作。

年輕世代的展演經驗為他們為何進入電視新聞工作，建立了一種屬於這個世代的理由。如同具有黏著特質，成長於改造年代的資深記者，可能因為想要改造社會、執春秋之筆而進入當時報業，如果我們接受時代轉換的事實，那麼略帶殘忍、且大膽地說，做主播是想望成名、或想做明星這個說法，愈來愈像是上個世代的說法。在電視還有魔力、還有神聖性，一般人不容易上電視的過去年代，做電視記者、特別是主播，的確是稀有、獨特經驗，也具有明星想像。這明顯反映在以往社會對於主播的好奇、尊重，以及家人朋友以擁有主播朋友為傲的經驗之中。

然而如果說時代總會轉變，「電視是網路的放大，年輕記者具有展演與液態基因」這種說法也成立，那麼大膽來看，這世代年輕記者喜歡satnd、想當主播的理由可能也就是，他們想去做自己習慣、自認為擅長、也以為好玩的事，當然，其中也難以否認包含成名與明星想望。或者再深入、也再大膽推論些，從小因為展演被稱讚，以及大量網路被觀看與展演的正面情緒，長期、不自覺地累積出一種想要被觀看的慾望與自信，

催動部分人想要從網路到電視、想從自己的Facebook到那個更爲正式的主播臺，想與別人一樣，在電視上出現一下。

在影像過剩，連年輕世代自己都記不住幾位主播名字的當下，與其說他們是爲了出名、想做明星而想做stand與當主播，不如說他們是延續想要被看的習慣、慾望與自信，而且當下做電視的脈絡，也剛好符合他們累積的展演能力，更不會無聊、需要坐辦公室。也所以相較於過去那個很少有機會做stand與主播的年代，我們可以發現，年輕記者習慣與喜愛做stand，卻經常沒有準備的上陣，以致前輩認爲他們太草率；自信於自己可以做stand，可是卻又顯得網路化、缺乏新聞應有的內容；認爲自己可以當主播，卻又沒有爲成爲主播而努力，當了主播以後，會挑時段、播報時會遲到，或隨時準備離開主播位置，轉業藝人。主播不是生涯目標，連同stand，只是滿足被看習慣與慾望的工作。

老記者、有黏性的社會，對應深度與獨家新聞；年輕記者、看與被看的社會，對應展演特質的新聞。社會結構、媒體結構、行動者，交纏出不同時代的新聞，在當下這個影像過剩年代，當新聞不在意事實，而是一種以事件爲素材的文本，強調包裝展演；電視新聞愈來愈像是眞人實境節目，愈來愈多人可以上電視；豐富的網路被看與展演經驗，讓人們愈來愈有自信認爲自己也可以做電視記者與主播；大量實境節目、大量Facebook展演、強調個人位階的社會脈絡，這些因素共同建構當下這個看與被看的社會，然後回過頭讓事實與展演間的界線消失，更深地進入跨界的「後」現代社會。

不過在最後簡單說明兩件事，首先，再一次地，展演是年輕世代共通經驗，但會展演並不代表想做電視新聞工作，這章討論的是屬於年輕電視記者的事情。其次，請允許我這部分較爲大膽，可能不太到位的論述，請允許有更多醞釀時間，等到看、被看與展演發展更爲成熟之後，再做一次更爲深入討論。也許，這是下本書的主題。

第 8 章 ▶▶▶

結論：「後」現代中的
思考、對話與自我反詰

　　如果以1980年代作爲開端，三十多年來，臺灣新聞工作
的轉變是巨大的。本書大致區分成兩階段，分別針對兩階段
的各自代表媒體，報紙與有線電視進行分析，提出「農耕模
型」、「做電視」等概念說明三十年來的轉變。這種作法的
原因與實際結果已書寫於前面七章，便不再贅述。

　　不過有意思的是，就在我盡力爬梳資料、完成本書的同
時，我也愈來愈明白自己像是在對方沒提出要求的狀況下，
主動去做了「代客反思」的工作。當然，「代客反思」是俏
皮說法，簡單來說，它其實就是社會學研究的責任：觀察社
會現象背後的深層結構，並提出分析與批判。只是因爲新聞
學術研究多半是以新聞實務工作作爲分析對象，這種明確對
位關係讓「代客反思」成分特別明顯。

　　無論如何，「代客反思」不是容易的工作。首先，因爲
是主動代客反思，而且是以研究者身分去做，所以該如何從
實務場域之外的位置，盡力做到貼近與理解實務工作，卻又
能於同時間提出中肯、深層的分析與批判論述，是決定反思
好壞的重要關鍵。其次，該如何針對媒體現象進行必要的結
構分析，又能避免「結構決定論」與學術式新聞專業視角帶
來的解釋偏差，是第二項關鍵。行動者、媒體結構與社會結

構本身所具有的交纏互動關係，增加了分析與解釋研究現象的困難度，但，這也是學術研究如偵探般有意思的地方。最後，在我反思了實務工作，並實際提出前面七章論述之後，我更深刻理解學術場域其實也有自己「會做、不會說」實用邏輯，同樣需要進行反思。也因此，在繞口令般的邏輯下，我做出了相對應的動作：就過去研究實務場域的經驗，對自己研究工作進行了反思與反省。

部分結果已書寫於第二章，而本章前兩節將進行另一部分提醒。我將論述「後」現代解放話語權之後，新聞學術與實務場域各做各的、不太往來的困境，當然，於交錯論述中，焦點落在學術研究這邊。我主張，在實務場域愈來愈不給面子的狀況下，這部分反思結果可以是學術場域的主動善意，對於以往學術「指導」實務關係的重新審視。而本書最後一節，我將用類似「後記」方式，整體收尾在新聞工作的「後」現代可能之上。我主張在「後」現代脈絡中，新聞工作也應該具有重量與深度，當然，這項主張同樣適用於學術工作。不過要簡單說明的是，最後這章將具有更多主觀成分、也可能帶有爭論意味，但無論如何，卻也是我認為學術研究應該享受純粹討論樂趣的一部分，也因此歡迎各種閱讀意見加入討論。

❋ 第一節 學術場域的謙虛心態

本書討論新聞工作，但實際書寫過程中的反覆掙扎，卻也實際提醒要做好這項工作並不容易。

反覆掙扎當然與我個人能力有關，但也是受困於不同角度，以及與社會現象模糊本質奮戰的具體展現。我一方面隨著受困與奮戰，猶豫於經驗證據與分析詮釋之間，不似以往研究那麼自信，另一方面，受困與奮戰則讓我明白實務現象經常不如我們想像的簡單、甚至不是想像那樣。學術場域需要一種謙虛心態，藉此面對自己的研究，以及我們所批判的實務問題。

一、社會現象的模糊本質

作為研究者，學術訓練幫忙我們通曉理論，並且習慣於理性、有效度、條理分明的做研究方式。實證主義與批判理論雖然立場不同（Blaikie, 1993），但它們幾乎也都認為社會現象是可以被澄清的，研究者需要將雜亂現象概念化、看到背後隱藏結構，然後建構出理論論述。其中，實證研究更是將研究方法標準化，研究現象被拆解成不同變項，再去驗證由變項組合而成的研究假設，研究方法教科書便實際記錄了這些作法。

不可諱言地，學術研究需要理論，也需要條理分明的研究過程，只是學術訓練卻也經常形成一種訓練的無能（鍾蔚文，2002）。研究者就是以自己擅長的理論作為架構，條理分明地進行資料驗證或理性批判，產出條理分明的研究論述，然後因為這種邏輯，而忽略了社會現象可能存在著不同角度。不過在「後」現代脈絡中，「社會現象存在不同角度」還算是容易理解、至少是放在嘴邊上的事情，相對來說，另一項較少被注意、卻需要被注意的問題是：社會現象本身所具有模糊本質。

如同在水中滴入不同顏色染料，經過一段時間，雖然大致仍可區分各自顏色，但色與色間的界線卻已模糊不清，難以清楚定義，再久一點，則連顏色都混在一起。而隨著研究經驗累積，我也愈是感受到許多社會現象具有類似的模糊本質，現象的某些部分相對容易釐清；某些部分則是需要與之奮戰，反覆進行分析釐清；某些部分則根本就是本質模糊的，需要允許它繼續模糊下去。當我們過分執著於條理分明、而且是透過快速分析取得的條理分明時，反而可能會弄擰了研究觀察的意義，造成解釋上的偏差。

當然，受困於不同角度，以及與模糊本質奮戰，並不是要學術研究放棄理性分析工作，這顯得本末倒置。不過我也的確主張，承認社會現象的多角度與模糊本質，將有助於研究者將自己保持於某種後設警覺位置，並且創造一種研究時的謙虛心態，願意挑戰自己條理分明的自信，進行更多

次觀察試探與想像描摩。或者說，也因如此，研究者需要藝術家的熱情，反覆提問、反覆觀察、反覆描摩，讓理論逐步浮現，而非就是在量產模式中，習慣性地認為研究問題就是那樣，文獻探討就是那樣，就是用習慣的方式做研究，自信已經條理分明地解決了問題。

二、從開放自己出發

多角度、模糊本質，以及謙虛心態，也有助於我們對於實務場域的批判。結合上行動者、媒體結構與社會結構間的交纏關係，以及社會現象隨時代變化的特性，這些事項像是共同提醒愈是簡潔乾淨的批判論述，愈可能是按圖索驥、過度反映自己立場的結果。我們習慣的理論，經常定義了我們要批判的實務問題，也只看到了自己想看到的原因。以電視新聞戲劇化為例，收視率的確是關鍵，但背後原因是複雜的，對應著當下社會的整體展演特徵：記者習慣與喜歡展演、政治人物擅長展演、公關操作展演，甚至如幾位資深記者的觀察，現在連街訪的民眾都愛演。這種愛演特質，加上當代社會失去公共性的關注、不喜歡長篇論述、電視臺的勞工模式，複雜交錯出當下電視新聞戲劇化問題。因此，當我們習慣利用收視率進行批判，並且習慣提出整齊明確的批判結果，收視率也就自動切割掉現象中多餘的部分，讓我們只看到問題的一部分，甚至只看到自己要看的東西。

同樣地，這種狀況也發生在置入性行銷、新聞帶有特定政治立場、干預新聞自主、媒體經營權轉移等各種批評之中，然後隨著一次次整齊明確的批判論述，造成實務工作者對於學術場域的整體怨念。例如在幾個場合中，實務工作者便為被誤認為置入性行銷的個案喊冤，或哀怨、或氣呼呼地抱怨「你們這些學者搞不清楚狀況就批評」，「路邊攤小販哪來錢做置入性行銷」。也就是說，因為學者按圖索驥進行批評所造成的誤解，以及實務場域也有自己看事情的角度，讓實務工作者不滿於學術場域總用固定角度批判他們，然後回以「問題哪有那麼簡單！」、「有本事你來做做看」。因此，怨念無所不在，如果傾聽，不難聽到。而學術的謙虛心態，或許正有助於看到更多可能性，開放自己去瞭解實務場域的邏輯，進一步

產製出更為中肯的批判論述，至少，這是學術場域應該有的善意，恢復雙方溝通的第一步。

❋ 第二節 解決對立的困境

除了為自己喊冤而抱怨，新聞實務工作者的抱怨與怨念，其實暗暗指向一種微妙的對位關係：「學者」研究、批判「實務工作」。而不同時期，這種對位關係造成不盡相同的問題。

不管過去如何，當下，隨「後」現代已解放話語權一段時間，實務場域逐漸摸索到「自做自的」策略後，這種對位關係大致在檯面下形成了一種「論述的暴力」對抗「實作的暴力」情形。簡單來說，學術場域，至少是部分學者，透過自己擅長的論述能力，以及殘留的話語權優勢，創造出大量論述，在論述層次形成壓制實務場域的態勢。相對地，面對這種態勢，實務場域則相當有技巧地放棄了「論述」戰場，乾脆不管學者批評，就是用自己方式做新聞，施展「實作的暴力」。

儘管兩種「暴力」很少直接交火，單純的「論述的暴力」可能不具什麼殺傷力，或者，實務場域也的確出現不少問題，需要批判。但回到本章強調的自我反思脈絡，我主張，即便簡單基於作為知識分子的純粹理想，學術場域都需要處理「論述的暴力」隱藏的宰制風險。特別是在論述社會與展演社會中，它更可能轉換成一種「政治正確」式的正義，有意無意地支持學者就是以自己的標準為標準來判斷實務工作。而要處理這個問題，除了謙虛心態，自我反詰是重要能力，也就是說，我們期待實務場域反思自己，我們也應該同樣具有自我反詰的習慣，避免「論述的暴力」可能帶來的風險。

一、「論述的暴力」與「實作的暴力」

大致來說，在臺灣，美國式新聞專業理論與歐洲傳播批判理論，共同

混合成一套以公共為核心的新聞專業論述，作為討論與批判新聞實務工作的依據。

在改造年代，這套論述像是帶著與生俱來的合法性，無論藉由投書、接受媒體訪問、積極組織與參與媒體改革運動，或透過新聞教育傳遞新聞專業理念，傳播學者成功創造了大量論述，展現改造新聞實務工作的企圖。大膽來說，在社會期待專業改造、學者與知識分子備受尊重，實務場域也相對不敢造次的狀況下，學術場域像是壟斷了論述新聞工作的話語權，並建立起指導、批判式的對位關係。之後跟隨社會轉變，儘管實務場域愈加敢走自己的路，學術批判愈顯無用，部分學者也因無力感而轉移研究焦點，但在漸弱趨勢中，這種關係仍被保留下來，學術場域透過本身具有的擅於論述能力，以及已建立起的合法性，還是持續創造論述，持續針對經營權、媒體市場化、老闆涉入編輯自主、收視率、置入性行銷等各種議題提出批判。

持續創造批判論述是學者不可迴避的責任，只是我們也需要公平體認到，實務工作始終踏著泥巴前進，得就著現實考量發展實用邏輯，因此對實務工作者而言，學術場域始終像是一種不會弄髒手腳、不瞭解實情的場外指導，顯得礙眼，因而私下對這些場外指導發出各種抱怨，或「不然你來做做看」的挑釁。當然，抱怨與挑釁是被批評者的人性反應，學術場域可以置之不理，繼續批判，但不可否認地，隨著研究經驗累積，我發現這種人性反應對應著一項學術場域需要反思的問題：過於自信的場外指導。

在人性脈絡中，指導關係可能就已阻礙了傾聽與對話機會，而過度自信的指導則可能瞬間轉變成教訓關係，進一步惡化了「論述的暴力」風險。甚至有些時候因為按圖索驥，削足適履式的批判，學術場域不自覺地扮演起指導者、仲裁者或法官角色，讓他們創造的論述像是宣判。因此我們不難看到學術場域累積的龐大批判論述，卻很少從學術文章中看到屬於實務場域的說法或答辯。或者，實際比對許多媒體主管在學術會議、在媒體監督機構、在官方機構場合，保守、客氣的發言回應，卻私下大吐苦水，抱怨學者只會批評，不去搞清楚事實；總是說同樣的東西，做類似結

論；有既定立場，沒法溝通。我們也許不得不承認，「論述的暴力」這詞或許用得嚴重，並非所有學者皆是如此，但這種狀況的確存在。

當然再一次地，實務場域需要被批判，實務工作者的抱怨經常包含硬掰成分，不能盡信，更重要的是，面對「論述的暴力」，實務場域並沒有乖乖就範。事實上，他們巧妙利用類似「論述的暴力」的邏輯，透過集體壟斷實作的方式，促成「實作的暴力」。他們讓出論述戰場，不與學者交鋒、不理會學者批判，這些平日有收視率競爭關係的電視臺，同仇敵愾地一致對外，用類似的做新聞方法，做類似的新聞給觀眾看，強迫接受。當他們自顧自地工作，學術批判也因此成為打在棉花之上的拳頭，就真的只是論述而已。

整體來說，「論述的暴力」與「實作的暴力」這組詞彙或許用得嚴重，也可能顯得化約，並非所有人皆是如此，但它們似乎也相互映照著彼此：學術場域與實務場域都順著人性，用自己習慣脈絡做事。對實務工作來說，「實作的暴力」形成封閉場域的危機，很難有理想性，也根本失去重大創新的可能性。對學術工作來說，如果我們期待學術與實務場域應該對話，學術工作也應該具有實踐可能性，不只是在「論述」而已，那麼學術工作除了批判實務場域外，也同樣需要自我反詰。詰問自己產製論述的基本假設、相關限制，以及盡力貼近實務場域做出分析。這些研究方法上的老生常談，是改善「論述的暴力」的方式。否則即便我們立意良善，也可能隨著自己創造的論述進入一元思考的困境，在論述層次有影響力、甚至獨裁，卻很難實際改變什麼。

二、在論述世界，需要自我反詰與謙虛心態

實務場域很少公開論述，並不代表他們不會論述。日常生活場合，我便經常看到電視新聞工作者的強大論述能力，他們只要話一聊開，會用各自理由表達不滿，解釋被批評的事情。身處電視新聞工作者間的聚會，更是有機會直接見識他們唱作俱佳的豐富論述能力，評論其他記者、其他新聞台，更回擊學者的批評。他們具有豐富論述技巧與膽識，會巧妙抓著

某些事實，創造出一下難以反駁，或者也不能說是有錯的論述說法。然而本書最後一章，並不是想要評論他們的論述能力，而是想藉由這些私下觀察，回過頭討論前面多處論及的「論述社會」。

如果容許以下討論包含較多推論成分，我主張，改造年代解放各式權威、相對主義式說法的流行，以及當下高度資本化對個人的尊崇，臺灣像是從一個不多話的社會解放出來，走進敢說、也愈來愈懂如何說的「論述社會」。這種論述社會特徵具體展現於政治場域，語藝與表演能力成為政治人物重要能力（McNair, 2011; Sheafer, 2001），也展現在本來就在從事包裝展演工作的行銷公關場域，再加上當下媒體工作，三個場域持續著產製各種有理、或看似有理的論述。而跟隨著它們的示範，並且經過複雜因果關係與時間醞釀，論述社會特徵逐漸向外延伸至其他場域，最後像是爆發於網路之上，成為典型的論述社會。

在網路聚集起許多研究，嚴肅討論網路民主功能（Dahlberg, 2001; Sunstein, 2001／黃維明譯，2002）、社交功能（許慈雅，2001；黃淑玲，2013）的同時，也許一個十分簡單、卻生動的意象是：網路就是個不斷在說話的地方。或者，「不斷在說話」的意象，也反應在社群媒體因特定議題迅速聚集的鉅量資料上（鄭宇君、陳百齡，2014），人們隨著不同議題迅速聚集、迅速發言，然後再隨著一個個議題的發生與結束，留下一群群鉅量資料。

「不斷在說話」簡化了網路場域內的複雜發言特徵，我們需要各種研究來分析各種網路現象，但這個簡單意象也實際說明著，無論為了公共、社交或其他目的，無論因特定議題而發言，或只是日常生活書寫，在網路上，隨時隨地都有人說話，隨時隨地都有論述不斷被創造出來，再經由複製與轉貼，傳遞流竄到其他角落，而網友回應、討論區這些機制，更實際落實了「一個論述創造更多論述」的事實。

如同電視屬性創造了它講求畫面的獨特文化形式，事實上，整體對應著「論述社會」特徵，網路媒體的屬性：自由發言、低成本的發言，似乎也創造了「不斷在說話」的論述形式。在「不斷在說話」的過程中，重點

不在於我們說了什麼、說得有沒有道理，而是在於說話這個動作。說話，意味個人存在的事實，象徵自由與自主，沒有遭受外力壓迫的政治正確。然後因爲反覆訓練，每個人都有機會與權力成爲論述專家，可以立場先決式地把片斷事實包裝成看似縝密與合法的論述。當然，在網路與眞實世界複雜交纏關係下，類似狀況也逐漸反應於生活現實之中，例如消費者愈來愈敢於客訴、上網留言取暖，直接找媒體投訴爆料，或者學生遲到時，敢於爲自己找理由，卻經常有著漏洞破綻之類的事實上。

　　從政治人物、名嘴、記者、網友、消費者、學生，包含我自己身上，我看到一個論述支撐起來的社會。論述是權利，代表自己的存在，但也對應了兩個實際代價。首先，因爲大家都在說話，很少傾聽、溝通、對話，或根本只看到符合自己想法的論述，所以反過來弔詭地形成一種語言交織成的暴力。它具體展現在網路上，展現在許多以正義、監督爲名的電視新聞中，媒體趕忙產製大量論述，急於展現自己論述的能力與權力，有時卻犧牲了當事人的論述權力，讓他們輕則承擔被長官責罵，重則被社會追殺與污名化的命運。其次，當論述被過度看重，而證據、理性被相對捨棄，加上論述本身就是重要的展演工具，所以權力者可以透過龐大的論述資源，巧妙、不正義地操作大眾以達成自己利益。或者某些具有論述能力的人，則開始細緻地展演起自己的形象，用看似無求的方式，自然而然地成爲某個領域、某些人的精神導師。然而無論是前者或後者，他們像是現代吹笛手，透過細膩操作論述，精巧地達成自己的目的。因此，表面上，論述是大家的權利，實質上卻成爲權力與展演的工具，暗暗支撐起許多受人崇拜的新導師、新權力者。過度的論述與展演，實際上對應著高度資本化邏輯，讓論述、說話失去了應該有的浪漫、純粹本質。

　　不過最後回到討論論述社會的開端，如果我們認爲民主不只是投票，還包含對話審議（Bohman & Rehg, 1997; Elster, 1998）；如果新聞不只是商品，還是有著公共性格；如果人際互動間不只是發言，還需要傾聽與對話，那麼，「論述社會」便需要再進化。再一次地，謙虛心態與自我反詰，也許老生常談、或許簡單，但在以個人爲中心，一切都強調相對的

「後」現代脈絡，回頭訴求這兩項應該就在個人身上的東西，或許是比任何策略都更有效的方式。

✻ 第三節　「後」現代的可能性

「後」是本書關鍵概念，實際對應了「液態」、「展演」、「論述社會」。而「後」以及與其相連結的概念，如「去中心化」、「相對」，在當下社會更是極具魅力。在本書努力記錄舊世代，描述新世代後，最後將挑戰「後」現代帶來的「相對」與「輕盈」困境，用「帶著重量飛行」作為本書結尾。

一、相對主義的困境

當權威、中心、集體瓦解，不再受歡迎之後，「相對」是個順理成章的選擇。近年來，「沒有標準答案」、「無論好壞、沒有對錯」這類經常出現的說法，便標示著「後」現代脈絡中的相對主義身影。只是「相對」極具魅力、十分討好，但也危險。眾聲喧嘩中，潛藏瞎子摸象的寓言。

回到本書觀察的新聞實務場域，我們可以從不少實際例子發現，「相對」好說、卻不容易實踐。例如實務工作者會利用「相對」概念主張新聞不應該就只有學者設定的標準，並藉此回擊學者八股、不懂實務邏輯，但相對來看，他們卻很少反思自己是否同樣頑固，不懂專業邏輯，也只有一套標準。或者他們會利用「相對」概念主張某位主管過分主觀，就是要記者照他的標準去做，但相對來說，卻沒注意自己也都是用自己標準，臧否其他記者新聞做不好。其實，這種情形並不意外，甚至是合理的，它明白符合人性，但也潛藏著一種危機。即，在大權威、集體崩解之後，缺少理性、自我反詰、多元、平等、對話作為支撐，「相對」其實是處在被簡化或廉價化使用的狀態。「相對」成為論述社會中的一種政治正確話語，功能在於公開表示自己的開明或反對威權，一方面，它是日常生活中相當好

用的託辭。另一方面則相當弔詭地，「相對」從原先用來對比「權威」、「中心」的意義，反過來形成一個個以自己為中心的小權威。我們從相信別人變成相信自己。

相對主義賦予每個人發言權，可是我們也得同時承認，簡化版的相對主義經常讓人過度相信於自己有權力做出某種主張，然後進入不對話、不自我反詰的狀態。基本上，在私人場域、在自己的Facebook，這麼做或許無傷大雅，只是在公共場域，特別是有關公共事務的討論，「相對」或「沒有標準答案」這類話語掩護了無數的小權威，甚至帶來濫用權力的風險。舉例來說，至少就我而言，我可以接受某幾位實務工作者主張，學者不應該就是使用自己的「高」品味來判定新聞應該怎麼做，這麼做的確有「獨裁」、「霸道」的成分。或者我也可以接受某家媒體選擇「低」品味的新聞走向，因為這是他們考慮讀者喜好所做的判斷。但我並不同意實務工作者就是企圖用「品味」這項標準解釋所有的行為，用自己「品味不高」化約了血腥照片、八卦新聞背後的事實、道德、責任問題。我主張，「品味」的確是相對問題，「高」或「低」品味也是相對的選擇，可能的確沒有好壞之分，可是當「品味」硬是化約掉事實、道德、責任等其他問題，將它們置之不顧，這時「品味」便也成為一種「唯一標準」，或是託辭。配合上實務場域「自做自的」策略，便也展現「實作的暴力」，誇張點的說法是，用「獨裁」方式回應學術場域的「獨裁」。

在「相對」的幽暗地帶，是一個形式上眾聲喧嘩，卻以各自為中心，無數小權威組合而成的社會。臺灣只不過是從少數幾個權威主宰的社會，變成無數小權威組合而成的社會。而且在這種狀況下，精於論述的政治、媒體、行銷等場域，更取得了透過論述操弄小權威的機會。當我們就是迷戀特定政治人物、名人、議題；就是按「讚」、轉貼短文、照片、懶人包，或用貼紙、衣服表達自己立場，我們的確表達了意見，展演了自己，但這些選擇其實也就是另一種消費選擇，看似自主、民主，卻還是受到背後的資本主義、各種權威所操控。最後，小權威指向一個形式上以個人為中心，本質上卻還是威權的時代。

二、在「後」現代中，找到思考與重量

「後」現代還對應著Bauman（2000, 2003）描述的液態特徵，於當下，行動者像是生活在一種失重後的輕盈狀態。

在過去，無論是傳統社會的各種威權，或現代性社會的理性、制度與專家權威，都促成以往是個持續有著外在壓力的社會，將行動者定置在某個軌道或位置，不會輕易移動。如果我們把生活當成一種旅行，藉此觀察結構與行動者這個古典社會學問題，我們可以發現，舊世代並非沒有能動性，只是他們像是被各種外力帶引著集體前進的一群人，差別在於搭火車或坐大巴士而已。愈傳統的社會，愈像搭火車，各種外在社會規範、社會事實事先設定好了各種軌道，搭火車的人就是在軌道上移動，按時刻上車下車。較近的現代社會，則像是搭大巴士，有較多移動方向選擇，有較多上下車機會，卻也還是需要待在路況良好的柏油公路。然後在旅途中，雖然不知道會發生什麼事，也還是可能有人中途跳車換車，但大多數人似乎就是隨著旅程，帶著愈變愈沉重的行李，集體前進著。然而隨著時代轉換，相對於過去的火車或大巴士，當下，像是轉換成休旅車世代。新世代可以更機動地一人輕裝上路，也喜歡輕裝上路，由自己決定要彎進哪條鄉間小路，哪裡彎出，何時開車，何時結束旅程，等待下一次旅行。彈性、機動性讓人忘了自己還是在地球表面開車的事實，還是受地形地貌限制，而過多的路徑選擇，往往多到沒有意義，就是邊開邊走而已。

理論上，每個世代都有屬於自己的特質。液態、輕盈或休旅車，對習慣背著包袱上路的世代是種啟示：也許我們太僵化、太固執於既有道路、不敢脫隊，以致隨時間愈來愈不敢改變，失去旅途中應有的風景與驚奇。然而反過來，開著休旅車隨時上路，也可能需要體認到，因為缺乏規劃，以致就只是在小範圍內繞圈，過多道路選擇，也等於沒選擇，共同促成沒有遠征的可能。生活中很多事，還是需要累積、重量，不是事事都講求輕盈。

另外對本書來說，或許更重要的提醒是，在新舊轉換之間，過度歌詠

或急迫擁抱新事物，往往不自覺切割了值得珍惜的過去，年輕世代可能因此失去歷史，失去透過舊事物自我反詰的機會。或者說，很多事物並非跟不上時代，有些事物更不應隨時代轉換而失去存在價值，只是因爲我們只看到新事物，所以才忘了他們。例如，事實、道德。這種對於時代轉換的立場，正是本書「記錄舊世代，描述新世代」的企圖。也因爲這種立場，我相信，新聞工作者不應該就只是藉由時代合法性，只會做展演、簡單、八卦的新聞，只與新聞工作保持輕鬆的液態關係，然後在「後」的藉口下，隨時準備離開。

　　如果說，飛行是輕盈的，思考是重的，當下，記者的問題也許在於該如何學會帶著新聞的重量去飛行，在輕盈的飛行中，帶著重量、深度與觀點。我相信，好記者應該有種流動、輕盈的優雅美感，但應該也是認眞、謙虛與自我反詰的。新聞可以展演，但也不該忘記事實。新聞工作可以輕盈，但也需要帶著思考的重量。當然，這裡的關鍵在於如何收放拿捏，而不在於壓抑任何一方，因爲完全壓抑太過沉重，更違反人性。在如此一個「後」現代景況，帶著思考的重量，在自己的輕盈心情中練習自在飛行，也許，可以看到一種全新景緻。當然，這項建議的對象也包含我自己，以及自己身處的學術場域，我們或許更需要堅持思考的重量，更需要謙虛心態與自我反詰，讓我們的研究持續有著靈魂、有著思考、有著浪漫與純粹。

參考書目

中文書目

王天濱（2003）。《臺灣報業史》。臺北：亞太。

王志弘譯（1993）。《看不見的城市》。臺北：時報。（原書Calvino, I. [1972]. *Le città invisibili*. Torino: Einaudi.）

王洪鈞（1955）。《新聞採訪學》。臺北：正中。

王洪鈞（1998）。〈綜論〉，王洪鈞（編），《新聞理論的中國歷史觀》，頁1-74。臺北：遠流。

王泰俐（2015）。《電視新聞感官主義》。臺北：五南。

王維菁、林麗雲與羅世宏（2012）。〈新科技下的報業與未來〉，媒改社、劉昌德（編），《豐盛中的匱乏》，頁147-184。臺北：巨流。

王毓莉（2014）。〈臺灣新聞記者對「業配新聞」的馴服與抗拒〉，《新聞學研究》，119：45-79。

方怡文、周慶祥（1999）。《新聞採訪理論與實務》。臺北：正中。

牛隆光、林靖芬（2006）。《透視電視新聞：實務與研究工作談》。臺北：學富。

石婉婷（2014）。《日常生活的科技社交角色：以Facebook打卡為核心的媒體實踐》。政治大學新聞研究所碩士論文。

石麗東（1991）。《當代新聞報導》。臺北：正中。

朱元鴻等譯（1994）。《後現代理論：批判的質疑》。臺北：巨流。（原書 Best. S & Kellner, D. [1991]. Postmodern theory: Critical interrogations. New York: Guilford Press.）

李丁讚（2004）。〈導論：市民社會與公共領域在臺灣的發展〉，李丁讚等著，《公共領域在臺灣：困境與契機》，頁1-62。臺北：桂冠。

李利國與黃淑敏譯（1996）。《當代新聞採訪與寫作》，臺北：周知文化。（原書Brooks, B. S., Kennedy, G., Moen. D. R. & Ranly, D. [1992]. *News Reporting and Writing*. New York: St. Martin's Press.）

李金銓（2008）。〈近代中國的文人論政〉，李金銓（編著），《文人論政：民國知識分子與報刊》，頁1-32。臺北：政大出版社。

李昭安（2008）。《外籍配偶新聞報導產製因素之分析：行動者的觀點》。政治大學新聞研究所碩士論文。

李瞻（1982）。《新聞道德：各國報業自律比較研究》。臺北：三民。

呂雅雯、盧鴻毅與侯心雅（2010）。〈再現貧窮：以電視新聞為例〉，《新聞學研究》，102：73-111。

吳佩玲（2006）。《商業化新聞操作下的自主空間：記者的反抗策略》。政治大學傳播學院碩士在職專班論文。

何定照、高瑟濡譯（2007）。《液態之愛：論人際紐帶的脆弱》，臺北：商周。（原Bauman, Z. [2003]. *Liquid love: On the frailty of human bonds*. Cambridge: Polity.）

汪浩譯（2003）。《風險社會：通往另一個現代性的路上》，臺北：巨流。（原書Beck, U. [1986]. *Risikogesellschaft: Auf dem Weg in eine andere modern*. Frankfurt am Main: Suhrkamp.）

杜維運（1998）。〈史官制度與歷史記載精神〉，王洪鈞（編），《新聞理論的中國歷史觀》，頁125-168。臺北：遠流。

林元輝（2006）。《新聞公害的批判基礎》。臺北：巨流。

林宇玲（2014）。〈網路與公共場域：從審議模式轉向多元公共模式〉，《新聞學研究》，118：55-85。

林志明譯（2002）。《布赫迪厄論電視》。臺北：麥田。（原著Bourdieu, P. [1996]. *Sur la television* . Paris: Raisons d'agir.）

林東泰（2012）。〈電視新聞敘事結構初探〉，《新聞學研究》，108：225-264。

林思平（2008）。《通俗新聞：文化研究的觀點》。臺北：五南。

林姿吟（2008）。《從攝影部落格觀看自我的呈現：觀展／表演典範之初探》。中山大學傳播管理研究所碩士論文。

林淳華（1996）。〈新聞記者工作自主權和決策參與權之研究〉，《新聞學研究》，52：49-68。

林富美（2006）。《臺灣新聞工作者與藝人：解析市場經濟下的文化勞動》。臺北：秀威。

林照真（1999）。〈當前臺灣近似媒體觀察組織的幾個盲點〉，《新聞學研究》，60：171-176。

林照真（2005）。〈「置入性行銷」：新聞與廣告倫理的雙重崩壞〉，《中華傳播學刊》，8：27-40。

林照真（2013）。〈爲什麼聚合？有關臺灣電視新聞轉借新媒體訊息之現象分析與批判〉，《中華傳播學刊》，23：3-40。

林麗雲（2000）。〈臺灣威權政體下「侍從報業」的矛盾與轉型：1949-1999〉，《臺灣產業研究》，3：89-148。

林麗雲（2009）。〈變遷與挑戰：解禁後的臺灣報業〉，卓越新聞獎基金會（編），《臺灣傳媒再解構》，頁177-198。臺北：巨流。

易智言等譯（2011）。《電影編劇新論》。臺北：遠流。（原書Dancyger, K. & Rush, J. [1995]. *Alternative scriptwriting*. Boston: Focal Press.）

卓越新聞獎基金會（編）（2008）。《關鍵力量的沉淪：回首報禁解除二十年》。臺北：巨流。

姚一葦（1992）。《戲劇原理》。臺北：書林。

紀慧君（2002）。〈編織新聞事實：紀律權力的觀點〉，《新聞學研究》，73：167-204。

俞旭、黃煜與黃盈盈（編）。《追求卓越新聞：普立茲新聞獎得主工作坊選集》。香港：商務。

唐士哲（2002）。〈「現場直播」的美學觀：一個有關電視形式的個案探討〉，《中華傳播學刊》，2：111-142。

唐士哲（2005）。〈在速度的廢墟中挺進：電子媒介新聞的唯物批判觀點〉，《新聞學研究》，84：79-118。

唐德蓉（2012）。《電視新聞記者集體合作行爲對職能與專業態度之影響》。臺北：政治大學傳播學院碩士在職專班論文。

倪炎元（1999）。〈再現的政治：解讀媒介對他者負面建構的策略〉，《新聞學研究》，58：85-111。

高政義（2008）。《衛星新聞台駐地記者勞動過程研究：控制與回應》。臺北：政治大學傳播學院碩士在職專班論文。

涂建豐（1996）。〈編輯室社會公約運動〉，《新聞學研究》，52：35-48。

徐榮華與羅文輝（2009）。〈臺灣報業的問題〉，卓越新聞獎基金會（編），《臺灣傳媒再解構》，頁153-176。臺北：巨流。

孫智綺譯（2002）。《布赫迪厄社會學的第一課》。臺北：麥田。（原書 Bonnewitz, P. [1998]. *Premieres lecons sur la sociologie de Pierre Bourdieu.* Paris: Presses Universitaires de France.）

夏曉鵑（2001）。〈「外籍新娘」現象的媒體建構〉，《臺灣社會研究季刊》，43：157-196。

馬驥伸（1998）。〈清議與議論精神〉，王洪鈞（編），《新聞理論的中國歷史觀》，頁191-232。臺北：遠流。

張文強（2009）。《新聞工作者與媒體組織的互動》。臺北：秀威。

張志學、楊中芳（2001）。〈關於人情概念的一項研究〉，楊中芳（編），《中國人的人際關係、情感與信任》，頁3-25。臺北：遠流。

張培倫、鄭佳瑜（2002）。《媒體倫理》。臺北：韋伯文化。（原書Kieran, M. [Eds.] [1998]. *Media ethics*. London: Routledge.）

張敏華（2005）。《新臺灣之子的媒體形象：外籍配偶子女之新聞框架研究》。中正大學電訊傳播研究所碩士論文。

張涵絜（2013）。《電視新聞動畫化之倫理研究：真實再現？》。政治大學新聞研究所碩士論文。

張詠晴（2009）。《電視監視器新聞的真實再現與釋義》。政治大學新聞研究所碩士論文。

張勤（1983）。《電視新聞》。臺北：三民。

張騄遠（2012）。《電視新聞記者獨家新聞之資訊分享研究》。政治大學傳播學院碩士在職專班碩士論文。

陳以新譯（2008）。《離散與混雜》。臺北：韋伯文化。（原書Kalra, V. S., Kaur, R. & Hutnyk, J. [2005]. *Diaspora & hybridity*. London: Sage.）

陳弘志（2008）。《即時通訊科技使用於新聞採訪之探討》。政治大學傳播學院碩士在職專班論文。

陳炳宏（2005）。〈探討廣告商介入電視新聞產製之新聞廣告化現象：兼論置入性行銷與新聞專業自主〉，《中華傳播學刊》，8：209-246。

陳家倫（2014）。《更好或更壞？電視新聞人情趣味的決定與採用》。政治大學新聞研究所碩士論文。

郭岱軒（2011）。《電視新聞敘事研究：以戲劇性元素運用為例》。政治大學新聞研究所碩士論文。

章倩萍（1994）。《新聞記者的認知策略之研究》。政治大學新聞研究所碩士論文。

許慈雅（2011）。《社交網站與組織內人際關係改變之關聯性研究：以Face-book為例》。政治大學傳播學院碩士在職專班碩士論文。

許瓊文（2009）。〈新聞記者採訪報導受害者應面對的新聞倫理：多元觀點的論證〉，《新聞學研究》，100：1-55。

陸燕玲（2003）。〈從「明門正派」到明教教徒？：臺灣《壹週刊》新聞工作者的調適與認同〉，《臺灣社會研究季刊》，50：171-216。

黃光國（2005a）。〈華人關係主義的理論建構〉，楊國樞、黃光國與楊中芳（編），《華人本土心理學（上）》，頁215-245。臺北：遠流。

黃光國（2005b）。〈華人社會中的臉面觀〉，楊國樞、黃光國與楊中芳（編），《華人本土心理學（下）》，頁365-406。臺北：遠流。

黃金麟與汪宏倫（2010）。〈導論：帝國邊緣的反思〉，黃金麟與汪宏倫（編），帝國邊緣：臺灣現代性的考察，頁1-21。臺北：群學。

黃政淵、戴洛芬與蕭少嶸譯（2014）。《故事的解剖》。臺北：漫遊者。（原書McKee, R. [1997]. *Story: Substance, structure, style and the principles of screenwriting.* New York: ReganBooks.）

黃厚銘（2009）。〈邁向速度存有論：即時性電子時代的風險〉，《新聞學研究》，101：139-175。

黃淑玲（2013）。《行禮如儀：探討Facebook互動儀式鏈與互動策略》。政治大學新聞研究所碩士論文。

黃崇憲〈2010〉。〈現代性的多義性〉，黃金麟與汪宏倫（編），《帝國邊緣：臺灣現代性的考察》，頁23-61。臺北：群學。

黃新生（1994）。《電視新聞》。臺北：遠流。

黃維明譯（2002）。《Republic.com：網路會顛覆民主嗎？》。臺北：新新聞文化。（原書Sunstein, C. [2001]. *Republic.com. Princeton*. NJ: Princeton UniversityPress.）

黃懿慧與林穎萱（2004）。〈公共關係之關係策略模式初探：在地與文化的觀點〉，《新聞學研究》，79：135-195。

馮建三（2012）。《傳媒公共性與市場》。臺北：巨流。

彭家發（1992）。《新聞論》。臺北：三民。

彭家發（1994）。《新聞客觀性原理》。臺北：三民。

華婉伶與臧國仁（2010）。《液態新聞：新一代記者與當前媒介境況：以Zygmunt Bauman「液態現代性」概念為理論基礎》，發表於中華傳播學會年會2010年年會。嘉義：中正大學。

游敏鈴（2004）。《是利器？是枷鎖？公關人員行動電話使用與影響》。政治大學傳播學院碩士在職專班論文。

游蓓茹（2013）。《臺灣媒體記者駐點中國的工作控制與因應》。政治大學新聞研究所碩士論文。

楊中芳（2001）。〈有關關係與人情構念化之綜述〉，楊中芳（編），《中國人的人際關係、情感與信任》，頁3-25。臺北：遠流。

楊汝椿（1996）。〈另類記者的媒體改造經驗：兼論內部新聞自由和新聞倫理重建〉，《新聞學研究》，52：83-94。

楊秀娟（1989）。《我國新聞從業人員專業化程度之研究：以報紙為例》。政治大學新聞研究所碩士論文。

楊國斌（2009）。〈悲情與戲謔：網路事件中的情感動員〉，《傳播與社會學刊》，9：39-66。

楊國樞（2005）。〈華人社會取向的理論分析〉，楊國樞、黃光國與楊中芳（編），《華人本土心理學（上）》，頁173-213。臺北：遠流。

楊意菁（2008）。〈網路民意的公共意涵：公共、公共領域與溝通審議〉，

新聞工作的實用邏輯：兩種模型的實務考察

《中華傳播學刊》，14: 115-167。

楊德睿譯（2002）。《地方知識》，臺北：麥田。（原書Geertz, C. [1982]. *Local knowledge: Further essays in interpretive anthropology*. New York: Basic Books）

萬毓澤譯（2007）。《再會吧！公共人》，臺北：群學。（原書Sennett, R. [1974]. *The fall of public man*. London: Penguin Books.）

詹慶齡（2011）。《壓力下的新聞室：權勢消息來源的互動與影響》。政治大學傳播學院碩士在職專班論文。

趙偉妏譯（2011）。《速度文化：即時性社會的來臨》，臺北：韋伯文化（原書Tomlinson, J. [2007]. *The culture of speed: the coming of immediacy*. London: Sage.）

臺灣大學新聞研究所（編）（2008）。《黑夜中尋找星星：走過戒嚴的資深記者生命史》。臺北：時報。

劉平君（2010）。〈解構新聞／真實：反現代性位置的新聞研究觀〉，《新聞學研究》，105：85-126。

劉昌德（2009）。〈大媒體，小記者：新聞媒體勞動條件與工作者組織〉，卓越新聞獎基金會（編），《臺灣傳媒再解構》，頁199-220。臺北：巨流。

劉蕙苓（2005）。〈新聞「置入性行銷」的危機：一個探索媒體「公共利益」的觀點〉，《中華傳播學刊》，8：179-207。

劉蕙苓（2013）。〈為公共？為方便？網路影音對電視新聞的影響〉，《中華傳播學刊》，24：165-206。

劉蕙苓（2014）。〈匯流下的變貌：網路素材使用對電視新聞常規的影響〉，《新聞學研究》，121：41-87。

鄭宇君（2009）。《新聞專業中的真實性：一種倫理主體的探究模式》。政治大學新聞研究所博士論文。

鄭宇君、陳百齡（2014）。〈探索2012年臺灣總統大選之社交媒體浮現社群：鉅量資料分析取徑〉，《新聞學研究》，120：121-125。

鄭伯壎、周麗芳與樊景立（2000）。〈家長式領導〉，《本土心理學研

究》，14：3-64。

鄭伯壎、黃敏萍（2005）。〈華人企業組織中的領導〉，楊國樞、黃光國與楊中芳（編），《華人本土心理學（下）》，頁749-787。臺北：遠流。

閻沁衡（1998）。〈御史制度及諫諍精神〉，王洪鈞（編），《新聞理論的中國歷史觀》，頁169-190。臺北：遠流。

蔡琰、臧國仁（1999）。〈新聞敘事結構：再現故事的理論分析〉，《新聞學研究》，58：1-28。

蔡源煌譯（1998）。《寂寞的群眾：變化中的美國民族性格》。臺北：桂冠。（原書Riesman, D. [1961]. *The lonely crowd: a study of the changing American character*. New Haven: Yale University Press.）

錢玉芬（1998）。《新聞專業性概念結構與觀察指標之研究》。政治大學新聞研究所博士論文。

錢永祥（2004）。〈公共領域在臺灣：一頁論述史的解讀與借鑑〉，李丁讚等著《公共領域在臺灣：困境與契機》，頁111-146。臺北：桂冠。

賴光臨（1998）。〈中國士人報業的特質與精神〉，王洪鈞（編），《新聞理論的中國歷史觀》，頁233-272。臺北：遠流。

蕭伊貽（2011）。《電視新聞工作者取用第三方影音素材之研究》。政治大學新聞研究所碩士論文。

戴伊筠（2010）。〈全球報業營運趨勢與產業現況〉，羅世宏與胡元輝（編），《新聞業的危機與重建：全球經驗與臺灣省思》，頁16-42。臺北：先驅媒體社會企業。

鍾蔚文（2002）。《誰怕眾聲喧嘩？兼論訓練無能症》。中華傳播學刊，1：27-40。

蘇正平（1996）。〈新聞自主的理論和實踐〉，《新聞學研究》，52：21-33。

蘇蘅（2002）。《競爭時代的報紙：理論與實務》。臺北：時英。

羅文輝（1989）。〈密蘇里大學新聞學院對中華民國新聞教育與新聞事業的影響〉，《新聞學研究》，41：201-210。

羅文輝譯（1992）。《信差的動機：新聞媒介的倫理問題》。臺北：遠流

新聞工作的實用邏輯：兩種模型的實務考察

（原書Hulten, J. L. [1985]. *The messenger's motives: Ethical problems of the news media*. Englewood Cliffs, NJ: Prentice-Hall.）

羅文輝（1996）。〈新聞事業與新聞人員的專業地位：逐漸形成的專業〉，《臺大新聞論壇》，4：280-292。

羅文輝（1998）。〈新聞人員的專業性：意涵界定與量表建構〉，《傳播研究集刊》，2。

羅文輝、張瓈文（1997）。〈臺灣新聞人員的專業倫理：1994年的調查分析〉，《新聞學研究》，55：244-271。

羅文輝、劉蕙苓（2006）。〈置入性行銷對新聞記者的影響〉，《新聞學研究》，89：81-125。

顧忠華（2006）。〈臺灣的現代性：誰的現代性？哪種現代性？〉，《當代雜誌》，221：66-89。

英文書目

Abercrombie, N. & Longhurst, B. (1998). *Audience: A sociological theory of performance and imagination*. London: Sage.

Adam, G. S. & Clark, R. P. (2006). Introduction. In G. S. Adam & R. P. Clark (Eds.), *Journalism: The democratic craft* (pp. xvi-xix). New York: Oxford University Press.

Albrechtslund, A. (2012). Socializing the city: Location sharing and online social networking In C. Fuchs, K. Boersma, A. Albrechtslund & M. Sandoval(Eds.), *Internet and surveillance* (pp187-197). New York: Routledge.

Altheide, D. (1976). *Creating Reality: How TV News Distorts Events*. Beverly Hills, CA: Sage.

Altheide, D., & Snow, R. P. (1979). *Media Logic*. Beverly Hills, CA: Sage.

Alvesson, M. & Willmott, H. (2002). Identity regulation as organizational control: Producing the appropriate individual. *Journal of Management Studies*, 39(5), 619-644.

Alvesson, M. & Robertson, M. (2006). The best and the brightest: The construction significance and effects of elites Identities in consulting firms. *Organization*, 13(2), 195-224.

Anderson, J. (2000). The organizational self and the practices of control and resistance. *Australian Journal of Communication*, 27(1), 1-32.

Arnone, A. (2008). Journeys to exile: The construction of Eritrean identity through narratives and experiences. *Journal of Ethnic and Migration Studies*, 34(2), 325-340.

Bantz, C. R., McCorkle, S., & Baade, R. C. (1980). The news factory. *Communication Research,* 7(1), 45-68.

Barber, B. (1963). Some problems in the sociology of profession. *Daedalus*, 92, 669-688.

Barker, J. R. (1993). Tightening the iron cage: Concretive control in self-managing teams. *Administrative Science Quarterly*, 38(3), 408-437.

Baum, M. (2003). Soft news and political knowledge: Evidence of absence or absence of evidence? *Political Communication*, 20(2), 173-190.

Bauman, Z. (1998). *Work, consumerism and the new poor.* Philadelphia, PA: Open University Press.

Bauman, Z. (2000). *Liquid modernity*. Cambridge: Polity.

Bauman, Z. (2003). *Liquid life*. Cambridge: Polity.

Bauman, Z. (2004). *Wasted lives: Modernity and its outcasts*. Cambridge: Polity.

Bauman, Z. (2007). *Consuming life*. Cambridge: Polity.

Beam, R. A., Weaver, D. H. & Brownlee, B. J. (2009). Changes in professionalism of US journalists in the turbulent twenty-first century. *Journalism & MassCommunication Quarterly,* 86(2), 277-298.

Bell, A. (1991). *The language of news media*. Oxford: Blackwell.

Bender, J. R., Davenport, L. D., Drager, M. W. & Fedler, F. (2012). *Reporting for the media*. New York: Oxford University Press.

Bird, S. E. (1990). Storytelling on the far side: Journalism and the weekly tabloid. *Critical Studies in Mass Communication*, 7, 377-389.

Bird, S. E. (2009). Tabloidization: What is it, and does it really matter? In B. Zelizer(Ed.), *The changing faces of journalism: Tabloidization technology and truthiness* (pp. 40-50). London: Routledge.

Blaikie, N. (1993). *Approaches to social enquiry*. Cambridge: Polity.

Blau, P. M. (1964). *Exchange and power in social life*. New York: John Wiley & Sons.

Bohman, J., & Rehg, W. (Eds.). (1997). *Deliberative democracy essays on reason and politics*. Cambridge, MA: The MIT Press.

Bourdieu, P. (1990). *The logic of practice* (R. Nice, Trans.). Stanford, CA: Stanford University Press. (Original work published 1980)

Boyd, A., Stewart, P. & Alexander, R. (2008). *Broadcast journalism: Techniques of radio & television news*. Amsterdam: Focal Press.

Braziel, J. E. & Mannur, A. (2003). Nation, migration, globalization: Points of contention in diaspora studies. In J. E. Braziel & A. Mannur (Eds.), *Theory of diaspora: A reader* (pp.1-22). Malden, MA: Blackwell.

Bromley, M. (1997). The end of journalism: Changes in workplace practices in the press and broadcasting in the 1990s. In M. Bromley & T. O'Maley(Eds.), *A journalism reader* (pp. 330-350). London: Routledge.

Brooks, B. S., Kennedy, G., Moen. D. R. & Ranly, D. (2011). *News Reporting and Writing*. Boston: Bedford/St. Martin's.

Burton, G. (2000). *Talking television: An introduction to the study of television*. London: Arnold.

Calcutt, A. & Hammond, P. (2011). *Journalism studies: A critical introduction*. New York: Routledge.

Callero, P. L. (2003). The sociology of the self. *Annual Review of Sociology, 29*, 115-133.

Casella, P. A. (2013). Breaking news or broken news?: Reporters and news directors clash on "black hole" live shots. *Journalism Practice, 7*(3), 362-376.

Cerulo, K. A. (1997). Identity construction: New issues, new directions. *Annual*

Reviews Sociology, 23, 385-409.

Chatman, S. B. (1978). *Story and discourse: Narrative structure in fiction and film.* Ithaca, New York: Cornell University Press.

Chibnall, S. (1975). The crime reporter: A study in the production of commercial knowledge. *Sociology*, 9(1), 46-66.

Chomsky, D. (1999). The mechanisms of management control at the New York Times. *Media, Culture & Society*, 579-599.

Chomsky, D. (2006). "An interested reader": Measuring ownership control at the New York Times. *Critical Studies in mass Communication*, 23(1), 1-18.

Collinson, D. L. (2003). Identities and insecurities: Selves at work. *Organization*, 10(3), 195-224.

Commission on Freedom of the Press. (1947). *A free and responsible press*. Chicago: University of Chicago Press.

Cornejo, M. (2008). Political exile and construction of identity: A life stories approach. *Journal of Communication & Applied Social Psychology*, 18, 333-348.

Corner, J. (2000). Mediated persona and political culture: Dimensions of structure and process. *European Journal of Cultural Studies*, 3(3), 386-402.

Craft, S. & Davis, C. N. (2013). *Principles of American journalism* . New York: Routledge.

Curran, J. (2000). Rethinking media and democracy. In J. Curran & M. Gurevitch (Eds.), *Mass media and society* (pp.120-154). London: Arnold.

Cushion, S. (2010). The phases of 24-hour news television. In S. Cushion & J. Lewis (Eds.), *The rise of 24-hour news television: Global perspectives* (pp.15-30). New York: Peter Lang.

Cushion, S. & Lewis, J. (2010). Introduction: What is 24-hour news television? In S. Cushion & J. Lewis(Eds.), *The rise of 24-hour news television: Global perspectives* (pp.1-11). New York: Peter Lang.

Dahlberg, L. (2001). The internet and democratic discourse: Exploring the prospects of online deliberative forums extending the public sphere. *Information,*

Communication, and Society, 4(4), 615-633.

Davis, D. S. (1984). Good people doing dirty work: A study of social isolation. *Symbolic Interaction*, 7(2), 233-247.

Davison, W. P. (1975). Diplomatic reporting: Rules of the game. *Journal of Communication*, 25(4), 138-146.

Deetz, S. (1998). Discursive formations, strategized subordination and self-surveillance. In A. McKinlay, & K. Starkey (Eds.), *Foucault, management and organization theory* (pp.151-172). London: Sage.

Dennis, E. E. & Merrill, J. C. (1991). *Media debates: Issues in mass media*. NY: Longman.

Denzin, N. K. & Lincoln, Y. S. (2000). Introduction: The discipline and practice of qualitative research. In N. K. Denzin & Y. S. Lincoln (Eds.), *Handbook of qualitative research* (pp.1-28). Thousand Oaks: Sage.

Dessler, G. (2012). *Human Resource Management*. NJ: Prentice Hall.

Deuze, M. (2005). What is journalism? Professional identity and ideology of journalists reconsidered. *Journalism*, 6(4), 442-464.

van Dijk, T. A. (1988). *News as discourse*. Hillsdale, NJ: Lawrence Erlbaum Associates.

Dodd, N. (1999). *Social theory and modernity*. Malden, Mass: Polity Press.

Doolin, B. (2002). Enterprise discourse, professional identity and the organizational control of hospital clinicians. *Organization Studies*, 23(3), 369-390.

Dorroh, J. (2005). The ombudsman puzzle. *American Journalism Review*, 1(27), 48-53.

Dunn, A. (2005). Television news as narrative. In H. Fulton, R. Huissman, J. Murphet & A. Dunn(Eds.), *Narrative and media*. Cambridge: Cambridge University Press.

Ebaugh, H. R. F. (1984). Leaving the convent: The experience of role exit and self-transformation. In J. A. Kotarba & A. Fontana (Eds.), *The existential self in society* (pp. 156-176). Chicago: The University of Chicago Press.

Ekström, M. (2000). Information, storytelling and attractions: TV journalism in three modes of communication. *Media, Culture & Society*, *22*, 465-492.

Ekström, M. (2002). Epistemologies of TV journalism . *Journalism*, 3(3), 259-282.

Elster, J. (Ed.). (1998). *Deliberative democracy*. New York: Cambridge University Press.

Emery, M., Emery, E. & Roberts, N. L. (1996). *The press and America: An interpretive history of the mass media*. Boston: Allyn and Bacon.

Ettema, J. S. & Glasser, T. L. (1987). Public accountability or public relation? Newspaper Ombudsmen define their role. *Journalism Quarterly*, 64, 3-12.

Ettema, J. S., Whitney, D. C., & Wackman, D. B. (1987). Professional mass communicator. In C. H. Berger & S. H. Chaffee (Eds.), *Handbook of communication science* (pp.747-780). London: Sage.

Evevsen, B. J. (1995). *The responsible reporter*. Northport, Alabama: Vision Press.

Fishman, M. (1980). *Manufacturing the news*. Austin: University of Texas Press.

Fiske, J. & Hartley, J. (1978). *Reading television*. London: Methuen.

Fortunati, L. (2002). The mobile phone: Towards new categories and social relations. *Information, Communication & Society*, 5(4): 513-528.

Foucault, M. (1980). *Power/Knowledge: Selected interviews and others writing: 1972-1977*. (C. Gordon, Ed.). New York: Pantheon.

Franklin, B. (2012). The future of journalism: Developments and debates. *Journalism Studies*, 13(5-6), 663-681.

Füredi, F. (2004). *Therapy culture: Cultivating vulnerability in an uncertain age*. London: Routledge.

Gabriel, Y. (1993). Organizational nostalgia: Reflections on the golden age. In S. Fineman, S. (Ed.), *Emotion in organizations* (pp.118-141). London: Sage.

Gandy, O. H. (1982). *Beyond agenda setting: Information subsidies and public policy*. Norwood, NJ: Ablex.

Gans, H. J. (1979). *Deciding what's news: A study of CBS Evening News, NBC Nightly News, Newsweek, and Time*. New York: Pantheon Books.

Gans, H. (2009). Can popularization help the news media? In B. Zelizer(Ed.), *The changing faces of journalism: Tabloidization technology and truthiness* (pp. 17-28). London: Routledge.

Gans, H. (2010). News and democracy in the United States: Current problems, future possibilities. In S. Allen (Ed.), *The Routledge companion to news and journalism* (pp. 95-104). London: Routledge.

Garfinkel, H.(1967). *Studies in ethnomethodology*. Englewood Cliffs, NJ : Prentice Hall.

Garrison, B. (1992). *Professional news reporting*. Hillsdale, NJ: LEA.

Gergen, K. J. (1991). *The saturated self*. New York: Basic Books.

Giber, W. & Johnson, W. (1961). *The city hall beat: A study of reporters and sources roles*. Norwood, NJ: Ablex.

Giddens, A. (1984). *The constitution of society*. Cambridge: Polity Press.

Glasser, T. L. (1986). Objectivity precludes responsibility. In W. K. Agee, P. H. Ault & E. Emery(Eds.), *Maincurrents in mass communication* (pp.369-375). NY: Harper & Row.

Glasser, T. L. & Ettema, J. S. (1989). Common sense and education of young journalists. *Journalism Educator*, 44, 18-25, 75.

Goffman, E. (1959). *The presentation of self in everyday life*. New York: Doubleday.

Grabe, M., Zhou, S. & Barnett, B. (2001). Explicating sensationalism in television news: Content and the bells and whistles of form. *Journal of Broadcasting and Electronic Media*, 45:635-655.

Gubrium, J. F. & Holstein, J. A. (1994). Grounding the postmodern self. The *Sociological Quarterly*, 4, 685-703.

Habermas. J. (1987). *The theory of communicative action vol. II: Lifeworld and system*. (T. McCarthy, Ttrans). Boston: Beacon Press.

Habermas, J. (1989). *The structural transformation of the public sphere: An inquiry into a category of bourgeois society* (T. Burger, Trans.). Oxford: Polity.

Habermas, J. (1992). Further reflections on the public sphere. In C. Calhoun(Ed.), *Habermas and the public sphere* (pp.421-461). Cambridge, MA: The MIT Press.

Hallin, D. (1992). The passing of the "High Modernism" of American Journalism. *Journalism*, 42(3): 14-25.

Hanitzsch, T., etc. (2010). Modeling perceived influences of journalism: Evidence from a cross-national survey of journalist. *Journalism & mass Communication Quarterly*, 87(1), 5-22.

Harms, J. B. & Dickens, D. R. (1996). Postmodern media studies: Analysis or symptom. *Critical Studies in Mass Communication*, 13, 210-227.

Harrison, J. (2010). User-generated content and gatekeeping at the BBC Hub. *Journalism Studies*, 11(2), 243-256.

Hartley, J. (1996). *Popular reality: Journalism, modernity, popular culture*. London: Arnold.

Higgins-Dobney, C. L. & Sussman, G. (2013). The growth of TV news, the demise of the journalism profession. *Media, Culture & Society*, 35(7), 847-863.

Hochschild, A. R. (1983). *The managed heart: Commercialization of human feeling*. Berkeley: University of California Press.

Holstein, J. A. & Gubrium, J. F. (1997). Active interviewing. In D. Silverman(Ed.), *Qualitative research: Theory, method and practice* (pp.113-129). London: Sage.

Hughes, E. C. (1962). Good people and dirty work. *Social Problem*, 10, 3-11.

Hughes, J. A. (1990). *The philosophy of social research*. London: Longman.

Jackson, N. & Carter, P. (1998). Labour as dressage. In A. McKinlay, & K. Starkey (Eds.), *Foucault, management and organization theory* (pp.47-64). London: Sage.

Jacobs, R. N. (1996). Producing the news, producing the news: Narrativity, television and news work. *Media, Culture and Society*, 18, 373-397.

James, I. (2007). *Paul Virilio*. London: Routledge.

Jebril, N., Albæk, E. & de Vreese, C. H. (2013). Infotainment, cynicism and democracy: The effects of privatization vs personalization in the news. *European*

Journal of Communication, 28(2), 105-121.

Johnston, J. & Graham, C. (2012). The new, old journalism: Narrative writing in contemporary newspaper. *Journalism Studies*, 13(4), 517-533.

Johnstone, J. C., Slawski, E. J., & Bowman, W. W. (1976). *The news people*. Urbana, Chicago: University of Illinois Press.

Julsrud, T. E. (2005). Behavior changes at mobile workplace: A symbolic interactionistic approach. In R. Ling & P. E. Pedersen(Eds.), *Mobile communications* (pp.93-111). London: Springer.

Juntunen, L. (2010). Explaining the need for speed: Speed and competition as challenges to journalism ethics. In S. Cushion & J. Lewis(Eds.), *The rise of 24-hour news television: Global perspectives* (pp.167-182). New York: Peter Lang.

Kärreman, D. & Alvesson, M. (2004). Cages in tandem: Management control, social identities and Identification in a knowledge-intensive firm. *Organization*, 11(1), 149-175.

Kerbel, M. R. (2000). *If it bleeds, it leads: An anatomy of television news*. Boulder, CO: Westview Press.

Kitch, C. & Hume, J. (2007). *Journalism in a culture of grief*. NY: Routledge.

Kitchener, M. (2002). Moblilizing the logic of managerialism in professional fields: The case of academic health centre mergers. *Organization Studies*, 23(3), 391-420.

Kovach, B., & Rosenstiel, T. (2001). *Elements of journalism: What newspeople should know and the public should expect*. New York: Crown Publishers.

Lacy, S. & Matustik, D. (1983). Dependence on organization and beat source for story ideas: A study of four newspapers. *Newspaper Research Journal*, 5(2), 9-17.

Lanson, J. & Fought, B. C. (1999). *News in a new century: Reporting in an age of converging*. Thousand Oaks, Calif.: Pine Forge Press.

Larson, M. S. (1977). *The rise of Professionalism: A sociological analysis*. Berkeley: University of California Press.

Lash, S. (2002). *Critique of information*. London: Sage.

Lave, J. (1993). The practice of learning. In S. Chaiklin & J. Lave(Eds.), *Understanding practice: Perspectives on activity and context* (pp.3-32). Cambridge: Cambridge University Press.

Lee, C. C. (2005). The conception of Chinese journalists: Ideological convergence and contestation. In H. de Burgh(Ed.), *Making journalists: diverse models, global issues*(pp.107-126). London: Routledge.

Leonard-Barton, D. (1995). *Wellsprings of knowledge*. Boston: Harvard Business School Press.

Levy, H. P. (1967). *The Press Council: History, procedure and cases*. New York: St. Martin's Press.

Lewis, J. (1994). The absence of narrative: Boredom and the residual power of television news. *Journal of Narrative and Life History*, 4(1-2), 25-40.

Lewis, J. (2010). Democratic or disposable?: 24-hour news, consumer culture, and built-in obsolescence. In S. Cushion & J. Lewis(Eds.), *The rise of 24-hour news television: Global perspectives* (pp.81-95). New York: Peter Lang.

Liversage, A. (2009). Vital conjunctures, shifting horizons: High-skilled female immigrants looking for work. *Work, Employment and Society*, 23(1), 120-141.

Lo, V. H. (1998). The new Taiwan journalist: A sociological profile. In D. Weaver(Ed.), *The global journalists: New people around the world* (pp.71-88). Cresskill, NJ: Hampton Press.

Lowrey, W. & Gade, P. J. (2011). Complexity, uncertainty, and journalistic change. In W. Lowrey & P. J. Gade(Eds.), *Changing the news: The forces shaping journalism in uncertain times* (pp. 3-21). New York: Routledge.

Lyotard, J. F. (1984). *The postmodern condition: A report on knowledge*. Minneapolis: University of Minnesota Press.

McDoland, M. (2000). Rethinking personalization in current affairs journalism. In C. Sparks & J. Tulloch(Eds.), *Tabloid tales: Global debates over media standards* (pp.213-228). Lanham: Rowman & Littlefield.

新聞工作的實用邏輯：兩種模型的實務考察

McKinlay, A. (2002). 'dead selves': The birth of the modern career. *Organization*, 9(4), 595-614.

McLeod, J. M. & Hawley, S. E. Jr. (1964). Professionalization among newsmen. *Journalism Quarterly*, 41, 529-539, 577.

McNair, B. (2011). *An introduction to political communication*. London: Routledge.

McQuail, D. (1992). *Media performance: Mass communication and the public interest*. London: Sage.

McQuail, D. (1994). Mass communication and the public interest. In D. Crowley & D. Mitchell(Eds.), *Communication theory today* (pp.235-253). Cambridge: Polity.

Meara, H. (1974). Honor in dirty work: The case of American meat cutters and Turkish butchers. *Sociology of Work and Occupations*, 1(3), 259-283.

Medsger, B. (2005). The revolution of journalism education in the United States. In H. de Burgh(ed.), *Making journalists: Diverse models, global issues* (pp. 205-226). London: Routledge.

Meštrovic, S. G. (1997). *Postemotional society*. London: Sage.

Meyer, P. (2004). *The vanishing newspaper: Saving journalism in the information age*. Columbia: University of Missouri Press.

Meyers, C. (2000). Creating an effective newspaper ombudsman position. *Journalism of Mass Media Ethics*, 15, 248-256.

Miller, J. (2012). Mainstream journalism as anti-vernacular modernism. *Journalism Studies*, 13(1), 1-18.

Mills, C. W. (1959). *The sociological imagination*. New York: Oxford University Press.

Molz, G. J. (2006). 'watch us wander': Mobile surveillance and the surveillance of mobility. *Environment and planning A*, 38, 377-393.

Negrine, R. (1994). *Politics and the mass media in Britain*. London: Routledge.

Nguyen, A. (2012). The effect of soft news on public attachment to the news: Is "infotainment" good for democracy? *Journalism Studies*, 13(5-6), 706-717.

Nonaka, I. & Takeuchi, H. (1995). *The knowledge-creating company*. New York: Oxford University Press.

Örnebring, H. (2008). The consumer as producer: of what? User-generated tabloid content in The Sun (UK) and Aftonbladet (Sweden). *Journalism Studies*, 9(5), 771-785.

Pantti, M. (2010). The value of emotion: An examination of television journalists'notions on emotionality. *European Journal of Communication*, 25(2), 168-181.

Papachharissi, Z. (2002). The virtual sphere: The internet as a public sphere. *New media and Society*, 4(1), 9-27.

Pavel, T. (1998). Exile as romance and as tragedy. In S. R. Suleiman(Ed.), *Exile and creativity: Signposts, travelers, outsiders, backward glance* (pp. 25-36). Durham: Duke University Press.

Phillips, A. (2012). Faster and shallower: Homogenisation, cannibalization and the death of reporting. In P. Lee-Wright, A. Phillips & T. Witschge (Eds.), *Changing journalism* (pp81-98). London: Routledge.

Phillips, A. & Witschge, T. (2012). The changing business of journalism: Sustainability of news journalism. In P. Lee-Wright, A. Phillips & T. Witschge (Eds.), *Changing journalism* (pp3-20). London: Routledge.

Propp, V. (1968). *Morphology of the folktale*. (L. Scott, Trans.). Austin, TX: University of Texas Press. (Original work published 1928)

Radovan, M. (2001). Information technology and the character of contemporary life. *Information Communication & Society*, 4(2): 230-246.

Rantanen, T. (2009). *When news was new*. Chichester: Wiley-Blackwell.

Rapley, T. J. (2001). The art (fullness) of open-ended interviewing: Some considerations on analyzing interviews. *Qualitative Research*, 1(3), 303-323.

Reeding, S. G. (1990). *The spirit of Chinese capitalism*. Berlin: Walter de Gruyter.

Rollemberg, D. (2007). The Brazilian exile experience. *Latin American Perspec-*

tives, 34(4), 81-105.

Rosenau, P. M. (1992). *Postmodernism and the social sciences*. Princeton, NJ: Princeton University Press.

Rosenberg, H. & Feldman, C. S. (2008). *No time to think: The menace of media speed and the 24-hour news cycle*. New York: Continuum.

Ryan, B. (1991). *Making capital from culture: The corporate form of capitalist culture production*. New York: Walter de Gruyter.

Saltzis, K. (2012). Breaking news online: How news stories are updated and maintained around-the-clock. *Journalism Practice*, 6(5-6), 702-710.

Sarup, M. (1994). Home and identity. In G. Robertson, M. Mash, L. Tickner, J. Bird, B. Chris & T. Putman(Eds.), *Travellers'tales: Narrative of home and displacement* (pp. 93-104). London: Routledge.

Savage, M. (1998). Discipline, surveillance and the career employment on the Great Western Railway 1833-1914. In A. McKinlay & K. Starkey (Eds.), *Foucault, management and organization theory* (pp.95-92). London: Sage.

Schiller, D. (1981). *Objectivity and news: Public and the rise of communication journalism*. Philadelphia: University of Pennsylvania.

Schudson, M. (1978). *Discovering the news*. New York: Basic Books.

Schudson, M. (1989). The sociology of news production. *Media, Culture and Society*, 11, 263-282.

Schudson, M. (2001). The objectivity norm in American journalism. *Journalism*, 2(2), 149-170.

Schwandt, T. A. (2000). The epistemological stances for qualitative inquiry. In N. K. Denzin & Y. S. Lincoln (Eds.), *Handbook of qualitative research* (pp.1-28). Thousand Oaks: Sage.

Scribner, S. (1986). Thinking in action: Some characters of practical intelligence. In R. J. Sternber & R. K. Wagner(Eds.), *Practical intelligence: Nature and origins of competence in the everyday world* (pp. 13-30). Cambridge: Cambridge University Press.

Seale, C. (1999). *The quality of qualitative research*. London: Sage.

Sheafer, T. (2001). Charismatic skill and media legitimacy: An actor-centered approach to understanding the political communication competition. *Communication Research*, 28(6), 711-736.

Sherman, R. (2005). Producing the superior self: Strategic comparison and symbolic boundaries among luxury hotel worker. *Ethnography*, 6(2), 131-158.

Shoemaker, P. J. (1991). *Gatekeeping*. Thousand Oaks: Sage.

Shoemaker, P. J. & Reese, S. D. (1991). *Mediating the Message*. New York: Longman.

Shook, F., Lattimore, D. & Redmond, J. (1996). *The broadcast news process*. Englewood, Colo.: Morton.

Siebert, F. S. (1952). *Freedom of the Press in England, 1476-1776: The rise and decline of government control*. Urbana: University of Illinois Press.

Siebert, F. S., Peterson, T. & Schramm, W. (1956). *Four theories of the press: The authoritarian, libertarian, social responsibility, and Soviet communist concepts of what the press should be and do*. Urbana: University of Illinois Press.

Sigal, L. V. (1973). *Reporters and officials*. Lexington, Mass.:D. C. Heath and Company.

Slife, B. D. & Williams, R. N. (1996). *What's behind the research?: Discovering hidden assumptions in the behavioral sciences*. Thousand Oaks: Sage.

Smart, B. (1993). *Postmodernity*. London: Routledge.

Soloski, J. (1989). News reporting and professionalism: Some constraints on the reporting of news. *Media, Culture and Society*, 11, 207-228.

Sparks, C. (1992). Popular journalism: theories and practice. In P. Dahlgren & C. Sparks (Eds.), *Journalism and Popular Culture*. London: Sage.

Splichal, S. & Sparks, C. (1994). *Journalists for the 21st century: Tendencies of professionalization among first-year students in 22 countries*. Norwood, NJ: Ablex.

Sternber, R. J., Wagner, R. K. & Okagaki, L. (1993). Practical intelligence: The nature and role of tacit knowledge in work and at school. In M. Puckett & H. W. Reese(Eds.), *Mechanisms of everyday cognition* (pp205-227). Hillsdale, NJ: LEA.

Stiegler, B. (1998). *Technics and time, 1: The fault of Epimetheus*. Stanford: Stanford University Press.

Stocking. S. H. & Gross, P. H. (1989). *How do journalist think?: A proposal for the study of cognitive bias in newsmaking*. Bloomington: Indiana University.

Stonequist, E. V. (1961). *The marginal man: A study in personality and culture conflict*. New York: Russell & Russell.

Strangleman, T. (1999). The nostalgia of organizations and the organization of nostalgia: Past and present in the contemporary railway industry. *Sociology*, 33(4), 725-746.

Thomas, R. & Linstead, A. (2002). Losing the plot? Middle managers and identity. *Organization*, 9(1), 71-93.

Tolson, A. (2006). *Media talk: Spoken discourse on TV and radio*. Edinburgh: Edinburgh University Press.

Townley, B. (1994). *Reframing human resource management: Power, ethics and the subject at work*. London: Sage.

Tracy, S. J., & Trethewey, A. (2005). Fracturing the real-self/ fake-self dichotomy: Moving toward "crystallized" organizational discourses and identities. *Communication Theory*, 15, 168–195.

Trethewey, A. (1997). Resistance, identity, and empowerment: A postmodern feminist analysis of clients in a human service organization. *Communication Monographs*, 64, 281-301.

Trew, J. D. (2010). Reluctant diasporas of Northern Ireland: Migrant narratives of home, conflict, difference. *Journal of Ethnic and Migration Studies*, 36(4), 541-560.

Tuchman, G. (1978). *Making News: A study in the construction of reality*. New York: The Free Press.

Tuggle, C. A. & Huffman, S. (1999). Live news reporting: Professional judgement or technological pressure? A national survey of television news directors and senior reporters. *Journal of Broadcasting & Electronic Media*, 43(4), 492-205.

Tuggle, C. A., & Huffman, S. (2001). Live reporting in television news: Breaking news or black holes? *Journal of Broadcasting & Electronic Media*, 45(2), 335-344.

Tuggle, C. A., Casella, P. & Huffman, S. (2010). Live, late-breaking and broken: TV news and the challenge if live reporting in America. In S. Cushion & J. Lewis(Eds.), *The rise of 24-hour news television: Global perspectives* (pp.133-150). New York: Peter Lang.

Tuggle, C. A., Carr, F. & Huffman, S. (2011). *Broadcast news handbook: Writing, reporting & producing in a converging media world*. New York: McGraw-Hill.

Tumber, H. & Prentoulis, M. (2005). Journalism and the making of a profession. In H. de Burgh(Ed.), *Making journalists: diverse models, global issues* (pp.58-74). London: Routledge.

Van Tuyll, D. R. (2010). The past is prologue, or: How nineteenth-century journalism might just save twenty-first-century newspapers. *Journalism Studies*, 11(4), 471-486.

Ulin, R. C. (2002). Work as cultural production: Labour and self-identity among southwest French win-growers. *Journal of the Royal Anthropological Institute*, 8(4):691-712.

Virilio, P. (1997). *Open sky*. New York: Verso.

Weaver, D. & Wilhoit, C. G. (1991). *The American journalist: A portrait of U. S. news people and their work*. Bloomington: Indiana University Press.

White, T. (1996). *Broadcast news writing, reporting, and producing*. Boston: Focal Press.

White, T., Meppen, A. J. & Young, S. (1984). *Broadcast news writing, reporting, and production*. New York: Macmillan.

Wilensky, H. (1964). The professionalization of everyone? *The American Journal of Sociology*, LXX(2), 137-158.

Wilkins, L. & Brennen, B. (2004). Conflicted interests, contested terrain: Journalism ethics codes then and now. *Journalism Studies*, 5(3), 297-309.

Willnat, L., Weaver, D. H. & Choi, J. (2013). The global journalist in the twenty-first century: A cross-national study of journalistic competencies. *Journalism Practice*, 7(2), 163-183.

Wolfsfeld, G. (1984). Symbiosis of press and protest: An exchange analysis. *Journalism Quarterly*, 61(3), 550-556, 742.

Yeh, E. T. (2007). Exile meets homeland: Politics, performance, and authenticity in the Tibetan diaspora. *Environment and Planning D: Society and Space*, 25(4), 648-667.

Yorke, I. (1997). Basic TV reporting. Boston: Focal Press.

Zaller, J. R. (2003). A new standard of news quality: Burglar alarms for the monitorial citizen. *Political Communication*, 20(2), 109-130.

Zelizer. B. (2009). Introduction: Why journalism's changing faces matter. In B. Zelizer(Ed.), *The changing faces of journalism: Tabloidization, technology and truthiness* (pp.1-10). London: Routledge.

我們的粉絲專頁終於成立囉！

2015年5月，我們新成立了【五南圖書 教育／傳播網】粉絲專頁，期待您按讚加入，成為我們的一分子。

在粉絲專頁這裡，我們提供新書出書資訊，以及出版消息。您可閱讀、可訂購、可留言。有什麼意見，均可留言讓我們知道。提升效率、提升服務，與讀者多些互動，相信是我們出版業努力的方向。當然我們也會提供不定時的小驚喜或書籍折扣給您。

期待更好，有您的加入，我們會更加努力。

五南圖書出版股份有限公司
WU-NAN BOOK COMPANY LTD.

【五南圖書 教育／傳播網】臉書粉絲專頁

　　五南文化事業機構其他相關粉絲專頁，依您所需要的需求也可以加入呦！

　　　　五南圖書 法律／政治／公共行政

　　　　五南財經異想世界

　　　　五南圖書中等教育處編輯室

　　　　五南圖書 史哲／藝術／社會類

　　　　台灣書房

　　　　富野由悠季《影像的原則》台灣版　10月上市！！

　　　　魔法青春旅程－4到9年級學生性教育的第一本書

五南文化廣場

橫跨各領域的專業性、學術性書籍
在這裡必能滿足您的絕佳選擇！

五南全國展售門市

【逢甲店】　　　【台大店】

【嶺東書坊】　　　　　　　　　【海洋書坊】

【環球書坊】　　【台中總店】

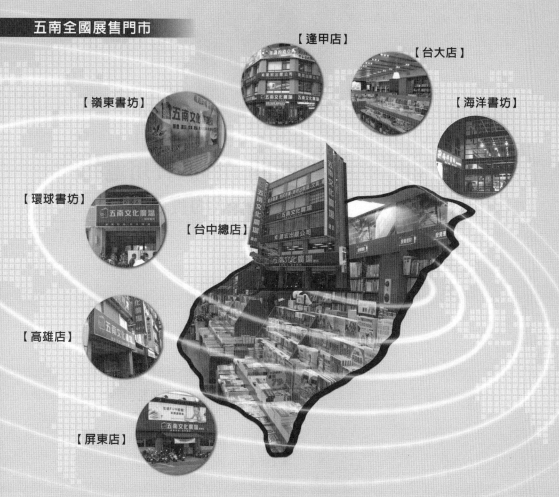

【高雄店】

【屏東店】

海洋書坊：202 基 隆 市 北 寧 路 2號 TEL：02-24636590　FAX：02-24636591
台 大 店：100 台北市羅斯福路四段160號 TEL：02-23683380　FAX：02-23683381
逢 甲 店：407 台中市河南路二段240號 TEL：04-27055800　FAX：04-27055801
台中總店：400 台 中 市 中 山 路 6號 TEL：04-22260330　FAX：04-22258234
嶺東書坊：408 台中市南屯區嶺東路1號 TEL：04-23853672　FAX：04-23853719
環球書坊：640 雲林縣斗六市嘉東里鎮南路1221號 TEL：05-5348939　FAX：05-5348940
高 雄 店：800 高 雄 市 中 山 一 路 290號 TEL：07-2351960　FAX：07-2351963
屏 東 店：900 屏 東 市 中 山 路 46-2號 TEL：08-7324020　FAX：08-7327357
中信圖書團購部：400 台 中 市 中 山 路 6號 TEL：04-22260339　FAX：04-22258234
政府出版品總經銷：400 台中市軍福七路600號 TEL：04-24378010　FAX：04-24377010
網 路 書 店　http://www.wunanbooks.com.tw

專業法商理工圖書・各類圖書・考試用書・雜誌・文具・禮品・大陸簡體書
政府出版品總經銷・中信圖書館採購編目・教科書代辦業務

國家圖書館出版品預行編目資料

新聞工作的實用邏輯：兩種模式的實務考察
／ 張文強著. －－初版. －－臺北市：五南，
2015.11
　　面；　公分
ISBN 978-957-11-8396-1（平裝）

1.新聞史　2.新聞學　3.臺灣

890.933　　　　　　　　　104023756

1ZF7

新聞工作的實用邏輯
兩種模式的實務考察

作　　　者 — 張文強

發 行 人 — 楊榮川

總 編 輯 — 王翠華

主　　　編 — 陳念祖

責任編輯 — 李敏華

封面設計 — 陳卿瑋

出 版 者 — 五南圖書出版股份有限公司

地　　　址：106台北市大安區和平東路二段339號4樓

電　　　話：(02)2705-5066　　傳　　　真：(02)2706-6100

網　　　址：http://www.wunan.com.tw

電子郵件：wunan@wunan.com.tw

劃撥帳號：01068953

戶　　　名：五南圖書出版股份有限公司

法律顧問　林勝安律師事務所　林勝安律師

出版日期　2015年11月初版一刷

定　　　價　新臺幣420元